非洲文学研究丛书 ｜ 朱振武 主编

国家出版基金项目
NATIONAL PUBLICATION FOUNDATION

东部非洲经典文学作品研究

Studies in Literary Works by Established Eastern African Writers

袁俊卿　李阳　苏文雅　著

西南大学出版社
SWUP
国家一级出版社 全国百佳图书出版单位

图书在版编目（CIP）数据

东部非洲经典文学作品研究 / 袁俊卿, 李阳, 苏文
雅著. -- 重庆 : 西南大学出版社, 2024.6
（非洲文学研究丛书 / 朱振武主编）
ISBN 978-7-5697-2133-1

Ⅰ. ①东… Ⅱ. ①袁… ②李… ③苏… Ⅲ. ①文学研
究 – 非洲 Ⅳ. ①I400.6

中国国家版本馆CIP数据核字(2024)第002343号

非洲文学研究丛书　　朱振武　主编

东部非洲经典文学作品研究
DONGBU FEIZHOU JINGDIAN WENXUE ZUOPIN YANJIU

袁俊卿 李阳 苏文雅　著

出 品 人：张发钧
总 策 划：卢　旭　闫青华
执行策划：何雨婷
责任编辑：罗　勇
责任校对：何思琴
特约编辑：汤佳钰　陆雪霞
装帧设计：万墨轩图书 | 吴天喆　彭佳欣　张瑷俪
出版发行：西南大学出版社
　　　　　重庆市北碚区天生路2号　　邮编：400715
　　　　　市场营销部电话：023-68868624
印　　刷：重庆升光电力印务有限公司
成品尺寸：170 mm×240 mm
印　　张：20.75
字　　数：346千字
版　　次：2024年6月　第1版
印　　次：2024年6月　第1次印刷
书　　号：ISBN 978-7-5697-2133-1

定　　价：78.00元

国家社会科学基金重大项目"非洲英语文学史"阶段成果

"非洲文学研究丛书"顾问委员会

（按音序排列）

"非洲文学研究丛书"专家委员会

（按音序排列）

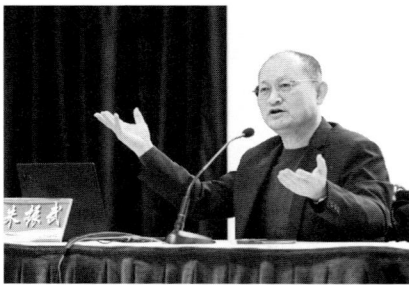

丛书主编简介

朱振武,博士(后),中国资深翻译家,中国作家协会会员;上海市二级教授,外国文学文化与翻译博士生导师,博士后合作导师,上海师范大学外国文学研究中心主任,比较文学与世界文学国家重点学科带头人;上海市"世界文学多样性与文明互鉴"创新团队负责人。主持国家社科基金重大项目、重点项目十几项,项目成果获得国家出版基金资助。在《中国社会科学》《文学评论》《外国文学评论》《文史哲》《中国翻译》《人民日报》等重要报刊上发表文章400多篇,出版著作(含英文)和译著50多种。多次获得省部级奖项。

主要社会兼职有(中国)中外语言文化比较学会小说研究专业委员会会长和中非语言文化比较专业委员会副会长、中国外国文学学会副秘书长暨教学研究会副会长、上海国际文化学会副会长、上海市外国文学学会副会长兼翻译专业委员会主任等几十种。

■ **本书主要作者简介**

■ **袁俊卿**

博士，上海师范大学比较文学与世界文学国家重点学科副教授，上海市"世界文学多样性与文明互鉴"创新团队成员，（中国）中外语言文化比较学会小说研究专业委员会理事，在《中国社会科学》《外国文学评论》《当代外国文学》《国外文学》《人文杂志》等重要期刊发表论文多篇，论文曾被人大复印报刊资料全文转载；主持国家社科基金青年项目和上海市哲学社会科学规划课题各1项，获得上海市教学成果一等奖（集体），博士学位论文《非洲英语流散文学中的主体性重构》获得2022年国家社科基金优秀博士论文出版项目立项（22FYB046）；主要研究非洲文学文化、流散诗学、翻译史和中外文学关系。

■ **李 阳**

复旦大学外国语言文学学院博士后，（中国）中外语言文化比较学会小说研究专业委员会学生秘书处成员，在《外国文学》《外国语文》等重要期刊发表论文多篇，论文曾被人大复印报刊资料全文转载；曾获博士研究生国家奖学金；参与国家社科基金重大项目"非洲英语文学史"和上海市哲学社会科学规划课题1项，获得2022年度上海师范大学高水平地方高校建设一流研究生教育项目之"博士研究生拔尖人才培育项目"；主要研究非洲英语文学与文化、中非文学关系。

■ **苏文雅**

北京外国语大学非洲学院博士生，国家重大项目"非洲英语文学史"成员，主要从事东非英语文学研究。

总序：揭示世界文学多样性　构建中国非洲文学学

　　2021 年的诺贝尔文学奖似乎又爆了一个冷门，坦桑尼亚裔作家阿卜杜勒拉扎克·古尔纳获此殊荣。授奖辞说，之所以授奖给他，是"鉴于他对殖民主义的影响，以及对文化与大陆之间的鸿沟中难民的命运的毫不妥协且富有同情心的洞察"①。古尔纳真的是冷门作家吗？还是我们对非洲文学的关注点抑或考察和接受方式出了问题？

一、形成独立的审美判断

　　英语文学在过去一个多世纪里始终势头强劲。从起初英国文学的"一枝独秀"，到美国文学崛起后的"花开两朵"，到澳大利亚、加拿大、爱尔兰、印度、南非、肯尼亚、尼日利亚、津巴布韦、索马里、坦桑尼亚和加勒比海地区等多个国家和地区英语文学遍地开花的"众声喧哗"，到沃莱·索因卡、纳丁·戈迪默、德里克·沃尔科特、维迪亚达·苏莱普拉萨德·奈保尔、J. M. 库切、爱丽丝·门罗，再到现在的阿卜杜勒拉扎克·古尔纳等"非主流"作家，特别是非洲作家相继获

---

① Swedish Academy, "Abdulrazak Gurnah—Facts", *The Nobel Prize*, October 7, 2021, https://www.nobelprize. org/prizes/literature/2021/gurnah/facts/.

得诺贝尔文学奖等国际重要奖项[①]，英语文学似乎出现了"喧宾夺主"的势头。事实上，"二战"以后，作为"非主流"文学重要组成部分的非洲文学逐渐呈现出蓬勃发展的态势，涌现出一大批优秀的作家作品，在世界文坛产生了广泛影响。但对此我们却很少关注，相关研究也很不足，其中一个重要原因就是我们较多跟随西方人的价值和审美判断，而具有自主意识的文学评判和审美洞见却相对较少，且对世界文学批评的自觉和自信也相对缺乏。

非洲文学，当然指的是非洲人创作的文学，但流散到其他国家和地区的第一代非洲人对非洲的书写也应该归入非洲文学。也就是说，一部作品是否是非洲文学，关键看其是否具有"非洲性"，也就是看其是否具有对非洲历史、文化和价值观的认同和对在非洲生活、工作等经历的深层眷恋。非洲文学因非洲各国独立之后民主政治建设中的诸多问题而发展出多种文学主题，而"非洲性"亦在去殖民的历史转向中，成为"非洲流散者"（African Diaspora）和"黑色大西洋"（Black Atlantic）等非洲领域或区域共同体的文化认同标识，并在当前的全球化语境中呈现出流散特质，即一种生成于西方文化与非洲文化之间的异质文化张力。

非洲文学的最大特征就在于其流散性表征，从一定意义上讲，整个非洲文学都是流散文学。[②]非洲文学实际上存在多种不同的定义和表达，例如非洲本土文学、西方建构的非洲文学及其他国家和地区所理解的非洲文学。中国的非洲文学也在"其他"范畴内，这是由一段时间内的失语现象造成的，也与学界对世界文学的理解有关。从严格意义上讲，当下学界认定的"世界文学"并不是真正的世界文学，因此也就缺少文学多样性。尽管世界文学本身是多样性的，但我们现在所了解的世界文学其实是缺少多样性的世界文学，因为真正的文学多样性被所谓的西方主

[①] 古尔纳之前 6 位获得诺贝尔文学奖的非洲作家依次是作家阿尔贝·加缪，尼日利亚作家沃莱·索因卡，埃及作家纳吉布·马哈福兹，南非作家纳丁·戈迪默、J. M. 库切和作家多丽丝·莱辛，分别于 1957 年、1986 年、1988 年、1991 年、2003 年和 2007 年获得诺贝尔文学奖。

[②] 详见朱振武、袁俊卿：《流散文学的时代表征及其世界意义——以非洲英语文学为例》，《中国社会科学》，2019 年第 7 期。作者从流散视角对非洲文学从诗学层面进行了学理阐释，将非洲文学特别是非洲英语文学分为异邦流散、本土流散和殖民流散三大类型，并从文学的发生、发展、表征、影响和意义进行多维论述。

流文化或者说是强势文化压制和遮蔽了。因此，许多非西方文化无法进入世界各国和各地区的关注视野。

二、实现真正的文明互鉴

当下的世界文学不具备应有的多样性。从歌德提出所谓的世界文学，到如今西方人眼中的世界文学，甚至我们学界所接受和认知的世界文学，实际上都不是世界文学的全貌，不是世界文学的本来面目，而是西方人建构出来的以西方几个大国为主，兼顾其他国家和地区某个文学侧面和诺贝尔文学奖得主的所谓"世界文学"，因此也就不能实现真正意义上的文明互鉴。

文学是文化最重要的载体之一。文学是人学，它以"人"为中心。文学由人所创造，人又深受时代、地理、习俗等因素的影响，所以说，"文变染乎世情，兴废系乎时序"[①]。文学作品囊括了丰富多彩的政治、经济、文化、历史、地理、习俗和心理等多种元素，不同民族、不同国家、不同区域和不同时代的作家作品更是蔚为大观。但这种多样性并不能在当下的"世界文学"中得到完整呈现。因此，重建世界文学新秩序和新版图，充分体现世界文学多样性，是当务之急。

很长时间里，在我国和不少其他国家，世界文学的批评模式主体上还是根据西方人的思维方式和学理建构的，缺少自主意识。因此，我们必须立足中国文学文化立场，打破西方话语模式、批评窠臼和认识阈限，建构中国学者自己的文学观和文化观，绘制世界文化新版图，建立世界文学新体系，实现真正意义上的文明互鉴。与此同时，创造中国自己的批评话语和理论体系，为真正的世界文化多样性的实现和文学文化共同体的构建做出贡献。

在中国开展非洲文学研究具有英美文学研究无法取代的价值和意义，更有利于我们均衡吸纳国外优秀文化。非洲文学本就是世界文化的重要组成部分，现已

---

① 《文心雕龙》，王志彬译注，北京：中华书局，2012 年，第 511 页。

引起各国文化界和文学界的广泛关注，我国也应尽快加强对非洲文学的研究。非洲文学虽深受英美文学影响，但在主题探究、行文风格、叙事方式和美学观念等方面却展示出鲜明的异质性和差异性，呈现出与英美文学交相辉映的景象，因此具有世界文学意义。非洲文学是透视非洲国家历史文化原貌和进程，反射其当下及未来的一面镜子，研究非洲文学对深入了解非洲国家的政治、历史和文化等具有深远意义。另外，站在中国学者的立场上，以中国学人的视角探讨非洲文学的肇始、发展、流变及谱系，探讨其总体文化表征与美学内涵，对反观我国当代文学文化和促进我国文学文化的发展繁荣具有特殊意义。

三、厘清三种文学关系

汲取其他国家和地区文学文化的养分，对繁荣我国文学文化，对"一带一路"倡议下人类命运共同体的建设也具有重要意义。我们进行非洲文学研究时，应厘清主流文学与非主流文学的关系、单一文学与多元文学的关系及第一世界文学与第三世界文学的关系。

第一，厘清主流文学与非主流文学的关系。近年来，我国的外国文学研究重心已经从以英美文学为主、德法日俄等国文学为辅的"主流"文学，在一定程度上转向了澳大利亚、加拿大、新西兰等国文学，特别是非洲文学等"非主流"文学。这种转向绝非偶然，而是历史的必然，是新时代大形势使然。它标志着非主流文学文化及其相关研究的崛起，预示着在不远的将来，"非主流"文学文化或将成为主流。非洲作家流派众多，作品丰富多彩，不能忽略这样大体量的文学存在，或只是聚焦西方人认可的少数几个作家。同中国文学一样，非洲文学在一段时间里也被看作"非主流"文学，这显然是受到了其他因素的左右。

第二，厘清单一文学与多元文学的关系。世界文学文化丰富多彩，但长期以来的欧洲中心和美国标准使我们的眼前呈现出单一的文学文化景象，使我们的研究重心、价值判断和研究方法都趋于单向和单一。我们受制于他者的眼光，成了传声筒，患上了失语症。我们有时有意或无意地忽略了文学存在的多元化和多样性这个事实。非洲文学研究同中国文学走向世界的意义一样，都是为了打破国际上单一和固化的刻板状态，重新绘制世界文学版图，呈现世界文学多元化和多样性的真实样貌。

对于非洲作家古尔纳获得诺贝尔文学奖，许多人认为这是英国移民文学的繁盛，认为古尔纳同约瑟夫·康拉德、维迪亚达·苏莱普拉萨德·奈保尔、萨尔曼·拉什迪以及石黑一雄这几位英国移民作家①一样，都"曾经生活在'帝国'的边缘，爱上英国文学并成为当代英语文学多样性的杰出代表"②，因而不能算是非洲作家。这话最多是部分正确。我们一定要看到，非洲现代文学的诞生与发展跟西方殖民历史密不可分，非洲文化也因殖民活动而散播世界各地。移民散居早已因奴隶贸易、留学报国和政治避难等历史因素成为非洲文学的重要题材。我们认为，评判是否为非洲文学的核心标准应该是其作品是否具有"非洲性"，是否具有对非洲人民的深沉热爱、对殖民问题的深刻揭示、对非洲文化的深刻认同、对非洲人民的深切同情以及对未来生活的美好憧憬。所以，古尔纳仍属于非洲作家。

的确，非洲文学较早进入西方学者视野，在英美等国家有着较为丰硕的研究成果。我国的非洲文学研究虽然起步较晚，然而势头比较强劲。有一个重要的问题应该引起重视，那就是我们的非洲文学研究不能像其他外国文学的研究，尤其是英美德法等所谓主流国家文学的研究一样，从文本选材到理论依据和研究方法，甚至到价值判断和审美情趣，都以西方学者为依据。这种做法严重缺少研究者的主体意识，因此无法在较高层面与国际学界对话，也就在很大程度上失去了外国文学研究的意义和作用。

第三，厘清第一世界文学与第三世界文学的关系。如果说英美文学是第一世界文学，欧洲其他国家的文学和亚洲的日本文学是第二世界文学的话，那么包括中国文学和非洲文学乃至其他地区文学在内的文学则可被视为第三世界文学。这一划

---

① 康拉德 1857 年出生于波兰，1886 年加入英国国籍，20 多岁才能流利地讲英语，而立之年后才开始用英语写作；奈保尔 1932 年出生于特立尼达和多巴哥的一个印度家庭，1955 年定居英国并开始英语文学创作，2001 年获诺贝尔文学奖；拉什迪 1947 年出生于印度孟买，14 岁赴英国求学，后定居英国并开始英语文学创作，获 1981 年布克奖；石黑一雄 1954 年出生于日本，5 岁时随父母移居英国，1982 年取得英国国籍，获 1989 年布克奖和 2017 年诺贝尔文学奖。

② 陆建德：《殖民·难民·移民：关于古尔纳的关键词》，《中国社会科学报》，2021 年 11 月 11 日，第 6 版。

分对我们正确认识文学现象、文学理论和文学思潮及其背后的深层思想文化因素，制定研究目标和相应研究策略，保持清醒判断和理性思考，都具有十分重要的意义。

第四，我们应该认清非洲文学研究的现状，认识到我们中国非洲文学研究者的使命。实际上，现在呈现给我们的非洲文学，首先是西方特别是英美世界眼中的非洲文学，其次是部分非洲学者和作家呈现的非洲文学。而中国学者所呈现出来的非洲文学，则是在接受和研究了西方学者和非洲学者成果之后建构出来的非洲文学，这与真正的非洲文学相去甚远，我们在对非洲文学的认知和认同上还存在很多问题。比如，我们的非洲文学研究不应是剑桥或牛津、哈佛或哥伦比亚等某个大学的相关研究的翻版，不应是转述殖民话语，不应是总结归纳西方现有成果，也不应致力于为西方学者的研究做注释、做注解。

我们认为，中国的非洲文学研究者应展开田野调查，爬梳一手资料，深入非洲本土，接触非洲本土学者和作家，深入非洲文化腠理，植根于非洲文学文本，从而重新确立研究目标和审美标准，建构非洲文学的坐标系，揭示其世界文学文化价值，进而体现中国学者独到的眼光和发现；我国的非洲文学研究应以中国文学文化为出发点，以世界文学文化为参照，进行跨文化、跨学科、跨空间和跨视阈的学理思考，积极开展国际学术对话和交流。世上的事物千差万别，这是客观情形，也是自然规律。世界文学也是如此。要维护世界文明多样性，要正确进行文明学习借鉴。故而，我们要以开放的精神、包容的心态、平视的眼光和命运共同体格局重新审视和观照非洲文学及其文化价值。而这些，正是我们所追求的目标，所奉行的研究策略。

四、尊重世界文学多样性

中国文学和世界上的"非主流"文学，特别是非洲文学一样，在相当长的时间里被非主流化，处在世界文学文化的边缘地带。中国长期以来是世界上人口最多的国家，没有中国文学的世界文学无论如何都不能算是真正的世界文学。中国文学文化走进并融入世界文学文化，将使世界文学成为名副其实的世界文学。非洲文学亦然。

中国文化自古推崇多元一体，主张尊重和接纳不同文明，并因其海纳百川而生生不息。"君子和而不同"①，"物之不齐，物之情也"②，"万物并育而不相害，道并行而不相悖"③。"和"是多样性的统一；"同"是同一、同质，是相同事物的叠加。和而不同，尊重不同文明的多样性，是中国文化一以贯之的传统。在新的国际形势下，我国提出以"和"的文化理念对待世界文明的四条基本原则，即维护世界文明多样性，尊重各国各民族文明，正确进行文明学习借鉴，科学对待传统文化。毕竟，"文明因交流而多彩，文明因互鉴而丰富"④。共栖共生，互相借鉴，共同发展，和而不同，相向而行，是现在世界文学文化发展的正确理念。2022 年 4 月 9 日，大会主场设在北京的首届中非文明对话大会以线上线下相结合的方式举行，共同探讨"文明交流互鉴推动构建新时代中非命运共同体"，体现了新的历史时期世界文明交流互鉴、和谐共生的迫切需求。

英语文学在很长一段时间里被窄化为英美文学，非洲基本被视为文学的"不毛之地"。这显然是一种严重的误解。非洲文学有其独特的文化意蕴和美学表征，具有重要的研究价值，对其他国家和地区的文学也具有重要借鉴意义。在非洲这块拥有 3000 多万平方公里、人口约 14 亿的土地上产生的文学作品无论如何都不应被忽视。坦桑尼亚作家阿卜杜勒拉扎克·古尔纳获得诺贝尔文学奖，绝不是说诺贝尔文学奖又一次爆冷，倒可以说是诺贝尔文学奖评委向世界文学的多样性又迈近了一步，向真正的文明互鉴又迈近了一大步。

五、"非洲文学研究丛书"简介

"非洲文学研究丛书"首先推出非洲文学研究著作十部。丛书以英语文学为主，兼顾法语、葡萄牙语和阿拉伯语等其他语种文学。基于地理的划分，并从被殖民历

---

① 《论语·大学·中庸》，陈晓芬、徐儒宗译注，北京：中华书局，2018 年，第 160 页。

② 《孟子》，方勇译注，北京：中华书局，2018 年，第 97 页。

③ 《论语·大学·中庸》，陈晓芬、徐儒宗译注，北京：中华书局，2018 年，第 352 页。

④ 习近平：《在联合国教科文组织总部的演讲》，《人民日报》，2014 年 3 月 28 日，第 3 版。

史、文化渊源、语言及文学发生发展的情况等方面综合考虑，我们将非洲文学划分为4个区域，即南部非洲文学、西部非洲文学、中部非洲文学及东部和北部非洲文学。"非洲文学研究丛书"包括《南部非洲精选文学作品研究》《南非经典文学作品研究》《西部非洲精选文学作品研究》《西部非洲经典文学作品研究》《东部和北部非洲精选文学作品研究》《东部非洲经典文学作品研究》《中部非洲精选文学作品研究》《博茨瓦纳英语文学进程研究》《古尔纳小说流散书写研究》和《非洲文学名家创作研究》共十部，总字数约380万字。

该套丛书由"经典"和"精选"两大板块组成。"非洲文学研究丛书"中所包含的作家作品，远远不止西方学者所认定的那些，其体量和质量其实远远超出了西方学界的固有判断。其中，"经典"文学板块，包含了学界已经认可的非洲文学作品（包括获得诺贝尔文学奖、布克奖、龚古尔奖等文学奖项的作品）。而"精选"文学板块，则是由我国首个非洲文学研究国家社科基金重大项目"非洲英语文学史"团队经过田野调查，翻译了大量文本，开展了系统的学术研究之后遴选出来的，体现出中国学者自己的判断和诠释。本丛书的"经典"与"精选"两大板块试图去恢复非洲文学的本来面目，体现出中西非洲文学研究者的研究成果，将有助于中国读者乃至世界读者更全面地了解进而研究非洲文学。

第一部是《南部非洲精选文学作品研究》。南部非洲文学是非洲文学中表现最为突出的区域文学，其中的南非文学历史悠久，体裁、题材最为多样，成就也最高，出现了纳丁·戈迪默、J. M.库切、达蒙·加格特、安德烈·布林克、扎克斯·穆达和阿索尔·富加德等获诺贝尔文学奖、布克奖、英联邦作家奖等国际奖项的著名作家。本书力图展现南部非洲文学的多元化文学写作，涉及南非、莱索托和博茨瓦纳文学中的小说、诗歌、戏剧、文论和纪实文学等多种文学体裁。本书所介绍和研究的作家作品有"南非英语诗歌之父"托马斯·普林格尔的诗歌、南非戏剧大师阿索尔·富加德的戏剧、多栖作家扎克斯·穆达的戏剧和文论、马什·马蓬亚的戏剧、刘易斯·恩科西的文论、安缇耶·科洛戈的纪实文学和伊万·弗拉迪斯拉维克的后现代主义写作等。

第二部是《南非经典文学作品研究》，主要对12位南非经典小说家的作品进行介绍与研究，力图集中展示南非小说深厚的文学传统和丰富的艺术内涵。这

12 位小说家虽然所处社会背景不同、人生境遇各异，但都在对南非社会变革和种族主义问题的主题创作中促进了南非文学独特书写传统的形成和发展。南非小说较为突出的是因种族隔离制度所引发的种族叙事传统。艾斯基亚·姆赫雷雷的《八点晚餐》、安德烈·布林克的《瘟疫之墙》、纳丁·戈迪默的《新生》和达蒙·加格特的《冒名者》等都是此类种族叙事的典范。南非小说还有围绕南非土地归属问题的"农场小说"写作传统，主要体现在南非白人作家身上。奥利芙·施赖纳的《一个非洲农场的故事》和保琳·史密斯的《教区执事》正是这一写作传统支脉的源头，而纳丁·戈迪默、J. M. 库切和达蒙·加格特这 3 位布克奖得主的获奖小说也都承继了南非农场小说的创作传统，关注不同历史时期的南非土地问题。此外，南非小说还形成了革命文学传统。安德烈·布林克的《菲莉达》、彼得·亚伯拉罕的《献给乌多莫的花环》、阿兰·佩顿的《哭泣吧，亲爱的祖国》和所罗门·T. 普拉杰的《姆胡迪》等都在描绘南非种族隔离制度的社会悲剧中表达了强烈的革命斗争意识。

第三部是《西部非洲精选文学作品研究》。西部非洲通常是指处于非洲大陆西部的国家和地区，涵盖大西洋以东、乍得湖以西、撒哈拉沙漠以南、几内亚湾以北非洲地区的 16 个国家和 1 个地区。这一区域大部分处于热带雨林地区，自然环境与气候条件十分相似。19 世纪中叶以降，欧洲殖民者开始渐次在西非建立殖民统治，西非也由此开启了现代化进程，现代意义上的非洲文学也随之萌生。迄今为止，这个地区已诞生了上百位知名作家。受西方殖民统治影响，西非国家的官方语言主要为英语、法语和葡萄牙语，因而受关注最多的文学作品多数以这三种语言写成。本书评介了西部非洲 20 世纪 70 年代至近年出版的重要作品，主要为尼日利亚的英语文学作品，兼及安哥拉的葡萄牙语作品，体裁主要是小说与戏剧。收录的作品包括尼日利亚女性作家的作品，如恩瓦帕的小说《艾弗茹》和《永不再来》，埃梅切塔的小说《在沟里》《新娘彩礼》和《为母之乐》，阿迪契的小说《紫木槿》《半轮黄日》《美国佬》和《绕颈之物》，阿德巴约的小说《留下》，奥耶耶美的小说《遗失翅膀的天使》；还包括非洲第二代优秀戏剧家奥索菲桑的《喧哗与歌声》和《从前有四个强盗》，布克奖得主本·奥克瑞的小说《饥饿的路》，奥比奥玛的小说《钓鱼的男孩》和《卑微者之歌》

以及安哥拉作家阿瓜卢萨的小说《贩卖过去的人》等。本书可为 20 世纪 70 年代后西非文学与西非女性文学研究提供借鉴。

第四部是《西部非洲经典文学作品研究》。本书主要收录 20 世纪初至 20 世纪 70 年代西非（加纳、尼日利亚）作家的经典作品（因作者创作的连续性，部分作品出版于 70 年代），语种主要为英语，体裁有小说、戏剧与散文等。主要包括加纳作家海福德的小说《解放了的埃塞俄比亚》，塞吉的戏剧《糊涂虫》，艾杜的戏剧《幽灵的困境》与阿尔马的小说《美好的尚未诞生》；尼日利亚作家图图奥拉的小说《棕榈酒酒徒》和《我在鬼林中的生活》，现代非洲文学之父阿契贝的小说《瓦解》《再也不得安宁》《神箭》《人民公仆》《荒原蚁丘》以及散文集《非洲的污名》、短篇小说集《战地姑娘》，诺贝尔文学奖获得者索因卡的戏剧《森林之舞》《路》《疯子与专家》《死亡与国王的侍从》以及长篇小说《诠释者》。

第五部是《东部和北部非洲精选文学作品研究》，主要对东部非洲的代表性文学作品进行介绍与研究，涉及梅佳·姆旺吉、伊冯·阿蒂安波·欧沃尔、弗朗西斯·戴维斯·伊姆布格等 16 位作家的 18 部作品。这些作品文体各异，其中有 10 部长篇小说，3 部短篇小说，2 部戏剧，1 部自传，1 部纪实文学，1 部回忆录。北部非洲的文学创作除了人们熟知的阿拉伯语文学外也有英语文学的创作，如苏丹的莱拉·阿布勒拉、贾迈勒·马哈古卜，埃及的艾赫达夫·苏维夫等，他们都用英语创作，而且出版了不少作品，获得过一些国际奖项，在评论界也有较好的口碑。东部非洲国家通常包括肯尼亚、坦桑尼亚、乌干达、卢旺达、南苏丹、索马里、埃塞俄比亚、厄立特里亚、吉布提、塞舌尔和布隆迪。总体来说，肯尼亚是英语文学大国；坦桑尼亚因古尔纳获得诺贝尔文学奖而异军突起；而乌干达、卢旺达、索马里、南苏丹因内战、种族屠杀等原因，出现很多相关主题的英语文学作品，引起国际社会的关注；乌干达、卢旺达、索马里、南苏丹这些国家的文学作品呈现出两大特点，即鲜明的创伤主题和回忆录式写作；而其他 5 个东部非洲国家英语文学作品则极少。

第六部是《东部非洲经典文学作品研究》。19 世纪，西方列强疯狂瓜分非洲，东非大部分沦为英、德、意、法等国的殖民地或保护地。第二次世界大战前，只有埃塞俄比亚一个独立国家；战后，其余国家相继独立。东部非洲有悠久的本土语言书写传统，有丰富优秀的阿拉伯语文学、斯瓦希里语文学、阿姆哈拉语文学和索马里语文学等，不过随着英语成为独立后多国的官方语言，以及基于英语成为世界通用语言这一事实，在文学创作方面，东部非洲的英语文学表现突出。东部非洲的英语作家和作品较多，在国际上认可度很高，产生了一批国际知名作家，比如恩古吉·瓦·提安哥、纽拉丁·法拉赫和 2021 年诺贝尔文学奖得主阿卜杜勒拉扎克·古尔纳等。此外，还有大批文学新秀在国际文坛崭露头角，获得凯恩非洲文学奖（Caine Prize for African Writing）等重要奖项。本书涉及的作家有：乔莫·肯雅塔、格雷斯·奥戈特、恩古吉·瓦·提安哥、查尔斯·曼谷亚、大卫·麦鲁、伊冯·阿蒂安波·欧沃尔、奥克特·普比泰克、摩西·伊塞加瓦、萨勒·塞拉西、奈加·梅兹莱基亚、马萨·蒙吉斯特、约翰·鲁辛比、斯科拉斯蒂克·姆卡松加、纽拉丁·法拉赫、宾亚凡加·瓦奈纳。这些作家创作的时间跨度从 20 世纪一直到 21 世纪，具有鲜明的历时性特征。本书所选的作品都是他们的代表性著作，能够反映出彼时彼地的时代风貌和时代心理。

第七部是《中部非洲精选文学作品研究》。中部非洲通常指殖民时期英属南部非洲殖民地的中部，包括津巴布韦、马拉维和赞比亚三个国家。这三个紧邻的国家不仅被殖民经历有诸多相似之处，而且地理环境也相似，自古以来各方面的交流也较为频繁，在文学题材、作品主题和创作手法等方面具有较大共性。本书对津巴布韦、马拉维和赞比亚的 15 部文学作品进行介绍和研究，既有像多丽丝·莱辛、齐齐·丹格仁布格、查尔斯·蒙戈希、萨缪尔·恩塔拉、莱格森·卡伊拉、斯蒂夫·奇蒙博等这样知名作家的经典作品，也有布莱昂尼·希姆、纳姆瓦利·瑟佩尔等新锐作家独具个性的作品，还有约翰·埃佩尔这样难以得到主流文化认可的白人作家的作品。从本书精选的作家作品及其研究中，可以概览中部非洲文学的整体成就、艺术水准、美学特征和伦理价值。

第八部是《博茨瓦纳英语文学进程研究》。本书主要聚焦 1885 年殖民统治后博茨瓦纳文学的发展演变，立足文学本位，展现其文学自身的特性。从中国学者的视角对文本加以批评诠释，考察了其文学史价值，在分析每一作家个体的同时又融入史学思维，聚合作家整体的文学实践与历史变动，按时间线索梳理博茨瓦纳文学史的内在发展脉络。本书以"现代化"作为博茨瓦纳文学发展的主线，根据现代化的不同程度，划分出博茨瓦纳英语文学发展的五个板块，即"殖民地文学的图景""本土文学的萌芽""文学现代性的发展""传统与现代的冲突"以及"大众文学与历史题材"，并考察各个板块被赋予的历史意义。同时，遴选了贝西·黑德、尤妮蒂·道、巴罗隆·塞卜尼、尼古拉斯·蒙萨拉特、贾旺娃·德玛、亚历山大·麦考尔·史密斯等十余位在博茨瓦纳英语文学史上产生重要影响的作家，将那些深刻反映了博茨瓦纳人的生存境况，对社会发展和人们的思想观念产生了深远影响的文学作品纳入其中，以点带面地梳理了博茨瓦纳文学的现代化进程，勾勒出了博茨瓦纳百年英语文学发展的大致轮廓，帮助读者拓展对博茨瓦纳英语文学及其国家整体概况的认知。博茨瓦纳在历史、文化及文学发展方面可以说是非洲各国的一个缩影，其在文学的现代化进程中表现得尤为突出。这是我们考虑为这个国家的文学单独"作传"的主要原因，也是我们为非洲文学"作史"的一次有益尝试。

第九部是《古尔纳小说流散书写研究》。2021 年，坦桑尼亚作家古尔纳获得诺贝尔文学奖，轰动一时，在全球迅速成为一个文化热点，与其他多位获得大奖的非洲作家一起，使 2021 年成为"非洲文学年"。古尔纳也立刻成为国内研究的焦点，并带动了国内的非洲文学研究。因此，对古尔纳的 10 部长篇小说进行细读细析和系统多维的学术研究就显得非常必要。本书主要聚焦古尔纳的流散作家身份，以"流散主题""流散叙事""流散愿景""流散共同体"4 个专题形式集中探讨了古尔纳的 10 部长篇小说，即《离别的记忆》《朝圣者之路》《多蒂》《天堂》《绝妙的静默》《海边》《遗弃》《最后的礼物》《砾石之心》和《今世来生》，提供了古尔纳作品解读研究的多重路径。本书从难民叙事到殖民书写，从艺术手法到主题思想，从题材来源到跨界影响，从比较视野到深层关怀再到世界文学新格局，对古尔纳的流散书写及其取得巨大成功的深层原因进行了细致揭示。

第十部是《非洲文学名家创作研究》。本书对 31 位非洲著名作家的生平、创作及影响进行追本溯源和考证述评，包含南部非洲、西部非洲、中部非洲、东部和北部非洲的作家及其以英语、法语、阿拉伯语和葡萄牙语等主要语种的文学创作。收入本书的作家包括 7 位获得诺贝尔文学奖的作家，也包括获得布克奖等其他世界著名文学奖项的作家，还包括我们研究后认定的历史上重要的非洲作家和当代的新锐作家。

这套"非洲文学研究丛书"的作者队伍由从事非洲文学研究多年的教授和年富力强的中青年学者组成，都是我国首个非洲文学研究国家社会科学基金重大项目"非洲英语文学史"（项目编号：19ZDA296）的骨干成员和重要成员。国内关于外国文学的研究类丛书不少，但基本上都是以欧洲文学特别是英美文学为主，亚洲文学中的日本文学和印度文学也还较多，其他都相对较少，而非洲文学得到译介和研究的则是少之又少。为了均衡吸纳国外文学文化的精华和精髓，弥补非洲文学译介和评论的严重不足，"非洲英语文学史"的项目组成员惭凫企鹤，不揣浅陋，群策群力，凝神聚力，字斟句酌，锱铢必较，宵衣旰食，孜孜矻矻，黾勉从事，不敢告劳，放弃了多少节假日以及其他休息时间，终于完成了这套"非洲文学研究丛书"。丛书涉及的作品在国内大多没有译本，书中所节选原著的中译文多出自文章作者之手，相关研究资料也都是一手，不少还是第一次挖掘。书稿虽然几经讨论，多次增删，反复勘正，仍恐鲁鱼帝虎，别风淮雨，舛误难免，贻笑方家。诚望各位前辈、各位专家、非洲文学的研究者以及广大读者朋友们，不吝指疵和教诲。

2024 年 2 月

于上海心远斋

序

东部非洲东临印度洋，西至坦噶尼喀湖，北接厄立特里亚，南到鲁伍马河，通常包括肯尼亚、乌干达、坦桑尼亚、索马里、埃塞俄比亚、厄立特里亚、吉布提、塞舌尔、卢旺达、南苏丹和布隆迪。与英语有关的国家主要有肯尼亚、乌干达、坦桑尼亚、索马里、埃塞俄比亚和卢旺达等。

著名非洲史学家 A. 阿杜·博亨（Albert Adu Boahen，1932—2006）认为，1880年之前，欧洲人直接统治非洲的范围极其有限，80%的地盘是由非洲本土首领（如国王）以各种形式的统治模式管理。[1]东非被殖民的时间大都集中在 19 世纪最后 20 年，并于 20 世纪 60 年代逐步取得独立。欧洲国家的殖民侵略和殖民统治给东非造成了广泛且深远的影响。"若干世纪以来的生活准则遭到破坏的过程，不仅扩展到曾经沦为殖民地的国家，甚至扩展到曾经保持住国家独立的埃塞俄比亚。"[2]由于有着共同的历史遭遇及相似的发展历程，殖民与反殖民、政变与反政变、腐败与反腐败以及本土文化与外来文化的冲突等问题是东非英语文学涉及的共同主题。

东非英语文学于 20 世纪初出现。与南部非洲英语文学和西部非洲英语文学相比，东部非洲英语文学起步较晚，而且，东非有很长的本土语言书写传统，比如阿拉伯语文学、斯瓦希里语文学、阿姆哈拉语文学和索马里语文学，所以与东非历史悠久的本土语言文学相比，又显得相对薄弱。尽管如此，东非英语文学

---

[1] 参见 A. 阿杜·博亨（主编）：《非洲通史·第七卷：殖民统治下的非洲（1880—1935）》，北京：中国对外翻译出版公司，1991 年，第 1 页。

[2] 伊·德·尼基福罗娃：《非洲现代文学：东非和南非》，陈开种等译，北京：外国文学出版社，1981 年，第 1—2 页。

还是呈现出强劲的发展势头，涌现出一大批知名作家，比如恩古吉·瓦·提安哥（Ngugi wa Thiong'O，1938— ）、奥克特·普比泰克（Okot p'Bitek，1931—1982）、纽拉丁·法拉赫（Nuruddin Farah，1945— ）以及 2021 年诺贝尔文学奖得主阿卜杜勒拉扎克·古尔纳（Abdulrazak Gurnah，1948— ）等。伊·德·尼基福罗娃等人在《非洲现代文学》中指出了非洲现代文学发展的鲜明特征。"现代非洲文学的共同特点是其发展的跳跃性：文学似乎力图一举克服自己的落后状态，向我们当代的先进思想和美学经验学习。在一定意义上可以这么说，20 世纪'非洲型'的文学发展——就是在极短时期内发展特别迅速的一种类型。"[1] 可以说，东非英语文学的发展就符合这种状态。

　　东非各国于 20 世纪 60 年代相继独立之后，便寻求建立东非共同体（East African Community）。1967 年 12 月 1 日，坦桑尼亚、肯尼亚和乌干达三国签署东非合作条约，东非共同体正式成立。后因成员国间政治分歧和经济摩擦于 1977 年解体。1999 年 11 月 30 日，三国签署《东非共同体条约》，决定恢复东非共同体。……2007 年 6 月，东共体在乌干达召开特别首脑会议，吸纳卢旺达、布隆迪为其成员。2016 年 4 月 15 日和 2022 年 3 月 29 日，南苏丹和刚果（金）先后成为该组织的成员国。东非共同体的宗旨是加强成员国在经济、社会、文化、政治、科技、外交等领域的合作，协调产业发展战略，共同发展基础设施，实现成员国经济和社会可持续发展，逐步建立关税同盟、共同市场、货币联盟，并最终实现政治联盟。由上可见，东部非洲具有突出的区域性特征，"因此，首先必须认识到东非文学的区域性，或至少承认其强烈的区域性意识。"[2] 这也是我们在地理和文化层面上把"东部非洲"视作一个整体的合法性依据。

　　东非大陆上的作家群体庞大，语言种类繁多，文学体裁和题材丰富多样，既有本土特色，又有世界关怀，值得我们前往挖掘与阐释。《东部非洲经典文学作品研究》涉及肯尼亚、乌干达、埃塞俄比亚、卢旺达和索马里 5 个国家共 15 位知名作家。其中，肯尼亚 7 位：乔莫·肯雅塔、恩古吉·瓦·提安哥、格雷斯·奥戈

---

① 伊·德·尼基福罗娃等：《非洲现代文学》，刘宗次、赵陵生译，北京：外国文学出版社，1980 年，第 3 页。

② Simon Gikandi and Evan Mwangi, *The Columbia Guide to East African Literature in English Since 1945*, New York: Columbia University Press, 2007, p. vii.

特、查尔斯·曼谷亚、大卫·麦鲁、伊冯·阿蒂安波·欧沃尔、宾亚凡加·瓦奈纳；埃塞俄比亚 3 位：萨勒·塞拉西、马萨·蒙吉斯特、奈加·梅兹莱基亚；乌干达 2 位：奥克特·普比泰克、摩西·伊塞加瓦；卢旺达 2 位：约翰·鲁辛比、斯科拉斯蒂克·姆卡松加；索马里 1 位：纽拉丁·法拉赫。他们的创作重心虽然各有不同，但都揭示了非洲历史发展过程中的重要主题，从不同的维度呈现了东非英语文学的多样性，共同促进了东非英语文学的发展与繁荣。

由于坦桑尼亚作家阿卜杜勒拉扎克·古尔纳获得了 2021 年诺贝尔文学奖，一时举世瞩目，为了更全面地呈现古尔纳的创作流变与主题内涵，《东部非洲经典文学作品研究》没有收录古尔纳的赏析文章，而是将其单独成卷。

目 录 | CONTENTS

I

肯尼亚文学

　　肯尼亚位于非洲东部，东非大裂谷纵贯南北，与索马里、坦桑尼亚、埃塞俄比亚、乌干达和南苏丹接壤。1890年，英、德两国瓜分东非，肯尼亚被划归英国，1895年，英国政府宣布肯尼亚为其"东非保护地"，1920年，又改为殖民地。1921年，青年吉库尤协会（Young Kikuyu Association）和青年卡瓦隆多协会（Young Kavirondo Association）成立，标志着肯尼亚非洲民族主义的开始。

　　20世纪20年代末到30年代，当时的吉库尤中央协会书记乔莫·肯雅塔（Jomo Kenyatta）曾两次前往英国，主要任务之一就是试图向英国的殖民部阐释本部族的土地主张和土地问题，但没有取得预期效果。

　　20世纪50年代，肯尼亚爆发"茅茅起义"（Mau Mau Uprising），其核心诉求就是夺回土地，重获自由。尽管起义没有取得军事上的成功，但"随之而来的是重大的经济和政治让步，这些让步导致了1963年的独立。"[1]许多历史学家认为，没有"茅茅起义"就没有肯尼亚的独立。1963年12月12日，肯尼亚宣告独立，次年12月12日，肯尼亚共和国成立，乔莫·肯雅塔担任首任总统。

　　肯尼亚英语文学虽起步较晚，但发展迅速，从20世纪初直到当下，已经涌现出一大批知名作家和著名作品，比如乔莫·肯雅塔的《面向肯尼亚山》、恩古吉·瓦·提安哥的《大河两岸》《一粒麦种》《血色花瓣》、格雷斯·奥戈特的《应许之地》和查尔斯·曼谷亚的《妓女之子》等，这些作品皆具有浓厚的时代特色和民族气息，是世界文学大花园中亮丽的风景。

---

[1] Muthoni Likimani, *Passbook Number F. 47927: Women and Mau Mau in Kenya*, London：Macmillan Publishers Ltd., 1985, p. 3.

第一篇

乔莫・肯雅塔
民族志《面向肯尼亚山》叙事的发生

乔莫·肯雅塔

Jomo Kenyatta, 1893—1978

作家简介

乔莫·肯雅塔被称为"东非民族主义之父",是肯尼亚独立后的第一位总理（1963—1964）和第一位总统（1964—1978）。

乔莫·肯雅塔在肯尼亚反抗殖民统治,争取民族独立的历程中起到了重要作用。1929 年,肯雅塔作为吉库尤中央协会（Kikuyu Central Association）的领导人前往伦敦的殖民办公室（Colonial Office）,介绍吉库尤人的土地主张,要求官方承认女性割礼习俗以及允许吉库尤开办自己的学校,1930 年因经费不足而短暂回国。1931 年,肯雅塔再次赴英,直到 1946 年才返回肯尼亚,并担任肯尼亚非洲联盟（Kenya African Union）的主席。1952 年 10 月 20 日,英国宣布国家进入紧急状态,并残酷镇压茅茅起义。在这个过程中,大约 1.3 万名非洲人遭到杀害,10 万多名吉库尤人被重新安置。肯尼亚非洲联盟被禁,肯雅塔也因涉嫌参与"茅茅叛乱"遭到关押。1961 年,肯雅塔获释,英国被迫同意非洲人购买和耕种白色高地（White Highlands）。1963 年 12 月 12 日,肯尼亚宣告独立,次年 12 月 12 日,肯尼亚共和国（The Republic of Kenya）成立,肯雅塔当选总统。[①]肯雅塔的一生大多数以政治家的身份为世人所知,其实他不仅是一位著名的政治家,更是一位出色的文学家。《面向肯尼亚山》（*Facing Mount Kenya*, 1938）就是他的代表性作品。

---

① See *Chronology for Kikuyu in Kenya, Minorities at Risk Project, Refworld*, Thursday, 26 December 2019. https://webarchive.archive.unhcr.org/20230520210243/https://www.refworld.org/docid/469f38ac1e. html[2022-04-18]

作品节选

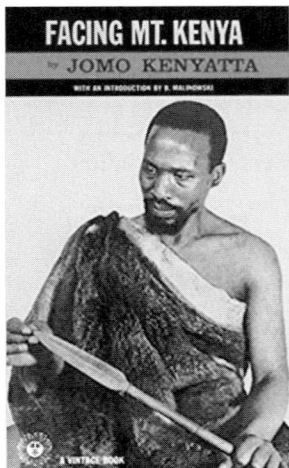

《面向肯尼亚山》
（*Facing Mount Kenya*，1938）

At this stage it is interesting to gave a short narrative of how the Gikuyu came to lose their best lands. When the Europeans first came into the Gikuyuland the Gikuyu looked upon them as wanderers (orori or athongo) who had deserted from their homes and were lonely and in need of friends. The Gikuyu, in their natural generosity and hospitality, welcomed the wanderers and felt pity for them. As such the Europeans were allowed to pitch their tents and to have a temporary right of occupation on the land in the same category as those Gikuyu mohoi or mothaml who are given only cultivation or building rights. The Europeans were treated in this way in the belief that one day they would get tired of wandering and finally return to their own country.[①]

此时，我们要简要叙述吉库尤是如何失去最宝贵的土地的，说来有趣，当欧洲人刚来到吉库尤的土地时，吉库尤人视他们为离家出走的流浪者，孤独而又需要朋友。吉库尤人以天生的慷慨和好客欢迎这些流浪者，并对他们抱有同情之心。因此，欧洲人被允许在这片土地上搭帐篷，并拥有与那些只被赋予耕种或建筑权利的吉库尤的莫罕或莫萨米人一样的临时占有权。吉库尤人如此善待欧洲人，是因为他们相信，欧洲人总有一天会厌倦流浪，最终回到自己的国家。

（袁俊卿 / 译）

---

① Jomo Kenyatta, *Facing Mount Kenya: The tribal life of the Gikuyu*, London: Secker and Warburg, 1938, pp. 44-45.

作品评析

《面向肯尼亚山》叙事的发生

引　言

　　1962 年 6 月，乌干达的马凯雷雷大学（Makerere University）举办了首次非洲英语作家大会（Conference of African Writers of English Expression），西部非洲的沃莱·索因卡（Wole Soyinka，1934— ）、钦努阿·阿契贝（Chinua Achebe，1930—2013）、奥比·瓦力（Obi Wali，1932—1993）和克里斯托弗·奥基博（Christopher Okigbo，1932—1967），南部非洲的彼得·亚伯拉罕（Peter Abrahams，1919—2017）、艾斯基亚·姆赫雷雷（Es'kia Mphahlele，1919—2008）和刘易斯·恩科西（Lewis Nkosi，1936—2010），东部非洲①的恩古吉·瓦·提安哥（Ngũgĩ wa Thiong'o，1938— ）、丽贝卡·恩乔（Rebeka Njau，1932— ）与格雷斯·奥戈特（Grace Ogot，1930—2015）等人悉数出席。彼时，西部非洲和南部非洲的参加者大都发表过具有代表性的作品，比如，西非的索因卡已经完成了《狮子与宝石》（*The Lion and the Jewel*，1959）和《森林之舞》（*A Dance of the Forests*，1960），阿契贝出版了《瓦解》（*Things Fall Apart*，1958）和《再也不得安宁》（*No Longer at Ease*，1960），南部非洲的姆赫雷雷出版了《人必须活下去》（*Man Must Live and Other Stories*，1946）和《沿着第二大街》（*Down Second*

---

① 东部非洲国家通常包括：肯尼亚、乌干达、坦桑尼亚、索马里、埃塞俄比亚、厄立特里亚、吉布提、塞舌尔、卢旺达、南苏丹和布隆迪。

Avenue，1959），亚伯拉罕斯则发表了《城市之歌》(*Song of the City*，1945)、《矿工男孩》(*Mine Boy*，1946) 和《雷霆之路》(*The Path of Thunder*，1948) 等。而东部非洲的参加者大都是些学生作家（student writers）或学徒（apprentices），他们的文学"成就"仅限于在校园文学期刊上发表的部分短篇小说。比如，恩古吉①仅凭发表在《笔尖》(*Penpoint*) 和《变迁》(*Transition*) 杂志上的短篇小说《无花果树》(*The Fig Tree*，1960) 和《回归》(*The Return*，1962) 就获得了参加这次会议的资格。奥戈特在这次非洲文学大会上宣读了自己的短篇小说《一年的牺牲》(*A Year of Sacrifice*)，并于次年发表在《黑色奥菲士》(*Black Orpheus*) 杂志上，而这是奥戈特发表的第一篇作品。

这次会议让东非作家们感到了一种焦虑和无助。奥戈特于 1976 年 8 月 13 日接受采访时回忆道："来自非洲其他地区和散居海外的作者带来了他们的作品，这些作品都展示在大家面前，但没有来自东非的任何作品！"②恩古吉觉得自己当时处在某种文学真空之中。与西部非洲和南部非洲相比，东部非洲貌似是一块文学的贫瘠之地。南苏丹作家塔班·洛·利雍（Taban Lo Liyong，1939— ）在 1965 年撰文《我们能否改变东非的文学贫乏？》(*Can We Correct Literary Barrenness in East Africa?*)，哀叹东部非洲缺乏强劲的文学文化，认为该地区的作家未能充分利用他们悠久的口述传统和丰厚的历史资源。他们没有创作出引起国际关注的文学作品。③但这种情况很快有了改观。恩古吉在 1963 年之后相继出版戏剧《黑隐士》(*The Black Hermit*，1963)，小说《孩子，你别哭》(*Weep Not, Child*，1964)、《大河两岸》(*The River Between*，1965) 和《一粒麦种》(*A Grain of Wheat*，1967)，格雷斯·奥戈特出版了《应许之地》(*The Promised Land*，1966) 和《失去雷声的土地》(*Land Without Thunder*，1968)，乌干达诗人奥克特·普比泰克出版了《拉维诺之歌》(*Song of Lawino*，1966) 等。这就改

---

① 恩古吉·瓦·提安哥（Ngugi wa Thiong'o）原名詹姆士·恩古吉（James Ngugi），为了反殖民和去殖民，他放弃了这个带有殖民色彩的名字，而采用了具有本土色彩的名字，但是大家仍称他为恩古吉。

② Bernth Lindfors, *Interview with Grace Ogot*, *World Literature Written in English*，Volume 18, 1979，p. 58.

③ See Simon Gikandi and Evan Mwangi, *The Columbia Guide to East African Literature in English Since 1945*, New York: Columbia University Press, 2007, p. 8.

变了东部非洲英语文学贫乏的状况。"直到 20 世纪 60 年代中期，它 [东非文学] 才开始获得一种独特的身份，并吸引了文学批评家和历史学家们的注意。"①但是，以上所述只是东非英语文学的发展概貌，或者更精确地讲，只是东非想象性写作（imaginative writing）或创造性写作（creative writing）的发展状况，并不能完全概括彼时彼地东非文学的真实境况。

实际上，东非并不是文学的荒芜之地，而是有着悠久的口述文学传统和本土语言书写传统。以本土语言文学为例，东非就有肯尼亚和坦桑尼亚的斯瓦希里语文学，索马里的索马里语文学和埃塞俄比亚的阿姆哈拉语文学等。"这些文献可以追溯到 15 世纪，它们通常拥有当地和区域的权威和声誉，这是英语写作无法比拟的。"②但这些口述文学传统和本土语言书写传统在当时的语境下被遮蔽了，或没有引起足够重视。除了本土文学传统遭到忽视以外，还有一部在东非创造性和想象性英语文学作品产生前夜、在特殊的时代氛围中诞生，集文学性、抵抗性和自传性于一身，且对之后东非英语文学的发展有重要影响的作品也被忽略了，这就是由乔莫·肯雅塔于 1938 年出版的《面向肯尼亚山》。

一、肯雅塔与《面向肯尼亚山》

出于尚待调查的原因，加纳作家凯斯利·海福德（J. E. Casely Hayford，1866—1930）、加纳国父克瓦米·恩克鲁玛（Francis Nwia Kwame Nkrumah，1909—1972）、尼日利亚首任总统纳姆迪·阿齐基韦（Nnamdi Azikiwe，1904—1996）和乔莫·肯雅塔等人皆认为，在民族危亡之际，政治性、法律性和民族性的文本要比想象性和创造性的文本更有用。因为，它们可以更便捷地传播非洲各

---

① Simon Gikandi and Evan Mwangi, *The Columbia Guide to East African Literature in English Since 1945*, New York: Columbia University Press, 2007, p. 8.

② Simon Gikandi and Evan Mwangi, *The Columbia Guide to East African Literature in English Since 1945*, New York: Columbia University Press, 2007, p. 9.

民族的政治主张和文化传统，更有效地促进非洲大陆的解放事业。^①肯尼亚第一任总统，有"东非民族主义之父"称号的乔莫·肯雅塔的民族志《面向肯尼亚山》就是这样一部作品。

据《肯雅塔》（Kenyatta，1972）一书的作者杰里米·默里－布朗（Jeremy Murray-Brown，1932—）考证，肯雅塔在马林诺夫斯基的课堂上学习了大概有两年的时间。出身于波兰贵族的马林诺夫斯基在人类学方面的研究理路和治学方法对《面向肯尼亚山》叙事的发生产生了重要的影响。马林诺夫斯基主张研究者要沉浸在所研究部落的日常生活中，以亲身经历的方式进行田野调查，并从当地人的角度（from the native's point of view）进行表述。他倡导的功能主义方法（functionalist approach）"通过坚持把'原始'社会视为有生命的、完整的、可行的文化社区，含蓄地肯定了他们的人类价值和尊严，并破坏了对他们的空洞、乏味和野蛮的刻板印象。"^②简而言之，马林诺夫斯基的"功能论"最"感兴趣的是通过强调其制度的具体功能，关注文化之间的差异而不是相似之处，来确立每种文化系统的独特性。"^③每种文化的存在都是独特的，有其自身的合理性。在《西太平洋上的航海者》（*Argonauts of the Western Pacific*，1922）中，马林诺夫斯基这样写道："我们发现，每一种文化都有不同的制度让人追求他的生活兴趣，有不同的习俗来满足他的愿望，有不同的法则和道德准则来嘉奖其美德、惩罚其过错。"^④他根据自己的研究经验，总结出了要实现民族志的田野调查目标所必须遵循的三条研究路径："具体证据统计记录法"（the method of statistic documentation by concrete evidence）、"现实生活的不可测量性"（the inponderabilia of actual

---

① See Albert S.Gérard, edited., *European-language writing in sub-Saharan Africa*, Amsterdam/Philadelphia, John Benjamins Publishing Company, 1986, p. 27.

② Bruce Berman, *Ethnography as Politics, Politics as Ethnography: Kenyatta, Malinowski, and the Making of Facing Mount Kenya*. Canadian Journal of African Studies, Vol. 30, No. 3, 1996, p. 330.

③ Albert S.Gérard, edited., *European-language writing in sub-Saharan Africa*, Amsterdam/Philadelphia: John Benjamins Publishing Company, 1986, p. 870.

④ 马林诺夫斯基：《西太平洋上的航海者》，弓秀英译，北京：商务印书馆，2019 年，第 48 页。

life)和 "文字语料库"。这三种方法是记录部落组织和文化,理清日常生活和普通
行为,突出典型思维和感受方式的重要方法。唯有此,才能达到民族志的最终目
标——"理解土著人的观点、他和生活的关系,认识他眼中的他的世界"。对肯
雅塔来说,这种研究方法和文化相对论的主张具有天然的吸引力,且十分契合他
的需求。因为,他就出生和成长于吉库尤族,是本部族的 "局内人",很容易践行
马林诺夫斯基所倡导的研究方法。"功能主义人类学提供了一种统一的、融合的、
和谐的文化模式,这似乎完全符合他代表吉库尤人的政治目的。社会人类学家同
意他的观点,即吉库尤人并不比他们的英国统治者差,只是不同而已。"而差异,
并不意味着不平等。这在种族主义盛行的年代,是十分宝贵的。另外,对于肯雅
塔而言,接受高等教育也具有重要意义。到了 1933 年底,肯雅塔明显地感觉到,
与在欧洲遇到的其他黑人相比,自身的教育程度还有所欠缺。他既没有文凭,也
没有大学毕业证书,所以,继续读书便成了他的不二选择。1935 年到 1937 年,
他除了学习英文外,还在马林诺夫斯基的指导下学习人类学。这不仅可以提高肯
雅塔在肯尼亚的威望,扩大在国外的影响力,更重要的是,他可以以平等的姿态
与殖民当局接触,而不再被当作一位半文盲的土著 (semi-educated native)。他试
图向白人证明,别人能做的,他们也能做。

肯雅塔是土生土长的非洲人,而且声称站在本民族的立场,代表本族人民的
利益,在国内外有着一定的影响力。对于马林诺夫斯基来说,这位来自肯尼亚吉
库尤部落,且接受过白人教育的非洲人是拓展自己的研究兴趣以及满足某些意图
的较为合适的人选。1935 年,肯雅塔进入伦敦经济学院学习。三年后,《面向肯
尼亚山》出版。这部作品的封面上,印有肯雅塔身着部落传统服饰的照片。他穿

---

① "具体证据统计记录法"指"研究每个现象时,应对它的具体表现做尽可能广泛的研究,应详尽调查
每个现象的具体事例。如果可能,应把结果体现为某种概要图,既可用作研究工具,也可用作民族学
文献。有了这些文献及对现状的研究,就能呈现最广泛意义上的土著人文化的清晰框架和他们的社会
结构。""现实生活的不可测量性"指某些重要的现象无法通过提问或文献推算记录下来,只能在完
整的现实中被观察到。(马林诺夫斯基:《西太平洋上的航海者》,弓秀英译,北京:商务印书馆,
2019 年,第 39 页、41 页。)
② 马林诺夫斯基:《西太平洋上的航海者》,弓秀英译,北京:商务印书馆,2019 年,第 47 页。
③ Bruce Berman, *Ethnography as Politics, Politics as Ethnography: Kenyatta, Malinowski, and the Making of Facing Mount Kenya*, Canadian Journal of African Studies, Vol. 30, No. 3, 1996, p. 331.

着借来的猴皮斗篷（monkey-fur cloak），手握一根削尖的长矛，一脸络腮胡子，宛如一位酋长。据说，他所做的这一切皆为了显示其对未受污染的吉库尤文化（uncorrupted Kikuyu culture）的自豪。① "肯雅塔主张非洲人有权利为自己说话，而不仅仅是被外国人类学家或传教士讨论，更重要的是，他宣称非洲人应该为自己的文化遗产感到自豪。"② 果不其然，在《面向肯尼亚山》中，鲜明地体现出了一位民族主义者对本民族文化的热爱之情。马林诺夫斯基在为这部作品撰写的序言中认为，这是一部以文化接触和交流为旨归的宝贵文献，是一位进步的非洲人在基于第一手资料的基础上所作的观点陈述，取得了突出的成就，具有重要的价值。③

二、文化民族主义与现代化

肯雅塔在《面向肯尼亚山》中详细论述了吉库尤族的传统习俗，其意图就是驳斥西方世界那些充满偏见和恶意的言辞，摆脱污名化，为本民族传统正名，夺取对本民族进行阐释的话语权。"他的任务不是'仿效'白种人（用他自己的说法），而是创立另一种和白种人的历史观不同的、自发的非洲人的历史观。"④ 在当时的环境中，由非洲人书写的非洲历史往往是稀缺的，解释权和话语权大都被白人所垄断。因为，大多数"吉库尤人无法对部落的信仰和习俗给出任何条理清晰或合理的解释。"⑤ 这个重担落到了肯雅塔身上。他清晰地梳理出其部落习俗的特征和运行逻辑，向大家提供了"一种对公共历史的更深刻的理解，而这种理解是

---

① See *Jomo Kenyatta*. encyclopedia.com. https://www.encyclopedia.com/people/history/african-history-biographies/jomo-kenyatta[2022-3-13]

② *Jomo Kenyatta*. encyclopedia.com. https://www.encyclopedia.com/people/history/african-history-biographies/jomo-kenyatta[2022-3-13]

③ See Jomo Kenyatta, *Facing Mount Kenya: The tribal life of the Gikuyu*, London：Secker and Warburg, 1938, p. xiv.

④ 杰里米·默里-布朗：《肯雅塔》，史宙译，上海：上海人民出版社，1976年，第124页。

⑤ A. R. Barlow, *Facing Mount Kenya, the Tribal Life of the Gikuyu, by Jomo Kenyatta*，Journal of the International African Institute，1939, Vol. 12, No.1, P. 114.

殖民教育试图压制的。"① 土地、割礼、教育和婚姻等问题是西方社会普遍关心的问题,《面向肯尼亚山》对此做了详细的阐释。

肯雅塔认为,吉库尤族自有一套土地分配、购买、使用和管理的制度。尽管形式各异,但吉库尤的每一寸土地都有其所有者。"基库尤没有任何公有土地,即所谓'无主之地'。因此,用'部落所有或土地公有制'这个术语来形容基库尤的土地制度是不恰当的,这会让人误以为基库尤的土地为部落所有成员共有。"② 欧洲人便误认为吉库尤的土地是公有的,是归属于部落的,以为部族的首领有权分配所辖地区的土地。"土地公有制是指土地属于集体中的每个人,但吉库尤族的……土地不属于整个集体,而是属于各个家庭的创始人,他们才是完全拥有土地并分配土地的人。"③ 在吉库尤人心中,土地是私有财产,神圣不可侵犯,获得或使用某块土地必须得到土地所有者的同意,就是族长也无权干涉他人家族的土地使用权。除了可耕种的土地,吉库尤族还有大片非可耕作的土地,它们是牧场、盐渍地、林地和用来开会和跳舞的公共场所。但这对于早期的欧洲探险者来说,它们就是闲置的、未开发的"无主荒地",而这些所谓的"无主荒地"就可以"先到先得"。殊不知,这些土地对于吉库尤人来说同样重要。"每个吉库尤人心中都有一个伟大的愿望,那就是拥有一块土地,在上面建造自己的家园。"④ 土地是部族的命脉:

　　土地满足他们的物质需求,而后又满足了他们的精神和心理需求。土地里还埋葬着部落的祖先,通过土壤,吉库尤人得以与先灵进行思想交流。吉库尤人认为,土地是部落真正的"母亲"。一个母亲一次怀胎仅八到九个月,哺育期也很短,而土壤没有一刻不在哺育生者的生命,滋养逝者的灵魂。因此,对吉库尤人而言,土地是世界上最神圣的事物。⑤

---

① Simon Gikandi and Evan Mwangi, *The Columbia guide to East African literature in English since 1945*, New York: Columbia University Press, 2007, p. 11.
② 乔莫·肯雅塔:《面向肯尼亚山》,陈芳蓉译,杭州:浙江工商大学出版社,2018 年,第 24 页。
③ 乔莫·肯雅塔:《面向肯尼亚山》,陈芳蓉译,杭州:浙江工商大学出版社,2018 年,第 29 页。
④ Michela Wrong, *Discover Why the Kikuyu Do Not Say "10"*, Kenya Geographic, August 12, 2014. https://www.kenyageographic.com/kikuyu/
⑤ 乔莫·肯雅塔:《面向肯尼亚山》,陈芳蓉译,杭州:浙江工商大学出版社,2018 年,第 20 页。

土地与非洲人的物质生活和精神生活密切相关，它关涉着非洲的过去与未来。"非洲生活方式的和谐与稳定，政治、社会、宗教和经济组织的稳定与和谐，皆是建立在这块土地上的，而这块土地过去是，现在仍然是非洲人民的灵魂。"① 肯雅塔认为，欧洲的殖民侵略和殖民统治的罪恶之一便是夺取了非洲人的土地。"土地是被白种人盗窃的，而被选出来代表人民说话的土著不过是一些强盗的助手。……只有把土地无条件地还给非洲本地人，帝国主义强盗退出这片地方才行，……"② 在二战之后的非洲农村，"3000 个欧洲家庭拥有的土地比 100 万被驱赶到保护区的吉库尤人拥有的土地还多。"③ 于 1952 年至 1956 年间发生的茅茅起义（Mau Mau Uprising）的口号就是"把白人抢去的土地夺回来！"在茅茅运动期间，吉库尤族有首歌曲这样唱道："没有土地，没有真正的自由，我们誓不罢休，肯尼亚是我们黑人的国度！"④ 由此可见，吉库尤族对于土地和自由具有强烈的渴求。

除了土地问题，割礼也是引起争论的习俗之一。肯雅塔在《面向肯尼亚山》中就当时引起争议的女性割礼问题进行了阐述，尽管割礼受到了基督教传教士的攻击，他还是"展示了割礼仪式与整个吉库尤文化的相关性，并指出欧洲人是如何忽视了对非洲文化各个方面的研究中这一仪式方面的内容。"⑤ 他写道：

对于基库尤人来说，是否举行过成人仪式是婚姻关系的决定因素。没有哪个正常的基库尤男子会希望娶一个未受过割礼的女子，反之亦然。基库尤族男女若与未受过割礼的异性发生性关系，则是犯了大忌。一旦发生，双方必须进行净身仪式（korutwo thahu 或 gotahikio megiro），这是一种驱除恶行的仪式。⑥

---

① Jomo Kenyatta, *Facing Mount Kenya: The tribal life of the Gikuyu*, London：Secker and Warburg, 1938, p. 213.

② 杰里米·默里－布朗：《肯雅塔》，史宙译，上海：上海人民出版社，1976 年，第 122 页。

③ *The Mau Mau Uprising*, South African History Online, Produced 24 November 2016, Last Updated 18 May 2018. https://www.sahistory.org.za/article/mau-mau-uprising[2022-3-13]

④ 恩古吉·瓦·提安哥：《一粒麦种》，朱庆译，北京：人民文学出版社，2012 年，第 23 页。

⑤ *Jomo Kenyatta*. encyclopedia.com. https://www.encyclopedia.com/people/history/african-history-biographies/jomo-kenyatta#D[2022-3-13]

⑥ 乔莫·肯雅塔：《面向肯尼亚山》，陈芳蓉译，杭州：浙江工商大学出版社，2018 年，第 119 页。

肯雅塔认为，割礼的重点并不在于具体操作的细节，而在于割礼这一行为本身所具有的教育、社会、道德和宗教意义。成年仪式是吉库尤族最重要的习俗，而割礼是迈向成年的标志性步骤。进入成年人之列，就意味着承担相应的责任，履行保卫部落、促进部落前进的义务等。吉库尤族在悠悠的历史长河中形成了属于自身的传统习俗，而这种习俗是体系完备的，逻辑自洽的，如果阻断或摘取其中的某个环节，那么沿袭至今的习俗的"意义链条"便不再完整，被抽掉的那个"环节"之后的步骤便无法接续了。也即是说，吉库尤族的传统习俗自有其内在的发生、发展逻辑。"废除割礼仪式会破坏划分各年龄组的部落象征，并阻碍族人将这种形成于远古时代的集体主义和民族团结的精神传递下去。"①

在恩古吉的《大河两岸》中，主人公瓦伊亚吉就非常重视割礼这一部落传统。反对割礼的传教士、政府、教育和医疗机构的相关人士并没有真正生活在吉库尤族的传统之中，对其中的文化意义和象征意义无感，他们游离于割礼这一习俗的特定意涵之外，站在自身角度，以自己的标准衡量、裁定和指责其他民族的行为，这并不妥当。肯雅塔认为，对割礼这一行为的争论主要是因为各自的"标准"有别，如果以吉库尤人的"目光"审视欧洲人的行为举止，也是存在很多问题的。比如，吉库尤人认为，像欧洲人那样在公众场合接吻是下流的，为人所不齿，而以爱抚代替接吻则是符合部族规范的神圣行为；肯尼亚政府禁止非洲人携带矛、剑和弓箭等危险武器，但是欧洲人却可以携带各种火器自由出入，肯雅塔不禁发问，在欧洲人眼中，到底何为"危险武器"？再比如，家庭团体和年龄组才是吉库尤部落的基础，而部落制度是吉库尤文化的关键。"吉库尤人不把自己当作一个社会单位，因而认为其部落也不是集体组织下的个人群体，而是一个扩大的家庭，通过成长和分裂的自然过程而形成。"②所以，不能用通常意义上所理解的"集体"观念去理解吉库尤部落，也不能想当然地认为"集体"的领导者与吉库尤的酋长在权力层级上是等同的。对于吉库尤人来说，家庭是权力的来源。而起着警戒和惩罚作用的三种诅咒形式——姆马（muuma）、库里格·赛恩

---

① 乔莫·肯雅塔：《面向肯尼亚山》，陈芳蓉译，杭州：浙江工商大学出版社，2018年，第122页。
② 乔莫·肯雅塔：《面向肯尼亚山》，陈芳蓉译，杭州：浙江工商大学出版社，2018年，第275页。

格（koringa thenge）和基萨齐（gethathi）——是政府体制中控制法庭程序的最重要手段，它们可以有效防止虚假证据和法庭腐败。但欧洲人则视其为迷信。肯雅塔反问道，欧洲人以抬起双手或亲吻《圣经》的方式进行宣誓的行为就不是迷信吗？对吉库尤人来说，欧洲人的这种宣誓行为十分古怪，毫无意义。

除了盘剥土地，指责割礼，欧洲人还意欲把自身的一套教育机制强加给非洲人。但是，非洲人自有其传统、优良且有效的教育体制。比如，吉库尤的教育总是因材施教，因人而异，把人际关系放在首位。他们团结友爱，长幼有序，崇尚英雄，有着强烈的集体荣誉感。而且，吉库尤的教育体制满足了部落的根本需求，即繁衍后代、生产粮食和团结社会成员。"欧洲教育体制期待的社会群体主要是由经济、职业和宗教关系决定的。……非洲人却大不相同……家庭关系、亲属体制、性生活，以及年龄组构成了整个吉库尤本土教育结构的基础。"[1]肯雅塔指出，欧洲人只有重视吉库尤教育体制中的各个部分才能重新塑造非洲人，否则，非洲人无法在传统习俗和外来教育中取得平衡。

值得注意的是，虽然肯雅塔乐此不疲地以自豪的口吻述说吉库尤族的传统习俗，但"肯雅塔的作品明显是反殖民主义的，它并不提倡回到殖民前的传统，而是寻求一条通往现代化的替代道路。"[2]实际上，回到过去是不可能的。阿契贝的小说《瓦解》就描写了外来文化对非洲传统的渗透和破坏，主人公奥贡卡沃已经无力维护部族的传统，最终上吊而亡。在本·奥克瑞的《一段秘史》（A hidden history，1989）中，尽管"观察员"力图根据自己记忆中的形状拼凑那四分五裂的黑人妇女的"身体"，但终是枉然。不可否认，从现代的角度审视，吉库尤族的许多传统习俗都是落后、迷信的，有些行为随着社会的发展已经消失。比如，女孩在割礼之前，不能有性行为或自慰，如果有，则需忏悔，并请"家庭净化师"为其净身；有些人仍然喜欢用他们的年龄组的名字（age-grade name）来称呼他们，但是随着人们活动的地域空间的扩大和人数上的增长，以及文化的

---

① 乔莫·肯雅塔：《面向肯尼亚山》，陈芳蓉译，杭州：浙江工商大学出版社，2018年，第110—111页。
② Simon Gikandi and Evan Mwangi, *The Columbia guide to East African literature in English since 1945*, New York: Columbia University Press, 2007, p. 85.

迅速变化，年龄组系统（age-grade system）基本上消失了。① 女性割礼（female circumcision）"在那些有传统信仰的人和罗马天主教徒中，这一习俗仍然广为流传。大多数教会仍然不鼓励这样做。年轻一代和更多的城市家庭已经放弃了这种做法。"②

对非洲来说，一成不变的传统无法抵御非洲 1889 年至 1890 年的干旱，也无法战胜天花和牛瘟的侵袭。在天灾和疾病面前，吉库尤人不得不逃回他们的祖先在肯尼亚山周围的据点。但是，当他们返回的时候，英国已于 1895 年把肯尼亚纳入保护国，而且宣称拥有他们的闲置地（vacant land）。③ 同样，拒斥现代化则无异于自绝于时代潮流，尽管现代化给西方世界带来许多负面的影响，但非洲必须经历现代化，才能在现代化的过程中反思与调试。在全球化的时代，现代性早已深深嵌入到各民族国家的文化肌理之中了，对于遭受殖民侵略和殖民统治的非洲来说更是如此。肯雅塔也承认，"民族主义不一定反对西方的现代性；相反，民族主义的当务之急是在欧洲政治控制之外实现非洲社会的现代化。"④ 也就是说，这部作品的产生是符合当时的历史语境和时代需求的。正如有论者指出的那样，"肯雅塔的文本表面上关注的是前殖民时期吉库尤文化的再现，但对东非文学文化的兴起的意义在于，它有力地阐述了 20 世纪二三十年代文化民族主义的一些关键主题。"⑤ 而赶走殖民者，争取民族独立就是其中最为关键的主题之一。在民族危亡和传统文化遭到瓦解之际，文化民族主义的兴起势在必行。"文化民族主义可以被视为该地区政治危机关键时刻的重要标志和现代东非文学的中心思想和主题之一。"⑥ 可以说，在反抗殖民统治，争取民族独立的时代背景下，文化民族主义的

① See Orville Boyd Jenkins and Sam Turner, *The Kikuyu People of Kenya*, Last edited 13 March 2010. http://orvillejenkins.com/profiles/kikuyu.html.[2022-3-13]

② Orville Boyd Jenkins and Sam Turner, *The Kikuyu People of Kenya*, Last edited 13 March 2010. http://orvillejenkins.com/profiles/kikuyu.html.[2022-3-13]

③ *Jomo Kenyatta*. encyclopedia.com. https://www.encyclopedia.com/people/history/african-history-biographies/jomo-kenyatta#D[2022-3-13]

④ Simon Gikandi, *Encyclopedia of African literature*, London and New York: Routledge, 2003, p. 368.

⑤ Simon Gikandi and Evan Mwangi, *The Columbia guide to East African literature in English since 1945*, New York: Columbia University Press, 2007, p. 11.

⑥ Simon Gikandi and Evan Mwangi, *The Columbia guide to East African literature in English since 1945*, New York: Columbia University Press, 2007, p. 45.

产生是必然且必要的。所以说，我们不能因为它并非通常意义上所理解的"创造性写作"或"想象性写作"而忽视这部作品的重要性。应意识到，它是在民族危亡之际，在反对殖民统治，争取民族独立的年代中的特殊产物。

对于东非国家来说，现代化就是从传统社会向现代社会转变。这包含多个层面，比如经济上的工业化，政治上的理性化和民主化，社会层面的城市化，等等。但是，民族国家的独立是现代化的前提和保证。肯尼亚的"现代化进程是在外力的诱使下启动的，最初的表现形式是民族独立运动，因而这类国家的现代化是以政治现代化为开端的。这与西方国家以经济现代化为开端不同。"[1] 其实，除了肯雅塔，非洲知识分子一直在努力探索非洲的发展道路，而本土传统与外来文化的关系是非洲知识分子无法回避的核心问题。"从19世纪开始，非洲社会特别是非洲知识分子所面临的重要课题之一，就是在推进非洲社会现代化的过程中如何处理传统文化与西方文化的关系，这是非洲知识分子所必须回应的问题。"[2] 由此，在谋求未来发展的过程中，先后产生了三种论调:19世纪中叶形成的"文化西化论"、19世纪中后期形成的"文化非洲化"和19世纪末20世纪初产生的"文化融合论"。"文化西化论"认为，"非洲人只有采取欧洲模式才能将纷乱状态下的弱小政治实体整合成为强大的民族国家。"[3] 但是，完全放弃传统而倒向西方并不妥当。"文化非洲化"则认为，"传统文化是非洲人内在的标志;在步入现代化的道路上，如果非洲人丢掉了自己的文化，无异于走上了一条不归路。"[4] "文化非洲化"的支持者大都抵制和排斥西方价值观，因而又走上了另一种极端。而"文化融合论"的倡导者则试图在非洲文化和西方文化之间寻求一条现代化的道路，这方面的代表人物有理查德·布鲁·阿托赫·阿胡马（Samuel Richard Brew Attoh Ahuma，1863—1921）、约瑟夫·埃弗莱姆·凯斯利·海福德（Joseph Ephraim Casely Hayford，

---

[1] 陈令霞、张静芬:《东非三国:缔造民族国家的里程》，成都:四川人民出版社，2002年，第3页。
[2] 张宏明:《近代非洲思想经纬:18、19世纪非洲知识分子思想研究》，北京:社会科学文献出版社，2008年，第162页。
[3] 张宏明:《近代非洲思想经纬:18、19世纪非洲知识分子思想研究》，北京:社会科学文献出版社，2008年，第165页。
[4] 张宏明:《近代非洲思想经纬:18、19世纪非洲知识分子思想研究》，北京:社会科学文献出版社，2008年，第175页。

1866—1930）和赫伯特·S.H.麦考莱（Herbert S.H.Macaulay，1864—1946）等。虽然文化融合之路看似比较合理与可行，但在非洲也面临较为严峻的挑战，我们从非洲文学中主人公的处境便可见一斑。在恩古吉的《大河两岸》中，主人公瓦伊亚吉试图联合"上帝的人"约苏亚派和以维护部族纯洁性为己任的吉亚马派的愿望落空了，自己也成了两派竭力排挤的对象。在阿契贝的《再也不得安宁》（*No Longer at Ease*，1960）中，奥比·奥贡卡沃留学归来，其脑海中的西方"标准"和本土现实产生了冲突，自身也变成了故乡的流浪者，在事业、爱情和亲情等方面陷入了困境，"基督教背景和欧洲的教育已使奥比成了自己国家里的陌生人。"[1]在奇玛曼达·恩戈兹·阿迪契（Chimamanda Ngozi Adichie，1977— ）的《紫木槿》（*Purple Hibiscus*，2003）中，家庭独裁者尤金在本土文化和外来文化的张力下，其精神的暗深处呈现出游移徘徊、痛苦迷茫的症状等。他们之所以如此，正是因为受到本土文化和外来文化的双重塑造，而这两种异质文化中的任何一方都没有在他们的脑海中占据主导，他们成了名副其实的流散者，而"当下全球流散（Global Diasporas）已成为常态"[2]，非洲知识分子大多处在本土流散和异邦流散的境地之中。由此可见，非洲的现代化之路也因此异常艰难。

三、文学性、抵抗性和自传性

杰里米·默里-布朗在《肯雅塔》中直接忽视了《面向肯尼亚山》的文学性和文化自传性，而突出了它的政治性。他认为，"总的来说，《面向肯尼亚山》是一个杰出的宣传文件。"[3]除此之外，还有更加片面的指责："不幸的是，几乎每一章都有一些针对肯尼亚殖民地行政当局或特派团的毫无根据的指控。作者似乎特别想把吉库尤人描绘成一个被恶意剥夺了大部分（如果不是全部）祖先土地

---

① 钦努阿·阿契贝：《再也不得安宁》，马群英译，海口：南海出版公司，2014 年，第 76—77 页。

② 杨中举：《流散文学的内涵、流变及"流散性"主题表现——以犹太流散文学为中心》，《江苏社会科学》，2020 年第 3 期，第 176 页。

③ 杰里米·默里－布朗：《肯雅塔》，史宙译，上海：上海人民出版社，1976 年，第 144 页。

的民族。"①在《哥伦比亚东非英语文学导读》中，西蒙·吉坎迪从三个方面阐释了《面向肯尼亚山》的独特性。其一，这部作品的出现是由恢复可用的吉库尤历史（recover a usable Gikuyu past）的愿望和产生一种与殖民主义文化及其民族志相对立的民族主义的需要共同推动的；第二，肯雅塔将非洲文化的社会组织作为一种基本原理和结构现象呈现出来，吸引了众多民族主义者和泛非主义者；第三，这部作品对文化民族主义的政治产生了影响。②以上三点强调了吉库尤的历史、民族主义、非洲社会文化的基本原理和结构以及民族主义政治等方面，同样忽略了这部作品所拥有的文学性质。

《面向肯尼亚山》虽是一部人类学著作，但它的文化自传性和文学性也十分明显。在这部作品的初版封底有这么一段文字：这部作品不仅是对当代非洲最伟大部落之一吉库尤族的生与死、工作与娱乐、性与家庭的正式研究，还是一部具有相当文学价值的作品。伦纳德·克莱因在《20世纪非洲文学》中，直接称它是肯尼亚"最早的英语文学作品"。③它虽是"写实"的，是"非虚构"的，但其中充满了格言、谚语和寓言故事等口头文学形式，也在某些段落中充满着有趣的情节。在"土地使用权制度"（System of Land Tenure）一章的结尾，肯雅塔讲述了一个吉库尤的寓言故事，以此隐喻吉库尤人与欧洲人之间的关系。这个故事曾经以《森林里的绅士们》为题刊登在我国的《作品》杂志1963年第9期上：一只大象在风雨交加的时候寻求人类的帮助，人类出于好意，暂且收留了它。但它无意感恩，不仅不知足，反而得寸进尺，恩将仇报，把人类赶出了屋子。人类寻求"皇家调查委员会"解决此事，却失败了，因为所谓的"皇家调查委员会"都是由犀牛、水牛、鳄鱼、狐狸和豹子等"同伙"构成。人类无可奈何，在别处又重建了一座小屋。但刚建好不久，犀牛就倚仗着它锋利的犀角夺去了屋子。如此反复，水牛、豹子和鬣狗等先后占领了人类的住所。没过多久，它们占领的房子开始腐烂，

---

① A. R. Barlow, *Facing Mount Kenya, the Tribal Life of the Gikuyu, by Jomo Kenyatta*, Journal of the International African Institute, 1939, Vol. 12, No.1, P. 114.

② See Simon Gikandi and Evan Mwangi, *The Columbia guide to East African literature in English since 1945*, New York: Columbia University Press, 2007, pp. 85-86.

③ 参见伦纳德·S. 克莱因（主编）：《20世纪非洲文学》，李永彩译，北京：北京语言学院出版社，1991年，第104页。

而此时人类在远处又重建了一座更大更好的房子。它们为了争夺这座房子的所有权发生了内讧。正在它们喋喋不休之时，人类趁机放了一把火，把它们都烧死了。"和平是昂贵的，但值得为此付出代价！"①从此以后，人类就过上了幸福的生活。

这些霸道的动物就是欧洲殖民者的象征。欧洲人刚开始踏入吉库尤的土地之时，吉库尤人以为他们是背井离乡、孤苦无依的流浪者，出于好心，才收留了他们。但他们却恩将仇报，欺骗了吉库尤人，夺取了他们的土地。除了寓言故事，肯雅塔在描述吉库尤族的祈雨仪式、播种仪式、驱病仪式和祭祖仪式等场景时，也画面生动，栩栩如生，颇具文学性：

长老："恩盖神啊，您给我们带来了雨水，也给了我们一个好的收成！希望您能保佑族人好好地享受收获的粮食，不要有任何意外或忧愁降临；希望人畜远离疾病！这样我们就能安安静静地享受本季的收成。"

合唱："和平，恩盖神啊，我们赞美您，愿和平与我们同在！"②

这篇短短的仪式描写表现出了祈祷、歌唱、人与神的关系、人与世间万物的联系、人的心灵状态以及部族秩序等一系列因素，画面感颇强。再比如，在写到吉库尤族的婚姻制度时，肯雅塔详细介绍了男女双方选择伴侣的各个阶段，从互表心意，家长见面，到准备聘礼，订婚仪式，再到婚礼当天，知无不言，言无不尽。婚礼当天的情形非常戏剧化，而这种戏剧化则常常被别人尤其是西方人误解。因为，在取得女方及其家人的同意之后，男方的娶亲日期是对女方及其家人保密的。男方及家人会在选定的吉日良辰，派人偷偷地把新娘"抢"过来。而此时，那位毫不知情的新娘或许正在地里除草，或许正在喂羊。男方的女性亲属会"突然袭击"，把"一头雾水""毫无准备"的女孩举过头顶，扛回家中。在这个过程中，戏剧化的情节出现了："女孩挣扎着拒绝与她们同去，大声抗议，甚至流下了眼泪，而女人们则欢笑着，载歌载舞。"③而这种戏剧化的类似表演将会持续八天，

---

① Jomo Kenyatta, *Facing Mount Kenya: The tribal life of the Gikuyu*, London：Secker and Warburg, 1938, p. 52.
② 乔莫·肯雅塔：《面向肯尼亚山》，陈芳蓉译，杭州：浙江工商大学出版社，2018 年，第 230 页。
③ Jomo Kenyatta, *Facing Mount Kenya: The tribal life of the Gikuyu*, London：Secker and Warburg, 1938, p. 171.

之后会举办相关仪式，以预示着婚礼正式结束。这种文学性的描写还有很多，比如在巫术与医术、成年仪式和祭祖敬神等章节皆有呈现。

除了作品自身包含的戏剧性情节和充满画面感的故事场景以外，《面向肯尼亚山》这部作品还折射出"文学"的标准和非洲文学的特殊性等问题。在非洲，英语这门语言本身就是殖民的产物。"非洲人用这种语言写的文学作品几乎完全是 20 世纪的现象。"①在非洲英语文学的生成、肇始和发展阶段，具有鲜明的模仿性和抵抗性特点。非洲各国英语文学的发生发展"均肇始于对英国文学亦步亦趋的模仿，继而经历了一段旨在本土化和民族化的艰难抗争，最后终于在国际化和民族化之间寻求到了相对的平衡，呈现出与英美文学交相辉映的景象"。②出版于1938 年的《面向肯尼亚山》以英语为书写语言，深受马林诺夫斯基的功能主义方法论的影响，而且肯雅塔把自己的强烈的政治情绪倾注在这部作品中，这从其描写的内容及其目的就一目了然。"虽然这本书的目的是要以人类学的方式叙述吉库尤人的习俗和传统，但它在非洲文学和政治领域的影响更明显地体现在它系统地表达了一种与殖民主义相对立的文化民族主义。"③文化民族主义通过强调本民族文化的独特性和平等性以反抗殖民者的蔑视态度。肯雅塔认为，非洲人不能沉默无声，而要发出自己的声音，要表达自己的诉求，而不是仅仅被他人"越俎代庖"。在本民族国家遭到殖民侵略和殖民统治的背景下，这部作品的抵抗性特征是十分明显的。

无论是在殖民时期还是在后殖民时期。"南非的艾捷凯尔·姆赫雷雷、彼得·亨利·亚伯拉罕斯、辛迪薇·马冈娜，尼日利亚的钦努阿·阿契贝……肯尼亚的恩古吉·瓦·提安哥，加纳的阿伊·克韦·阿尔马赫，索马里的纳努丁·法拉赫，津巴布韦的陈杰莱·霍夫"④等作家在反抗种族主义，揭露社会不公与政府腐败，消解西方中心主义话语等方面，都体现出鲜明的抵抗性。有学者指出，"非

① Albert S.Gérard, edited., *European-language writing in sub-Saharan Africa*, Akadémiai Kiadó, 1986, p. 863.
② 朱振武、刘略昌：《"非主流"英语文学的历史嬗变及其在中国的译介与影响》，《东吴学术》，2015 年第 2 期，第 140—141 页。
③ Simon Gikandi, *Encyclopedia of African literature*. London and New York: Routledge, 2003, p. 368.
④ 朱振武、袁俊卿：《流散文学的时代表征及其世界意义——以非洲英语文学为例》，《中国社会科学》，2019 年第 7 期，第 136 页。

洲现代文学从诞生之日起就是殖民的产物，同时也必然是反殖民的产物。"①这种反殖民必然是反抗的、斗争的，充满抵抗性。抵抗性便天然地具有了政治性，或者说，抵抗性很容易与政治性联系在一起。"20世纪非洲文学还有一个重要特征，政治与文学结合得相当密切。"②这也就引出了另一个问题，即文学的标准问题。我们往往把文学性、艺术性或美学价值作为衡量文学的普遍标准，而且很多时候，这种评判是无意识的。但在非洲，或者说，在非洲反殖民和去殖民的过程中，这种标准恐怕是值得商榷的，至少不能算唯一的标准。非洲英语文学自产生之日起就具有政治性和抵抗性，这种政治性和抵抗性理应成为评判非洲"文学"的标准之一。而且，作者自身的反殖民、求独立的政治经历也会大大影响作品的形式，"政治经历会塑造写作的形式。"③《面向肯尼亚山》就是这种特殊历史语境下的产物。丹尼·卡瓦拉罗指出，"文学不应该是指一个普泛、永恒的审美王国或优秀经典，而应该是一种在特定历史时期产生并反映特定时代风貌的实践。"④甚至可以说，在特殊的历史语境下，往往会产生特殊形态的作品。况且，政治性并非非洲文学独有的现象。有学者专门撰文阐述了西方文学的政治性以及对非洲文学评判的偏见问题。⑤西方文学同样充满政治性，或者说，文学很容易与意识形态结盟。保罗·德曼认为，"当它们在……为利益集团服务时……小说也成为意识形态。"⑥西方学者认为，非洲文学政治性有余而文学性不足，其实是一个十足的偏见，在这种偏见之下，非洲在反殖民和去殖民阶段产生的大量作品的价值很容易遭到低估，其文学价值也会遭到漠视。可以说，肯尼亚英语文学或者东非英语文学在肇

---

① 蒋晖：《从"民族问题"到"后民族问题"——对西方非洲文学研究两个"时代"的分析与批评》，《文艺理论与批评》，2019年第6期，第118页。

② 伦纳德·S.克莱因（主编）：《20世纪非洲文学》，李永彩译，北京：北京语言学院出版社，1991年，第6页。

③ Simon Gikandi and Evan Mwangi, *The Columbia Guide to East African Literature in English Since 1945*, New York: Columbia University Press, 2007, p. 12.

④ 丹尼·卡瓦拉罗：《文化理论关键词》，张卫东、张生、赵顺宏译，南京：江苏人民出版社，2013年，第76页。

⑤ 详见姚峰、孙晓萌：《文学与政治之辨：非洲文学批评的转身》，《上海师范大学学报》（哲学社会科学版），2019年第5期。

⑥ 丹尼·卡瓦拉罗：《文化理论关键词》，张卫东、张生、赵顺宏译，南京：江苏人民出版社，2013年，第76页。

始阶段就体现出鲜明的政治性和抵抗性特征，甚至可以说，这种政治性和抵抗性也是一种"文学性"。

肯雅塔的《面向肯尼亚山》是一部民族文化自传，这种自传性写作的确对肯尼亚甚至是东非英语文学的发生、发展产生了影响。由于肯雅塔在1952年到1961年间遭到殖民政府的拘禁，其作品对东非英语文学的影响力直至20世纪60年代初才显现。这主要体现在两个方面：第一，它为非洲的民族主义作家（nationalist writers）提供了一个范式，即他们可以书写自身的政治经验，并以此抗衡、解构西方中心主义话语。这方面的作家、作品有乔赛亚·姆旺吉·卡里乌基（J. M. Kariuki，1929—1975）的《茅茅囚犯》（*Mau Mau Detainee*，1963）、汤·姆伯亚（Tom Mboya，1930—1969）的《自由与之后》（*Freedom and After*，1963）和马瑟·加瑟鲁（Mugo Gatheru，1925—2019）的《两个世界的孩子》（*A Child of Two Worlds*，1964）等。"这种来自反殖民主义前线的写作，以一种戏剧化的方式提供了一种替代马凯雷雷所创作的那种写作的方式。"[1] 而且，非洲的作家们认为，"他们自己的个人经历可以转化为集体的见证。"[2] 第二，通过阅读民族主义回忆录（nationalist memoirs），马凯雷雷的作家们得以突破文学的禁锢，直面学术机构之外的殖民主义文化。[3] 众所周知，当时的马凯雷雷大学是英国伦敦大学的一所海外学院，它的文学传统是深受殖民统治和宗主国的文学影响的。西蒙·吉坎迪指出，20世纪50年代和60年代，东非的知识分子文学传统（intellectual literary tradition）深受马凯雷雷传统（Makerere tradition）的影响。[4] 英国评论家利维斯（F.R. Leavis，1895—1978）的伟大传统（Great Tradition）观念是东非文学教育的基础。这种影响在东非早期作家的作品中十分明显。而在1962年举办的非洲作家会议之后，东非部分作家展现出来的无助感和焦虑感从某

---

[1] Simon Gikandi and Evan Mwangi, *The Columbia guide to East African literature in English since 1945*, New York: Columbia University Press, 2007, p. 11.

[2] Simon Gikandi, *Encyclopedia of African literature* London and New York, Routledge, 2003, p. 51.

[3] See Simon Gikandi and Evan Mwangi, *The Columbia guide to East African literature in English since 1945*, New York: Columbia University Press, 2007, pp. 11-12.

[4] See Simon Gikandi, *Encyclopedia of African literature*, London: Routledge, 2003, p. 221.

种程度上来说就是所谓英国的"伟大传统"影响的体现，因为当时东非尚未出现与英国的文学传统相符合的文学作品，尽管东非存在着悠久的本土语言书写传统和口述文学传统。"正是从英国的传统中，这些作家第一次获知了何为诗歌、小说或戏剧的真正文学模式。"①这方面的代表性作品是由大卫·库克（David Cook）和大卫·鲁巴迪里（David Rubadiri）编选的《东非的起源：马凯雷雷选集》（*Origin East Africa: A Makerere Anthology*, 1965）。总而言之，《面向肯尼亚山》的问世具有重要意义，它可以被视为肯尼亚英语文学甚至是东非英语文学肇始阶段最为重要的著作。"在殖民时期，肯尼亚的其他新兴民族也没有生产出任何与《面向肯尼亚山》相对应的作品。……他的代表性成就是独一无二的。"②

但是，肯雅塔的文学地位是比较特殊的。对东非英语文学的发生、发展来说，他是一位先行者。在当时的历史文化环境中，他又是一位孤独者，因为，从西方文学批评史的发展历程来看，《面向肯尼亚山》的出版有些"生不逢时"。20世纪初英美现代文学批评出现了"向内转"的趋势。"新批评"强调文本至上，把作品视为一个自足的整体，着重研究作品的语言、意象和构成等文本内的要素，忽略作品产生的时代背景、作者生平和创作过程等外部因素，文本细读是其方法论。艾略特的早期文论为"新批评"奠定了理论基础，他在《批评的功能》（1923）中这样写道，"我并不否认艺术可以有本身以外的目的；但是艺术并不一定要注意到这种目的，而且根据评价艺术作品价值的各种理论，艺术在发挥作用的时候，不论它们是什么样的作用，越不注意这种目的越好。"③韦勒克和沃伦的《文学理论》（1949）以及布鲁克斯的《文学批评简史》（1957）则完成了"新批评"的理论建构。他们认为，"文学研究的合情合理的出发点是解释和分析作品本身……奇怪的是，过去的文学史却过分地关注文学的背景，对于作品本身的分析极不重视，反而把大量的精力消耗在对环境及背景的研究上。"④1938年《面向肯

---

① Simon Gikandi, *Encyclopedia of African literature*, London and New York: Routledge, 2003, p. 222 .

② Berman Bruce J and John M. Lonsdale, *The Labors of Muigwithania: Jomo Kenyatta as Author, 1928-45*. Research in African Literatures, Vol. 29, No. 1, 1998, p. 17.

③ 王向峰：《文艺学新编：现代文艺科学原理》，沈阳：辽宁大学出版社，1987年，第619页。

④ 雷·韦勒克、奥斯汀·沃伦：《文学理论》，刘象愚等译，北京：三联书店，1984年，第145页。

尼亚山》出版之时正是"新批评"成熟之际，而要理解这部作品的价值和意义则需要回到历史现场，深入非洲的现实遭遇并结合作者及其民族的处境。但遗憾的是，这部作品的内容不可能进入专注于"内部"研究的"新批评"的视野之中，故而并未引起英美学界的广泛关注。

结　　语

加纳历史学家 A. 阿杜·博亨（Albert Adu Boahen, 1932—2006）认为，迟至 1880 年，非洲大陆主要还是由本土传统的政治势力统治，欧洲人实际控制的范围十分有限。"到了 1914 年，除了埃塞俄比亚和利比亚是仅有的例外，整个非洲大陆全都沦为欧洲列强统治下大小不等的殖民地，这些殖民地通常在自然条件上远比原先存在的政治实体大得多，但往往同它们甚少关系或竟毫无关系。"[①] 在非洲人民的不懈斗争和世界民族解放运动潮流的推动下，东非国家大都在 20 世纪 60 年代取得了独立。"直到 20 世纪 50 年代早期，东非还只出版了少量的英文书籍，其作者使用英文主要是为了表达他们的政治不满。"[②] 西蒙·吉坎迪指出，"非洲文学似乎在 20 世纪 50 年代和 60 年代的非殖民化时期达到了顶峰，那时大多数非洲国家摆脱了欧洲殖民者而独立。"[③] 对于东非英语文学来说，主要在 20 世纪 60 年代中后期出现了文学创作的高峰。所以，以 1962 年召开的非洲作家会议作为东非英语文学发展史上的重要标志，把 1880 年至 1962 年这段 80 多年的沉寂期称为东非英语文学的前夜。肯雅塔的《面向肯尼亚山》则是东非出现想象性和创造性作品之前最为知名的著作，它集自传性、文学性和抵抗性等特征于一体，深刻体现出彼时彼地的历史诉求，深度影响了东非英语文学的创作发展。

肯雅塔的文化民族主义立场有其历史必然性，合乎时代的需要。而且，"民

① A. 阿杜·博亨（主编）：《非洲通史·第七卷：殖民统治下的非洲（1880—1935）》，北京：中国对外翻译出版公司，1991 年，第 1 页。

② Albert S.Gérard, edited. *European-language writing in sub-Saharan Africa*, Akadémiai, John Benjamins Publishing Company, 1986, p. 873.

③ Simon Gikandi, *Encyclopedia of African Literature*, London and New York, Routledge, 2003, p. xii.

族主义作家提供了一种话语，在这种话语中，作家与群体之间的关系是动态的、共生的。"① 而马凯雷雷英语（Makerere English）则令人疏远自身的历史、文化和独特经历，它塑造出的是欧化的审美意识形态，这对于非洲的民族主义者来说，是异化的表现。最后，值得一提的是，尽管肯雅塔的自我言说、自我表达和抵抗性的诉求实现了，那就是让欧洲人知道，仅以自己的眼光和标准衡量他者是不客观的，也是不公正的。但是，在当时的历史环境中，他在白人政府中的影响力是微弱的，在获取英国殖民当局认可的层面上，肯雅塔并没有实现直接的政治目标。② 同时也应注意到，面对殖民当局，肯雅塔虽然抱持一种抵抗的态度，但他的抵抗性是不彻底的，"他总是坚持非洲人的观点，但做出了足够的让步，以与对手保持对话。"③ 这与肯雅塔的流散经历和他所接受的西方文化教育密切相关，这也从某种程度上反映出非洲人民寻求民族国家独立和现代化发展的艰难。

（文 / 上海师范大学 袁俊卿）

---

① Simon Gikandi and Evan Mwangi, *The Columbia Guide to East African Literature in English Since 1945*, New York: Columbia University Press, 2007, p. 12.

② See Berman Bruce, *Ethnography as Politics, Politics as Ethnography: Kenyatta, Malinowski, and the Making of Facing Mount Kenya*, Canadian Journal of African Studies, Vol. 30, No. 3, 1996, p. 339.

③ Celarent Barbara, *Reviewed Work: Facing Mount Kenya by Jomo Kenyatta*, American Journal of Sociology, Vol. 116, No. 2, 2010, p. 722.

第二篇

恩古吉·瓦·提安哥
小说《血色花瓣》中的幻灭与希望

恩古吉·瓦·提安哥

Ngugi wa Thiong'O，1938—

作家简介

恩古吉·瓦·提安哥，肯尼亚吉库尤人，1938 年出生于利穆鲁（Limuru），东非最具国际影响力的作家之一。

恩古吉·瓦·提安哥算是典型的因政治迫害而流亡他乡的作家。他于 1977 年用吉库尤语写成的剧本《我想要结婚时就结婚》（*I Will Marry When I Want*）在利穆鲁的一个露天剧场上演，故事主要讲述了农民吉古恩达及其妻子被他们的雇主奥义欺骗从而失去土地的故事。同年，恩古吉高度政治化的小说《血色花瓣》（*Petals of Blood*）出版，这部作品揭露了独立后的肯尼亚人民不仅没有过上安稳的生活，反因政府延续白人的殖民统治政策而导致人民生活困苦不堪的事实。由于这两部作品公开批评了肯尼亚政府的新殖民主义从而得罪了当权者，恩古吉未经审判就被关进监狱。出狱后，恩古吉不仅失去了在大学的教职，还受到死亡威胁。他于 1982 年到 2002 年被迫流亡英国（1982—1989）和美国（1989—2002），直至 22 年后，才可以返回肯尼亚。恩古吉流亡期间出版的作品诸如论文集《转移中心：为文化自由而战》（*Moving the Centre: The Struggle for Cultural Freedom*，1993）、《笔尖，枪口下的威胁与梦想：后殖民非洲的文学与权力表现》（*Penpoints, Gunpoints, Dreams: The Performance on Literature and Power in Post-Colonial Africa*，1999）以及日记《被拘：一个作家的狱中日记》（*Detained: A Writer's Prison Dairy*，1981）等同样充溢着昂扬的斗争精神。他的作品还有《马蒂加里》（*Matigari*，1986）、《黑隐士》和《德丹·基马蒂的审讯》（*The Trial of Dedan Kimathi*，1976）等。[①]

恩古吉·瓦·提安哥的写作涵盖了非洲现代英语写作发展的四个阶段：帝国主义入侵非洲时期、殖民统治及外国文化的巩固和反帝国主义运动的开始阶段、反抗帝国主义和殖民主义时期、独立后的失望时期。

---

① 详见袁俊卿、朱振武：《恩古吉·提安哥：流散者的非洲坚守和语言尴尬》，《人文杂志》，2019 年第 12 期，第 68—71 页。

作品节选

《血色花瓣》
(*Petals of Blood*, 1977)

His father was an early convert to the Christian faith. We can imagine the fatal meeting between the native and the alien. The missionary had traversed the seas, the forests, armed with the desire for profit that was his faith and light and the gun that was his protection. He carried the Bible; the soldier carried the gun;the administrator and the settler carried the coin. Christianity, Commerce, Civilization: the Bible, the Coin, the Gun: Holy Trinity. The native was grazing cattle, dreaming of warriorship, of making the soil yield to the power of his hands, slowly through a mixture of magic and work bending nature's laws to his collective will and intentions.[①]

他的父亲很早就皈依了基督教。我们可以想象当地人和外来者之间那种致命的碰撞。传教士越过大海、森林，对利润的渴望就是他们的信仰和光明，枪支就是他们的保护神。传教士带着《圣经》，士兵携带着枪炮，管理者与定居者带着硬币。基督教、商业、文明:《圣经》、硬币、枪:三位一体。当地人正在放牧牛羊，梦想着成为勇士，梦想着用双手把土地变为粮仓，通过魔法和工作的混合，慢慢地使自然法则屈从于他们的集体意志和打算。

(袁俊卿 / 译)

---

① Ngugi wa Thiong'o, *Petals of Blood*, London: Heinemann, 1977, p.106.

作品评析

《血色花瓣》中的幻灭与希望

引　言

　　恩古吉·瓦·提安哥是目前肯尼亚最具国际影响力的作家，也是东部非洲屈指可数的知名作家之一。《血色花瓣》被称为恩古吉最具代表性的作品。"这部小说于 1970 年在西北大学任教期间开始创作，回到肯尼亚后，恩古吉继续写作，最终作为苏联作家联盟的客人在雅尔塔完成。"[①]《血色花瓣》是一部"关于肯尼亚新殖民主义政治的伟大小说"[②]，主要讲述了木尼拉（Munira）、阿卜杜拉（Abdulla）、万佳（Wanja）和卡雷加（Karega）四个人物的故事，他们因为"茅茅运动"而聚集在了偏远的伊乌莫罗格（Ilmorog），随着故事的逐渐展开，每个人的遭遇和内心世界都得到了逐一地呈现。通过这部作品，恩古吉·瓦·提安哥"试图呈现非洲从前殖民时代到新殖民主义时代的历史全景"[③]。作品中的人物大都被裹挟在政治、教育、阶级、新殖民主义、工农运动等复杂问题之中，努力挣扎，艰难生存，给人一种强烈的幻灭感和窒息感。"小说的中心主题仍然是期望和背叛，民族主义的梦想和它在被恩古吉认为是资本主义祭坛上的牺牲。"[④]但是，在这种失望

① Georg M. Gugelberger, *Marxism and African Literature*, Trenton: Africa World Press, 1986, p. 118.

② F. Abiola Irele and Simon Gikandi, *The Cambridge History of African and Caribbean Literature*, Cambridge: Cambridge University Press, 2004, p. 439.

③ F. Abiola Irele and Simon Gikandi, *The Cambridge History of African and Caribbean Literature*, Cambridge: Cambridge University Press, 2004, p. 439.

④ Simon Gikandi, *Encyclopedia of African Literature*, London and New York: Routledge, 2003, p. 517.

和痛苦的氛围中，恩古吉也表达出对未来的某种希望。在小说的最后一页，卡雷加虽身在狱中，但"望向了未来"："'明天……'他知道，他不再孤独。"[①]在恩古吉的创作生涯中，这部作品也较为特殊。因为，"在完成《血色花瓣》后不久，恩古吉决定用自己的母语'吉库尤语'代替英语写作，这是他事业中的一个重要时刻。"[②]放弃英语，使用母语写作，在某种程度上与这部作品的内在基调其实是一致的，都充满了抵抗意味，体现出深刻的社会关怀。

一、西化教育与"自恨情结"

教育是这部小说的重要主题之一，也是恩古吉·瓦·提安哥着重关注的焦点议题。小说中，卡雷加是工农阶级的代表，富有热情和理想主义情结。他一直试图发动工农群众反抗肯尼亚的新殖民主义，但是效果并不理想。卡雷加心怀疑问：非洲黑人的团结一致精神去哪里了呢？他百思不得其解，于是写信向那位曾经帮助过他们的律师寻求答案。这位律师给他寄了一些书及一份书单，并附了一句话："看你从中悟出什么。"卡雷加先从历史书籍看起，因为他觉得，历史应该为当今社会存在的问题提供答案。为何占人口总数百分之七十五的人终日劳苦，却依旧食不果腹，而那小撮不做任何有用工作的寄生虫却能过上舒适的生活？可是，卡雷加没有从这些历史教授的书籍中找到答案，他读到的尽是些殖民主义之前肯尼亚的历史。这些学者根本不愿意面对殖民主义和帝国主义的影响，他们把肯尼亚的暴力抵抗运动描述为恐怖谋杀，贬低和诋毁非洲人民在过去的斗争中做出的种种努力。卡雷加阅读的文学作品也给他带来类似的困惑。这些作品尽管反映出了当代恐惧、压迫和剥削的社会形式，但是却把他引向了悲观主义和神秘主义。卡雷加从政治科学类的书籍中也没有找到他想要的答案。这些黑人教授的书籍只是代表了某个群体的声音，并没有站在最广大的人民群众的立场。"教育家、文学

---

① 恩古吉·瓦·提安哥：《血色花瓣》，吴文忠译，北京：人民文学出版社，2021 年，第 505 页。
② Simon Gikandi and Evan Mwangi, *The Columbia Guide to East African Literature in English Since 1945*, New York: Columbia University Press, 2007, p. 116.

家，知识分子：这些只是发表的声音（不是中立的、脱离了肉体的声音），但却是属于真人的声音，属于群体、利益集团的声音。"①卡雷加有自己的立场，那就是站在黑人农民和工人的立场上反对白人及其代言人的压迫和统治。而这些黑人教授们，其实都已经"西化"了。他在给学生上课时一针见血地指出了肯尼亚的历史及现实处境：

同学们，今天，我将用三句话把黑人先生的历史讲给你们。开始的时候，他拥有土地、头脑和灵魂这三位一体。第二天，他们把他的身体夺走，用于兑换银币。第三天，他们看他仍然在抵抗，就带来了牧师和教育者来束缚他的头脑和灵魂，这样，这些外国人就会更容易地夺走他的土地和农产品。②

在卡雷加看来，无论是独立前还是独立后，肯尼亚的土地、人力、教育、资本都被牢牢地控制了。西化的问题其实早在肯尼亚独立之前就存在了。"一八九五年，肯尼亚从英国公司的私有财产转变为英属殖民地，之后，肯尼亚将它的教育系统全权转交给新教徒和罗马天主教传道士。"③木尼拉的父亲瓦维鲁（Waweru）很早就皈依了基督教。以前，瓦维鲁和他的父亲被那些更强大的领主和富裕家庭赶出了穆兰卡（Muranga），不得不在基亚姆布（Kiambu）重新开始。瓦维鲁的父亲还是一个地地道道的传统主义者，他恪守着传统的规则，守护着脚下的一片土地。但是，有些部落首领、头目、族长正在背叛人民，和外国人勾结在一起，他们似乎拥有更加强大的魔法。"这个魔法以及从竹竿产生的魔法让那些大家族、大领主和部落恐惧：他们或是与之抗争，或是与之求和。至少它是在分裂家族、部落，甚至山岭。"④这里的"竹竿"其实就是枪支的象征性表述。这种魔法的力量早已超过了传统的巫术的魔力。

① 恩古吉·瓦·提安哥：《血色花瓣》，吴文忠译，北京：人民文学出版社，2021年，第291页。
② 恩古吉·瓦·提安哥：《血色花瓣》，吴文忠译，北京：人民文学出版社，2021年，第343页。
③ 恩古吉·瓦·提安哥：《战时梦》，金琳译，北京：人民文学出版社，2021年，第86页。
④ 恩古吉·瓦·提安哥：《血色花瓣》，吴文忠译，北京：人民文学出版社，2021年，第133页。

我们可以想象土著人和外来人之间那种致命的碰撞。传教士漂洋过海，追寻的信念和光明就是对利润的渴求，手中的枪炮就是他的保护神。传教士携带着《圣经》，士兵携带着枪炮，管理者和定居者携带着硬币。基督教，商业，文明——《圣经》，硬币，枪炮——三位一体。土著人在放牧牛羊，在梦想成为勇士，梦想着用双手将土地变为粮仓，通过魔力和勤劳，慢慢地将自然的法则服从于自己群体共同的意愿和打算。①

《圣经》、枪炮和资本是外来者寻求扩张、攫取利润的三大法宝。而彼时的非洲土著却沉浸在传统的习俗之中，好像生活在另一个时空。结果自然而知，土著人无法抵御外来者的枪炮，殖民者带来的文化也将土著习俗瓦解了。瓦维鲁最终放弃了与其父亲共同抵抗的打算，在19世纪90年代，不顾父亲的反对加入了传教团，投入到了基督教的怀抱。

皈依基督教的回报是很明显的，借助金钱、法律法规以及契约骗局，"他从一些破败的领主、部落首领以及需要钱向新上任的独裁者缴纳税金的某些个人手里，买下了大片的土地。"②瓦维鲁渐渐完成了个人的原始资本积累。"瓦维鲁攫取了所有空地，因而成为老殖民政权统治下的一位势力非常强大的地主和神职人员。瓦维鲁是第一批获准种经济作物除虫菊并向白人种植者出售的非洲人。因此，与那些不信教的邻居相比，他已经赢在了起跑线上。"③那些邻居们已经沦为城镇或农场的劳工。瓦维鲁曾经在两次世界大战期间拍摄了一张照片，他的形象一直留在木尼拉的脑海中。

瓦维鲁站在一架留声机的旁边，留声机上画着一幅图画：一条用后腿坐着的狗在吠叫，此画名为《主人之声》。瓦维鲁身着戎装马裤和长筒靴，马甲前面悬着一条表链。他头上戴着遮阳帽，手里捧着一部《圣经》。④

---

① 恩古吉·瓦·提安哥：《血色花瓣》，吴文忠译，北京：人民文学出版社，2021年，第131页。
② 恩古吉·瓦·提安哥：《血色花瓣》，吴文忠译，北京：人民文学出版社，2021年，第134页。
③ 恩古吉·瓦·提安哥：《血色花瓣》，吴文忠译，北京：人民文学出版社，2021年，第134页。
④ 恩古吉·瓦·提安哥：《血色花瓣》，吴文忠译，北京：人民文学出版社，2021年，第134—135页。

留声机、戎装马裤、长筒靴、遮阳帽、《圣经》，除了黑色的皮肤，瓦维鲁简直与白人无异。木尼拉的妻子本来是一名非基督徒，但是，"她放弃了她父母原来反对基督教的立场，决心重新塑造自己的灵魂。"① 仿佛受到了某种魔力的影响，瓦维鲁和木尼拉的妻子等人都抛弃了"传统"，倒向了"西方"，与殖民者站在了一起，享受着殖民者带来的红利。"重新塑造自己的灵魂"其实就是自我东方化了。"非西方国家或地区认同东西方二元对立与西方中心主义的世界观念秩序，认同为此世界观念秩序奠基的进步／停滞、自由／专制、文明／野蛮的二元对立的价值体系与西方现代进步、自由、文明的优越性，认同现代西方文化霸权下自身低劣的他者地位。"② 瓦维鲁和木尼拉的妻子等人目击了西方的"强大"与"先进"，也就默认了自身的"弱小"与"落后"。在先进与落后、进步与停滞、文明与野蛮等二元对立的认知框架中，许多非洲人生出了浓烈的自卑情绪，造成了一种"自恨情结"：

你看，我们那些非洲的兄弟姐妹都自豪地称呼自己为詹姆斯·菲利普森、利斯帕、霍坦西亚、罗恩·罗杰森、理查德·格鲁克斯、慈善、蜜月雪……一系列西方世界所叫的名字，还有什么比这幅漫画更滑稽可笑的呢？他们请亲朋好友吃饭喝茶，贿赂他们别称呼他们非洲的名字，你还能找到比这个更有说服力的证据来说明非洲人的这种自我憎恨的情结吗？我只是更相信名字背后的现实，而非名字本身。③

这种"自恨情结"波及范围广，持续时间久，足见西方的殖民统治造成的影响之深。2021 年诺贝尔文学奖获得者阿卜杜勒拉扎克·古尔纳（Abdulrazak Gurnah，1948— ）的小说《最后的礼物》（*The Last Gift*，2011）中，汉娜（Hanna）就把自己的名字改为了安娜（Anna），因为她觉得，安娜更"英国"，更"洋气"。

① 恩古吉·瓦·提安哥：《血色花瓣》，吴文忠译，北京：人民文学出版社，2021 年，第 135 页。
② 姜智芹：《美国的中国形象》，北京：人民出版社，2010 年，第 7 页。
③ 恩古吉·瓦·提安哥：《血色花瓣》，吴文忠译，北京：人民文学出版社，2021 年，第 186 页。

名字背后，其实反映出人们的文化认同。部分非洲土著改名换姓，其实是对本土传统的摒弃，是对西方文化的认可。在小说中，这种"自恨情结"多次出现。比如，木尼拉、万佳等人前往内罗毕的途中，阿卜杜拉向大家讲述了奥尔·马赛（Ole Masai）的故事。"他经常告诉他们，他如何如何地恨他自己，恨他的母亲，恨他的父亲，恨他分裂的自己，说他时常想要自杀，因为他哪里也不属于。"①奥尔·马赛的"灵魂受到西方价值观的统摄，却又难以与传统文化完全剥离，从而在心灵上造成一种既不属于'此'也不属于'彼'的中间状态。"②这种状态就是殖民主义对非洲人民产生的深刻影响。正如万佳所言，"也许我们都有个残缺的灵魂，我们也都在寻找治疗方法。"③"残缺的灵魂"其实就表明非洲人的主体性出了严重的问题。他们的主体性被瓦解了，被塑造了。

> 当时我们有力量支配我们的四肢。我们自己编了歌词，伴着这些歌词又唱又跳。但是有一段时间，我们的这种力量被剥夺了。我们是跳舞了，但是歌词却是别人喊出来和唱出来的。……我们必须唱我们的歌跳我们的舞。④

别人的"表达"自然会掩盖他人的"心声"。"我们"必须唱"我们"的歌跳"我们"的舞，重新寻回被剥夺的"力量"。这就需要重新构建非洲人的主体性。木尼拉作为一名中产阶级知识分子，也在探索着未来的道路，只不过他更多地扮演着一名局外人的角色。"在国家独立之前以及独立之后不久，全国上下席卷了一股普遍的理想主义热潮，促使他到了乡村去搞教育事业。"⑤当时，在如此偏远落后的伊乌莫罗格，教育资源十分匮乏，缺乏教师就是最为棘手的问题。

教育资源的匮乏和资源分配不均是独立前后肯尼亚发展的重要阻碍。在殖民时期，非洲教师只能在非洲人的学校教书，而且，所有非洲人的学校大同小异：

---

① 恩古吉·瓦·提安哥：《血色花瓣》，吴文忠译，北京：人民文学出版社，2021 年，第 202 页。
② 朱振武、袁俊卿：《流散文学的时代表征及其世界意义——以非洲英语文学为例》，《中国社会科学》，2019 年第 7 期，第 144 页。
③ 恩古吉·瓦·提安哥：《血色花瓣》，吴文忠译，北京：人民文学出版社，2021 年，第 108 页。
④ 恩古吉·瓦·提安哥：《血色花瓣》，吴文忠译，北京：人民文学出版社，2021 年，第 171—172 页。
⑤ 恩古吉·瓦·提安哥：《血色花瓣》，吴文忠译，北京：人民文学出版社，2021 年，第 135 页。

设备差，资金有限，校舍差。但是有一点是尚可的，即这里的老师是当时非洲老师中最好的。但是，自治政府成立后，学校管理和教师分配的肤色标准被取消了，非洲人学校中的好老师被基础设施和资金占优势的前亚洲人和欧洲人学校吸引走了。在小说中，恩古吉也塑造了一个貌似充满希望的人物——约瑟夫（Joseph）。他被阿卜杜拉收养，受到万佳的资助，而且学习成绩优异。有研究者指出，"约瑟夫的成功仍然在希里阿纳学校，这个学校以前是'欧洲'教育的堡垒。"① 言外之意，是指约瑟夫也有西化的危险。但是，这个人物还是值得期待的，因为，他对于木尼拉、万佳和卡雷加心怀感激，想以他们为榜样，"我想因为我为我们的人民做了些事情而感到骄傲。……我也想为我们国家人民的解放做出贡献。"②

二、阶级鸿沟与政治幻灭

除了教育问题，肯尼亚的政治精英与人民大众之间的隔阂也是恩古吉·瓦·提安哥批判性反思的重要议题。小说中，伊乌莫罗格遭遇旱灾，庄稼面临绝产。木尼拉、万佳和卡雷加等人试图穿越草原，前往大都市内罗毕，向他们的区代表寻求帮助。在长途跋涉的过程中，约瑟夫生病了，高烧不退，而他们也饥肠辘辘。天黑之时，他们来到一处农庄，敲开了杰罗德·布朗（Jerrod Brown）牧师的大门。他们相信，"信奉上帝的人，不管他是什么肤色，都是以善良和慈悲为怀的。"③ 况且，杰罗德·布朗牧师本身就是黑人。令他们吃惊的是，布朗牧师只愿意在"精神层面"帮助他们，他拿起《圣经》，要求他们与他一起祈祷。"他从精神上为穷人祈祷，在灵魂上为跛脚者祈祷；他为无业的游民，为所有的饥渴者祈祷，……他为太阳底下所有的生灵祈祷。"④ 这一幕，具有极强的讽刺意味。他们求助无果，只能空手而回。

① Charles Cantalupo (ed.), *The World of Ngugi wa Thiong'o*, Trenton: Africa World Press, 1995, p. 34.
② 恩古吉·瓦·提安哥：《血色花瓣》，吴文忠译，北京：人民文学出版社，2021年，第498页。
③ 恩古吉·瓦·提安哥：《血色花瓣》，吴文忠译，北京：人民文学出版社，2021年，第214页。
④ 恩古吉·瓦·提安哥：《血色花瓣》，吴文忠译，北京：人民文学出版社，2021年，第217页。

他们又来到一处郊外最时尚的农耕区和居住区。"木尼拉突然停了下来，他的心怦怦地跳得快了。他又看了一遍门上的名字，然后才喊卡雷加。'雷蒙德·储伊。'"①雷蒙德·储伊（Chui）是木尼拉的同学、朋友，一起共患难的战友。木尼拉很高兴，觉得终于找到可以寻求帮助的人了。木尼拉一个人走进了院子。透过窗子，木尼拉可以看到身穿长裙、手拿酒杯的女士，她们在兴奋地高谈阔论。屋子里正在举行一场氛围浓烈的聚会。木尼拉犹疑起来，进退维谷。"他突然意识到他身上必定气味难闻，他的头发杂乱无章，他的衣服汗水泥土，邋邋百褶，不堪入目。"②木尼拉的形象与屋内温暖融洽的气氛形成鲜明反差。

门从里面打开了，随着洒落出来的灯光，木尼拉对面出现了一位抹着浓浓的口红、头戴巨型非洲假发、脖子和手腕上项链手镯闪闪发光的女人。他根本没有时间再多看一眼。因为那位女人，最初被自己见到的幽灵惊得目瞪口呆，此时回过神来大声尖叫起来，那是一种令人毛骨悚然的尖叫声，然后就昏倒在了地上。他一时恐惧得犹如钉在了地上一样。他听到了纷乱的脚步声和玻璃的破碎声。储伊和他的朋友们正在来营救这位女人，有一个声音告诉他，不容他解释，他就有可能被人暴打一顿。③

木尼拉无暇他顾，登时窜进黑暗中，拼命逃跑，同时，身后传来一声枪响。木尼拉再次失望了。"到这些人家里根本没有用，他们都一个样。"④就在他们试图前往下一个住家寻求帮助时，一伙人把他们团团围住，把他们绑了起来。卡雷加努力解释着这里的一切，甚至提到了他们此次进城的目的——寻找伊乌莫罗格的议员——恩德里·瓦·里艾拉（Nderi wa Rieri）。基莫里亚（Kimeria）告诉他们：

---

① 恩古吉·瓦·提安哥：《血色花瓣》，吴文忠译，北京：人民文学出版社，2021年，第219页。
② 恩古吉·瓦·提安哥：《血色花瓣》，吴文忠译，北京：人民文学出版社，2021年，第221页。
③ 恩古吉·瓦·提安哥：《血色花瓣》，吴文忠译，北京：人民文学出版社，2021年，第221页。
④ 恩古吉·瓦·提安哥：《血色花瓣》，吴文忠译，北京：人民文学出版社，2021年，第221页。

　　他是那种所谓的，哦，自由战士，对，他是运动的一员，被捕拘留了。而我呢，哦，我们两人当时观点可不一致，可以这么说吗？可现在呢，我们成了朋友。为什么呢？因为我们都意识到，不管我们是在围墙的那侧，还是在围墙的这侧，或者干脆骑在墙上，我们奋斗的目标都是一样的。……我们一起搞了一两个企业。……我们都是卡姆温文化组织的成员。①

　　从基莫里亚的表述中可知，伊乌莫罗格的议员恩德里·瓦·里艾拉先生早已与他沆瀣一气了。"黑人中产阶级取代了白人的殖民统治，歧视和斗争仍是主流。"②伊乌莫罗格的百姓投票选举出的议员，脱离了人民大众。基莫里亚不仅扣留了这些百姓，还想要霸占万佳。"我可以抓起那部电话，让你们几个都被逮捕，然后起诉你们犯了擅闯蓝山私宅的罪行。你们就可能被羁押候审六个多月。"③在各种压力之下，万佳用身体挽救了大伙。经过重重艰难，他们最终抵达了这座大都市内罗毕，即将面见伊乌莫罗格和南鲁瓦伊尼区的议员——恩德里·瓦·里艾拉。

　　议员的女秘书抹着浓艳的口红戴着假发，正在修剪指甲，看见他们两人进来，上下打量了他们一下，然后给他们的回答却让他们期待的心如同冰水浇顶一般：议员此时不在，他去了蒙巴萨，但随时可能回来。④

　　恩德里·瓦·里艾拉之前也是一位普通人，但后来突然飞黄腾达。"他支持各种民粹主义的事业，比如在土地所有权上封顶，将主要工业和商用企业国有化，消灭文盲和失业现象，并组建东非联盟作为建立泛非洲统一组织的第一步。"⑤但逐渐地，他收到了许多外国企业的邀请，"后来他就在许多公司里买了股份，并

① 恩古吉·瓦·提安哥：《血色花瓣》，吴文忠译，北京：人民文学出版社，2021年，第224页。
② Mwangi, Meja 1948–, Encyclopedia.com. https://www.encyclopedia.com/education/news-wires-white-papers-and-books/mwangi-meja-1948 [2022-4-23]
③ 恩古吉·瓦·提安哥：《血色花瓣》，吴文忠译，北京：人民文学出版社，2021年，第227页。
④ 恩古吉·瓦·提安哥：《血色花瓣》，吴文忠译，北京：人民文学出版社，2021年，第230页。
⑤ 恩古吉·瓦·提安哥：《血色花瓣》，吴文忠译，北京：人民文学出版社，2021年，第254页。

在土地、房屋和小企业上投资。他突然从小地方消失了。"① 他经常出现在报纸上、特殊俱乐部和鸡尾酒会里。他坚持提倡非洲性、非洲文化和黑人的真实性等内容，以此蛊惑人心，混淆视听。实际上，他已经成为一名斫轮老手，这些口号仅仅是愚弄大众的说辞罢了。"他在政治操纵上可是一名经验丰富的老手。"② 但是，此时的民众早已对他失去了信任，不再盲目地听从他的鼓动和愚弄。恩德里心中一直怀疑是他的政敌在和他作对，这些来自偏远地区的代表团肯定也受到政敌的怂恿。所以，他的首要目的不是解决农民的问题，而是铲除这场阴谋。他面对着吉万吉花园的人群，大声疾呼：

> "呜呼鲁！"（自由，民族独立）
> "呜呼鲁！"
> "呜呼鲁纳卡努！"
> ……
> "打倒我们的敌人！"
> ……
> "哈兰比！"③

以前，这些煽动人心的口号可以唤起听众的万丈豪情，但如今，他的呼喊却没有得到民众的热切回应。人群中发出了一阵又一阵质疑、反对、不满的声音。"你在耍嘴皮子！……""无聊！无聊！……就是他们在滥用我们的自由！"④

突然，一颗石子飞来，击中了恩德里的鼻子。接下来，一阵暴风雨般的橘子皮、石头子儿、棍子等等东西飞向了他。恩德里保持了好几秒钟的尊严，没有理

---

① 恩古吉·瓦·提安哥：《血色花瓣》，吴文忠译，北京：人民文学出版社，2021 年，第 254 页。
② 恩古吉·瓦·提安哥：《血色花瓣》，吴文忠译，北京：人民文学出版社，2021 年，第 256 页。
③ 恩古吉·瓦·提安哥：《血色花瓣》，吴文忠译，北京：人民文学出版社，2021 年，第 264 页。
④ 恩古吉·瓦·提安哥：《血色花瓣》，吴文忠译，北京：人民文学出版社，2021 年，第 265—266 页。

睬向他飞过来的各种投掷物。这时，一团泥土飞过来，正好糊在了他的嘴上。来个带尊严的退场已经来不及了。①

恩德里带来一群警察，木尼拉、阿卜杜拉和卡雷加遭到了羁押。但是第二天，在律师的努力之下，他们无罪释放。这件事情经过媒体的报道逐渐发酵，并引发了一系列魔幻的事情：杰罗德牧师呼吁教堂联合会派一个小组到伊乌莫罗格进行帮助；政府发言人承诺将会派人前去调查事情的真相；慈善组织承诺销售更多的"彩票"，期待人们"撞大运"；一帮大学生前来实地考察，并写了一篇论述干旱及不平等发展与新殖民主义的关系的论文等。

但是，在小说的"第十章"，恩古吉这样写道："被给予的许诺没有一个变为现实。伊乌莫罗格仍然是共和国某种被遗忘的边塞。就连那些教会的人和警察局局长与警察们也是每隔好几个月才来这里一次。"②他们的诉求没有得到满足，他们的困境没有消失。"我们进行了长途跋涉来到了城里，目的是解除伊乌莫罗格的旱灾。可是我们却从城里带回来了精神上的旱灾！"③精神上的旱灾与伊乌莫罗格的旱灾相呼应，都令人绝望。

三、新殖民主义与工农运动

在《血色花瓣》中，虽然给人一种强烈的幻灭感，但是我们可以从不同的故事中发现一条贯穿始终的"主线"，这条"主线"就是肯尼亚人民的大团结。卡雷加一直很喜欢与割礼仪式有关的舞蹈和歌曲，"这时，他的心情就会被带到美丽的

① 恩古吉·瓦·提安哥：《血色花瓣》，吴文忠译，北京：人民文学出版社，2021年，第266—267页。
② 恩古吉·瓦·提安哥：《血色花瓣》，吴文忠译，北京：人民文学出版社，2021年，第361页。
③ 恩古吉·瓦·提安哥：《血色花瓣》，吴文忠译，北京：人民文学出版社，2021年，第284页。

远方，想象那里的人们由一种共同的精神被团结在一起。"① "共同的精神"，是非常重要的内容。因为，这个共同精神就是肯尼亚不同民族团结一致的纽带。"在割礼节仪式的这种坦率的心境下，他们感觉相互联系得很紧密，一个社区的大众都在分享一个秘密。"② 在此之前，尽管他们共同生活在伊乌莫罗格，甚至在一个院子里生活了几乎两年，但彼此之间的了解还太少。也正是在这个割礼节上，万佳、木尼拉、阿卜杜拉等人才敞开了心扉，诉说着彼此的心事。

比如，卡雷加讲述着自己和姆佳米（Mukami）的浪漫过往，令在场的所有人都深受感染。但是，由于卡雷加的哥哥——恩丁古里（Ndinguri）——曾经与茅茅党有关系，姆佳米的父亲瓦维鲁命令他们断绝来往。因为，瓦维鲁"拒绝独立斗争，然后在独立后的肯尼亚站在新帝国主义者一边。他完全为一己之利所驱使"③。他与茅茅党立场殊异，恩怨未消。

一九五二年，他又蔑视当时的运动而坚守教堂。他甚至还胆大妄为地祈祷反对当时的运动。因为这些做法，他的牛栅栏被打破，牛被人偷走。他的左耳朵被割掉以示警告。他确实不再通过祈祷来反对这场运动了，但是至少他没有放弃他所选择的信念和立场。④

正是因为姆佳米的父亲瓦维鲁甘愿充当白人的帮凶，并且在教堂中诅咒茅茅党人，恩丁古里带领一帮"歹徒"闯进了瓦维鲁的家园，割掉了瓦维鲁的耳朵，以示惩罚。一方面父命难违，另一方面情丝难断，在这种重重压力之下，姆佳米跳崖自杀了。卡雷加的故事震撼了所有在场的人。木尼拉心中升起了莫名的仇恨，因为，姆佳米正是他的亲妹妹，"是唯一站在他一边儿的家人"⑤。而恩丁古里，是阿卜杜拉的亲密战友，他们曾经为了共同的目的而战斗。"恩丁古里，他们中间最

① 恩古吉·瓦·提安哥：《血色花瓣》，吴文忠译，北京：人民文学出版社，2021 年，第 300 页。

② 恩古吉·瓦·提安哥：《血色花瓣》，吴文忠译，北京：人民文学出版社，2021 年，第 306 页。

③ Killam G.D, *The Writing of East and Central Africa*, Nairobi: Heinemann Educational Books (East Africa) Ltd., 1984, p. 135.

④ 恩古吉·瓦·提安哥：《血色花瓣》，吴文忠译，北京：人民文学出版社，2021 年，第 137 页。

⑤ 恩古吉·瓦·提安哥：《血色花瓣》，吴文忠译，北京：人民文学出版社，2021 年，第 319 页。

勇敢的人。没有人为他哭泣，没有人为他复仇，他就躺在一个公共墓穴的某个地方。那是一座万人坑，肯尼亚自由独立的无名战士，无人赞颂的战士……"①恩丁古里在给茅茅战士运送子弹的时候被抓，并被处以绞刑。

随着阿卜杜拉的讲述，故事的真相渐渐浮出水面。原来，阿卜杜拉与恩丁古里前往印度人经营的购物中心见一位"我们的人"——基莫里亚，他与殖民警察有神秘的联系，能够提供枪支弹药。之前，阿卜杜拉和恩丁古里确实从基莫里亚手中买到过一两次子弹，他们把这些子弹交给茅茅战士。但是在另一次交易中，阿卜杜拉和恩丁古里被基莫里亚出卖了，阿卜杜拉侥幸逃脱，恩丁古里遭到逮捕，并被处以极刑。肯尼亚独立前夕，基莫里亚摇身一变，成了一位大人物。"走进办事处的那个人就是出卖了我和恩丁古里的那个家伙。后来我了解到，他和那家公司签有合同，负责将该公司的货物运往各地。……基莫里亚正在吃着自由的胜利果实！"②茅茅战士被出卖了，茅茅运动的革命果实被窃取了。无论是肯尼亚开国总统乔莫·肯雅塔（Jomo Kenyatta），还是他的继任者丹尼尔·莫伊（Daniel arap Moi），"肯尼亚政府几乎没有帮助过茅茅党受害者。"③那些为了肯尼亚的土地与自由浴血奋战的战士被遗忘了。阿卜杜拉心怀愧疚，"我，阿卜杜拉，忘记了我对主的誓言……我在忙着赚钱……我甚至来到了伊乌莫罗格隐藏了起来。他失声哭了起来，哽咽地哭泣，全然不顾在场的人了。"④阿卜杜拉"从草原上一个战神般的猎手，从一位善使刀枪、善用草药和熟知天气的大师，从一个对自己英雄般的历史充满了自信和亲昵的性情中人，变成了现在缩进了自己世界的孤独老人。"⑤他们的战斗失败了。"人民共同流血所换来的土地让几个有钱并且能够获得银行贷款的人拿去，这合理吗？争夺土地的是银行和金钱吗？但是他一直没有找到答案，因为此刻拥有土地的确实是黑人。"⑥此时此刻，拥有土地的确实是"黑人"，但此

① 恩古吉·瓦·提安哥：《血色花瓣》，吴文忠译，北京：人民文学出版社，2021年，第320页。
② 恩古吉·瓦·提安哥：《血色花瓣》，吴文忠译，北京：人民文学出版社，2021年，第372—373页。
③ Peter Biles, *Dignity Sought in Mau Mau Ruling*, BBC News, 5 October 2012. https://www.bbc.com/news/uk-19842441 [2021-7-26]
④ 恩古吉·瓦·提安哥：《血色花瓣》，吴文忠译，北京：人民文学出版社，2021年，第324—325页。
⑤ 恩古吉·瓦·提安哥：《血色花瓣》，吴文忠译，北京：人民文学出版社，2021年，第234—235页。
⑥ 恩古吉·瓦·提安哥：《血色花瓣》，吴文忠译，北京：人民文学出版社，2021年，第243页。

"黑人"非彼"黑人",从某种程度来说,是西化的黑人上层阶级抢夺了革命的果实,而不是黑人底层百姓。

随着非洲贯穿公路的修建,伊乌莫罗格慢慢发生了变化。恩德里·瓦·里艾拉说道,伊乌莫罗格将发展为一片牧场和小麦种植地,还将建立一个购物中心、旅游中心和野生动物保护中心。为了达到这些目的,需要从农民和牧民手里征地,但是县政务委员会会给予经济补偿。无论是农民还是牧民,都会获得贷款开发自己的土地和牧场,但首先,人们必须将自己的土地登记注册,才会获得房地产契据,这个契据可以在银行作抵押。而且为了保证项目的如期推进,明智的男人和女人都要给他投票。怀揣着对未来的向往,伊乌莫罗格的农民再次相信了恩德里。但是事实证明,伊乌莫罗格的农民又一次遭到了愚弄。"旧伊乌莫罗格所有被诱惑借了贷款的人,所有受了诱惑在自己的土地周围竖起了围栏的人,所有受了诱惑买进口化肥却又偿还不起贷款的人,所有这些农民和牧民都受到了相类似的影响。"[1] 尼娅金娃(Nyakinyua)的所有土地遭到了拍卖。"这种政策剥夺了许多农民和牧民原来使用和耕作的无可争议的权利。现在,他们只能靠出租自己的劳动力来挣工资了。"[2] 尼娅金娃则推着装满了石头的小独轮车,为了一天的口粮而疲于奔命,而且到她这个年纪已经不能去劳务市场卖苦力了。尼娅金娃想重新战斗,她甚至挨家挨户动员伊乌莫罗格的农民。但是,他们将和谁作战呢?银行?政府?还是卡姆温文化组织?尼娅金娃面临着重重阻力。"我一个人去……我的男人和白人打过仗。他付出了鲜血的代价……我就是单枪匹马……单枪匹马……也要和这些压迫黑人的家伙做斗争……"[3] 但是,抵抗还未开始,尼娅金娃就在睡眠中离开了人世。莫奇戈(Mzigo)、恩德里、杰罗德等人,都在伊乌莫罗格有实体店。"将如此大的权力揽于一身,将千年的生活连根拔起,这家银行是何等的魔鬼啊!"[4]

① 恩古吉·瓦·提安哥:《血色花瓣》,吴文忠译,北京:人民文学出版社,2021年,第402—403页。
② 恩古吉·瓦·提安哥:《血色花瓣》,吴文忠译,北京:人民文学出版社,2021年,第399页。
③ 恩古吉·瓦·提安哥:《血色花瓣》,吴文忠译,北京:人民文学出版社,2021年,第404页。
④ 恩古吉·瓦·提安哥:《血色花瓣》,吴文忠译,北京:人民文学出版社,2021年,第403页。

自从国家独立的时候起，他们就在建设这个社会，可是在这个社会里，少数的黑人同欧洲的其他利益集团联合在一起，却在继续玩儿那场殖民主义的游戏，剥削别人的血汗，剥夺他人在空气和阳光下正常生长的权利。①

无论是独立前还是独立后，肯尼亚都盛行着残酷的生存法则：你吃别人，或者被别人吃掉。在小说的最后，恩古吉把希望寄托在约瑟夫身上。约瑟夫学习成绩优异，是未来的希望。"我阅读了许多关于其他国家工人和农民运动的书籍。我读过关于中国人民革命的书籍，关于古巴、越南、柬埔寨、老挝、安哥拉、几内亚、莫桑比克等国家人民运动的书籍，是的，我还读过列宁和毛主席的著作……"②卡雷加虽困于桎梏之中，但对明天抱有幻想："明天，将是工人和农民一起来领导这场斗争，来夺取权力，来推翻这个制度及其所有嗜血成性的诸神和帮凶，结束少数人对多数人的统治，终结喝血和吃人肉的时代。"③卡雷加深知，明天他不再孤独。

实际上，从割礼仪式这一传统中所展现出来的团结一致与茅茅战士们的勠力同心是一脉相承的。割礼仪式、茅茅起义和工农运动都是肯尼亚历史发展过程中的重要环节，它们之间贯穿着一条绵延不断的精神脉络，即肯尼亚人民的大团结，尽管一直存在着另一股貌似更强大的反对力量与之共存，但不可否认，这股团结奋斗的精神力量是肯尼亚未来发展必不可少的精神遗产。

结　语

非洲文学研究专家G.D.基拉姆（G. D. Killam）指出："《血色花瓣》是一部关于信念的小说，讲述了工人和农民重拾他们作为国家财富生产者的传统角色的

---

① 恩古吉·瓦·提安哥：《血色花瓣》，吴文忠译，北京：人民文学出版社，2021年，第430页。
② 恩古吉·瓦·提安哥：《血色花瓣》，吴文忠译，北京：人民文学出版社，2021年，第498页。
③ 恩古吉·瓦·提安哥：《血色花瓣》，吴文忠译，北京：人民文学出版社，2021年，第505页。

可能性，他们必须为自己创造财富。"①恩古吉深受马克思主义的影响，"他明白，一个作家要诠释马克思，真正的任务不只是解释世界，还要改变世界。"②使用本土语言进行写作就是恩古吉试图改变世界的努力之一。"他深信一个作家应该为人民而写作，他用一种能让他与非洲的农民和工人交流的语言写作。"③《血色花瓣》之后，恩古吉使用吉库尤语创作了系列作品，比如《十字架上的魔鬼》(*Caitaani Mutharaba-ini*, 1980)、《马蒂加里》(*Matigari*, 1986)和《我想要结婚时就结婚》(*Ngaahika Ndenda*, 1977)等。语言是恩古吉·瓦·提安哥斗争的武器。"只有那些在战争创伤时代长大的人才知道，在最核心处，战争永远不会结束；战争只不过发生了变化，实际上仍然以其他的形式存在着。对于恩古吉来说，战争仍在继续，从战争中诞生的使命感使得文学变得更加丰富多彩。"④这种使命感还促使他关注其他形式的斗争。《血色花瓣》"是一部描写马克思阶级斗争历史的小说：通过工会组织工人；通过一场不可避免的革命来改造社会，消灭资本主义和它用来奴役、分裂、镇压和剥削无产阶级的一切压迫工具；以及共产主义的最终胜利。"⑤小说中，恩古吉·瓦·提安哥借卡雷加之口总结了历史的真正教训——所有的穷人、受害者、普通大众和被践踏者都在斗争着，力图终结施加于他们身上的剥削和压迫，直到实现一个充满希望的人类王国："这里的真善美、力量和勇气不取决于你多么狡猾，不取决于你拥有多少压迫他人的权力，而取决于你为创造一个更为人性的世界做出了多少贡献，在这样一个王国里，各个时代和地区文化与科技人类所继承下来的创造天才，将不是仅仅几个人的垄断，而是为全人类所用，这样，各种不同颜色的鲜花都会盛开并结果。"⑥

（文／上海师范大学 袁俊卿）

---

① Killam G.D, *The Writing of East and Central Africa*, Nairobi: Heinemann Educational Books (East Africa) Ltd., 1984, p. 136.

② MSC Okolo, *African Literature as Political Philosophy*，London and New York: Zed Books Ltd., 2007, p. 38.

③ MSC Okolo, *African Literature as Political Philosophy*，London and New York: Zed Books Ltd., 2007, p. 37.

④ 恩古吉·瓦·提安哥：《血色花瓣》，吴文忠译，北京：人民文学出版社，2021年，第1—2页。

⑤ MSC Okolo, *African Literature as Political Philosophy*, London and New York: Zed Books Ltd., 2007, p. 103.

⑥ 恩古吉·瓦·提安哥：《血色花瓣》，吴文忠译，北京：人民文学出版社，2021年，第444—445页。

第三篇

格雷斯·奥戈特
小说《失去雷声的土地》中的肯尼亚女性

格雷斯·奥戈特

Grace Ogot，1930—2015

作家简介

　　格雷斯·奥戈特是肯尼亚著名的小说家、编剧、政治家。罗杰·克尔茨（J. Roger Kurtz）评价："恩古吉和奥戈特塑造了肯尼亚小说中的原型角色，为他们这一辈的作家制定了创作的主旋律。"[①]奥戈特最引人瞩目的成就是她1966年出版的第一部长篇小说《应许之地》，因此她成为肯尼亚乃至东非第一位出版作品的女性作家。《应许之地》主要探讨了移民问题，详细描述了一对新婚夫妇从森米（Seme）移民至坦噶尼喀（Tanganyika）遇到的困难与挑战。奥戈特的另一部长篇小说《毕业生》（*The Graduate*，1980）描写了一位年轻的肯尼亚毕业生在美国求学后返回家乡的不幸经历。在小说中，奥戈特还评论了肯尼亚妇女在政治进程中遭受的不平等现象，并暗示了如果有机会参与，肯尼亚妇女将会取得卓越的成绩。总的来说，奥戈特的作品可以概括为三个主题，一是殖民和后殖民时期肯尼亚女性遭受的压迫及对其的抗争，二是对卢奥族传统的重述，三是传统与现代的矛盾，包括非洲传统医学和西方医学的矛盾，传统生活方式与现代生活方式的矛盾，卢奥族传统文化与西方现代文明的矛盾。

---

① J. Roger Kurtz, *Urban Obsessions, Urban Fears: The Postcolonial Kenya Novel*, Oxford: James Currey Ltd, 1998, p. 22.

作品节选

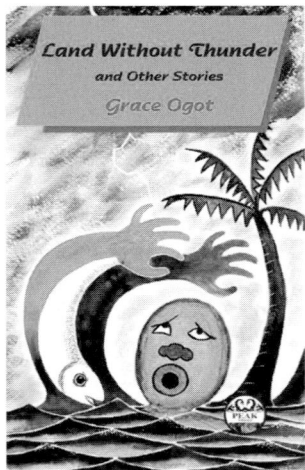

《失去雷声的土地》
（*Land Without Thunder*，1968）

Exactly one month after leaving the hospital, Elizabeth made up her mind. Sooner or later Mother Hellena was going to get rid of her. The man she loved tenderly would not understand her even if she spoke with the tongue of angels. She could not return home to face her parents and grandmother. And she knew that firms did not like to employ pregnant women. The picture of Amy Jimbo came to her mind—it was the first time she had thought. Happy, contented and secure for life, when she, Elizabeth, in her tender age had no roof above her head. No, it was no fair. [①]

　　离开医院一个月整，伊丽莎白下定了决心。海伦娜院长迟早要把她赶走。即使她用最甜美的声音说话，她的温柔所爱也不会理解她。她不能回家去面对父母和祖母，而且她知道，公司不喜欢雇用孕妇。她脑海中浮现出艾米·杰博的画面——这是她第一次想到。别人拥有幸福、满足和有安全感的生活，而她，伊丽莎白，如此年轻，却没有丝毫庇护。不，这不公平。

（苏文雅 / 译）

---

① Grace Ogot, *Land Without Thunder*, Nairobi: East African Publishing House, 1968, pp. 202-203.

作品评析

《失去雷声的土地》中的肯尼亚女性

引　言

格雷斯·奥戈特是肯尼亚著名作家。她是东非第一个用英语写作的女性，于1966年在东非出版社出版了第一部小说《应许之地》。之后，她陆续出版了短篇小说集《失去雷声的土地》《另一个女人》（ *The Other Woman*, 1976 ）、《泪之岛》（ *The Island of Tears* , 1980 ）和长篇小说《毕业生》等。奥戈特在肯尼亚文坛上的地位不可小觑，她被认为是肯尼亚文坛上的领军人物，与恩古吉共同领导了肯尼亚文学的发展方向。① 不同于同时期作家恩古吉作品中展现的肯尼亚的民族独立与种族斗争，奥戈特的作品关注卢奥族人的民俗传统与日常生活，西方现代医学与非洲传统医学的矛盾，尤其关注后殖民社会中女性的矛盾地位与艰难斗争。在短篇小说集《失去雷声的土地》《另一个女人》中，奥戈特塑造了众多不同背景下个性迥异的肯尼亚妇女形象，她们大多受传统父权制和殖民主义的双重压迫，肯尼亚独立后，少部分受高等教育的女性开始逐渐觉醒，极少数勇敢独立的女性奋起反抗。但总体来说，肯尼亚女性的社会地位仍然低下，女性反抗力量微弱。本文通过解读短篇小说《伊丽莎白》《另一个女人》《中间的门》中的女性伊丽莎白、杰迪达和阿布拉，通过她们的形象探究肯尼亚女性受压迫和反抗的深层原因，反映她们的生存困境。

---

① 朱振武、陆纯艺：《"非洲之心"的崛起——肯尼亚英语文学的斗争之路》，《外国语文》，2019年第6期，第39页。

一、传统父权制和殖民主义的双重压迫

肯尼亚是一个传统的父权社会，女性长期受到父权制的压迫，英国的殖民统治加剧了对女性的压迫。《伊丽莎白》（*Elizabeth*）是《失去雷声的土地》中的一篇短篇小说，讲述了同名主人公伊丽莎白在 20 世纪 60 年代遭遇传统父权制和殖民主义双重压迫的悲剧故事。伊丽莎白在美国接受完秘书培训后，回肯尼亚首都内罗毕工作，成为优秀的秘书。未过几月，她因受到两位白人男性上司的性骚扰，两次离职。现在伊丽莎白是航空公司杰博先生（Mr. Jimbo）的秘书。杰博先生是四十岁左右的黑人，与妻子育有两个孩子，日常工作中脾气并不暴躁。伊丽莎白为了保住这份得之不易的工作，尽心尽责，经常在中午和晚上加班。然而，有一次伊丽莎白在午间加班时，杰博先生返回办公室，借以分享午餐的名义，锁了门，强奸了她。之后，伊丽莎白再一次离职，去教堂照顾孤儿。她试图通过照顾孤儿来获取内心的安慰和平静，直到发现自己怀孕了。小说的结尾，伊丽莎白来到杰博家里会见他，在洗衣房等待杰博回家时，她选择了自杀。

伊丽莎白是肯尼亚社会传统父权制的牺牲品，她的悲剧是奥戈特对此的控诉。肯尼亚至今仍是一个传统的父权社会。"荒漠和半荒漠地域的广泛存在，决定了肯尼亚可利用土地的稀少，大部分人口集中于肯尼亚高地，以农业为生。"[①]土地是肯尼亚人的生活来源，而男性是祖传公共土地的合法所有者，女性没有继承权。"诸如吉库尤人、米吉肯达人、坎巴人和马赛人等社会的典型政体特征是，规模小，以父系和氏族集团为轴心，散居在独立的村落，没有形成集权化的官僚政治。"[②]女性没有议事权。肯尼亚的绝大多数部落盛行一夫多妻制，妻子的数量代表男子的家庭财富和社会地位。肯尼亚国父乔莫·肯雅塔（Jomo

---

① 周倩：《当代肯尼亚国家发展进程》，北京：世界知识出版社，2012 年，第 15 页。
② 周倩：《当代肯尼亚国家发展进程》，北京：世界知识出版社，2012 年，第 50—51 页。

Kenyatta，1893—1978）在他的人类学著作《面向肯尼亚山》中提到，"按照基库尤族惯例，只要一个男人养得起，他就可以娶多个妻子。"① 一般来说，男子用几头牛或者几十只绵羊就可以娶一个妻子。儿女多的穷人家庭会将女儿出嫁换取聘礼用于儿子娶妻。在肯尼亚，妻子作为家庭妇女，主要职责是在家料理家事，孕育儿女，扩大并延续丈夫的宗族。所有妻子都是属于丈夫的财产。

小说中，杰博是伊丽莎白的上司，却多次以一个"父亲形象"存在。奥戈特第一次通过伊丽莎白的视角描写杰博外貌时，就提到"他那深沉的如父亲般的声音充满了信心与权威"②。夜晚独自加班，伊丽莎白感到恐惧，不过想到"如父亲般的上司"（fatherly boss）③，她总能平静。杰博也多次称呼伊丽莎白为"我的孩子"。父权制度下，父亲拥有一个家庭的最高权力，代表着权威、不可违抗性，妻子和儿女只能服从丈夫和父亲的要求。所以悲剧发生当天，伊丽莎白没有拒绝杰博的午餐，表面上看是出于礼貌，更深层的原因是她不敢违抗这位"父亲"的要求。伊丽莎白最后被这样一个"父亲形象"强暴，后选择自杀，正象征着父权制对女性的压迫与残害。

如果说伊丽莎白的失身还不足以让她完全崩溃，那么真正让她走上死亡道路的是她的未婚先孕。这种根深蒂固的贞操观和名誉观来源于她奶奶的教导。奶奶在伊丽莎白 11 岁初潮时告诉她，没有结婚就怀孕的女孩会毁了她自己，最后毁了整个家族。于是，伊丽莎白谨记奶奶的话，为了未来的丈夫守住自己的贞操。她怀孕后，担心教堂的海莲娜（Hellena）妈妈会嫌弃自己，远在美国的未婚夫不接纳自己，甚至，她也无脸回乡见家人和族人。因此，朋友、未婚夫、家人带给伊丽莎白的情感支持全部消失。同时她又无法获得经济支持，没有一家公司会招聘一位怀孕的职员。伊丽莎白只能一步步走向毁灭。在当时的社会背景下，女性的身体不自由，不属于自己，而属于她的丈夫，甚至属于整个家族。她的清白名誉关乎家族声望。杰博强奸伊丽莎白时，他告诉她："你现在要表现得像一个好女

① 乔莫·肯雅塔：《面向肯尼亚山》，陈芳蓉译，杭州：浙江工商大学出版社，2018 年，第 157 页。
② Grace Ogot, *Land Without Thunder*, Nairobi: East African Publishing House, 1968, p. 191.
③ Grace Ogot, *Land Without Thunder*, Nairobi: East African Publishing House, 1968, p. 193.

孩，别人会听见我们的声音，小心丑闻！"①此刻伊丽莎白担心自己的名誉问题，因此不敢大声呼叫以防丢失清白。

英国的殖民统治加剧了肯尼亚社会对女性的压迫。1890年，英国和德国瓜分东非，肯尼亚被划归英国。1895年肯尼亚成为英国的"东非保护地"，1920年正式沦为英国殖民地。欧洲移民掠夺了大量土地，他们在早期殖民肯尼亚时面对的最大问题是劳动力不足。殖民当局对其所在辖区强行征收高税来获得廉价劳动力。"保留地内可耕地不足，但又必须缴纳捐税，这就迫使非洲人不得不到欧洲人的农场或公司去当雇工。"②然而，男子远离家乡贩卖廉价劳动力所得薪水往往仅供自己一个人生存，养家糊口的重担落在了妇女身上。同时，西方传教士解构非洲传统性别关系而建立两极对立的性别秩序，通过宗教教育得到加强。非洲学者认为，"殖民主义者利用西方教育模式宣传女性低人一等，加上他们的剥削和压迫，导致在殖民史上非洲妇女空前的边缘化。"③

小说背景为20世纪60年代初，1963年12月肯尼亚脱离英国统治，正式独立。但独立初期，殖民主义的影响仍未褪去。"在非洲，欧洲移民在殖民侵略与殖民统治期间，从母国来到非洲，不仅没有陷入边缘化处境，竟然'反客为主'"。④小说开头描述伊丽莎白的前两份工作，看似轻描淡写，但不是闲来之笔。伊丽莎白的第一份工作是在美国大型汽车公司担任副经理秘书，第二份工作是在批发分销有限公司担任一位欧洲经理的秘书。经理们性骚扰伊丽莎白，认为她是"一个廉价的女孩，为了升职和金钱而出卖自己的身体。"⑤伊丽莎白受到白人男上司压迫，不仅因为她是女性，更因为她是黑人。长期殖民伴随的种族歧视让白人男性肆无忌惮地伤害伊丽莎白，且不怕遭到法律的制裁。《女性主义思潮》一书曾提到，在美国，

① Grace Ogot, *Land Without Thunder*, Nairobi: East African Publishing House, 1968, p. 196.
② 周倩：《当代肯尼亚国家发展进程》，北京：世界知识出版社，2012年，第64页。
③ 金楠、万秀兰：《肯尼亚女子基础教育的历史与现状》，《外国教育研究》，2009年第3期，第5页。
④ 朱振武、袁俊卿：《流散文学的时代表征及其世界意义——以非洲英语文学为例》，《中国社会科学》，2019年第7期，第146页。
⑤ Grace Ogot, *Land Without Thunder*, Nairobi: East African Publishing House,1968, p. 190.

关于黑人"丰乳肥臀"的刻板印象是如此强烈，以至于法官陪审团都倾向于相信，有罪的一方是黑人女雇员，而不是白人男上司。黑人妇女被认为是女诱惑者，她是以自己的黑人身体向白人男上司投怀送抱；她让白人男人尝到他自己那刻板苍老的太太从来给不了的东西。同样，当黑人女雇员控告她的黑人男上司有不当性行为时，法庭更有可能把它当作一起弄巧成拙的性吸引，而不是真正的性骚扰。①

在肯尼亚，女性因为自身的种族和性别身份导致地位空前边缘化。正因为前两次受到白人男性的压迫，才让伊丽莎白愿意降薪来到黑人同胞杰博先生手下工作，渴望有所改变。如果说只有最后一次的不幸，其实还不至于让伊丽莎白彻底失去希望，是前两次的遭遇一步步将她推向深渊。最后她拒绝了劳动局的职员基玛尼女士（Mrs.Kimani）试图帮忙寻找的教会组织工作，因为已经认清当下女性生存的恶劣环境。美国著名女性主义者贝尔·胡克斯（Bell Hooks）曾毫不含糊地指出，"种族歧视、性别歧视和阶级偏见，即便在理论上可以分开，实际上也是不可分的。这些压迫形式中的任何一种都不可能提前被铲除，不可能在与之相连的其他压迫形式被消灭之前寿终正寝。"②这种多重压迫形式在后殖民的肯尼亚社会中并存。伊丽莎白的悲剧不是偶然，而是千万肯尼亚女性面临的共同命运。基玛尼女士曾对伊丽莎白说，"我的心中充满了一个又一个的故事，你们这些女人在这个城市里经历了耻辱和残酷。"③借基玛尼女士的话，奥戈特向读者勾勒了一幅肯尼亚女性在父权制和殖民主义双重压迫下生存的悲惨画卷。然而，伊丽莎白没有顽强反抗，而是通过自杀结束生命。基玛尼女士对这样的情况屡见不鲜，她也没有反抗，转向了宗教寄托，认为"只有上帝才会对付他"④。伊丽莎白的奶奶，同样是父权制度下受压迫的对象，却无意识成了父权制的帮凶。

在《失去雷声的土地》中，还存在许多这样的女性形象。《雨来临》（"The

---

① 罗斯玛丽·帕特南·童：《女性主义思潮导论》，艾晓明等译，武汉：华中师范大学出版社，2002年，第326页。

② 罗斯玛丽·帕特南·童：《女性主义思潮导论》，艾晓明等译，武汉：华中师范大学出版社，2002年，第320—321页。

③ Grace Ogot, *Land Without Thunder*, Nairobi: East African Publishing House, 1968, p. 199.

④ Grace Ogot, *Land Without Thunder*, Nairobi: East African Publishing House, 1968, p. 200.

Rain Came"）讲述了一个卢奥族部落酋长的女儿奥甘达（Oganda）被要求用生命献祭给雨神以祈求雨水换取族人生存的古老故事。《竹屋》（"The Bamboo Hut"）中酋长的一位妻子生下龙凤胎只留下男孩，遗弃了女儿。恩古吉在 1967 年出版的《一粒麦种》中对女性梦碧（Mumbi）的描写也反映了父权制度下性别的不平等。梦碧为了得知被拘留的丈夫基孔由的消息而屈从于卡冉加。基孔由曾和多个女人有染，却原谅不了梦碧的背叛行为，对她实施冷暴力甚至直接动手。在部落里，传统女性没有意识反抗丈夫和父亲，长期默默承受压迫。

二、女性自我意识的觉醒

在殖民地时代的非洲，大部分女性住在农村，受教育程度普遍很低。女性受到良好教育是她们自我意识觉醒、改变人生的重要途径。南非女作家贝西·黑德（Bessie Head, 1937—1986）在短篇小说《结婚快照》（"Snapshots of a Wedding"，1977）中刻画了两个女孩因受到教育与否而产生的截然不同的命运。受过高等教育的女孩纳欧（Neo）与农村少女马泰塔（Mathata）都怀了养牛大户克戈莱蒂勒（Kegoletie）的孩子，然而克戈莱蒂勒选择迎娶纳欧，却只为马泰塔支付孩子每月十兰特的抚养费。婚后，纳欧不用下地干活，打字员、簿记员或秘书这些体面的工作任她挑选。至于马泰塔，她不会质疑或者反对克戈莱蒂勒的选择，甚至感激他提供的抚养费，对于那些因她的美貌"招惹"来的男人也从不拒绝。

肯尼亚独立后，女性高等教育有了一定发展。数据显示，1963 年肯尼亚独立时，肯尼亚、乌干达和坦桑尼亚共同创立的马凯雷雷大学中肯尼亚籍女大学生人数总共才 28 名，不足当时肯尼亚籍在校大学生总数的 15%。[①] 伊丽莎白虽然成为少数佼佼者，在美国受到高等教育，但她的根基还埋在乡村，没有觉醒和反抗意识。肯尼亚独立后，政府认识到了教育在国家建设中的重要作用，也逐渐认识到女性教育的重要性，采取了一系列措施促进教育公平。

[①] 参见万秀兰、余小玲：《肯尼亚女子高等教育发展：问题与对策》，《比较教育研究》，2019 年第 5 期，第 30 页。

虽然独立后最初几年肯尼亚仍没有完全属于自己的高等学府，但政府对高等教育的重视使得从东非大学毕业的、有文凭和学位的学生，从 1966 年的 125 人迅速增加到 1969 年的 368 人（约为 3 年前的 3 倍）；1976/1977 学年则有 2093 名，是 6 年前的 5 倍多。此后，肯尼亚大学生规模不断增大，女大学生数量和所占比例也持续增加。①

越来越多的女性受到高等教育，了解到殖民主义和父权制对她们的残害，自我意识也逐渐得到加强。20 世纪 70 年代，知识女性群体日渐庞大，奥戈特作品中的女性形象也有了觉醒意识。

1976 年，奥戈特出版了短篇小说集《另一个女人》。在这部作品中，她将笔墨聚焦到当下知识女性在婚姻中的主体性。短篇小说集同名作品《另一个女人》中的女主人公杰迪达（Jedidah）是一位漂亮的秘书，她的丈夫是名工程师，两人育有两个小孩。由于白天忙于工作，下班后照顾小孩、料理家庭，晚上杰迪达常常无法满足丈夫杰瑞（Jerry）的性需求。在这种情况下，杰瑞便出轨女仆塔普拉莱（Taplalai），还先后致使几位女仆怀孕。在奥戈特笔下，男性形象自始至终不是家庭生活的参与者。杰瑞也受过良好的教育，却仅仅把女性当作欲望的满足对象。每当杰迪达和丈夫谈论家务事，他便用工作繁忙的借口拒绝。最后，杰迪达目睹丈夫和女仆塔普拉莱偷情，拿刀砍女仆却误伤了丈夫的上臂。这个结尾发人深思，是杰迪达的无意还是作者的巧妙设计？笔者更倾向于后者，这个结局隐喻婚姻中的女性向男性发起了挑战，她们试图对抗这种不平等的两性关系。如果说杰迪达对丈夫意外造成伤害的情节隐喻还有待商榷，那么她的好友安娜 (Anna) 就是奥戈特心中理想女性的典型。安娜和丈夫育有三个孩子，且丈夫支持她的全职工作，相反杰瑞希望杰迪达离职从而专心照顾家庭。安娜被杰迪达问及无法满足丈夫的性需求如何是好时，回答，"这不仅仅是满足他的问题，我自己也很享受。"② 由此可知，安娜认识到了身体自由的权利并非掌控在他者，特别是男性的

①参见万秀兰、余小玲：《肯尼亚女子高等教育发展：问题与对策》，《比较教育研究》，2019 年第 5 期，第 31 页。

② Grace Ogot, *The Other Woman*, Nairobi: East African Educational Publishers Ltd., 1976, p. 45.

手中。与男性一样，女性拥有着对自身肉体与灵魂的绝对控制权。

1962 年，奥戈特与恩古吉一同参加了在乌干达马凯雷雷大学举办的首届非洲英语作家大会。后来许多非洲文学研究者在提及这次会议时，经常讨论与会的恩古吉，却遗漏了奥戈特。奥戈特在一次采访中提到，在这场会议中，来自非洲其他地区的作者都带来了作品，东非却没有任何作品，这给她和同事都带来了东非文学欠缺的感觉。她和恩古吉非常尴尬、毫不拖延接受了挑战。①挑战的成果是格雷斯·奥戈特成为肯尼亚第一个用英语写作的女性作家。她有高度的自觉意识，从写作初期，就从女性主体出发，让读者关注被忽视的女性群体，试图复原已经"失语"的女性形象，通过刻画正面积极的女性形象呼吁女性的觉醒与反抗。然而同时期，在非洲男性作家笔下，女性大部分以负面形象出现：索因卡《诠释者》（*The Interpreters*，1965）中的西米（Simi）、恩古吉《血色花瓣》中的万佳（Wanja）都是妓女。钦努阿·阿契贝笔下的玛科小姐，为了达到自己的目的，都毫不犹豫地献出身体。

劳雷塔·恩格克波（Lauretta Ngcobo）曾呼吁，"作家对社会负有责任，在此，对女性尤其负有责任。我们力图改变书籍中对女性的刻画，我们需要作出准确和公正的描述，承认女性为各自社会的经济发展所付出的劳动。……她们不仅是男人的妻子、儿子的母亲，还是各自社会中有价值的成员，是家庭的顶梁柱、教师、农民、护士、政治家或者别的什么角色，而且出类拔萃。"②非洲早期女性作家往往有这样的"责任"意识。奥戈特的叙事因其偏离男性叙事的典型惯例而著名。她在处女作《应许之地》中塑造了强大的女性角色原型尼亚波尔（Nyapol）。③同年，尼日利亚小说家弗洛拉·恩瓦帕（Flora Nwapa，1931—1993）在《艾福茹》（*Efuru*，1966）中塑造了美丽聪慧又独立自主的新型女性艾福茹。恩瓦帕认为，"女人也是有血有肉的，有勇气、有灵魂、有人类的情感。她能像男

---

① See Bernth Lindfors,"Interview with Grace Ogot", *World Literature Written in English*, 1979, Vol.18, No.1, p. 58.

② 泰居莫拉·奥拉尼央、阿托·奎森:《非洲文学批评史稿》（下册），姚峰等译，上海：华东师范大学出版社，2020 年，第 700 页。

③ See Simon Gikandi, *Encyclopedia of African Literature*, London and New York. Routledge, 2003, p. 225.

人一样独立自主。"①短篇小说集《另一个女人》中的大部分知识女性，虽然持续受到父权和殖民主义的压迫，但已经打破了当时男性作家文学传统中女性的刻板形象，有了自主意识，并有少数的女性试图反抗。

三、知识女性的反抗

阿布拉（Abura）是短篇小说《中间的门》（"The Middle Door"）中反抗的知识女性形象。《中间的门》收录于短篇小说集《另一个女人》，讲述了女作家阿布拉独自从首都内罗毕坐火车前往基苏木，午夜在火车包厢中险被两个警察强奸的故事。午夜，阿布拉听到与隔壁车厢相隔的中间门松动，便有了警觉意识。虽然她知道隔壁车厢里住着两位警察，上车时还一度因为他们的身份减少了独自坐火车的恐惧，但为了安全她还是用手提箱抵住门，检查了火车的紧急制动开关，在深夜中聆听了好一会儿声响，发现平安无事才敢睡去。不幸的是，过了一会儿，两个警察仍撬门进入了阿布拉的车厢试图强奸她。阿布拉惊慌失措，准备大声呼救，其中一个警察用手枪指着她。纵使害怕到全身发抖，阿布拉还是机智地拿出藏在枕头下的儿童玩具手枪对着警察，并警告他们枪已经上膛。这一举动让警察害怕地离开了，阿布拉用智慧救了自己。当火车到站，阿布拉却被控告携带手枪带去了警察局。在警察局，严厉的警察暴力执法，直到知道手枪的真相才放阿布拉离开。

与伊丽莎白不同，阿布拉是一位具有反抗意识的独立女性。首先，阿布拉在被两个强壮警察要挟的紧要关头，也没有立刻顺从他们，而是抱着下一秒就殒命的勇气，尝试用玩具手枪自救。对比伊丽莎白的轻易妥协，阿布拉更加勇敢、睿智，具有行动力。正如小说最后她自己所言，"力量和智慧是两码事"。②其次，阿布拉是一位女作家，敢于在书中表达自己的政治观点，反对一夫多妻制。她已经

---

① 泰居莫拉·奥拉尼央、阿托·奎森：《非洲文学批评史稿》（下册），姚峰等译，上海：华东师范大学出版社，2020年，第688页。

② Grace Ogot, *The Other Woman*, Nairobi: East African Educational Publishers Ltd., 1976, p. 35.

结婚，丈夫是内罗毕大学的教授，他们一起育有三个孩子，但她仍然拥有自己的事业。殖民地时期，"内罗毕等大城市更是限制乡村妇女前来就业，导致这些城市性别比例失衡。极少数妇女虽然偶尔得到相对高级的教育，但主要还是充当护士、教师和秘书。"[1]后殖民时代，以上情况并没有好转，伊丽莎白、杰迪达等大多数受到高等教育的女性都还只是秘书。阿布拉成功地成为一名女作家。小说中提到一个细节，同车厢农村妇女认为阿布拉写的是教科书，阿布拉颇为不高兴。这一点也在奥戈特的访谈中提到，当时东非文学局（East African Literature Bureau）不鼓励创意写作，他们更愿意出版记录传统生活方式的作品，存放图书馆用于研究。[2]从这个意义上而言，阿布拉是肯尼亚后殖民社会中少见的敢于突破传统、拥有较高社会地位的女性。这也是她敢于反抗的原因之一。同时，阿布拉的勇敢离不开她丈夫的支持。小说的结尾，阿布拉的丈夫略带得意地和朋友开玩笑：小心点，她可是带枪的女人。除此之外，他支持阿布拉的写作事业。实际上，当时女性作家的创作环境并不好，

　　女性可能停止写作，就因为男性亲戚认为女性说太多私事是不道德和不忠诚的。妻子若不停止写作，丈夫会威胁采取离婚或建立其他关系的行动。尼日利亚女作家布奇·埃梅切塔（Buchi Emecheta）在她的自传《二等公民》（*Second-Class Citizen*，1975）中写了丈夫破坏她手稿的故事。[3]

　　有趣的是，两个警察断定可以强奸阿布拉，是因为相信她没有结婚，因为"看你彩色的指甲，看你的头发和光滑的脸蛋，就知道你没结婚，你如果结婚了就和你赶走的那个女人一样，是简单的家庭主妇。"[4]阿布拉赶走的女人是短暂共处在同一车厢的农村妇女，她穿着朴素破旧的衣服，脸上皮肤粗糙，双手尽是劳作

---

① 金楠、万秀兰：《肯尼亚女子基础教育的历史与现状》，《外国教育研究》，2009 年第 3 期，第 6 页.

② See Bernth Lindfors, "Interview with Grace Ogot", *World Literature Written in English* 18, 1979, No.1, p. 59.

③ Oyekan Owomoyela, *A History of Twentieth Century African Literatures*, Lincoln: University of Nebraska Press, 1993, p. 312.

④ Grace Ogot, *The Other Woman*, Nairobi: East African Educational Publishers, 1976，p. 31.

的痕迹。于是，打扮得体的阿布拉告诉警察自己有丈夫并养育了三个孩子，他们不屑地嘲笑她。这个事件折射的深层现状是，在肯尼亚，未婚女性权益得不到保障，哪怕她们如阿布拉那般富有、独立、坐一等车厢、出版小说，也可被轻易羞辱，只有丈夫才是女性安全的庇护所。

不过，阿布拉的反抗是铿锵有力且能产生一定社会影响吗？遗憾的是，情况并不是如此。首先，假若阿布拉为了保护自己带了一把真枪，她面临的就是监狱的刑罚，基苏木的警察对她的态度也毫无尊重可言。再者，阿布拉的反抗是身体自由和生命安全受到胁迫后才激发的。在小说中有一处细节是阿布拉和火车检票员聊天，检票员对阿布拉说，"在你的下一本书中，告诉这些受过教育的、自私的、任性的想独占男人的女人，男人精力充沛能够照顾不止一个妻子。"[1]这是典型的男权言论，阿布拉被他的话语侵犯了，然而她的回答却是，"我没有勇气告诉他，我既不相信一夫多妻制，也不相信被误导的政府法律，该法律承认一夫多妻制，并要求将共同妻子视为平等。"[2]可见，敢于在书中勇敢表达自己观点的知识女性阿布拉在现实生活中也没有勇气告诉一位男性她的看法。潜意识里，她害怕直接向男性表达女性的自主意识，与他们对抗，所以总体而言她的反抗是软弱的，也是不彻底的。弗洛拉·恩瓦帕曾在《非洲的女性与创造性写作》中发出同样的疑问，"我的问题是，为什么只有遭到男人的虐待或背叛，这些女人才能变得坚定自信、活跃有为？现今的非洲，难道女性非得等到受虐或被出卖后，才定格自己的样子吗？"[3]这正是阿布拉们带来的思考。

总体而言，即便阿布拉反抗的力量有限，但仍然是肯尼亚女性抗争历程中的进步与突破。值得注意的是，伊丽莎白、杰迪达、阿布拉都是知识女性，有了一定的社会地位，但均遭男性的压迫。知识女性尚且如此，更多无法被书写的被压迫者，那些被压迫而无意识的农村妇女，都淹没在历史的洪流中。从这个角度上说，肯尼亚女性从被压迫走向反抗、独立自主还有着漫漫长路。

① Grace Ogot, *The Other Woman*, Nairobi: East African Educational Publishers, 1976，p. 24.

② Grace Ogot, *The Other Woman*, Nairobi: East African Educational Publishers, 1976，p. 24.

③ 泰居莫拉·奥拉尼央、阿托·奎森:《非洲文学批评史稿》(下册)，姚峰等译，上海: 华东师范大学出版社，2020 年，第 685 页。

结　　语

作为肯尼亚早期用英语写作的作家，奥戈特通过她的开创性写作，在短篇小说中塑造了受到传统父权制和殖民主义双重压迫的伊丽莎白、女性意识逐渐觉醒的杰迪达、敢于反抗的阿布拉等鲜活的女性形象，扭转了大部分男性作家作品中负面的黑人女性形象，反映了肯尼亚女性受压迫和反抗的艰难抗争历程。斯特拉顿·弗洛伦斯（Stratton Florence）认为奥戈特把女性描绘成民族希望的主体，构建了另一种形式的主体性。她对男性角色也进行了修改。在她的小说中，"男人形象较散，以便为女性留出空间。"[1]在奥戈特1980年出版的小说《毕业生》中，女主人公成了肯尼亚政坛上第一位女性部长。至此，女性的反抗有了突破性的成效。结合奥戈特的生平，她身体力行地证明了肯尼亚女性独立自主的可能性。1983年，她成为肯尼亚仅有的几位女性议员之一，并且是当时的总统丹尼尔·阿拉普·莫伊（Daniel Arap Moi）内阁中唯一的女性副部长。

不过，"目前非洲文学的研究状况并不平衡，尼日利亚、津巴布韦等地相对较为繁荣，而肯尼亚英语文学尚未引起较多关注。"[2]肯尼亚英语文学研究状况也并不平衡。国外的大多数研究关注诺贝尔文学奖提名作家恩古吉和他的作品。在国内，肯尼亚英语文学的译作仍然侧重于恩古吉的小说。学术研究方面，"仅有针对恩古吉作品的研究论文，数量也是屈指可数，且视角单一，视野受限。"[3]在当今的肯尼亚以及整个非洲社会，以黑人女性为主要代表的女性群体地位总体而言还很低。基亚伦吉·切塞纳（Chiarunji Chesaina）认为，"使用文学解放女性的最

---

[1] Florence Stratton, *Contemporary African Literature and the Politics of Gender*, London: Routledge, 1994, p.79.

[2] 朱振武、陆纯艺：《"非洲之心"的崛起——肯尼亚英语文学的斗争之路》，《外国语文》，2019年第6期，第41页。

[3] 朱振武、陆纯艺：《"非洲之心"的崛起——肯尼亚英语文学的斗争之路》，《外国语文》，2019年第6期，第41页。

佳作家是女性作家。经历了性别歧视或目睹了同伴的压迫，与男性相比，她们处于讨论和参与妇女问题的更好位置"。①奥戈特和她的作品在肯尼亚和非洲都产生了极大影响力。自她以后，一大批女性作家崛起，在作品中关注女性生存现状。

（文 / 北京外国语大学 苏文雅）

① Simon Gikandi and Evan Mwangi, *The Columbia Guide to East African Literature in English Since 1945*, New York：Columbia University Press, 2007, p. 65.

第四篇

格雷斯·奥戈特
小说《应许之地》中的女性成长主题

作品节选

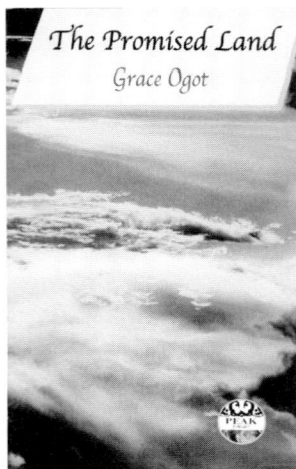

《应许之地》
(*The Promised Land*, 1966)

Nyapol listened to her husband patiently; she wished she could be an excited as he was about the journey. There was so much she was going to lose by leaving Nyanza. Now and again she glanced at the hills of Nyanza and thought of her birthplace beyond. She thought of her mother and sisters who were, perhaps, even now enjoying the tales of old times in the village where they had lived for some many years. She wished she had not married. Marriage was a form of imprisonment in which the master could lead you where he wished.[1]

尼亚波尔耐心地听丈夫说话。她希望自己能像他一样对这次旅行感到兴奋。离开尼亚萨省,她会失去很多。她不时地瞥一眼尼亚萨的山丘,想起她的故乡。她想到了母亲和姐妹们,也许她们正沉浸在这个生活多年村庄里的古老故事中。她希望自己没有结婚。婚姻是一个牢笼,主人可以随意把你带去任何他想去的地方。

(苏文雅 / 译)

---

① Grace Ogot, *The Promised Land*, Nairobi: East African Educational Publishers, 1990, p. 26.

作品评析

《应许之地》中的女性成长主题

引　言

　　1966 年，36 岁的格雷斯·奥戈特出版了她的处女作《应许之地》，成为东非第一个出版英语作品的女性作家。纵观奥戈特的创作生涯，"女性成长"一直是其作品中不可忽视的主题。自写作之初起，奥戈特就有很强的女性主体意识，大部分作品选取女性作为小说主人公，通过塑造一系列背景迥异、性格丰富的女性形象，书写她们的个人经历、生存困境与精神成长，从而勾勒出一条肯尼亚后殖民社会中女性独立自主的成长之路。

　　《应许之地》中的女主人公尼亚波尔（Nyapol）是奥戈特作品中第一个成长型女性形象。小说讲述了新婚妻子尼亚波尔被迫跟随丈夫奥查拉（Ochola）离开家乡尼亚萨省（Nyanza）前往坦噶尼喀（Tanganyika）寻求财富，内心却始终渴望回归故乡的故事。虽然小说中的尼亚波尔自始至终都是一位传统的卢奥族妻子，不像奥戈特后来作品如《伊丽莎白》（*Elizabeth*）中的伊丽莎白（Elizabeth）、《中间的门》（*The Middle Door*）中的阿布拉（Abura）等女性受过良好的教育并实现经济独立，但是作者通过她对家园的强烈渴望和最终回归实现了她的自我成长。在《应许之地》中，奥戈特通过叙述以奥查拉为代表的男性秩序的"崩溃"，从而为女性成长建构了更广阔的空间。本文将从"应许之地"的象征意义、妻子的"角色变化"、女性主体性的回归三部分论述小说的女性成长主题。

一、"应许之地"的象征意义

　　1930 年，奥戈特出生在肯尼亚中部尼亚萨省阿桑博（Asembo）的一个卢奥族家庭。她的父母都是虔诚的基督教徒，父亲约瑟夫·南丹加（Joseph Nyanduga）还曾担任当地教会学校的教师，因此，奥戈特从小熟悉圣经故事。奥戈特 12 岁时，离开家乡前往坦噶尼喀拜访姐姐露丝（Rose），并在那生活了一段时间。在那里，她听说了一个卢奥族男子为了寻求财富移民至此，结果染上怪病的故事，她将这个故事牢记于心。20 世纪 60 年代初，奥戈特在丈夫贝思威尔·艾伦·奥戈特（Bethwell Alan Ogot，1929— ）的鼓励下，开始创作一些短篇小说，主要关注殖民前卢奥族的传统故事。1966 年，奥戈特出版了长篇小说处女作《应许之地》，并以童年在坦噶尼喀听说的故事为原型。小说的背景为 20 世纪 30 年代，讲述了卢奥族新婚妻子尼亚波尔随丈夫奥查拉离开家乡森米（Seme）前往应许之地——遥远的坦噶尼喀寻求财富的故事。当时的坦噶尼喀土地肥沃，人迹罕至，他们在此勤劳工作，不久就积累了大量财富，生活富足。不幸的是，作为新移民，奥查拉遭到邻居老人的嫉妒，被他施了巫术，因此患上难以治愈的怪病，身体每况愈下。伤心的尼亚波尔想尽各种办法救治丈夫，并多次提出希望回乡，可均遭到奥查拉的拒绝。有学者指出，奥戈特"对尼亚波尔的心理发展表现出特别的兴趣。"[1] 在小说中，她用生动的笔墨刻画了尼亚波尔从一位天真顺从的新婚妻子逐渐成长为坚强勇敢的独立女性的整个过程。在这个过程中，尼亚波尔萌发了自我意识，不再事事听命于丈夫，最终独立为整个家庭做出了改变命运的重要选择：举家回到故乡，从而拯救了丈夫的性命。小说通过"反出埃及记"式的神话叙事削弱了传统的男性力量，透过尼亚波尔的精神成长为更多非洲女性塑造了行动榜样，开启新的生活航标，独树一帜地彰显了女性的力量。因此，评论家罗

---

[1] Oladele Taiwo, *Female Novelists of Modern Africa*, New York: ST. Martin's Press, 1985. p. 132.

杰·克尔茨（J. Roger Kurtz）评价："恩古吉和奥戈特塑造了肯尼亚小说中的原型角色，为他们这一辈的作家制定了创作的主旋律。"①他特别指出，其他非洲作家塑造的女性形象为"尼亚波尔的女儿"②。确实如此，之后许多肯尼亚作家的创作受到《应许之地》的影响。

要理解这部小说，首先要从小说的题目入手。题名"应许之地"来源于《旧约·创世纪》。传说以色列人祖先亚伯拉罕与上帝立约，上帝允许他的后裔拥有流奶和蜜的地方，这个地方被称为"应许之地"——迦南。摩西五经《出埃及记》讲述了先知摩西带领以色列人通过荒野到西奈山前往迦南的故事。在奥戈特的小说中，自童年起，奥查拉就非常向往坦噶尼喀，并多次提到这就是他心中的"应许之地"。

小说一开头就告诉读者，奥查拉离开贫瘠的故乡前往坦噶尼喀，一心为了寻求财富从而过上优渥的生活。他听坦噶尼喀移民说那里土地肥沃，"他们拥有大型农场，种植玉米和小米、豆类和蔬菜，并生产大量的牛奶和酥油"。③奥查拉非常期待前往坦噶尼喀，因为实在对森米的生活感到厌倦。在他心中，故乡"森米不是迦南，这块土地不可能像奶牛一样永远肥沃"④，只有"肆无忌惮的收税人"与"土地纠纷"⑤。1890 年，英国和德国瓜分东非，肯尼亚被划归英国。1895 年，肯尼亚成为英国的"东非保护地"，1920 年正式沦为英国殖民地。英国"先后于1901 年、1902 年和 1915 年颁布土地法令，将肯尼亚的土地宣布为英王领地"⑥，以吸引白人移民到肯尼亚经营土地。刚到肯尼亚的欧洲移民在早期殖民时面对的最大问题是劳动力不足，于是殖民当局对其所在辖区强行征收高税来获得廉价劳动力，肯尼亚农民的生活水深火热，苦不堪言。

---

① J. Roger Kurtz, *Urban Obsessions, Urban Fears: The Postcolonial Kenya Novel*, Oxford: James Currey Ltd, 1998, p. 22.

② J. Roger Kurtz, *Urban Obsessions, Urban Fears: The Postcolonial Kenya Novel*, Oxford: James Currey Publishers, 1998, p. 134.

③ Grace Ogot, *The Promised Land*, Nairobi: East African Educational Publishers, 1990, p. 5.

④ Grace Ogot, *The Promised Land*, Nairobi: East African Educational Publishers, 1990, p. 7.

⑤ Grace Ogot, *The Promised Land*, Nairobi: East African Educational Publishers, 1990, p. 5.

⑥ 高晋元（主编）：《列国志·肯尼亚》，北京：社会科学文献出版社，2010 年，第 77 页。

因此，当奥查拉终于踏上坦噶尼喀的土地，目睹老乡奥凯奇（Okech）家的财富时，他目瞪口呆。"他回忆起一位牙齿脱落的教会老领袖曾在主日会上讲过的道，上帝如何带领以色列子民来到丰饶之地，那块有吗哪和蜂蜜的土地。对奥查拉来说，坦噶尼喀就是'应许之地'。"① 这是小说文本中对"应许之地"象征意义的直接揭示。此外，在情节上，这对新婚夫妻前往"应许之地"的旅途，即从肯尼亚尼亚萨省前往坦噶尼喀——他们先步行几公里到车站，再坐巴士前往基苏木，最后坐船跨越维多利亚湖——与《出埃及记》中摩西领导以色列人长途跋涉，过红海的路线有着异曲同工之妙。我们可以理解为，这是奥戈特创作的出埃及记神话的现代故事。

与之相反，对于尼亚波尔来说，坦噶尼喀绝不是她的应许之地。小说中多次强调，尼亚波尔的"应许之地"一直都是故乡，这个祖先世代生活的地方。加纳学者 C. 贝塔曾指出："我们非洲人与我们的祖先生活在一起。"② 研究非洲宗教的学者卡约德总结道："不细致地了解祖先崇拜，就无法了解人们的宗教信条，也就无法了解人们的生活、他们的经济、他们的历史或他们的政治——这些都是广义文化的内容。"③ 大部分非洲人认为，对家族、共同体有过重大贡献、创造了辉煌业绩的人就是祖先，他们就住在他们生活区域不远的地方，可能是树木上、森林里、江河中，或者是神龛中。他们认为祖先住在附近，可随时保护自己。尼亚波尔第一次得知要去坦噶尼喀时，就立刻拒绝了丈夫，表示绝不能离开这块祖先战斗而来的土地，并指责丈夫在说梦话，当晚尼亚波尔还为此失眠。第二次谈论此事，奥查拉强硬表示，这不是和妻子商量，只是通知她。对此，尼亚波尔直言不讳地指责，"有钱，有钱，每一个人都想要变得富有"，"这不过是贪婪罢了，贪婪会让每一个想要快速致富的人毁灭。"④ 可以说，尼亚波尔始终都坚决拒绝前往坦噶尼喀。

---

① Grace Ogot, *The Promised Land*, Nairobi: East African Educational Publishers, 1990, p. 39.
② 转引自李保平：《非洲传统文化与现代化》，北京：北京大学出版社，1997 年，第 13 页。
③ 转引自李保平：《非洲传统文化与现代化》，北京，北京大学出版社，1997 年，第 14 页。
④ Grace Ogot, *The Promised Land*, Nairobi: East African Educational Publishers, 1990, p. 13.

然而，肯尼亚是一个传统的父权制社会，妻子被认为是丈夫的附属。迫于无奈，尼亚波尔只能随着丈夫前往陌生国度。芮渝萍和范谊认为，"成长小说的一个重要结构特点是时空变化，让主人公走出熟悉的生活环境，进入一个陌生的空间增长见识，他们的认知发展才能推动故事沿着主题引导的方向前行。"[1] 这也是许多成长小说主人公都离家外出的原因。在多丽丝·莱辛（Doris Lessing，1919—2013）的《野草在歌唱》（*The Grass is Singing*，1950）中，主人公少女玛丽也正是在离开童年生活的小镇，前往繁华的城市独自工作生活的过程中，获得自我价值从而完成了她的首次成长。在艾丽斯·沃克（Alice Walker，1944— ）的《紫色》（*The Color Purple*，1982）中，西丽也是远离故乡和朋友歌唱家莎格共同生活，才意识到充分认知自己，认识到自己的聪明才智，争取女性该有的权利。在莎格的启发下，西丽开始用全新的眼光重看这个世界，勇敢地脱离某某先生，后来成为手艺精湛的裁缝，过上了独立自主的生活。对尼亚波尔来说，从森米离开前往坦噶尼喀同样产生了时空变化，接下来她也在这种变化中艰难成长。

二、妻子的"角色变化"

小说开篇便是尼亚波尔与奥查拉的新婚。尼亚波尔从不谙世事的少女成为了一位新婚妻子的过程，这正是她受到丈夫压迫，陷入困境的开端。与一般女性体会结婚的喜悦不同，身份的转变和空间的变化让尼亚波尔在生理和心理上都非常不适应。身体上，她持续感到寒冷，小说中写道："虽然火在烧，小屋还是很冷。"[2] 心理上，她感到孤独和恐惧，而在结婚之前，尼亚波尔却从未体会过这样的感觉。未出嫁前，她生活在以女性为中心的村庄，婚姻让她到了一个陌生的环境，她必须学会在男性定义的范围内生活，她经历了疏离、错位和流离失所的感觉。某种意义上，婚姻让她产生了类似流散的感觉。"流散者携带在母国习得的经

---

① 芮渝萍、范谊：《成长的风景——当代美国成长小说研究》，北京：商务印书馆，2012 年，第 286 页。
② Grace Ogot, *The Promised Land*, Nairobi: East African Educational Publishers, 1990, p. 1.

验、习俗、语言、观点等文化因子来到一个历史传统、文化背景和社会发展进程迥然相异的国度，必然面临自我身份认同的困境。"①尼亚波尔也遇到她的身份困境。此外，尼亚波尔还意识到，比起"成百上千的妻子，她们的丈夫在城里挣钱，而她们却被留在孤独的偏僻村庄里自生自灭"②，她的处境还算"幸运"。因为在东非殖民统治初期，特别是在肯尼亚和德属东非，"出现了非洲劳工在殖民政府为欧洲移民提供的土地上从事农业生产活动的情况"。③20 世纪 30 年代，这种情况在肯尼亚农村地区非常普遍。丈夫离家后，留在家中的妻子不仅要照顾父母，抚养子女，还要下地种田，生活异常艰难。

奥查拉是典型的男权社会的代表，将妻子作为他个人的附属品。当他的父亲问他是否携妻子一同去坦噶尼喀时，他不假思索地回答："父亲，猎人没有长矛能去荒野吗？没有斧头，你能去砍柴吗？我不能空手去坦噶尼喀。"④在奥查拉看来，尼亚波尔于他而言，就如同猎人的长矛，农民的斧头，从不作为一个独立平等的个体存在，而是成为他的附属。他代表绝对的权威，妻子必须服从他。一旦尼亚波尔表现出不想去坦噶尼喀的想法时，他立刻转变强硬的态度："你必须同我前去。我娶了你，你就要服从我。"⑤可以看出，此时的尼亚波尔是一个从属角色。

迫于无奈，尼亚波尔只能随丈夫前往陌生的国度。他们先从森米到基苏木，再坐船离开肯尼亚，奥查拉非常兴奋，因为亲眼见到了这座象征新思想、新生活方式的城市基苏木。可尼亚波尔却逐渐意识到婚姻是一个监狱。她的第一反应是逃离，"她希望自己没有结婚。婚姻是一个牢笼，主人可以把你带去任何他想去的地方。"⑥出于这样的想法，她在旅途中第一次和丈夫顶嘴，吵架的时候，尼亚波尔还对他吐了一口唾沫，对他说："没有什么值得骄傲的，放弃继承权而在陌生人

---

① 朱振武、袁俊卿：《流散文学的时代表征及其世界意义——以非洲英语文学为例》，《中国社会科学》，2019 年第 7 期，第 140 页。

② Grace Ogot, *The Promised Land*, Nairobi: East African Educational Publishers, 1990, p. 12.

③ 罗伯特·马克森：《东非简史》，王涛、暴明莹译，北京：世界知识出版社，2012 年，第 126 页。

④ Grace Ogot, *The Promised Land*, Nairobi: East African Educational Publishers, 1990, p. 16.

⑤ Grace Ogot, *The Promised Land*, Nairobi: East African Educational Publishers, 1990, p. 14.

⑥ Grace Ogot, *The Promised Land*, Nairobi: East African Educational Publishers, 1990, p. 26.

中像难民一样生活。"①这样的回答让奥查拉怒不可遏，立刻扇了妻子两巴掌。此时，懵懂的尼亚波尔没有清晰的自我意识和反抗行为，只是按照本能表现出了抗拒情绪。

到达坦噶尼喀后，夫妻俩受到老乡奥凯奇和其妻子阿蒂嘉（Atiga）的热情接待。在他们的帮助下，这对新婚夫妻迅速在此地修建了崭新宽敞的新房子，并开垦土地，种植作物，收成很好。尼亚波尔似乎成功地适应了传统妻子的角色，她生育了孩子，勤干农活，还成功酿了啤酒，成了奥凯奇心中的"理想女性"②，受到邻居的赞誉。实际上，尼亚波尔并不那么"顺从"和"乖巧"，她始终没有放弃回家乡的梦想，也清楚地意识到忙农活是为了定期给家里寄钱，以便更好地照顾公公。她心想，"如果我们能定期寄钱回去，他们就能买得起糖和茶"③，于是她多次提醒丈夫要常回去看望家人。在一些方面，尼亚波尔表现出了和传统背道而驰的一面。诚如斯特拉顿（Stratton）所言，"尼亚波尔的服从是一种生存策略。"④最明显的便是在他们到达坦噶尼喀后不久，尼亚波尔向奥查拉提议因为不在自己的国家，他们应该放弃传统的习俗，即让男人成为夫妻新房的第一个住户，他们可以一同搬进去。显然，这个习俗和父权制紧密相连，尼亚波尔用自己的方式反抗它。此外，尼亚波尔的"顺从"也不是她的天性使然，她想借此提高自己的地位，通过得到丈夫和邻居的赞扬，从而获得她的话语权。

他们确实过了一段幸福的家庭生活，这期间尼亚波尔生了孩子。然而，好景不长，奥查拉的失踪和重病击碎了他们构建的美好图景。其实，他们刚搬到这里时，邻居老药师就表现出对奥查拉的不友善，这让尼亚波尔隐隐担忧丈夫的安危。之后，通过和药师的妻子阿齐扎（Aziza）的接触，尼亚波尔更加确认了老人的古怪，感受到他对新移民有种本能的恶意。她劝说丈夫，"我很确定老人讨厌你，他在某一天可能会伤害你。"⑤因此，尼亚波尔多次提出希望早日回家，却从未得到

---

① Grace Ogot, *The Promised Land*, Nairobi: East African Educational Publishers, 1990, pp. 26-27.

② Grace Ogot, *The Promised Land*, Nairobi: East African Educational Publishers, 1990, p. 60.

③ Grace Ogot, *The Promised Land*, Nairobi: East African Educational Publishers, 1990, p. 42.

④ Florence Stratton, *Contemporary African Literature and the Politics of Gender*, London: Routledge, 1994, p. 69.

⑤ Grace Ogot, *The Promised Land*, Nairobi: East African Educational Publishers, 1990, p. 69.

丈夫的应允。有一天半夜两点，奥查拉突然惊醒，痛苦大喊，指责老人来杀他，并猛然冲进黑夜中，此后失踪多日。尼亚波尔紧急寻求了所有邻居的帮助，大家齐心协力搜寻多日，仍没有奥查拉的消息。无奈之下，尼亚波尔只好独立承担起整个家庭的责任，她继续养育孩子，并每日祈祷丈夫归来。日子一天天过去，所有人都以为奥查拉已经去世了，尼亚波尔却显得格外坚强，坚称丈夫还活着。她的直觉似乎是某种预言，最终都会印证，"现在每个人都认为我丈夫死了，但是我坚持认为他还活着。"[①]三周后，奥查拉的亲弟弟阿比罗（Abiero）奇迹般地找到了他。此时的奥查拉全身长满脓包，伤口溃烂，身体非常虚弱。之后，奥查拉便在小说中"隐退"，尼亚波尔担任起家庭的主导角色，成为决定这个家庭命运的关键人物。

三、女性主体性的回归

其实，表面上《应许之地》叙述了来自森米的一对新婚夫妻在坦噶尼喀的移民生活，实际上自始至终贯穿着一条隐形线索，即尼亚波尔对回家的渴望。这种回归本身代表着女性主体性的复归。如果说在小说开端，尼亚波尔的懵懂抗争是失败的，她只能听命于丈夫，那么随着故事的发展，尼亚波尔回归的意愿越来越强，而奥查拉身体上、精神上逐渐衰败，直到男性秩序彻底崩溃，尼亚波尔的觉醒有了突破性的成效。

可以说，奥查拉的重病是作者的有意设计，它使夫妻两者的权力关系发生了转移。奥查拉从一个代表权威的强者变成了需要被照顾的弱者，而尼亚波尔则在这种转变中凸显了她的力量。奥查拉生了怪病后，尼亚波尔和奥查拉的弟弟阿比罗绝不放弃，他们积极联系药师，当地几乎所有药师都给奥查拉治过病。不过，除了马贡古（Magungu）治疗见效，其余药师的治疗都失败了。不幸的是，眼见着奥查拉好转，马贡古却突然有事离开了他们。迫于无奈，奥查拉又被建议送去

---

① Grace Ogot, *The Promised Land*, Nairobi: East African Educational Publishers, 1990, p. 83.

英国人开的医院。尼亚波尔认为此举也无济于事，果然，西方医学最终也未能治愈奥查拉。最后，还是马贡古的再次回归救回了濒临死亡的奥查拉。事实上，自1890年起，东非百姓深受西方殖民的迫害，小说中奥查拉移民到邻国坦噶尼喀开拓土地、积累财富的过程本身就是一个类似"殖民"的过程，在这个过程中他表现出的强硬态度和男性权威也和西方的殖民政策一致。因此，邻居老人对奥查拉的报复也远不是嫉妒那么简单，而是当地居民对"殖民者"的愤怒控诉。在这个意义上，奥查拉是西方殖民主义的化身，然而，象征着殖民文化的英国医院也未能拯救他的生命，这一结局也隐喻了西方统治者在东非殖民的失败。

尼亚波尔是传统文化的维护者，她代表着一种民族主义力量。屡遭失败后，尼亚波尔的自我意识觉醒。她对丈夫说，"奥查拉，让我回到我的人民身边，让我带我的孩子们离开这个被诅咒的地方，以免他们遭遇不幸。我不会再待在这里了，我已经下定决心要走。"① 此时的尼亚波尔非常笃定，卖掉这里的一切，举家回乡，坚持认为家乡的空气和族人的帮助能够治愈奥查拉。尽管如此，疾病缠身的奥查拉仍不同意回家，哪怕殒命于此。值得注意的是，小说中女性角色的声音往往预言了故事的正确发展。首先，奥查拉的弟弟阿比罗濒临绝望时仍然坚持寻找哥哥，是因为已故的母亲托梦告诉他没有找到哥哥就不要回家。其次，妻子尼亚波尔的预言也一一实现，她曾在睡前听到一个声音说"她的丈夫已经被动物袭击了"② ，而奥查拉莫名失踪后躲进森林确实遭遇此状况。此外，尼亚波尔多次担心邻居老人伤害丈夫，事实上也是他对奥查拉的诅咒导致他差点去世。奥查拉失踪后，家中的不幸接踵而至，尼亚波尔的大儿子也生病了，家中养的小狗突然去世，一切都证实了尼亚波尔的担心是完全正确的。尼亚波尔多次劝说丈夫回家看望父母，将财富和食物带回家乡，而奥查拉表面上敷衍答应，却从不付诸行动，病入膏肓时仍说要死在坦噶尼喀的土地上。小说的结尾，正是尼亚波尔坚持不懈，不顾丈夫的阻挠，想尽办法回家，最后才拯救了奥查拉的性命。

---

① Grace Ogot, *The Promised Land*, Nairobi: East African Educational Publishers, 1990, p. 109.

② Grace Ogot, *The Promised Land*, Nairobi: East African Educational Publishers, 1990, p. 49.

奥戈特借药师马贡古的口说，"慈悲的上帝赐福于基瑟罗的儿子，使他成为完整的人。但他只有听从上帝的声音，才能继续活着。"[1] 马贡古再次归来后，告诉尼亚波尔要快速打包行李，在昏迷的奥查拉醒来前出发回家。听此，尼亚波尔行动果断，有条不紊操办这件事。当她的儿子试图带一些碟子和杯子回去时，她明确拒绝，以恐拖延时间。上帝在这里充当"成长引路人"角色。芮渝萍指出，"在宗教统治时期，神作为至高无上的权威统领着世间万物。他或指引迷途的'羔羊'，或拯救受难的子民。"[2] 在尼亚波尔心中，森米才是应许之地，因此，小说的结尾看似是上帝的旨意在帮助尼亚波尔和这个家庭，实则是尼亚波尔强烈自我愿望的实现。奥查拉在他心中的"应许之地"坦噶尼喀的失败象征着以他为代表的男性秩序的崩溃。评论家称"奥戈特的叙事因其偏离男性叙事的典型惯例而著名，如她在处女作《应许之地》中塑造了强大的女性角色原型尼亚波尔。"[3] 同年，尼日利亚小说家弗洛拉·恩瓦帕在《艾福茹》（*Efuru*，1966）中也塑造了美丽聪慧又独立自主的新型女性艾福茹。恩瓦帕认为，"女人也是有血有肉的，有勇气、有灵魂、有人类的情感。她能像男人一样独立自主。"[4] 此后，一些坚强的女性角色在 20 世纪六七十年代及以后东非作家的作品中竞相绽放。

斯特拉顿评论《应许之地》时指出，"奥戈特小说的主要意识形态功能是通过颠覆性寓言来破坏父权制意识形态。这种反转——女性和男性、善和恶、主体和客体——并没有解决性别问题，但它仍然是一种颠覆性的手法。因为它暴露了男性文学传统中的性别歧视，为女性主体创造了空间。"[5] 这种创作手法在奥戈特的其他作品中得到了延续，长篇小说《毕业生》聚焦肯尼亚第一位女部长胡安妮娜·卡伦加鲁（Juanina Karungaru）的政治工作与生活经历，肯定其在政治领域的出色成就，成为女性经济与精神双双独立、自我价值实现的理想榜样，并呼吁提高女性在社会生活中的地位并恢复其主体性。在 1989 年出版的《奇怪的新娘》

---

① Grace Ogot, *The Promised Land*, Nairobi: East African Educational Publishers, 1990, p. 116.

② 芮渝萍：《美国成长小说研究》，北京：中国社会科学出版社，2004 年，第 124 页。

③ Simon Gikandi, *Encyclopedia of African Literature*, London and New York: Routledge, 2003, p. 225.

④ 泰居莫拉·奥拉尼央、阿托·奎森：《非洲文学批评史稿》（下册），姚峰等译，上海：华东师范大学出版社，2020 年，第 688 页。

⑤ Florence Stratton, *Contemporary African Literature and the Politics of Gender*, London: Routledge, 1994. p. 62.

中，奥戈特别出心裁地用神话的形式推翻了女性是世界苦难之源的传统神话，即谴责女人是恶棍，她们激怒了上帝，迫使人们为生计而劳动。相反，她用尼亚维尔（Nyawir）挑衅的举止来描述一个女人改变社会的力量，重构女性主体性。

结　语

作为处女作，《应许之地》详细刻画了一位传统卢奥族妻子自我觉醒，反抗父权制，抵达"应许之地"的成长之路，为后殖民时期的众多肯尼亚女性塑造了榜样。奥戈特创作生涯长达50余年，她以敏锐的触角审视肯尼亚社会，控诉殖民主义的影响，塑造了受到父权、种族、阶级多重压迫的伊丽莎白，女性意识逐渐觉醒的尼亚波尔、杰迪达和敢于反抗的阿布拉等女性形象，扭转了大部分男性作家笔下负面的、刻板的、沉默的黑人女性形象。她始终关注女性受教育和性别平等问题，反映了肯尼亚女性受压迫和反抗的艰难成长之路，试图通过作品中女性的成长唤起现实中更多女性的自我意识。结合奥戈特的生平经历，她身体力行地证明了肯尼亚女性独立自主的可能性。多年来，她凭借自身背景活跃在医学界、文化界、政坛，身体力行地在教育、医疗等领域为肯尼亚女性争取权利。然而，殖民主义的影响在非洲仍未褪去，其残余对女性的压迫还留在非洲大陆上，非洲女性独立道路任重道远。

（文 / 北京外国语大学 苏文雅）

第五篇

查尔斯·曼谷亚
小说《妓女之子》中的底层叙事

查尔斯·曼谷亚

Charles Mangua，1939—2021

作家简介

查尔斯·曼谷亚是肯尼亚通俗文学的领军人物，其作品对肯尼亚英语文学产生了深远的影响。他与著名作家梅佳·姆旺吉（Meja Mwangi，1948— ）和大卫·麦鲁（David G. Maillu，1939— ）共同构成了肯尼亚通俗文学的主力军。1939 年，曼谷亚出生于肯尼亚尼耶里（Nyeri），属吉库尤族人。曼谷亚毕业于马凯雷雷大学，毕业之后，他从事国际事务相关的公务员职业。公务员的从业经历使他能够敏锐而深刻地洞察到国家政治对人民生活的影响，以及背后的深层次原因。坎坷的从业经历使他对国家和社会有了更深层次的理解，这些在他的作品中都有所体现。1971 年曼谷亚开始创作小说，《妓女之子》（*Son of Woman*，1971）是他的第一部作品。这部作品的出版标志着肯尼亚通俗文学的开端，也奠定了曼谷亚在文坛中举足轻重的地位。此外，曼谷亚还著有《嘴里的尾巴》（*A Tail in the Mouth*，1972）、《妓女之子在蒙巴萨》（*Son of Woman in Mombasa*，1986）、《卡尼那和我》（*Kanina and I*，1994）。2000 年，为促进小说销量，曼谷亚将《卡尼那和我》更名为《肯雅塔的沙蚤》（*Kenyatta's Jiggers*，2000）。1972 年，曼谷亚凭借《嘴里的尾巴》斩获乔莫·肯雅塔文学奖。

曼谷亚小说不仅关注殖民统治下肯尼亚民众的悲惨境遇，也书写反殖民斗争茅茅起义给民众带来的负面影响，同时也观照城市底层人物的命运。曼谷亚的创作个性鲜明，其作品用词粗犷、情感真切、风格不羁，具有自传性质。他认为青年时期的记忆也属于历史的一部分，因此他的小说内容多为主人公的童年经历。此外，他笔下的人物形象多带有悲剧性质。无论是《妓女之子》和《妓女之子在蒙巴萨》中的基恩尤（Kiunyu），还是《嘴里的尾巴》中的山姆（Sam），主人公总是命途多舛。虽然在每部小说的结尾，主人公经历了种种不公之后又重新燃起对个人命运和国家未来的希望，但是从整体来看，曼谷亚的小说充斥着无奈和绝望的氛围。

作品节选

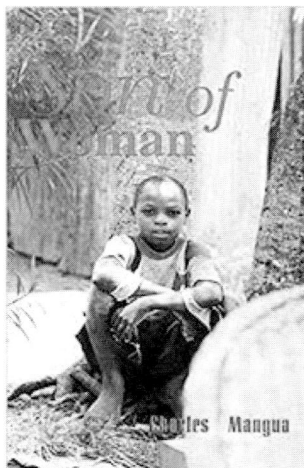

《妓女之子》
（*Son of Woman*，1971）

Everybody in this goddam place is clamouring for education. Me, I am not. Take it away. I have had some but I don't want it. I am a rebel. It has done me no good. Maybe I'll end up becoming a thief, so what? Damn exciting life until you are caught. Most thieves are caught anyway and I'd hate to think myself one. I have gone for two days without food and by God I'll have to pinch some from somewhere tonight or tomorrow. I simply can't survive on my bitter saliva while mugs are feeding meat to dogs. It ain't fair. I've got to eat something and I don't care how I get it. If you know how, you are wiser than I am.[1]

　　这鬼地方的每个人都吵着要受教育。而我，我不是。我才不要。我受过一些教育，但我不想。我是个叛逆的人。受教育对我没有好处。也许我最终会成为一个小偷，那又怎样？生活太刺激了，直到你被抓住。不管怎么说，大多数小偷都被抓住了，我不希望自己也被抓住。我已经两天没吃东西了，天哪，今晚或明天我得从什么地方弄点吃的来。当恶人们喂狗吃肉的时候，我根本不能靠苦涩的口水活下去。这不公平。我得吃点东西，不管怎么弄。如果你知道怎么弄到吃的，那你比我聪明。

（谢玉琴 / 译）

---

[1] Charles Mangua, *Son of Woman*, Nairobi: East African Publishing House, 1971, p. 9.

作品评析

《妓女之子》中的底层叙事

引　言

查尔斯·曼谷亚（Charles Mangua，1939—2021）是肯尼亚通俗文学的杰出代表作家。他著有四部作品：《妓女之子》《嘴里的尾巴》《妓女之子在蒙巴萨》和《卡尼那和我》。2000年，曼谷亚将《卡尼那和我》更名为《肯雅塔的沙蚤》。"曼谷亚的作品语言生动，带有惊悚小说的特色，主要关注城市流行的话题，比如妓女和乱交，酗酒和夜生活，被当作西方娱乐的替代品，吸引了众多东非读者。"[1]1972年，他凭借《嘴里的尾巴》斩获"乔莫·肯雅塔文学奖"[2]。

《妓女之子》是查尔斯·曼谷亚的第一部作品，这部作品首印达一万册之多，六个月内便被一抢而空，打破了东非的售书纪录，为东非文学做出了不可小觑的贡献。此后，《妓女之子》重印六次，风靡于20世纪70年代至90年代，成为肯尼亚家喻户晓的畅销书籍。小说通过呈现主人公基恩尤（Kiunyu）荒诞的生活现状，以幽默的笔调描绘出底层民众艰难的生存困境和对未来的美好希冀，表现出作者深切的底层关怀。

---

① Simon Gikandi, *Encyclopedia of African Literture*, London: Routledge, 2003, p. 437.
② 乔莫·肯雅塔文学奖（Jomo Kenyatta Prize for Literature）由肯尼亚出版协会（Kenya Publisher's Association）颁布，被誉为肯尼亚"国内最有威望的文学奖项"。

一、对底层生活的展现

　　查尔斯·曼谷亚以小人物辛酸的生活和命运为切入点，描绘了底层民众面临的生存困境。主人公基恩尤 11 岁便失去双亲，之后便一直过着寄人篱下的生活，再也无法感受家庭的温暖。他的第一个监护人米莉娅姆（Miriam）变卖了基恩尤母亲所有的遗产，霸占了他的房屋，然而基恩尤不曾拿到分毫钱财，依旧过着食不果腹、衣不蔽体的生活，而米莉娅姆的亲生女儿托妮娅（Tonia）却时常穿着新衣服到处炫耀。每当米莉娅姆的生活不顺心时，她便用恶毒的言语中伤基恩尤和他已故的母亲。面对托妮娅的威逼利诱，基恩尤不得不和她一起模仿妓女米莉娅姆平时接客的性姿势。米莉娅姆听信托妮娅的一面之词，无情地将基恩尤赶回了外婆家。基恩尤原本满怀憧憬，以为他瘦小的身躯和无处依靠的心灵能够再次拥有温暖的港湾，然而外婆的逝世让这个希望很快落空。送他回去的卡马乌（Kamau）编造各种谎言摆脱了他，基督教会的修女也百般推脱不愿收留他。作者虽然并未着墨于基恩尤少年时期失去家庭之后的心理感受，但是基恩尤承受的无声的痛苦是如此地令人震撼。

　　曼谷亚小说中贫困和妓女问题始终无法忽视。开往外婆家的火车颠簸不止，冒着阵阵黑烟；车站中的商贸市场弥漫着腐烂的蔬果与熙熙攘攘的行人身上散发的恶臭气息；六十余名鱼龙混杂的乘客们被强行塞进小卡车中，他们如同货物一般，横七竖八。物质的匮乏和生活的艰难衍生出妓女问题。东利区遍地皆是妓女，她们的脸上写满了贫困和对生存的渴望。只要有一个嫖客没有付钱，所有的妓女都会冲出来教训他。生活的窘迫让这些妓女们无暇顾及尊严，她们在大庭广众之下上厕所，全然不顾别人是否看见了她们，羞怯和隐私早已离她们远去。60 岁的妓女谎称 18 岁，以此骗来更多的客人，赚取微不足道的收入。酒吧里的妓女搔首弄姿讨酒喝，要小费。曼谷亚笔下的妓女和酒吧里的侍女并没有饱含酸楚的泪光，她们在很大程度上处于一种麻木的状态，承受着"沉默的痛苦"。妓女们其实代表最底层的声音，可是她们似乎是处于一种无声的状态。她们忍受着生活的压迫，感受和经历着罪恶与肮脏。

除了物质困境，精神困境也是底层民众面临的一个关键问题。《妓女之子》创作于肯尼亚独立初期，因此后殖民问题也是曼谷亚的一个重要关注点。毕业于马凯雷雷大学的基恩尤在应聘农业管理局的职位时被白人琼斯（Jones）以农业经验不足为由拒绝了，原因是琼斯认为这样的美差应当留给白人。尽管肯尼亚已经取得独立，人们坚信"现在是新的肯尼亚，并且肯尼亚属于非洲人"①，但是琼斯仍然拿着双倍的工资，做着喝茶看报的悠闲工作。白人深知非洲人现在虽然可以发出更响亮的声音，但是这并不能起到任何实质性的作用。面对这种不公，职位更高的恩约罗格（Njoroge）想要惩戒下属，可是面对白人的优越身份，也只能无可奈何，委曲求全。为了推进"非洲化"进程，肯尼亚政府购买了殖民时期被夺走的不计其数的土地产权，然后将这些土地分给非洲农户耕种。在小说中仅苏珊（Susan）一人拥有的农场就足够159户非洲农民耕种。当苏珊养的狗对基恩尤发起攻击，苏珊不仅没有阻拦，反而建议基恩尤学会与狗交朋友。这不仅是作者对肯尼亚自身的讽刺，更是对殖民者的强烈控诉。基恩尤购买车票时由于和白人站在同一条队伍中而遭受谩骂，并且被要求和白人保持距离。监狱的门卫听说基恩尤会讲法语，便对他格外关照。酒吧中的妓女一向以白人为尊，她们喜欢白人的大手笔，却看不上非洲同胞给予的少得可怜的小费。半个世纪的殖民统治使众多非洲民众变得麻木，而这种奴颜婢膝在肯尼亚独立之后仍未消除。长此以往，肯尼亚只会陷入更深层次的殖民控制。查尔斯·曼谷亚通过刻画这些人物形象，表达了对国家和民族精神深深的忧虑之情。

这种精神危机在个人身上表现得更为明显。"《妓女之子》中的主人公兼叙述者道奇·基恩尤（Dodge Kiunyu）集中体现了独立后知识分子的希望和沮丧。"②生活的窘迫让基恩尤感受最深的只有饥饿感，饥饿使他不再迷恋书本与知识，转而浏览报纸上的招工广告。基恩尤虽然毕业于马凯雷雷大学，但是他所学的地理专

① Charles Mangua, *Son of Woman*, Nairobi: East African Publishing House, 1971, p. 70.
② Simon Gikandi and Evan Mwangi, *The Columbia Guide to East African Literature in English Since 1945*, New York: Columbia University Press, 1893, p. 145.

业在这个实用主义横行的社会中显得尤为可笑。屡次碰壁的求职经历让他开始怀疑受教育的必要性。千辛万苦找到工作后，办公室里的欺骗和虚伪与他接受的教育格格不入，他内心的美好和希望一点一点被磨损殆尽。基恩尤周围的人为了生计变得麻木甚至愚蠢，没人会去欣赏诗歌，"文明"更无从谈起。农业指导员愚蠢无比，常常不辞辛苦大老远跑到他家，就为了找基恩尤借个领带夹。基恩尤原本以为遇到了通情达理，平易近人的领导，却没有料到领导原来是同性恋。基恩尤与这些人物形成了鲜明的对比。他以写诗为乐，但是在这个物欲横流的时代，基恩尤却不知与谁为伍，这让他倍感孤独。他家中藏书众多，但是却无人欣赏，只有孤独为伴。当乔治对女性说污言秽语时，基恩尤问道："你的礼貌去哪了？①"这看似平常的一句话对基恩尤来说却代表着无处找寻的文明和精神。曼谷亚通过一系列荒谬的描写，道出了知识分子的孤独和无奈，同时也讽刺了肯尼亚民众普遍的精神荒原现状。

曼谷亚直面现实，书写当下，正面逼视生活和社会的丑恶，以小人物的命运为主要书写对象，通过对妓女和一些底层人物的描写，将底层人物的痛苦和冷峻的事实展现给读者，道出了这一特殊生存群体的苦难现状。曼谷亚的写作可以说来源于现实，反映现实，揭露现实，暗含着作者对现实的深入思考，是一种"现实主义"写作。

二、对苦难成因的探究

曼谷亚不仅真实地再现了底层民众的苦难状态，也对造成这种现状的原因进行了探寻。"政治性是非洲文学批评无法摆脱的宿命。"②《妓女之子》通过描写底层人物基恩尤苦难的生活经历，将矛头直指肯尼亚腐败的政治。底层民众的困境是"命运之手"造成的，而政治的腐败则是背后的主要推手。独立之初的肯尼亚

---

① Charles Mangua, *Son of Woman*, Nairobi: East African Publishing House, 1971, p. 76.
② 姚峰、孙晓萌：《文学与政治之辨：非洲文学批评的转身》，《上海师范大学学报》(哲学社会科学版)，2019 年第 5 期，第 52 页。

政府在各个方面都不甚稳定，在国家安定、发展经济、削减贫困等方面仍然面临着巨大的挑战。肯尼亚几经辗转成为由单一政党主导的国家，但是"非洲大多数国家没有培养出代表民众利益的政党"①。政府徘徊于"为大众谋福利还是为个人谋私利"的问题，造成了内部分裂。政治上的无力和无能也就无可避免地衍生出腐败问题。警察以基恩尤的驾照过期为由向其暗示贿赂，单纯的基恩尤拒不服从便遭到毒打。警察随即以攻击公职人员为由使基恩尤陷入了六个月的牢狱之灾中。非但如此，警察打算私自拍卖基恩尤和其他含冤入狱的人的车辆，原因是警察认为这堆垃圾严重影响警察局的形象。刚从马凯雷雷大学毕业的基恩尤原本对未来充满希望，然而警察的腐败促使基恩尤逐渐堕落成放荡不羁的浪子，失去了对生活的憧憬。基恩尤和约瑟芬（Josephine）发现杰克（Jack）死亡却不敢报警，因为警察会把他们当成罪犯处死。基恩尤在偷了杰克的保险箱后，因在酒吧打架斗殴被警察抓获。警察将酒吧中的所有人以扰乱治安的罪名进行处罚，这样就可以顺理成章地收取每人一百先令的贿赂费。但是警察在发现了基恩尤那张记录着巨额金额的纸条后，眼神中便开始散发着奇异的光芒，以"高度认真负责"的办案态度对基恩尤进行无数次的单独审讯，在基恩尤的家中翻箱倒柜，旨在吞下巨额钱财。约瑟芬原本已经从杰克的死亡现场逃跑，但是她担心会受到牵连，于是选择坦白一切，然而警察抱着"宁愿错杀一百，不愿放过一个"的态度反咬一口，将她抓捕入狱。曼谷亚在作品中将警察比喻成"蛇"②，而不是公平与公正的化身，这不仅是作者对警察的讽刺，也道出了民众对政府的失望和痛心。作品中对平民的殴打和警察的贪心体现了政府的失败。民众对生活失去希望的同时，也会对政府失去信心。同样，国家的健康肌理也在不断被侵蚀，长此以往，毁灭的必然是国家本身。

政治的腐败弥漫在整个社会中，也营造了社会的不良风气。基恩尤在劳工社会服务机构工作时不愿意溜须拍马，因此一直不能升职。相反，那些在基恩尤看来愚蠢、懦弱、恶习满身的怪人前程一片光明。基恩尤决定换工作，但均以失败

① 蒋晖：《当代非洲的社会和阶级》，《读书》，2019年第12期，第92页。
② Charles Mangua, *Son of Woman*, Nairobi: East African Publishing House, 1971, p. 12.

告终。工作的打击和生活的窘迫很快便使其未婚妻失去信心。他人的嘲笑和白眼让基恩尤倍感孤独，于是他开始寻欢作乐，终于在六个月后变得一文不名。畜牧养殖农户杰克劝说基恩尤抬高采购价格，从中五五分利。单纯的基恩尤照做不误，然而并没有得到杰克承诺的 1500 先令。非但如此，杰克料定基恩尤不敢走法律程序，因为这纯粹是非法交易。一个个的陷阱和一次次的欺骗让基恩尤走向堕落的深渊，也体现了时代和社会不良风气对个人命运的挤压。

殖民的遗留问题也是底层境遇尴尬的一个重要原因。1963 年，肯尼亚虽然取得了政治独立，开始掌握自己的命运，但是肯尼亚对英国的强烈依附远未结束。新独立的国家不得不继承了一系列的殖民遗产。肯尼亚的经济与政治还沿袭被殖民时期的状态，更没有取得文化与精神上的独立。长此以往，肯尼亚只会陷入更深层次殖民话语的控制。同时，作者通过呈现肯尼亚政府的无能与腐败和各种社会问题的交织，直视本国的矛盾，揭露了白人的虚伪与黑人所处的弱势地位，以及国家独立之初的混乱和迷茫的状态，指出了国家仍旧危机四伏。肯尼亚要取得真正意义上的独立，仍有很长一段路要走。在这部作品中，白人优先选择工作、老师盲目教学生殖民语言、妓女们对白人趋之若鹜就是一种体现。公务员和教师在肯尼亚作为受教育程度较高的群体，仍然对白人唯命是从，对白人的语言趋之若鹜，发自内心自愿同意白人至上的观点。曼谷亚通过描写这些细节讽刺了肯尼亚的教育现状和软弱的国民精神，同时也是作者给肯尼亚民众的警示，体现了曼谷亚的作家使命。

除了外部环境的影响，底层人物自身的弱点也决定了他们的苦难命运。在《妓女之子》中，不得不说每个人物都存在软弱的一面，而这种软弱也对他们的命运起到了负面影响。面对杰克家中保险箱的诱惑时，他作为一个受过高等教育的知识分子，也无法坚守住自己的良心和道德。面对出狱后生活的窘迫，基恩尤欺骗修车工，将自己报废的破车以高价卖给了他。基恩尤从满腹诗书的知识分子堕落成满口谎言的流浪汉。同样，大批失足的妓女变成了"金钱的奴隶"①，她们认为这个职业可以不费吹灰之力带来收入，远胜于做污水处理的工作。大街上的骗

① Charles Mangua, *Son of Woman*, Nairobi: East African Publishing House, 1971, p. 152.

子也利用人们的同情心，以为孩子治病为由讨要钱财，宁愿抛弃尊严和良知凭借满口谎言获取施舍，也不愿意凭借自身的努力去获得一份工作。

不难看出，"书写肯尼亚政府，尤其是国家机制对于个人的影响"① 是曼谷亚的一大写作特色。作者将批判的锋芒直指政治的腐败以及由此带来的社会的混乱和不公，揭示出底层民众在几座大山碾压下的无奈与绝望，展示出强有力的批判性。

三、对美好未来的追求

深陷于物质和精神困境的底层民众也在迷茫地寻找出路。曼谷亚在小说中通过对苦难的书写表达了自己的理想和追求。《妓女之子》虽然是一部带着痛感的小说，但是曼谷亚以诙谐的笔调为其披上了一层幽默的外衣。"这部小说之所以受到追捧，原因在于它采用了简单而又辛辣的讽刺性语言描述非洲普通人的生活。这些人离开了乡村，但又无法融入崭新的城市世界。"② 曼谷亚在作品开头便以倒叙的手法将基恩尤定位成一个妓女之子，一个令人生厌的虱子。基恩尤在遭遇过一系列不公和打击之后，看清了生活的真实面目，从一个心怀希望的知识分子变成玩世不恭的流浪汉。基恩尤的语言放荡不羁——"没人让你喜欢我。""那又怎么样呢？"③ "我说过我是妓女的儿子，如果你烦了，那就把你的耳朵堵住。"④ "如果你不喜欢我的名字，那你就别喜欢好了。"⑤ 小说中类似充满失望和颓废的字句不胜枚举。不难看出，这是基恩尤经历过无数次失望甚至绝望后，对这个腐坏的社会做出的反应和宣泄，是一种无奈与自嘲。此外，反讽也是小说幽默性的一部分。

---

① Kathleen Greenfield, "Self and Nation in Kenya: Charles Mangua's 'Son of Woman'", *The Journal of Modern African Studies*. 1995, Vol. 33, No. 4, p. 695.

② Simon Gikandi and Evan Mwangi, *The Columbia Guide to East African Literature in English Since 1945*, New York: Columbia University Press, 1893, p. 145.

③ Charles Mangua, *Son of Woman*, Nairobi: East African Publishing House, 1971, p. 7.

④ Charles Mangua, *Son of Woman*, Nairobi: East African Publishing House, 1971, pp. 7-8.

⑤ Charles Mangua, *Son of Woman*, Nairobi: East African Publishing House, 1971, p. 9.

面对米莉娅姆对家庭和孩子的冷漠，基恩尤反而称米莉娅姆"真的爱我们"，"真的很善良 ①"。反讽的背后透露出基恩尤内心的苦涩。曼谷亚虽然将基恩尤塑造成一个浪子的形象，但实际上，这是以无关紧要的态度对社会现实进行批判，实则也是关怀现实。同时，曼谷亚在描写底层时没有哭天抢地、凄苦无边，反而以幽默性减轻这部小说中时代正在经受的痛感。小说虽然表面上不甚压抑，但是其本质依然沉重无比。诙谐幽默的语言让人开怀大笑之余，也让人深思。这实际上是一种"呐喊"，让读者"于无声处听惊雷"。

无奈与自嘲之余，酒精和性成了底层民众麻醉自我、逃避现实的有效途径。小说中几乎每个人物都与酒精和性纠缠不清。基恩尤一直认为"啤酒会对我有所帮助"②。无论发生任何事，他都会穿梭于各大酒吧中，即使身无分文也要想方设法骗取钱财，然后在酒吧中和妓女醉生梦死。畜牧养殖户杰克以非法手段赚取巨额钱财，在豪宅内死亡之时手里仍然紧紧抱着红酒瓶和药片。卡马乌和卡车司机将乘客当作货物运输之后，在酒吧喝酒到深夜。赛利姆（Salim）得知妻子婚前便有一子后也无可奈何，只能选择去酒吧麻醉自己。苏珊为了报复养父，常常私会基恩尤。玛格丽特（Margaret）目睹丈夫出轨后，选择和基恩尤发生一夜情作为报复。酒精和性是底层民众逃离现实生活的一种方式。这种描写从某种程度上说是一种"身体写作"，表明人物内心的不安与紧张。曼谷亚将身体的躁动与人物的成长结合起来，用感性把握理性。这是一种病态的征兆，是一种文学隐喻，揭示了这个时代的内在情绪。

"底层是所有不平等的滋生地，是优越、隔膜、阶层的发源地。"③底层民众挣扎在艰难与困苦之中，但是他们的麻木和逃避其实是一种表象，他们仍然在追寻生活的希望和人性的温情。当米莉娅姆发现基恩尤与托妮娅的不雅动作时，她也觉得这样是污秽不堪的，是罪恶的。她想要反抗但是迫于生计，不得不向生活低头。虽然她狠心将基恩尤赶走，但是她仍然希望基恩尤能够接受教育，从此远离这个污秽之地。基恩尤在内罗毕见到了遍地的妓女，她们脸上写满了贫穷和对金

---

① Charles Mangua, *Son of Woman*, Nairobi: East African Publishing House, 1971, p. 25.

② Charles Mangua, *Son of Woman*, Nairobi: East African Publishing House, 1971, p. 56.

③ 梁鸿：《灵光的消逝——当代文学叙事美学的嬗变》，北京：文化艺术出版社，2009 年，第 193 页。

钱的渴望。基恩尤即使身无分文也想给她们提供帮助。当他和妓女花天酒地染上梅毒时，基恩尤没有责怪妓女，反而为妓女提供看病的费用。他认为"做善事让我很开心"①。底层生活让基恩尤最难忘的就是肮脏与贫穷，但是小时候嫖客给的一先令在基恩尤的记忆中如此清晰。基恩尤在 30 岁时还清楚记得多年前的一先令随风飘落，如何被树叶盖住，用它买了几片面包、几杯茶和几颗糖。商店中的印度老板以圣诞节为由多给了一颗糖果，这是基恩尤最幸福和甜蜜的回忆。门卫本来想要收留无家可归的基恩尤，可是听说他因为饥饿想要偷东西就把基恩尤赶走了。正直的门卫是作品中为数不多的正面人物，与暗示贿赂的警察形成了鲜明的对比。

除了追寻人间的温情，曼谷亚还在为底层民众探寻灵魂拯救之路——诗意地生活。尽管生活艰难，基恩尤仍在寻找灵魂安放之处。在贫困肮脏的贫民窟，基恩尤眼前随风起舞的树叶都有一种别样的美丽。在开往摇摇晃晃冒着黑烟的火车上，基恩尤目睹了贫民窟之外美不胜收的自然界。在他潦倒之际，基恩尤仍然愿意花一先令去博物馆参观，他认为博物馆中每一个蝴蝶标本都应该拥有诗意的名字。他在马凯雷雷大学是舞蹈教员，他回忆起以前跳舞的时光总是觉得很美好。他家中藏书众多，闲来无事时便会阅读小说和报纸，无论走到哪里都会随身携带纸笔，生怕错过脑海中的任何诗意。非洲小说大多关注政治腐败、贫穷等问题，少有人关注精神世界。然而，在那个时代，曼谷亚的这部小说除了关注国家和人民的生存问题，同时多了一层精神吁求。曼谷亚通过描写基恩尤和其他人物的精神荒漠现状，呼吁肯尼亚民众关注精神世界的滋养和提高。同时这也是肯尼亚民众的灵魂拯救之路，体现了作者的人文主义立场和作家的社会责任。

---

① Charles Mangua, *Son of Woman*, Nairobi: East African Publishing House, 1971, p. 11.

结　语

"肯尼亚英语文学具有更浓重的批判色彩，无论是顺着哪条道路前进，作品的最终落脚点都是探讨现实中的各种复杂矛盾，批判社会的不公平现象。"① 曼谷亚直面底层民众的生存困境和苦难，对他们抱有深切的深情。通过描写社会转型时期底层人物面临的物质和精神困境，作者以深沉的人文关怀展现了底层的阴暗、肮脏、猥琐、麻木与屈辱，也写出了美好与光明的一面，不仅呈现了底层民众的生存状态和生存方式，也彰显了底层人物的价值信念和道德理想，有着鲜明的道德同情和社会批判特征。

（文 / 上海师范大学 谢玉琴）

---

① 朱振武、陆纯艺：《"非洲之心"的崛起——肯尼亚英语文学的斗争之路》，《外国语文》，2019 年第 6 期，第 40 页。

第六篇

大卫·麦鲁
小说《献给姆巴塔和拉贝卡》中的城乡叙事

大卫·麦鲁

David G. Maillu，1939—

作家简介

大卫·麦鲁是肯尼亚通俗文学的领军人物之一，被誉为东非最高产的作家。1939 年 10 月 19 日，他出生在殖民时期的肯尼亚东部地区，属于阿坎巴族（Akamba）群。求学期间，麦鲁对非洲的艺术、文学和社会学产生了浓厚的兴趣。麦鲁读完高中后自学成才，创作了 60 余部作品。20 世纪 60 年代，麦鲁开始了他的写作生涯，70 年代成名。在写作之前，麦鲁做了严密的调查，他发现自 20 世纪 60 年代以来，非洲的文学作品一直沉浸在悲伤的氛围中，其主题主要涉及殖民、反殖民斗争等。实际上，许多读者渴望阅读那些能够展示普通人的内心世界和日常生活的娱乐作品。于是，麦鲁选择迎合读者的需求和品位。他的作品以大胆直接的性描写和城市底层生活书写著称。1973 年，麦鲁出版了《不宜食用》（*Unfit for Human Consumption*）和《亲爱的酒瓶》（*My Dear Bottle*，1973）。《亲爱的酒瓶》是一部集幽默与讽刺于一身的作品。作品中关于女人、酗酒和政治现状的描写令人捧腹，也发人深省。酒精和性是逃避城市艰辛生活的方式。同时，这部作品也谈及艾滋病问题，麦鲁认为艾滋病是城市生活的代名词。1974 年，麦鲁接着出版了《四点半之后》（*After 4:30*）。这几部作品的成功使得麦鲁取代查尔斯·曼谷亚的地位，成为肯尼亚最受欢迎的作家。

1980 年以前，麦鲁采用书信体，以民歌、散文、诗歌的形式创作了多部微型小说，主要关注性、酗酒和婚姻闹剧。他的作品主要采用第三人称视角，而且作品中出现了多种声音。《四点半之后》是大卫·麦鲁最广为人知的作品。这部作品的成功使得大卫·麦鲁迅速成名，同时也让他成为最具争议的作家。这部作品以非洲传统的叙事诗形式，其风格令人耳目一新。麦鲁以女性的视角讲述了家庭妇女、办公室秘书和性工作者所面临的种种问题。通过赤裸裸的性描写揭露了在物质主义盛行下，人们在道德方面的堕落与痛苦，其作品中关于女性的描写对女权主义运动起到了一定的推动作用。

作品节选

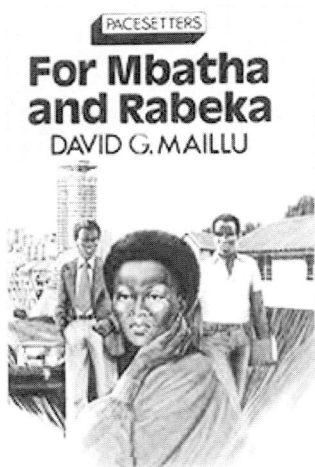

《献给姆巴塔和拉贝卡》
（*For Mbatha and Rabeka*，1980）

He loved the peculiar cry of the Saab's engine, especially the sound of the gears which he changed frequently, and rather unreasonably, as he roared in and out of the estate. But nobody should tell you how to beat your own drum. Speed was something Mawa loved, yet, in spite of the anxiety of the people, he drove very safely and had anaccident-free record in his seven years of driving. Still, as Josef Mbatha had often said, the past was no security for the future. The accident could still come, any time.[①]

　　当他咆哮着进出小区时，他喜欢萨博引擎特有的啸叫，特别是他频繁且相当不合理换挡的声音。但没人应该告诉你如何自吹自擂。玛瓦喜欢速度，尽管人们很担心，但他开车非常安全，在他7年的驾驶生涯中保持着零事故记录。然而，正如约瑟夫·姆巴塔经常说的那样，过去并不是未来的保障。事故随时都有可能发生。

（谢玉琴/译）

---

① David G. Maillu, *For Mbatha and Rabeka*, London: Macmillan, 1980, p. 92.

作品评析

《献给姆巴塔和拉贝卡》中的城乡叙事

引 言

20 世纪 60 年代，肯尼亚脱离英国的殖民统治走向独立，在稳定国家秩序的同时开始了工业化和现代化建设。城市工业文明和农业传统思想体系产生了激烈的碰撞与交融，城乡的二元对立在文学作品中也有所体现。大卫·麦鲁的《献给姆巴塔和拉贝卡》（*For Mbatha and Rabeka*，1980）以乡村女性追求城市物质生活，选择城市人玛瓦（Mawa）而离开乡村人姆巴塔（Mbatha）的三角爱情故事为依托，在展现城乡二元对立的同时，也揭示了两者对立背后的社会危机。大卫·麦鲁在描写城市、乡村两类生活时，笔下往往显示出种种明显的差异。乡村代表贫困和单纯，城市则象征着富有和肮脏。这不仅指作为表现对象的城市和乡村具有不同的外在风貌与生活方式，而且更指作为创作主体的作家在评价城乡生活时呈现出不同的情感倾向和价值判断。

一、城乡对立的时代背景

长期的乡村农业经济构成了肯尼亚传统各方面的价值基础，无论是生活方式还是思想内涵，都体现了来自小农经济的制约。这种生活观念和生活方式也直接或间接地反映在文学中。实际上，姆巴塔的单纯、善良乃至"理想主义"皆源自

22l22222222222222222222222

于农业文明。小说《献给姆巴塔和拉贝卡》讲述了钟情乡村的姆巴塔、偏爱城市的玛瓦以及打算脱离乡村融入城市的拉贝卡（Rabeka）三人复杂的爱情故事。每当拉贝卡在家中遭到责骂或殴打时，姆巴塔唯一能做的事就是心疼拉贝卡，得知拉贝卡生病时，姆巴塔更是食不下咽。姆巴塔向往并且珍惜美好的爱情，然而每当遇到问题，他仅仅是接受现实，不会为了欲望和理想付出行动，从而争取实现目标。

在独立后的前10年，为了推进国家的现代化程度，肯尼亚将工业发展作为国家经济进步的重心和标志，片面强调工业化，而忽视农业的发展。自肯尼亚独立至1980年，总统肯雅塔大力施行"实用主义"，"鼓励政府官员开办工厂、农场，甚至国家领导人带头经商办企业"①，这也是造成后期肯尼亚腐败之风盛行的原因之一。在这种政策下，城市化和工业化迅速发展，其所带来的城市文明难以避免地弥漫着"物质主义"和"拜金主义"之风气。作品中车水马龙的水泥路、诅咒他人的妇女、灯火璀璨的内罗毕夜景都是代表城市的意象。"在城市里贪婪和算计，非常容易被孤立被谴责。"②城市文明的产物玛瓦则贪图物质享受，追求超前消费。

土地问题也是拉贝卡和父亲走向城市的原因之一。肯尼亚在1895年沦为英属殖民地之后，其土地被英国当局大肆掠夺。"被夺走土地的非洲人一部分搬进了殖民当局划定的'保留地'，一部分留在'白人高地'上为白人农场主当'长住劳工'……少部分人流入城市。"③独立之后，肯尼亚政府利用赎买政策高价购买被白人占用的土地，并分给少数无地农民耕种。但是这远远不能解决大批无地农民面临的生存难题。作品中拉贝卡一家因为耕地稀缺，因而需要依靠姆巴塔一家的救济才能果腹。失地带来的贫困问题也是拉贝卡选择城市的一个重要契机。

此外，肯尼亚的父权制思想由来已久，女性的地位无足轻重，她们被当成男性的附属品，总是生活在男性的影子中，追求自由与个人价值更无从谈起。然而，国家的独立和社会的相对稳定为女性意识觉醒提供了可能性。在乡村中，拉贝卡

① 周倩：《当代肯尼亚国家发展进程》，北京：世界知识出版社，2012年，第150页。
② Raymond William, *The Country and the City*, New York: Oxford University Press, 1975, p. 48.
③ 高晋元：《"茅茅"运动的兴起和失败》，《西亚非洲》，1984年第4期，第80页。

100

的遭遇展现了女性在父权制压迫下的艰难生存现状，她被父母当成商品送给酋长的儿子，不仅时常遭受殴打，还面临被强奸的困境。在玛瓦的引诱下，拉贝卡不仅向往城市的物质生活，而且极力想要摆脱乡村对女性的压迫。拉贝卡选择离开乡村，走向城市，不仅是对物质生活的追求，同时也是女性意识觉醒的表现。

众所周知，城乡之间的差距和对立是社会转型时期出现的一种现象。随着工业化的脚步加快，城乡对立显然成为肯尼亚面临的突出问题。麦鲁在作品《献给姆巴塔和拉贝卡》中展现出的城乡对立进一步凸显了城乡文化的冲突，呈现出一幅"城市恶"和"乡村美"的二元对立图景。作品将城市的代表人物玛瓦居住的豪宅与来自乡村的姆巴塔安身的破旧宿舍进行了对照，指出了城乡在经济发展和基础设施建设方面的差距。与此相反，在道德审美方面，乡村和村民则被刻画成自然、质朴、单纯或善良的正面人性景观，而城市和市民则呈现出虚伪、急功近利或者道德败坏的负面特征。作品中乡村呈现出贫穷凋敝的状态，而城市则愈发日新月异，彰显出城乡间的交流与渗透，也揭示了两者的碰撞与冲突。

二、城乡二元对立的呈现

大卫·麦鲁在作品《献给姆巴塔和拉贝卡》中展示了不同的乡村和城市图景，展现出一种二元对立的状态。乡村和城市的生活方式和价值观念有着巨大的差别。麦鲁笔下的乡下人是勤劳的。拉贝卡的母亲卡媞基（Katiki）为了补贴家用，悉心将园子里的木薯洗净、切片、晒干，以便拿到市场上贩卖。姆巴塔的父亲是一个勤劳的养蜂人，在养蜜蜂之余，他还免费为村子里的老人制作木头椅子，赢得了村里人的尊重。乡村的友谊也是单纯的。卡媞基和恩戈妮（Ngene）因为孩子们的爱情招来了村民的流言蜚语，彼此破口大骂，拳脚相向，两周后，她们彼此道歉，之后谈笑风生，成为好朋友。乡村的爱情是纯粹的。姆巴塔和拉贝卡青梅竹马，从小一起长大。姆巴塔常常带着拉贝卡爬树摘果子，过着天真无邪的生活。见不到拉贝卡时，他就在河对岸吹笛子，希望她能感受到自己的爱。每当拉贝卡被父母殴打，姆巴塔便茶饭不思，寝食难安。拉贝卡也十分感激姆巴塔对自己的同情，把他当成自己的依靠。

麦鲁描绘的城市则是另一番景象，城市的代表人物是玛瓦，他近乎被刻画成一个反面人物。作品开头便描写了玛瓦的车："在这片区域，玛瓦的车型号和声音都是独一无二的。"①玛瓦十分享受汽车引擎发动的声音和飞驰的速度，从来不在意汽车产生的噪音是否打扰到邻居们。紧接着描写了玛瓦的衣着："他穿着一套蓝色西装，亮蓝色的衬衫，黑蓝色的领带和袜子，脚蹬锃亮的皮鞋。"②之后描写玛瓦的豪宅。平板电脑、圆珠笔、雪茄、收音机、昂贵的家具。他酷爱旅行，热衷于和不同国家各行各业的人打交道，他的愿望就是成为一个国际化并且成功的男人。他经过锻炼，成为了一个依靠嘴皮子而不是双手吃饭的人。每次他说本土语言的时候，都会改变发音，好让别人误以为他忘记了这种老土的语言，而说英语时，他会说非常标准的美式英语。

作品中城乡的二元对立不仅仅表现在城乡不同的外在风貌和风土人情，还表现在拉贝卡对物质生活的向往和姆巴塔对乡村质朴生活的热爱。拉贝卡第一次来到城市时，惊叹于城市之大，她无法像在乡下那样随时能找到心上人姆巴塔。他第二次来到城市，遇见了有钱人玛瓦。在玛瓦的引诱下，她被城市的繁华景象所吸引，对城市生活的物质享受有着一种近乎本能的渴求。因此她放弃在乡下教书育人，选择嫁给有钱的城里人玛瓦，追求物质生活。姆巴塔则认为"教书是我的生命。"③乡村虽然没有通电，没有电话，没有公园，也没电影院，但是乡村是生养自己的地方，虽然不比城市繁华，但是那里有"善良的人，自由，要教育的学生，食物……④"那里的一草一木都不能忘记。

玛瓦的老练圆滑与姆巴塔的单纯善良形成了鲜明的对比。玛瓦和姆巴塔的区别之处不仅仅在于城市与乡村带给各自的身份特征，还表现在两者对于欲望的态度。欲望是城市文明中不可忽视的价值存在。玛瓦第一次见到拉贝卡时，便被她的美貌所吸引。尽管拉贝卡已经有了心上人，玛瓦还是产生了想和拉贝卡在一起的欲望。在这种欲望的驱使下，玛瓦的行为展现出了城市文明中欲望和实现个人

---

① David G. Maillu, *For Mbatha and Rabeka*, London: Macmillan Education, 1980, p. 1.

② David G. Maillu, *For Mbatha and Rabeka*, London: Macmillan Education, 1980, p. 2.

③ David G. Maillu, *For Mbatha and Rabeka*, London: Macmillan Education, 1980, p. 95.

④ David G. Maillu, *For Mbatha and Rabeka*, London: Macmillan Education, 1980, p. 97.

价值的特征。他在遭到拉贝卡的拒绝后，他没有放弃，而是想方设法接近拉贝卡。他耐心倾听拉贝卡讲述自己与姆巴塔的爱情，常常逗拉贝卡开心。他在拉贝卡面前假装看书，装作有知识的样子。为了和拉贝卡有肢体接触，玛瓦还给她看手相，想方设法靠近她，夸赞她。不仅如此，玛瓦带拉贝卡去游玩，吃蛋糕，教她用相机、望远镜，欣赏美景，一点一点向她灌输钱的重要性。终于，拉贝卡来到玛瓦的豪宅，震撼于豪宅的奢靡。物质击垮了她最后的心理防线。与此相反，姆巴塔则展现出了农业文明的内核：与世无争。从姆巴塔接受现实，无欲无求的表现来看，姆巴塔实际上不支持膨胀的个人主义，是一种"反欲望"的代表。因此，玛瓦和姆巴塔基于各自所在的价值系统和文化体系，建构了"欲望和反欲望"的二元对立局面。

三、城乡二元对立背后的社会危机

作品中展示的城乡冲突不仅仅是地域文化冲突，更是一种价值观念的冲突。从根本上来说，玛瓦的"国际化"思想是基于工业文明的一种价值体系，或曰城市文明。20 世纪 70 年代正是肯尼亚艰难推动现代化的时候。肯尼亚经历了长达半个多世纪的殖民统治，独立后也不可避免地继承一系列的殖民遗产。而且，"肯尼亚的现代化进程属于外源的现代化，现代生产力要素和现代化的文化要素都是从外部移植或引进的，工业化投资在很大程度上借用外国资本，甚至受外国支配。"[①] 伴随着工业化和现代化的影响，社会的思想体系也随之发生变化，物质主义盛行。这一历史背景与玛瓦这一人物形象相贴合。

城市繁华的生活对拉贝卡有着无比巨大的吸引力，这与乡村传统对女性，也即对拉贝卡的束缚和压迫不无关系。在乡下的日子，拉贝卡的母亲因为不小心毒死了酋长的 32 只羊，就把拉贝卡当成待价而沽的商品送给酋长的儿子。拉贝卡一个晚上没回家，其母亲忍受不了村子里的流言蜚语就偷偷把她绑起来殴打她。拉

---

① 周倩：《当代肯尼亚国家发展进程》，北京：世界知识出版社，2012 年，第 171 页。

贝卡觉得生活绑架了她，"一种看不见的力量控制了我的生活。"[1]对拉贝卡来说，乡村带给她的是疲惫、压迫和挣扎，而城市则可以给予她物质上的满足和对自由的渴求。逃离乡村，选择城市是她改变命运的一个捷径。拉贝卡对城市的向往，当然可以说是城市空间对农村人的吸引。从这个意义上说，来自乡村的拉贝卡进入城市，不仅仅是一种地理空间的位移，更多的是束缚和压迫的反抗，从而追求自由和独立。

当代肯尼亚仍然是个农业国，但是随着现代化的推进，城市有了一定的发展，工业文明已经向传统的农业文化发起了挑战。乡村在现代性和城市文明的夹裹与碾压中和城市产生了一定程度的交融与渗透。这一点在作品中也有所体现。拉贝卡的父亲为了逃难离开村子，前往大城市蒙巴萨成了一名卡车司机。当他开着卡车回到村里时，村民们看着从未见过的卡车，都觉得他成了有钱人，纷纷投来了羡慕的眼神。城市和物质向乡村的进逼使得乡村面临着被城市膨胀的物质主义风气吞没的危机。但是乡村农业经济仍然是一种普遍的现实存在，农业人口比重很大。"20世纪70年代末，90%的人口住在农村区域……肯尼亚仍然是一个乡村和农业社会。"[2]长期以来的乡村农业经济构成了肯尼亚传统文化的价值基础。在这部作品中，作者近乎将城市人玛瓦塑造成一个反面人物。他说话大声，随地吐痰，常常说脏话。而乡下人姆巴塔则品德高尚，赢得众人的尊重和喜爱。而且在结尾处，作者笔锋一转，给结婚当天的玛瓦安排了一场意外，使得拉贝卡回到了乡村，回到了姆巴塔身边。

作品明显存在着一种反城市倾向。麦鲁通过描写乡村生活与城市生活的相异之处，歌颂乡村生活的单纯与美好，在批判物质主义盛行的城市生活的同时，仍然将乡村作为承载憧憬与希望的精神家园。麦鲁无论是塑造乡村人物形象，还是描绘乡村的风土人情，总是倾向于刻画乡村的正面形象。这其中承载着作者对精神家园的认同、对乡村风土人情及其所象征的理想归宿的向往和依恋。在肯尼亚的许多文学作品中，与代表文明的城市相对应，乡村成为作家们的精神家园。作家们总是将乡村作为抵抗城市文明或者物质主义的有力武器。

---

[1] David G. Maillu, *For Mbatha and Rabeka*, London: Macmillan Education, 1980, p. 86.

[2] James E. Clayson, "How Relevant is Operational Research to Development? The Case of Kenyan Industry", *The Journal of the Operational Research Society*, 1980, Vol. 31, No.4 , p. 294.

不得不说，城乡冲突是肯尼亚英语文学创作的一大重要主题。展现城乡冲突的作家远不止大卫·麦鲁一人。与大卫·麦鲁并称"肯尼亚通俗文学三杰"的另外两位作家，查尔斯·曼谷亚和梅佳·姆旺吉也在作品中描述了城乡的二元对立。在曼谷亚的《妓女之子》《嘴里的尾巴》和《妓女之子在蒙巴萨》这三部作品中，主人公在乡下生活时总是幸福安稳的，因为乡村中有土地、房屋、慈爱的长辈、陪伴自己成长的河流，那里的一草一木都能让人亲近，就连空气都更加清甜。而曼谷亚在描写城市生活时，"男人往往是罪犯、小偷或骗子。"①

在梅佳·姆旺吉的作品中，读者也很明显地感受到城市的负面形象。《快杀死我》（*Kill Me Quick*，1973）、《顺流而下》（*Going Down River Road*，1976）和《蟑螂之舞》（*The Cockroach Dance*，1979）是他的城市三部曲。《快杀死我》中梅佳（Meja）和迈纳（Maina）希望凭借知识改变命运，实现自己的"非洲梦"。毕业后，他们跟随城市化的潮流来到内罗毕，却成为城市的受害者。两人无法找到工作，只能睡在路边，靠捡拾垃圾为生，最后两人走上了犯罪的道路，并为此付出了惨重的代价。《顺流而下》描述了城市边缘人本（Ben）的悲哀生活。他居住在贫民窟里，仍然负担不起昂贵的房租，最后只能在街上流浪。《蟑螂之舞》讲述了城市底层杜斯曼（Dusman）的故事。他居住的房子租金昂贵，并且蟑螂肆虐，杜斯曼既要忍受恶劣的生活条件，还要遭受管理者的无情剥削。城市和城市中的人均以负面形象出现，城市在文学作品中成了被批判的对象，乡村成了理想和精神之源。

---

① Nici Nelson, "Representations of Men and Women, City and Town in Kenyan Novels of the 1970s and 1980s" ,*Gender and Popular Culture*, 1996, Vol. 9, No.2, p. 152.

结　语

　　麦鲁并没有回望过去充满创伤的历史，而是"思考新的社会问题，作品主题由政治矛盾逐渐转向社会矛盾"①。他在《献给姆巴塔和拉贝卡》中，不仅描写了从乡村来到城市的少女的心路历程，更重要的是麦鲁写出了城市对人的价值观念的冲击和影响。在物质世界对人们的吸引力日益增强的今天，物质主义之风盛行，真正向往乡村生活的人并不在多数。大卫·麦鲁作为一个知识分子，还在歌颂乡村的质朴与纯真，以文学性的想象抵抗着世俗生活，对防止物质主义吞噬精神生活的洪流有一定的积极意义。

（文／上海师范大学 谢玉琴）

---

① 朱振武：《非洲英语文学的源与流》，上海：学林出版社，2019 年，第 81 页。

第七篇

伊冯·阿蒂安波·欧沃尔
小说《尘埃》中的女性形象分析

伊冯·阿蒂安波·欧沃尔

Yvonne Adhiambo Owuor，1968—

作家简介

伊冯·阿蒂安波·欧沃尔是肯尼亚作家。她出生于内罗毕，曾在肯雅塔大学（Kenyatta University）学习英语，后在雷丁大学（Reading University）获得电视编导硕士学位。此外，欧沃尔还获得了澳大利亚昆士兰大学（University of Queensland，Australia）的创意写作硕士学位。欧沃尔曾担任编剧，在 2003 年至 2005 年期间担任桑给巴尔国际电影节执行董事。

欧沃尔的短篇小说《耳语的重量》（*Weight of Whispers*，2003）获得了 2003 年凯恩非洲写作奖（Caine Prize for African Writing）。这部小说以第一人称叙事，记录了卢旺达发生种族灭绝事件后博尼法斯·路易斯·库塞马尼（Boniface Louis R Kuseremane）及其家人的生活。2004 年，欧沃尔因对肯尼亚艺术的贡献而获得年度女性奖（艺术、遗产类别）。欧沃尔广受好评的著作《尘埃》（*Dust*,2014）描绘了 20 世纪下半叶肯尼亚的暴力历史。2015 年 9 月，该小说入围弗里奥文学奖（Folio Prize），并获得肯尼亚杰出的文学奖——乔莫·肯雅塔文学奖（Jomo Kenyatta Prize for Literature）。欧沃尔出版的第二部小说《蜻蜓海》（*The Dragonfly Sea*，2019)是一本充满活力、令人惊叹的成长小说，讲述了一个年轻女子在广阔的世界中努力寻找自己的位置，对命运、死亡、爱情进行探索的故事。欧沃尔的作品出现在世界各地的众多出版物中，其中包括宽尼文学期刊以及麦克斯韦尼杂志（*McSweeney's*）。她的短篇小说《磨刀匠的故事》（*The Knife Grinder's Tale*）被拍成同名短片，于 2007 年上映。欧沃尔为各种期刊投稿，其中包括《东非文学和文化研究》（*Eastern African Literary and Cultural Studies*）。此外，欧沃尔还活跃于环境保护领域，热衷于跨洋、跨区域的多元探索。

作品节选

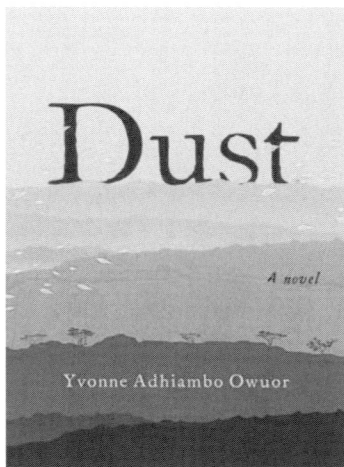

《尘埃》（*Dust*，2014）

Ajany's sudden desperate tone: "Akai-ma, how does madness come? Can it arrive with the sound of wailing? It's inside." She stops. "It cries. Like a baby."

With a rapid movement Akai-ma gathers Ajany to her and presses her head to her daughter's. Lips to skin. Husky-voiced. "Tell the crying one that she has a mother. She belongs to life. She has a mother and the mother holds her. The mother forever holds her."

A burning sensation harrows Ajany's inner being.

It listens to Akai-ma say, "This is my heart, this is my breathing, and it's you. You hear?" Heartbeats. Arms tighten around each other. Time darts through them. Small contentment.[①]

阿杰尼突然绝望地说："妈妈，悲伤是如何到来的呢？它能够带着哭号的声音来吗？它是内心的哭泣。"阿杰尼停顿了一下。"它在哭嚎。就像孩子一样。"

雅佳把阿杰尼拥入怀中，和女儿的额头相碰，并亲吻着女儿的额头。用沙哑的声音说："告诉那个哭泣的孩子她有妈妈。她是有希望的。她有妈妈，她的妈妈正抱着她，她的妈妈会永远抱着她。"

阿杰尼的内心涌起一股强烈的灼热。

阿杰尼听到妈妈说："这是我的心，我的呼吸，这是你的，你听到了吗？心跳声。两人的心跳声此起彼伏，手臂紧紧地缠绕在一起。时间飞速地流逝。两人内心带着小小的喜悦。

（卢贞宇/译）

---

① Yvonne Adhiambo Owuor, *Dust*, New York: Random House LLC, 2014, p.355.

作品评析

《尘埃》中的女性形象分析

引　言

伊冯·阿蒂安波·欧沃尔是东非肯尼亚的一名小说家，在国内有着广泛的影响。她的短篇小说《耳语的重量》于2003年获得了非洲凯恩文学奖。随后，其小说《尘埃》于2015年获得了乔莫·肯雅塔文学奖。[①]《尘埃》这部小说描绘了一个悲痛的家庭故事，揭露了肯尼亚政治暴动时期国家政治的腐败和小说人物的曲折命运。[②]从20世纪50年代初的茅茅起义到1969年的政治暗杀，再到2007年的选举后暴力事件，《尘埃》这部小说的故事背景与肯尼亚的血腥历史结合在一起。欧沃尔的文字充满力量，富有同理心，向读者展现了家庭和国家共同隐藏的历史碎片。最终，这些碎片拼凑在一起，事实逐渐清晰明朗。欧沃尔曾说过："写作就好比绘制地图一样"。[③]作者在小说中对于故事地点的安排就好似绘图者对于每个地理位置的精巧设计，有高原有平原，错落有致。就小说中的地点而言，一方面在不断地变化，另一方面，基本上都围绕着伍特·奥吉克（Wuoth Ogik）这个特定的地点展开。这一动一静的设置，赋予小说独有的节奏。伍特·奥吉克隐藏多

---

① See Kate Wallis, "East African Maritime Imagination, with Yvonne Adhiambo Owuor", *Wasafiri*, 2021, Vol.36,No.2, p. 63.

② 参见维基百科网站：https://en.wikipedia.org/wiki/Yonne_Adhiambo_Owuor.

③ Tina Steiner, "Let's Talk About Craft! A Conversation with Yvonne Adhiambo Owuor", *Eastern African Literary and Cultural Studies* January 10, 2011. Accessed Feburary 7, 2022. https://doi.org/10.1080/23277408 .2021.1928829.

年的秘密在这纷繁变化的地点中一一展开。小说以年轻人奥迪（Odidi）遭刺杀去世为开端引出了整篇故事。奥迪的母亲雅佳（Akai Lokorijom）因无法承受儿子去世的事实离家出走；奥迪的妹妹阿杰尼（Ajany）因伤心过度，情绪失控；奥迪的爱人贾斯蒂娜（Justina）也为此悲痛欲绝。在本就动荡的肯尼亚，这三位女性又遭遇了至爱的人离世的悲痛。作者对于这三位女性的刻画着眼于非洲大陆，并与当地的文化和社会环境联系在一起。在小说中，作者不仅用细腻的笔触描绘了她们面对悲痛的反应和表现，而且通过对三位女性人生经历的描述，将她们立体、饱满的形象展现在读者面前。因而，对于这三位女性形象的分析将帮助读者了解 20 世纪下半叶历史动荡时期的东非女性形象以及她们的生活状态和境遇。

一、雅佳·洛科里乔姆：得到释放的女性

雅佳内心有一个隐藏多年的秘密，这个秘密的形成与殖民者休吾（Hugh）有直接的关系，但归根到底与当时的时代背景有关。雅佳心中的秘密像尘埃一样封存在她的脑海深处，然而，那段尘封的往事随着年轻人以撒亚（Isaiah）探寻真相的过程也如尘埃遇到风，在她的内心不断地飘荡，直到最后雅佳向女儿阿杰尼说出真相，所有的一切才尘埃落定。秘密得到释放之后，雅佳对待女儿阿杰尼的态度发生了巨大的转变并开始了新的生活。因而，秘密的释放对于雅佳来说是一种自我释放。

雅佳内心埋藏几十年的秘密与休吾有关，她与休吾的相遇为秘密的形成提供了条件。雅佳与休吾相遇的时候正处于少女时代，那时的她渴望美好的生活和广阔的世界。休吾是一名侵略肯尼亚的英国殖民者，他对于世界的了解和认知远超雅佳。休吾满足了雅佳对于美好生活的渴望，因而深深地吸引着雅佳。

虽然休吾已有家室，雅佳还是做了他的情妇。雅佳跟着休吾领略到了世界其他地方的风景，有时会一起聊书、聊音乐，这满足了她内心的渴望。然而，在休吾的认知当中，雅佳仅仅是自己玩弄的物品。他很多次不顾雅佳的感受，做出羞辱雅佳的事情，甚至当着尼皮尔（Nyipir）的面，把雅佳当作一件炫耀的物品。当休吾的妻子赛琳娜（Selene）到伍特·奥吉克找休吾的时候，休吾和雅佳的关

系也处于隐匿状态。雅佳怀孕之后，休吾立即把雅佳送上船打发她回了家乡。休吾虽然承诺以后会娶雅佳，但并没有履行诺言。休吾的种种表现与他的身份和所处的文化意识形态密不可分。"男性对女性的认知和理解决不是独立自持的，必然受制于意识形态。"①从休吾的身份来看，他是一名英国的在非殖民者。从殖民者的文化角度来看，休吾和雅佳之间的关系存在着极大的不平衡，因而在二者的关系中休吾拥有较大的决定权。这种权力的不平衡也导致了休吾对待雅佳态度的随意性。通过雅佳的亲身经历，读者也看到殖民者对于非洲女性的虐待。

　　雅佳的秘密形成于最后一次与休吾的见面，此后，这个秘密一直隐藏在雅佳的内心。虽然雅佳被休吾送回了家乡，但她仍旧天真地以为休吾会给她一个美好的生活，却不知迎接她的将是颠沛流离的生活。回到家乡的雅佳生下了一对龙凤胎，充满希望地等待着休吾来娶她，但在一年年地等待未果之后，雅佳的希望破灭，名誉扫地。继父出于维护荣誉的考虑，把雅佳和她的母亲赶出家门。雅佳和母亲在外生活的不易激发了母亲内心的怨恨。雅佳的母亲怒扇了雅佳一巴掌，还斥责说从出生的时候她就是一个诅咒，玷污了自己的人生。最后，雅佳被母亲赶出了家门。雅佳被逼走到了绝境，她用自己的血喂养孩子。最后因流血过多，雅佳未能保护好两个孩子，他们不幸相继去世。此时的雅佳已经绝望至极。就在这时，她走到了休吾居住的地方。当休吾发现雅佳时，雅佳向他哭诉自己所经历的一切。然而，休吾却不以为意，反倒不停地辱骂雅佳是妓女。最后两人在争执的过程中，雅佳因无法抑制自己内心当中的怨恨和怒气，不小心用枪打死了休吾。尼皮尔和雅佳都很害怕有人来调查这件事情，但是过了一年又一年并没有人前来调查，这就成为隐藏在雅佳内心的秘密。从小说的情节来看，雅佳被母亲赶出家门后，在外漂流的结束地点刚好在殖民者休吾所建的房子伍特·奥吉克。伍特·奥吉克象征着旅途的结束。然而，伴随着旅途的结束，一个秘密的种子也在雅佳内心生根发芽，并伴随着自己往后生活的每一天。因而对于雅佳来说，她的旅途并未结束。

　　正是因为雅佳年轻时犯的一个错误让她经历了人生中较为艰难的一段时光，也让她从少女的角色转换成母亲的角色。少女时代的雅佳天真烂漫，富有灵性。

---

① 孙燕：《女性形象的文化阐释》，《中州学刊》，2004年第5期，第79页。

然而成为母亲之后，她面临着生活的摧残，背负着自身的秘密，这使得雅佳的性格像火山一样，随时都有可能爆发。雅佳的经历使其母亲形象具有两面性，这种两面性其实是其母爱具有偏向性的一种体现。这种偏向性的母爱直到雅佳释放出自己内心当中多年的秘密之后才得以完全。同样，也正是在秘密得到释放之后，雅佳才得以拥抱一个全新的自我。

作为母亲，雅佳当然是爱孩子的，然而她的母爱是有偏向性的。他对儿子奥迪十分疼爱，对女儿阿杰尼却很冷漠，这种反差让雅佳的母亲形象具有明显的两面性。历史事实和过往的经历激起了人物内心的历史意识。[1]雅佳作为母亲形象的两面性和她先逝的两个孩子是密不可分的。在成为奥迪和阿杰尼的母亲之前，雅佳也曾有两个孩子，然而他们不幸在同一天相继去世，这对雅佳造成了极大的影响。这两个孩子的去世一直困扰着雅佳，让她多次陷入悲伤之中，以至于雅佳认为出生在热天的孩子终有一天会离开她。所以阿杰尼在热天出生的时候，雅佳由于过往的经历一直和阿杰尼保持着距离，不愿和阿杰尼有过多的交流。

雅佳通过回忆向女儿讲述了自己的经历。尘封的秘密打开，她对小女儿的母性光辉开始展露。随着秘密的揭开，雅佳和小女儿之间的隔阂逐渐化解。小女儿幼时受到的伤害也在和母亲的交流中不断地治愈。小说中关于雅佳母爱的体现在此处展现得淋漓尽致：

阿杰尼突然绝望地说："妈妈，悲伤是如何到来的呢？它能够带着哭号的声音来吗？它是内心的哭泣。"阿杰尼停顿了一下。"它在哭嚎。就像孩子一样。"[2]

雅佳把阿杰尼拥入怀中，和女儿的额头相碰，并亲吻着女儿的额头。用沙哑的声音说："告诉那个哭泣的孩子她有妈妈。她是有希望的。她有妈妈，她的妈妈正抱着她，她的妈妈会永远抱着她。"[3]

---

[1] Julia Njeri, Karumba, "Historical Consciousness and Character Formation in Yvonne Owuor's *Dust*", April, 2017. Accessed Feburary14, 2022.https://irlibrary.ku.ac.ke/handle/123456789/18590

[2] Yvonne Adhiambo Owuor, *Dust,* New York: Random House LLC, 2014, p. 335.

[3] Yvonne Adhiambo Owuor, *Dust,* New York: Random House LLC, 2014, p. 355.

秘密得到释放之后，雅佳的母亲形象得到了完全。她不再被过往的经历牵绊，能够直面自己所经历的一切。当女儿向雅佳诉说痛苦的时候，她这次没有躲避，没有冷漠地不予回应，而是站在一个母亲的立场，把自己想说的话都告诉了小女儿。阿杰尼内心渴望已久的母爱，终于得到了回应。雅佳的母性光辉治愈着阿杰尼的内心，因而母女俩这次的交流，在小说中是跨越性的一步。

从秘密的形成到揭开，雅佳背负着秘密生活了几十年。背负秘密生活的雅佳是极其辛苦的，以至于对她的母亲形象也产生了影响。作者通过雅佳的故事揭橥了殖民者对于殖民地女性的虐待和摧残；通过对动荡的历史与殖民者侵扰的描述，展露了非洲女性艰难生存的困境。

二、阿杰尼：得到疗愈的女性

阿杰尼幼年时内心留下了创伤，她从认识创伤、接纳创伤到超越创伤的过程向读者展现了历史动荡时期女性疗愈创伤得到成长蜕变的过程。阿杰尼喜欢画画，内心情感丰富细腻，性格当中有比较敏感和偏抑郁的一面。幼年时母亲对阿杰尼的冷漠态度在她内心留下了创伤，并对她的性格产生了较大的影响。在其后的生活中，阿杰尼都在不断地疗愈自己内心的伤痕。在疗愈的过程中，阿杰尼的母亲、哥哥和恋人都发挥了重要的作用，他们的爱作用在一起疗愈了阿杰尼。

阿杰尼内心创伤的形成与其幼年时期和母亲之间的关系密切相关。一个人的历史是由过往构成的，因而一个人的个性和身份认同往往受到过往意识的影响。[①]在阿杰尼的印象中，母亲几乎很少关注自己，她总是把更多的精力和关注放在哥哥身上。阿杰尼的母亲对待阿杰尼和她哥哥的态度，简直判若两人，这给阿杰尼的内心留下了阴影。为此，阿杰尼还嫉妒过哥哥。在阿杰尼的成长过程中，母爱一直是缺失的，这也导致了她对母爱的渴望。"孩子对母爱的渴求源于他们得不到

---

① See Julia Njeri, Karumba, "Historical Consciousness and Character Formation in Yvonne Owuor's *Dust*", April, 2017. Accessed Feburary14, 2022.https://ir-library.ku.ac.ke/bitstream/handle/123456789/18590/ Historical%20consciousness%20and%20character%20formation%20in....pdf?sequence=1&isAllowed=y

正常的母爱。"①阿杰尼每次见到母亲都希望在她的怀抱里停留得久一些，希望感受母亲更多的温暖。然而，大多数时候她的热情都被母亲的冷漠扑灭了。母爱的缺失对阿杰尼的心灵和成长造成了负面的影响。母亲对阿杰尼和她哥哥态度的差异，让本就敏感的阿杰尼变得更加敏感。阿杰尼年幼时就有口吃的症状，和母亲关系不好的时候，她的口吃就更加严重了。此外，母亲对阿杰尼态度的冷淡，让她在家的表现更加小心翼翼，对于很多想做的事情都需要哥哥的帮助才能实现。与哥哥相比，阿杰尼在家感受到的温暖和爱要少很多，而且，面对母亲的时候，阿杰尼不得不面对自己内心当中的那道伤痕。因而长大之后，阿杰尼选择去了古巴，在那里追逐自己的梦想。阿杰尼内心创伤形成的表层原因与母亲对她的冷漠态度有关，但更深层的原因与母亲在历史动荡时期所受的伤害有关。阿杰尼虽然不知道母亲的过往，但母亲经历的伤痛也在无形中影响着阿杰尼。"社会生活与时代背景是文学作品的一面镜子。文学作品中人物、人物关系、事件以及相关的价值观念，都是当时社会生活在作家笔底的反映。"②阿杰尼内心所受到的伤害正是当时肯尼亚动荡的社会对人们内心伤害的一种反映。

阿杰尼的哥哥在她的成长过程中无疑是一位正面的引路人。哥哥的存在就像天使一样守护着阿杰尼。哥哥在关键的时候帮助阿杰尼抵挡外在的伤害，帮助她重拾对生活的热爱，这些对于阿杰尼认识自我创伤起着关键性的作用。在学校，哥哥会帮助阿杰尼化解生活中遇到的困难，并与她一起分享生活中的美好。在她难过的时候，哥哥会陪伴着她，逗她开心，帮助她度过艰难的时刻。"从社会学的角度看，每个人的成长都会受到一些人的影响，这些人从正、反两方面丰富着主人公的生活经历和对社会的认知。"③哥哥的帮助让阿杰尼内心充满了爱和温暖，这份温暖与爱帮助阿杰尼树立了对生活的正面认知，为她以后疗愈创伤奠定了基础。上学时期，哥哥帮助阿杰尼化解被嘲笑的困境，维护了她的自尊心和自信心。

---

① 田亚曼：《母爱与成长：托尼·莫里森小说研究》，北京：中国社会科学出版社，2009 年，第 199 页。

② 马弦：《论哈代小说中的新女性形象》，《外国文学研究》，2004 年第 1 期，第 78 页。

③ 芮渝萍：《美国成长小说研究》，北京：中国社会科学出版社，2004 年，第 125 页。

当时阿杰尼极其有望成为冰球队的队长，可是阿杰尼的敌对者因她有口吃就瞧不起她，当众故意欺负她，让她爬树。阿杰尼为了证明自己果断地爬上树，但却因恐高不敢下来。下面的人纷纷嘲笑阿杰尼，阿杰尼陷入了恐惧和悲伤之中，在树上不知所措。这时，哥哥正好来到树下安抚她的情绪。在背阿杰尼下去的过程中，哥哥不小心倒在地上但立马跑去保护她。哥哥的守护就像阿杰尼生活中的一缕阳光，让阿杰尼的内心涌起无数的温暖和感动，给了阿杰尼安全感和归属感，足以帮助她抵挡人生中许多的黑暗时刻。

哥哥对阿杰尼画画梦想的守护为阿杰尼日后继续学习画画奠定了基础，同时，画画也成为她缓解情绪、疗愈自己的一个重要工具。在阿杰尼的绘画爱好遭到父母的强烈反对时，哥哥帮助她重拾爱好和对生活的热爱与希望，拯救她脱离了人生的苦难时刻。当阿杰尼向父母展示自己的得意画作却遭到反对时，她十分伤心，把自己的舌头咬出了血，这一切都被哥哥看在眼里。他们回到学校之后，哥哥对阿杰尼说，你要继续画画，必须要继续画画。阿杰尼一再拒绝。但哥哥继而威胁她若不重新画画就把她放在树上。最后阿杰尼内心摇动，向哥哥坦白不想继续画画是因为不知道从何开始。哥哥立即提议说，你要在我们家的周围画一条河，然后再画一片大海和一条船，我们两个坐在船上，将要奔赴远方。阿杰尼在与哥哥交流的过程中，清楚了自己害怕重新继续画画的原因。"一个人对自我的认识来自内外两个方面：交流和内省。"[1]阿杰尼与哥哥交流之后，受到了哥哥的鼓励，重拾画画的爱好。若没有哥哥的强制要求、劝解和建议，阿杰尼就会失去自己的爱好，在她的一生中留下遗憾。哥哥是理解阿杰尼的，也知道画画对于她的重要性，哥哥这关键的提议可以说是阿杰尼人生的一个转折点。

青少年时期正是一个人性情、品格形成的关键时期，哥哥在阿杰尼的过往生活中占据着重要的地位，是她生活的精神支柱。阿杰尼带着对往事的回忆逃到了一座能够感受哥哥气息的城市——内罗毕，在这里开始了接纳创伤的过程。哥哥的突然离世让阿杰尼的生活陷入了无尽的痛苦之中，她无法接受这个事实。阿杰

---

① 芮渝萍：《文化冲突视野中的成长与困惑——评波·马歇尔的〈棕色姑娘，棕色砖房〉》，《当代外国文学》，2003 年第 2 期，第 106 页。

尼到内罗毕寻找哥哥足迹的过程中，往事总会不经意间一次次地闪现在她的眼前，让她陷入悲伤之中。此时，内心的伤痛和哥哥离世的悲痛重叠在一起。哥哥在阿杰尼的过往生活中占据着重要的角色，在找寻哥哥足迹的过程中，阿杰尼也在和过去的自己重新连结，她一次次地闪回到和哥哥相处的回忆中。闪回类似医学领域创伤治疗的"暴露疗法"，"闪回的过程即是暴露的过程，过程结束往往是病人走出创伤、准备好新的生活的时候。"[1] 正是在现在和过去之间的来往穿梭中，在阿杰尼一次次的探寻，一次次的回忆，一次次的情绪崩溃中，阿杰尼慢慢地释放着对哥哥的思念，逐渐地接受哥哥离世的事实，治愈着自己内心的创伤。

阿杰尼的哥哥去世之后，她的母亲和爱人接续着哥哥的地位，帮助她疗愈内心的创伤。阿杰尼最终超越创伤，开始了新的生活。在内罗毕寻找哥哥足迹的过程中，阿杰尼遇到了想要找寻真相的以撒亚。二人因有着相似的经历，在彼此袒露心声的过程中走在了一起。以撒亚对于阿杰尼的理解和帮助，让她的悲伤情绪得到了缓解。最后，阿杰尼接受了哥哥去世的事实，两人一起回到了阿杰尼的家伍特·奥吉克。一家人最终在伍特·奥吉克团聚，父亲和母亲分别告诉了阿杰尼许多隐藏已久的秘密。阿杰尼知晓了母亲对其冷漠的原因之后，和母亲之间的关系缓和了很多，自己内心当中的那道伤痕也得到了疗愈。"人的成长是以认知发展为基础的。"[2] 以撒亚对阿杰尼的理解和支持以及母亲对阿杰尼的安慰促进了阿杰尼情感认知的发展。经历过情感的低谷，阿杰尼对自己内心的伤痕也有了新的认知，在爱的包围下，阿杰尼超越了那道伤痕所带来的伤痛，完成了心灵的治愈和成长。

阿杰尼内心当中的伤痕与当时动荡的历史背景密不可分，她在疗愈的过程中实现了自我的蜕变和成长，向读者展现了在历史的长河中，动荡之后，所有的一切都会朝着新的方向发展。

---

[1] 李桂荣：《创伤叙事：安东尼·伯吉斯创伤文学作品研究》，北京：知识产权出版社，2010年，第78页。
[2] 芮渝萍、范谊：《成长的风景——当代美国成长小说研究》，北京：商务印书馆，2012年，第233页。

三、贾斯蒂娜：清醒独立的女性

个人的命运与国家的命运息息相关，个人的生活状态是国家状态的微观反映。在历史动荡，充满暴力的肯尼亚独立时期，贾斯蒂娜作为一名城市女性其动荡、漂泊的状态在小说中比比皆是。在动荡的历史时期，人们的生活异常艰难。贾斯蒂娜在艰苦维持生计的同时，向读者展现了其清醒、独立的女性形象。

人是一个复杂的个体，在不同的情境下会显现不同的个性。在《尘埃》这部小说中，作者向读者展现了贾斯蒂娜的妓女形象和爱人形象。小说前半部分对于贾斯蒂娜的描述寥寥无几，直到后半部分时，贾斯蒂娜的妓女形象才得以向读者显现。然而在贾斯蒂娜的内心，她并不承认自己是一名妓女，认为这仅仅是一种谋生的手段。贾斯蒂娜对于爱人离世的怀念和悲痛是她爱人形象的体现。奥迪去世后，贾斯蒂娜常常到奥迪离世前的场地怀念他。遭遇爱人的突然离世，贾斯蒂娜隐忍着坚强，以自己的方式缓解着爱人离世的悲痛。从殖民国家向独立国家转变的过程中，妓女形象常常在早期的后殖民主义小说中占据着重要的地位。[1]贾斯蒂娜这类女性的生活状况体现了历史过渡时期女性生活的动荡和艰辛。然而，无论是经历家庭的变故还是爱人的离世，贾斯蒂娜都始终保持着清醒独立的状态，向读者展现了新时代的女性形象。贾斯蒂娜从少时就开始经历各种不幸，但她并没有对生活失望，依然努力寻找生活中的积极面。她的爱人奥迪去世之后，贾斯蒂娜也没有一味地陷入自己的情绪当中。在贾斯蒂娜的身上我们可以看到一个清醒、独立、坚强的女性形象。

个人的经历对自身性格的形成具有重要影响。面对奥迪的离世，贾斯蒂娜能够做到如此独立、坚强与清醒和她早期的生活经历是分不开的。贾斯蒂娜出生于一个铁路工人家庭，少时过着舒适的生活。然而有一天厄运接踵而至地降临到这

---

① See Wairimū Mūrīithi Maryanne, "Murder she Wrote: Reading Yvonne Adhiambo Owuor's *Dust* as Feminist Postcolonial Crime Fiction", Dissertation of Pretoria University,2018, p. 64.

个家庭。父亲失业，母亲患病，这些不幸让整个家庭支离破碎。她的母亲是父亲的配偶中最小的一位，生病之后被父亲抛弃了。贾斯蒂娜的母亲被抛弃与一夫多妻制度有关。"肯尼亚是一个传统上接受多配偶习俗的国家，但直到 2014 年才通过婚姻法案，在法律上正式建立一夫多妻制。"① 虽然一夫多妻制获得了法律认可，但对妻子的权益保护较少，而且，在一夫多妻制法案通过以前，对妻子权益的保护更少。"在夫权社会中，……女性在社会地位上沦为所谓的'第二性'，除了根深蒂固的传统势力以外，还因为妇女没有独立的经济地位。"② 所以，贾斯蒂娜的母亲是一夫多妻制和夫权社会的受害者。贾斯蒂娜的命运由此发生了巨大的变化。当时贾斯蒂娜在学校的成绩很优异，但是为了照顾生病的母亲，她不得不辍学。贾斯蒂娜并没有因为生命中的变故而悲观失望、一蹶不振。在人生的逆境中，她依旧能找到生活的乐趣。贾斯蒂娜当时的乐趣是定时等候从蒙巴萨开往内罗毕的火车，当火车开动的时候，她喜欢跟随火车尽情地奔跑追逐，听火车长鸣的声音。贾斯蒂娜少时经历的悲欢离合让她早早地明白独立、坚强的重要性。她身上所表现出来的独立、清醒与坚强让读者看到了新时代的女性形象。

　　贾斯蒂娜是清醒的。奥迪去世时，贾斯蒂娜已经怀有身孕，但她明白无论现在的生活有多艰难，自己应该继续向前。贾斯蒂娜得知奥迪去世的消息后，和阿杰尼一样，来到了奥迪去世时所在的地方。在这里，贾斯蒂娜以自己的方式怀念着奥迪。贾斯蒂娜在这里回忆着和奥迪经历的所有，寄托了她对奥迪的思念和不舍。当贾斯蒂娜看到奥迪的妹妹阿杰尼时，主动邀请她来到自己的房间，希望通过阿杰尼能够离奥迪更近一些，能够感受更多关于奥迪的气息。在与阿杰尼交谈的过程中，贾斯蒂娜和阿杰尼的情绪状态形成了鲜明对比。贾斯蒂娜隐忍着坚强，试图不让自己内心的悲伤表现出来，而阿杰尼则将自己的脆弱状态和悲伤情绪毫无保留地表现出来。接待完阿杰尼之后，贾斯蒂娜仍旧坚持去工作。阿杰尼虽然经常来她这里，想要和她一起生活、抚养孩子，但她并没有答应。因为贾斯蒂娜知道阿杰尼并不属于这里，她有权利去过自己的生活。阿杰尼在俱乐部跳舞的时候，贾斯蒂娜发现她

---

① 参见 http://paper.people.com.cn/rmwz/html/2015-04/01/content_1611183.htm
② 金莉、秦亚青：《压抑、觉醒、反叛——凯特·肖邦笔下的女性形象》，《外国文学》，1995 年第 4 期，第 59 页。

的身上有一种和奥迪相似的气质，而这种气质与舞池里的人是不一样的，说明阿杰尼并不属于这里。贾斯蒂娜和阿杰尼面对奥迪的死有着相似的心情，所以阿杰尼来到她这里的时候，两个人在某种程度上是可以互相安慰的。但贾斯蒂娜清醒地知道她和阿杰尼是两个世界的人，这为她突然地离开奠定了基础。

贾斯蒂娜是独立的。贾斯蒂娜年少时和患病的母亲被父亲抛弃，没有任何依靠的贾斯蒂娜早早地学会靠自己维持生活。经历了生活的考验之后，贾斯蒂娜懂得独立生活的重要性。当她遇到阿杰尼时，自己的生活并没有阿杰尼富足。虽然阿杰尼给过她一些钱，但是贾斯蒂娜并没有把自己生活的指望都放在阿杰尼的救济上面。虽然阿杰尼经常来她这里寻找精神上的慰藉，但是她并没有依赖这种精神上的慰藉。因为贾斯蒂娜知道想要真正地化解自己内心的悲伤情绪，最终还是要靠自己。贾斯蒂娜和阿杰尼两个人之间也会有争吵，而且争吵往往以沉默结束。她们两人之间这种突然的沉默归根到底是因为内心中对于奥迪离世的悲痛。真正的悲痛是无声的，是需要悲痛的人自己慢慢释怀的。因而，贾斯蒂娜最后悄悄地离开了，她想靠自己去抚养孩子，并以自己的方式纪念奥迪，去缓解自己内心当中的痛苦。贾斯蒂娜和阿杰尼相遇时，两个人都还沉浸在奥迪去世的悲伤情绪中，所以两人相遇的意义就在于能在这段时间陪伴彼此。至于以后的生活，贾斯蒂娜知道还是要靠自己去走。

在历史动荡时期，贾斯蒂娜作为城市女性既有社会性的一面也有个人性的一面。然而抛却其社会性的一面，在小说中，读者可以看到贾斯蒂娜是独立且清醒的，她的这种独立和清醒成长于她艰苦的生活环境。经历了夫权社会对女性的不公以及国家动荡对人们命运的影响，贾斯蒂娜展现了新时代的女性形象。

结　语

　　肯尼亚从殖民状态向独立状态转型的过程中，社会中充满着动荡和暴力，加之女性在社会中处于较低的位置，因而通过三位女性的生活经历，读者会发现她们的生活充满各种各样的曲折和坎坷，过着艰辛的生活。雅佳内心隐藏的秘密，阿杰尼内心的伤痕以及贾斯蒂娜的多种形象都是当时社会现状的一种反映。奥迪的突然离世，让雅佳、阿杰尼和贾斯蒂娜这三位女性陷入了悲痛之中，她们的生活因奥迪的去世被打断。在接受这一悲痛事实的过程中，每个人都在与内心的自我进行较量。雅佳在这个过程中释放了自我，最终拥抱了一个全新的自我和全新的生活；阿杰尼在这个过程中疗愈了自我，实现了自我的成长和蜕变；贾斯蒂娜在这个过程中以自己的方式缓解着内心的悲痛，坚强地向前走着，向读者展现了新时代的女性形象。历史的动荡终会过去，所有的一切终归平静。就像雅佳内心那尘埃般的记忆，虽然会再次扬起，但终有落下的时刻，所有的一切终会尘埃落定。历史的长河在不断地向前，所有的一切终会过去，在人们的内心又会萌发出新的希望。雅佳、阿杰尼和贾斯蒂娜这三位女性虽然经历过动荡历史时期苦难的洗礼，但在最后她们都向新的生活迈出了步伐，去寻找新生活的意义。

（文／上海师范大学 卢贞宇）

第八篇

宾亚凡加·瓦奈纳
杂文《如何书写非洲》中的当代非洲书写

宾亚凡加·瓦奈纳

Binyavanga Wainaina, 1971—2019

作家简介

宾亚凡加·瓦奈纳是肯尼亚英语文学新生代作家的杰出代表。瓦奈纳出生于肯尼亚大裂谷省纳库鲁的一个中产阶级家庭,在南非接受了商科本科教育后于1991年在那里定居。2007年他到美国纽约斯克内克塔迪联合学院(Union College in Schenectady County)做驻校作家,2010年在英国获创意写作硕士学位,之后担任纽约巴德学院(Bard College in New York)钦努阿·阿契贝非洲文学与语言研究中心的主任,是《纽约时报》《英国卫报》等欧美报刊的撰稿人。

瓦奈纳作为新锐作家,创作有一百余篇短篇小说、杂文和一部回忆录,在国际上受关注程度颇高。他因短篇小说《发现家园》(*Discovering Home*,2002)获得了凯恩非洲文学奖,在西方文坛崭露头角。次年他创办了东部非洲第一本重要的文学刊物《那又怎样?》(*Kwani?*)。这本非洲最有活力的文学刊物促进了非洲文学的国际传播。他的杂文《如何书写非洲》(*How to Write About Africa*,2005)讽刺西方世界对非洲刻板形象的书写,挑战白人的霸权话语,被称为"非洲的良心"。他的回忆录《有一天我要书写这个地方》(*One Day I Will Write About This Place*,2011)是奥普拉图书俱乐部(Oprah's Book Club)选的阅读书目,被《纽约时报》评为"2011年最著名的一百本书"之一。瓦奈纳在杂文《2012年怎能不写非洲》(*How Not to Write about Africa in 2012?*)中聚焦现代化进程中的非洲,在杂文《我是同性恋,妈妈》("I'm a Homosexual, Mom",2014)中公开自己的性取向,以同性恋的代言人形象出现在媒体上,成为同性恋的偶像。瓦奈纳的大半生都生活在国外,但他始终关心非洲的发展。他在作品中既展现当代非洲的发展,也不回避当代非洲的民族矛盾和政治矛盾,而是向世界展现当代非洲的真实面貌,重塑了当代非洲形象。瓦奈纳是一位心系非洲大陆、具有人文关怀思想的作家!

作品节选

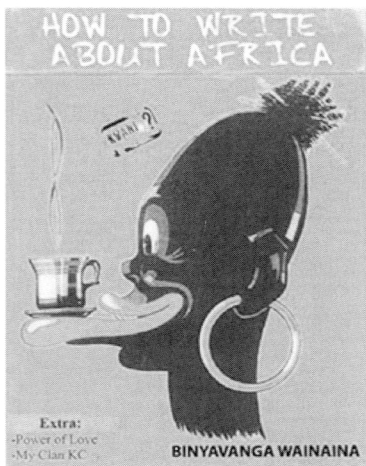

《如何书写非洲》
（"How to Write About Africa"，2005）

In your text, treat Africa as if it were one country. It is hot and dusty with rolling grasslands and huge herds of animals and tall, thin people who are starving. Or it is hot and steamy with very short people who eat primates. Don't get bogged down with precise descriptions. Africa is big: fifty-four countries, 900 million people who are too busy starving and dying and warring and emigrating to read your book. The continent is full of deserts, jungles, highlands, savannahs and many other things, but your reader doesn't care about all that, so keep your descriptions romantic and evocative and unparticular.[1]

　　在你的笔下，好像非洲是一个国家，这里气候炎热，尘土飞扬，草原连绵不断，动物成群，又高又瘦的人们在忍饥挨饿，抑或是这里又热又潮湿，人们极为矮小，靠吃灵长类动物存活。但是，请不要沉溺于这种精确的描述。非洲很大：有54个国家，9亿人忙于饥饿、死亡、交战和移民，无暇阅读你写的书。这片大陆到处是沙漠、丛林、高地、稀树草原和许多其他景致，但你的读者并不关心所有这一切。所以，你的描述应当充满浪漫情调、引人入胜、别具一格。

（杨建玫 / 译）

---

① Binyavanga Wainaina, "How to Write About Africa", *in Granta,* 92 (winter 2005), p. 92.

作品评析

《如何书写非洲》中的当代非洲书写

引　言

肯尼亚英语文学发端于 20 世纪 60 年代，是非洲文学的重要组成部分。近半个世纪以来，肯尼亚英语作家在国际上频繁获得多项文学大奖，并在《剑桥非洲及加勒比文学史》等权威文学史中占有一席之地。肯尼亚英语文学与东部非洲英语文学的发展同步，经历了 20 世纪 60 年代的发轫期和 70 至 90 年代的发展期，[①]产生了第一代作家恩古吉·瓦·提安哥（Ngugi wa Thiong'o）、格雷斯·奥戈特和以梅佳·姆旺吉（Major Mwangji）、玛乔瑞·麦克戈耶（Marjorie Oludhe Macgoye）为代表的第二代作家。他们致力于书写殖民主义、政治斗争、文化复兴和后殖民幻灭的主题，凸显出政治对文学的影响和文学与社会的密切联系。

新世纪以来，随着肯尼亚的发展，肯尼亚英语文学的主题发生了很大变化。以宾亚凡加·瓦奈纳为代表的新生代作家出生于 20 世纪 70 年代之后，他们继承了老一辈作家书写现实的传统，但并未受传统主题的局限，而是反映当代肯尼亚社会，表现非洲经验。瓦奈纳作为肯尼亚的第一位凯恩非洲文学奖得主，不仅文学成就斐然，还因敢于挑战白人的霸权话语并重塑当代非洲形象而受到西方文坛

---

① 杨建玫、汪琳：《20 世纪 60—90 年代东非英语文学的历史嬗变》，《苏州科技大学学报》（社会科学版），2019 年第 2 期，第 75 页。

的关注，被称为"非洲的良心"。《如何书写非洲》① 既是他的一篇散文，也是他创作的关注点。瓦奈纳其人如何？他如何看待白人笔下的非洲形象？书写了怎样的非洲形象？表达了什么思想？本文将结合他的代表性作品予以阐释。

一、瓦奈纳其人

瓦奈纳作为小说家、散文家和记者，以出众的文采和犀利的文风活跃于新世纪的国际文坛。2002 年，他因短篇小说《发现家园》获得了有"非洲布克奖"之称的凯恩非洲文学奖，在西方文坛崭露头角。瓦奈纳创作了一百余部短篇小说、杂文和一部回忆录，成为继恩古吉之后又一位具有国际影响力的肯尼亚作家。不幸的是，瓦奈纳因病于 2019 年 5 月 21 日去世，享年四十八岁，这对肯尼亚乃至非洲文坛而言都是巨大的损失。一些非洲作家纷纷撰文或参加纪念活动哀悼他，赞扬他为非洲文学做出的贡献。

瓦奈纳的大半生都生活在国外。1971 年他出生于大裂谷省纳库鲁的一个中产阶级家庭，在家乡接受了中等教育后到南非学习商科，并于 1991 年在那里定居。2007 年，纽约斯克内克塔迪联合学院聘他为驻校作家。21 世纪以来，他在欧洲游历并写作，2010 年在英国获创意写作硕士学位，后来担任纽约巴德学院钦努阿·阿契贝（Chinua Achebe）非洲文学与语言研究中心的主任，是《纽约时报》《英国卫报》等欧美报刊的撰稿人。

2002 年，瓦奈纳在福特基金会的资助下用自己获得的凯恩奖奖金创办了东部非洲第一本重要的文学刊物《那又怎样？》②。该杂志在内容和形式上扎根于非洲，只刊登非洲作家创作的本土作品。十多年来，该杂志作为非洲最有活力的文学刊物，"改变了肯尼亚的文学景观，支持新生代作家进行创新，使他们的创作走向大

---

① Binyavanga Wainaina, "*How to Write About Africa*". Granta, 92. 2 (May 2005). https://granta.com/how-to-write-about-africa/[2024-04-21]

② "Kwani"是一个由英语和斯瓦希里语混合而成的盛语（Sheng）词汇，意思是"What's up？（那又怎样？）"，具有挑战传统的意味。盛语作为一种创新性语言，是肯尼亚的一种城市语言，为东部"贫民窟"的城市青年所用。

众"①。该杂志还促进了非洲文学的国际传播，帮助多位肯尼亚作家，例如，2003年的凯恩奖得主伊冯·阿蒂安波·欧沃尔，在国际上赢得了多项文学奖。

《那又怎样？》引发了肯尼亚文坛在创作主题和语言方面的创新。杂志刊登的作品涉及性别、政治、贫困等社会问题，首次触及像强奸之类在肯尼亚十分敏感的话题。许多小说采用斯瓦希里语、英语和盛语混合写作，对年轻人颇具吸引力，作家们说，"我们需要用我们会的每种语言，以创新的方式把我们的现实和想象付诸笔端"②，由此兴起的文学运动道出了肯尼亚人的心声。杂志强调文学文本的社会和文化意义，其愿景是在国内鼓励写作和阅读，在瓦奈纳的努力下，这本杂志对肯尼亚的文化进步起到了推动作用。遗憾的是，随着瓦奈纳去世，这份网络杂志已停刊。这对于非洲英语文学的国际传播而言是一大损失。

瓦奈纳虽然身处异国他乡，却始终关心非洲的局势和发展。在国外的长期自我流放生活使他深切体会到了非洲人的"他者"地位。2005年，瓦奈纳在英国文学杂志《格兰塔》(*Granta*)上发表了他最广为人知的讽刺性散文《如何书写非洲》。他反话正说，对白人塑造的扭曲的非洲形象进行揭露。该文在西方引起了极大反响，成为该杂志被转载次数最多的文章，瓦奈纳也因此成为一位有争议的新锐作家。2011年，他出版了回忆录《有一天我要书写这个地方》，以下简称《有一天》)③。该书被奥普拉图书俱乐部选为阅读书目，并被《纽约时报》评为"2011年最著名的一百本书"之一。2014年，瓦奈纳因在杂文《我是同性恋，妈妈》中公开自己的性取向而上了全球的头条新闻。他以同性恋的代言人形象出现在媒体上，成为同性恋的偶像。但是，由于同性恋在许多非洲国家属于违法行为，该文在肯尼亚引起了轩然大波，他也因此成为不合时俗的代表。《我是同性恋，妈妈》显示出瓦奈纳勇于挑战传统的个性，与他的创新型写作特征一致。

① Rasna Warah, " Binyavanga Wainaina: The Writer Who Democratised Kenya's Literary Space", https://www.theelephant.info/culture/2019/05/31/binyavanga-wainaina-the-writer-who-democratised-kenyas-literary-space/[2019-06-30]

② Alexandra Polier, "What's up, Kenya?", in *Kwani?,* https://foreignpolicy.com/2009/10/14/whats-up-kenya/[2019-04-26]

③ Binyavanga Wainaina, *One Day I Will Write About This Place*, Minneapolis: Graywolf Press, 2011.

在新世纪，瓦奈纳成为肯尼亚国内外受关注程度颇高的新生代作家。这与他创办的杂志在非洲的影响力以及他在非洲形象和性取向等问题上的独特观点有关。鉴于瓦奈纳的文学成就及其为推动肯尼亚文学所做的工作，他获得了许多机构颁发的荣誉。比如，《时代》杂志评选他为 2014 年度一百位世界最具影响力人物之一，2007 年世界经济论坛提名他为"全球青年领袖"。瓦奈纳活跃在西方文坛，这也扩大了肯尼亚文学在欧美的影响。

二、瓦奈纳对白人霸权话语的瓦解

瓦奈纳的创作反映了非洲的社会、历史、政治和种族问题，具有文化政治批判性。他关注非洲的形象，关心非洲的命运。在《如何书写非洲》中，他揭露了白人扭曲非洲形象的霸权话语，采用反讽手法对抗白人对非洲的偏见及其文化帝国主义行径。

长期以来，白人丑化、歪曲非洲形象，对非洲充满偏见。他们忽视非洲国家的多样性和非洲人的情感和日常生活，从殖民者的视角建构了贫穷、落后、充满异域风情的非洲形象。在阿契贝看来，"并不是康拉德首次塑造了非洲人形象。在西方人的心目中，这种形象曾是而且现在仍然是非洲人的主要形象"。[①]当今西方新闻媒体仍在丑化非洲。他们对非洲知之甚少，却常以先入为主的偏见报道种族暴力、官员渎职、饥荒、落后的"部落"等内容。[②]爱德华·萨义德认为，白人塑造的东方形象是建立在"白人至上"论基础上的种族主义思想，他们作为东方主义者参与种族歧视、文化霸权和精神垄断。[③]殖民主义的实质是"使西方文化显得合法化"，[④]自 20 世纪中期许多非洲国家独立以来，非洲作家纷纷抨击白人对非洲

[①] 巴特·穆尔－吉尔伯特：《后殖民批评》，杨乃乔等译，北京大学出版社，2001 年，第 191 页。

[②] 《纽约时报》曾刊载文章，敦促美国关注非洲（特别是苏丹、肯尼亚和乌干达）的医疗问题，以免非洲大陆给美国带来传染病。Morales, D. (2017). An Afropolitan 2017 update. Journal of the African Literature Association, 11 (2), 223–237. https://doi.org/10.1080/21674736.2017.1375659

[③] 朱立元：《当代西方文艺理论》，上海：华东师范大学出版社，2005 年，第 419 页。

[④] 王岳川：《后殖民主义与新历史主义文论》，济南：山东教育出版社，2001 年，第 19 页。

人的种族偏见。例如，西非作家沃莱·索因卡（Wole Soyinka）曾描述西方文学中的种族歧视传统对非洲人的歪曲和否定；①阿契贝也在创作中以重塑非洲的自我属性为指向，意欲消除西方文化中不公正的非洲形象。②

在《如何书写非洲》中，瓦奈纳未像其他非洲作家一样直接抨击西方殖民话语，而是反话正说，通过揭露白人笔下扭曲的非洲形象来消解白人对非洲人的偏见。表面上他以忠告的口吻告诫白人应如何书写非洲，实则是对白人的种族偏见予以批判。他文风犀利，反讽语气贯穿全文，写作风格与斯威夫特（Jonathan Swift）和鲁迅颇为相似。他以边缘话语挑战白人的权力话语，与萨义德对白人的东方主义批判有异曲同工之妙。

瓦奈纳难以容忍白人至今仍在使用的丑化非洲形象的殖民话语。他讥讽道，从16世纪至今白人给非洲贴上了"贫穷、战争、干旱、腐败、疾病和落后"的标签，非洲是与"黑暗"相连的"原始部落"和白人的"游猎"之地，白人只会描述非洲风景以满足其猎奇心理。瓦奈纳在看似平静的话语中透露出他对白人丑化非洲形象的愤慨。他指出，五百年来白人仍在坚持种族偏见，从未关注过当今非洲的发展和新面貌，这是"白人至上"的种族歧视思想在作怪。瓦奈纳以反讽为武器，重构了一种反话语和反叙事。

瓦奈纳以犀利的笔锋嘲讽白人丑化的非洲人形象。他指出，白人只认可获得诺贝尔奖的非洲人，而其他非洲人是"裸体战士""仆人""占卜师""腐败政客""妓女"和"饥民"。他们身着"马赛或祖鲁或贡礼传统服饰"③，妇女常遭到强奸和割礼。瓦奈纳讥讽白人使用的词汇"人"（People）并不包括非洲人，"那些人"（The People④）一词才指非洲人，这揭示出白人高高在上的种族

---

① 亨利·路易斯·盖茨：《理论权威，（白人）权势，（黑人）批判：我一无所知》，载张京媛（编）：《后殖民理论与文化批评》，北京：北京大学出版社，1999年，第181页。

② 参见高文惠：《依附与剥离：后殖民文化语境中的黑非洲英语写作》，北京：中国社会科学出版社，2015年，第96页。

③ Binyavanga Wainaina, "How to Write About Africa", in *Granta*, 92(Winter 2005), pp. 92-94. https://granta.com/how-to-write-about-africa/[2024-04-21]

④ 原文中"People"和"The"的首字母都是大写。瓦奈纳以此突出白人对非洲人的歧视，批评他们把非洲人看作另类的做法。

歧视态度：他们把非洲人视为低劣野蛮的种族，只对非洲的民族传统感兴趣。这反映了萨义德所批判的白人的东方主义思想。瓦奈纳认为，白人仅按照自己的需要描绘非洲，他以此表达愤怒之意，瓦解了白人的殖民话语。

瓦奈纳对白人将非洲大陆视为一个国家的偏见极为不满，批评他们忽视了非洲国家的多样性和各民族的日常生活。非洲明明有着 54 个国家和 9 亿人口，但在白人的笔下只是"炎热的夏季、飞扬的尘土、繁茂的草原和狂野的动物"[①]。瓦奈纳以此谴责白人只是把非洲当作充满异国情调和原始风光之地，从未平等地看待非洲，未了解当今非洲的变化发展及其真实的一面。这反映了问题的本质：西方以己三观度量非洲，视己为自我，将其他者化。

最后，瓦奈纳嘲弄白人自视为非洲的救世主的种族主义思想，讥讽白人虚伪的"热爱非洲"的言辞和"援助人员、环保主义者"的自我标榜。瓦奈纳在貌似平静的陈述中揭露出白人为了获得经济利益，意在掠夺非洲的自然资源的真相。这也反映了弗朗茨·法农（Frantz Fanon）的观点："欧洲人不断地大谈人类，他们宣称自己最关心人类的福利，事实上，我们知道为他们的所谓胜利，人类遭受了数不清的苦难。"[②] 这些所谓的援助者与曾经剥削奴役非洲的殖民者如出一辙，只不过他们戴了一张遮盖其真相的面具而已。瓦奈纳揭露出这一事实：白人从未认识到自己在非洲的殖民史上犯下的罪行，更未曾检讨认罪，反而要继续对非洲进行变相的掠夺。他嘲讽他们的虚伪，揭示出他们至今仍在对非洲进行剥削的本质。

瓦奈纳在《如何书写非洲》中夺得了话语权。他站在非洲的立场抨击白人对非洲的扭曲，为非洲人发声。白人对非洲的偏见延续了几百年，是因为"权力主体是文化殖民的基础和源泉。西方之所以能对东方实施文化殖民，就在于西方是一个权力主体。因为西方具有权力，它才能够'表述''建构'东方"[③]。尼日利亚新生代作家奇玛曼达·恩戈兹·阿迪契（Chimamanda Ngozi Adichie）也曾批评

---

① Binyavanga Wainaina, "How to Write About Africa", in *Granta*, 92(Winter 2005), p. 92. https://granta.com/how-to-write-about-africa/[2024-04-21]

② 王岳川：《后殖民主义与新历史主义文论》，济南：山东教育出版社，1999 年，第 19 页。

③ 张其学：《文化殖民的主体性反思》，北京：北京师范大学出版社，2017 年，第 8 页。

白人塑造的刻板的非洲形象，阐释单一故事与权力的关系，她认为，故事怎样被讲述、由谁来讲述、何时被讲述、有多少故事被讲述皆取决于权力。瓦奈纳的观点与阿迪契不谋而合。他出于一种责任感批判西方对非洲的干预，打破了白人讲述非洲单一故事的模式，并瓦解了西方的殖民话语。

三、瓦奈纳对当代非洲形象的重塑

瓦奈纳并不满足于瓦解殖民话语，他还致力于书写当代非洲，力图重塑当代非洲形象。他的创作动机与阿迪契的想法不谋而合，即"非洲作家必须创作出尽可能多的非洲故事和非洲人物，让西方读者看到非洲的丰富与复杂，看到最接近真实的非洲"①。在《有一天》《发现家园》和《2012年怎能不写非洲》(*How Not to Write about Africa in 2012？*)②中，瓦奈纳以纪实性的手法聚焦现代化进程中的非洲，既注重展现当代非洲的发展，也未回避当代非洲仍然存在的种族和政治矛盾。

20世纪末，在全球化浪潮的推动下，肯尼亚社会开始转型，进入了现代化进程。③亨廷顿（Samuel Phillips Huntington）认为城市的发展是衡量现代化的重要尺度之一，瓦奈纳对肯尼亚城市的书写正反映了非洲的现代化发展。

瓦奈纳在几部作品中着墨于非洲城市的现代化发展。《有一天》描写了21世纪头十年肯尼亚翻天覆地的变化和进步：内罗毕到处是摩天大楼；政府创办了多所学校；银行业开始兴起；股票市场繁荣；人们到处在谈论国家的发展。他以此向世人展现了当今肯尼亚的新面貌及其现代化发展进程，由此可见他对肯尼亚的未来充满希望。与《有一天》相似，《2012年怎能不写非洲》表面上以主观的忠告性语气指导新闻记者如何对非洲和肯尼亚进行报道，为他们提供去内罗毕工作

---

① 石平萍：《重要的是讲述更多的非洲故事》，《文艺报》，2018年4月11日，第005版。

② https://webcache.googleusercontent.com/search?q=cache:Ljh2HFY7kwYJ: https://www.theguardian.com/commentisfree/2012/jun/03/how-not-to-write-about-africa+&cd=12&hl=zh-CN&ct=clnk&gl=de/[2019-04-22]

③ 此处"现代化进程"指的是"从传统的、乡村的农业社会向世俗的、城市的工业社会转变的过程"。"Modernization"，*Encyclopedia Britannica*, https://www.britannica.com/topic/Modernization/[2019-05-15]

的就业指导，实则展现了肯尼亚的现代化发展。在他的笔下，肯尼亚不再是以往那种贫穷、落后的面貌，今天的肯尼亚政局稳定，中产阶层增多，国家已步入现代化发展轨道。瓦奈纳还表达了肯尼亚希望与有着共赢目标的国家进行经济合作的愿望，这表明肯尼亚已走出殖民主义的阴影，经济开始腾飞，并以全新的面貌开启了全球化进程。

瓦奈纳在着墨于肯尼亚现代化发展的同时，还关注其他非洲国家的经济发展。他曾到过加纳、多哥、乍得等国，发现加纳的经济发展迅猛，工作机会很多；多哥依靠法国发展经济，呈现出一派歌舞升平、百姓安居乐业的景象；而乍得市场的商品丰富。他在乍得的首都恩贾梅纳观看世界杯足球赛时十分兴奋，因为全非洲都在看这场比赛，他们的喝彩是非洲人为摆脱被殖民命运发出的欢呼。这些欣欣向荣的景象是非洲小国摆脱贫穷落后的物质生活、追求丰富的精神生活的表现，展现了当代非洲的新气象。

瓦奈纳还描写了中国对肯尼亚现代化进程的影响。肯尼亚为了谋求自身发展，积极引进外国资本，尤其欢迎中国的经济援助。中国的冰箱、电视等产品已进入千家万户，这反映出肯尼亚举国上下谋求现代化发展的愿望和中国在非洲的影响力，充分印证了习近平主席提倡的构建中非命运共同体思想在非洲的成功。

瓦奈纳对当代非洲形象的书写是对白人扭曲非洲形象的逆写，也是福柯所说的被支配者向支配者争夺话语权的斗争。在他的笔下，非洲大陆不再神秘、落后，而是由多个国家和民族组成、走上现代化发展之路的命运共同体。因此《有一天》题目中的"地方"不仅指肯尼亚，还包括乌干达、南非、多哥、乍得等他所生活过的非洲国家。瓦奈纳以此营造了一种新的非洲地方感，树立了当代非洲新形象。

瓦奈纳在争得了话语权之后，并未一味地颂扬非洲，而是正视当代非洲依旧存在的民族和政治矛盾，践行了伊格尔顿的"一切批评都是政治的"论断。在伊格尔顿看来，特定时期的现实政治环境会影响话语的生成过程①。瓦奈纳的民族和政治矛盾书写反映了非洲政治环境对其创作的影响。

瓦奈纳在《有一天》中披露了肯尼亚因部落主义思想横行而引发的民族矛

---

① 参见段吉方：《意识形态与审美话语——伊格尔顿文学批评理论研究》，北京：人民文学出版社，2010年，第136页。

盾。他从未偏袒所属的吉库尤族，而是将视野扩大到肯尼亚的所有民族，对部落主义思想进行批判。吉库尤族人自视为其他民族的领导者。瓦奈纳认为，吉库尤族的民族优越感反映了他们对其他民族的歧视，这是在重复英国人曾在肯尼亚犯下的罪行。这种部落主义思想是国内民族矛盾频发的原因，而民族矛盾是肯尼亚政治精英引发的阶级冲突的表征，会导致贫富分化。瓦奈纳对国内政界占主导地位的吉库尤族人抬高本族身份、歧视其他民族的做法进行反讽，批判了肯尼亚广泛存在的以民族身份论地位高低的部落主义思想。

瓦奈纳在关注民族矛盾时不忘剖析政治矛盾。在《有一天》中，他批判近半个世纪以来部分非洲国家的政治冲突，对这个充满矛盾的地方进行了政治书写。瓦奈纳对 1978 年至 2010 年间肯尼亚的各种社会弊端予以无情揭露，对政界的黑暗及民族矛盾引发的政治冲突和当今肯尼亚的压迫者——政界精英进行批判。虽然肯尼亚自独立后摆脱了白人的殖民统治，但是在后殖民时期国内矛盾重重，这和执政党为了维护所属民族的权益而打压其他民族引发的民族冲突有关。几任总统掠夺国家的财富，禁止言论自由，把肯尼亚变成了经济和文化沙漠。瓦奈纳以此展现了政治精英阶层的腐败，是他们助长了贫富差距，并利用部落主义思想掩盖其阶级等级制度。新世纪头十年，肯尼亚仍然政局不稳。2007 年总统大选时，不同民族间又发生了暴力冲突。这次选举是个分水岭，凸显出肯尼亚自 20 世纪 70 年代以来仍未解决的民族和阶级矛盾。出于对肯尼亚政局的失望，他决定到美国申请绿卡。

瓦奈纳具有全球化视域，还对当今非洲的政治局势进行剖析。他认为非洲的政治局势较前有所缓和，但是还存在许多矛盾和冲突，对此他通过罗瑟琳姨妈在1994 年卢旺达大屠杀中的经历予以谴责。这一年整个东非时局动荡，南非也是如此。不过，他认为，非洲国家在冷战结束后不再受意识形态的影响，已不再是战火连绵，也不需要依赖任何强国，而是专注于经济发展，并愿与其他国家开展经济合作。瓦奈纳创作了当代非洲新故事。他弘扬了现代化进程中肯尼亚和非洲的发展及其新风貌，也未回避其矛盾。总体而言，他展现了当代非洲的真实面貌，树立了非洲新形象。

结　语

瓦奈纳不愧为肯尼亚英语文学新生代作家的杰出代表。他的独特之处在于将老一辈作家的创作传统与他的创新融为一体，树立了当代非洲的新形象。他将阿契贝提倡的"非洲人应当书写非洲新形象"的思想付诸笔端，通过揭露白人笔下扭曲的非洲形象瓦解西方殖民话语，为非洲争得了话语权。同时，他关注当代非洲和肯尼亚的状况，既书写了新世纪非洲的现代化发展，也不回避当代非洲的民族矛盾和政治矛盾。瓦奈纳向世界展现了当代非洲的真实面貌，重塑了当代非洲形象。他担负起了为肯尼亚和非洲进行民族书写的重任，是一位心系非洲大陆、具有人文关怀思想的作家！

（文 / 苏州科技大学 杨建玫）

乌干达文学

  乌干达被誉为"非洲明珠",是一个横跨赤道的东非内陆国家,它的名字由布干达族的族名演变而来,意为"干达人之国"。其东部与肯尼亚接壤,北部与南苏丹接壤,西部与刚果(金)接壤,南部与坦桑尼亚和卢旺达接壤。乌干达的官方语言是英语和斯瓦希里语,通用语言为卢干达语等地方语言,除了卢干达语之外,兰戈语、阿乔利语和罗奥语等民族地方语言使用率也较高。乌干达的马凯雷雷大学对于非洲英语文学的发展而言,有着重要的意义。1962 年 6 月 1 日,马凯雷雷大学举办了第一届非洲作家大会,极大提高了乌干达及整个非洲英语文学的影响力。

  乌干达英语文学起步于 20 世纪四五十年代。起步期的代表作家有诗人奥克特·普比泰克、塔班·洛·利雍(Taban Lo Liyong,1939—)和剧作家罗伯特·塞鲁马加(Robert Serumaga,1939—1980)等。其中,普比泰克的诗歌《拉维诺之歌》(Song of Lawino,1966)成为乌干达英语文学的开创性作品。直到 20 世纪 90 年代,乌干达英语文学进入了空前繁荣阶段,标志性事件是乌干达女作家协会(Femrite)的创立。自乌干达女作家协会成立后,乌干达文坛上涌现出大批用英语写作的女性作家,包括格蕾蒂·京穆亨多(Goretti Kyomuhendo,1965—)、多琳·班加纳(Doreen Baingana,1966—)、维奥莱特·巴隆吉(Violet Barungi,1943—)和米尔德里德·基孔科·巴里亚(Mildred Kiconco Barya,1976—)等。这些女性作家为乌干达女作家协会和乌干达英语文学的发展提供了重要力量。直至今日,乌干达英语文学已经成为世界文学之林中浓墨重彩的一笔。

第九篇

奥克特·普比泰克
诗歌《拉维诺之歌》中的文化争辩

奥克特·普比泰克

Okot p'Bitek，1931—1982

作家简介

奥克特·普比泰克是乌干达重要的诗人、小说家和学者，是英语和阿乔利语双语创作者。普比泰克最重要的成就是开拓了乌干达文学的新纪元。22岁时，普比泰克以阿乔利语创作并出版了小说《白牙》①（*White Teeth*，1989），故事深刻揭示了乌干达阿乔利（Acholi）社区中存在的高昂且腐朽的嫁妆习俗，后由其自译成英文出版，使得更多的读者了解到乌干达传统的婚嫁习俗和传统民俗背后的社会问题。在创作出这部小说之后，普比泰克开始沉浸于诗歌的创作中，他的民族情怀也在这一时期被无限放大，谱写出了以《拉维诺之歌》为代表的一系列悦耳的诗篇，并以双语形式出版，强有力地讽刺了非洲社会存在的"白人崇拜"现象。《拉维诺之歌》是当代非洲有定评的长篇叙事诗的杰作，反映了现代非洲社会中因西方文明与非洲传统文化之间由伦理的冲突而引起的家庭悲剧。普比泰克的很多作品都与《拉维诺之歌》所表达的主题相吻合。1973年，他出版了论文集《非洲文化革命》（*African Cultural Revolution*），随后，《我爱的号角》（*The Horn of My Love*，1974）和寓言故事《野兔和犀鸟》（*Hare and Hornbill*，1978）等作品相继问世。这些文体截然不同的书籍都因普比泰克的民族忧患意识而统一起来，即非洲国家应该建立在非洲而不是欧洲的基础上这一事实。普比泰克既是作家，也是一名社会人类学家，他在文学作品和论著中对于非洲的宗教文化、部族信仰等问题进行了有力诠释，以阿乔利文化为代表，强调了非洲文明的地缘性和独立性，并对西方文明的入侵和误解，以及本土的"盲目西化"倾向进行强烈批判，捍卫自己的非洲立场。

---

① 首版为1953年的阿乔利语版：*Lak Tar*，后经普比泰克本人翻译成英语，在其逝世后于1989年由其第二任妻子卡罗琳·奥玛·普比泰克（Caroline Auma Okot p'Bitek）和友人出版。

作品节选

OKOT p'BITEK
song
of
lawino

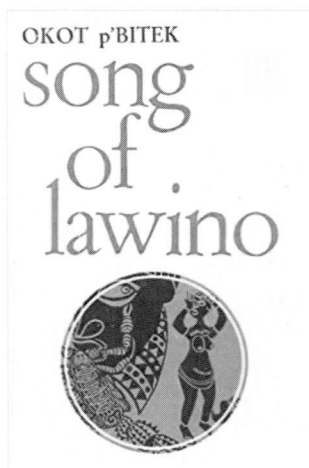

《拉维诺之歌》
（*Song of Lawino*，1966）

I cannot dance the rumba,

My mother taught me

The beautiful dances of Acoli.

I do not know the dances of white People.

I will not deceive you,

I cannot dance the samba!

You once saw me at the *orak* dance

The dance for youths

The dance of our People.[1]

我不会跳伦巴舞，

我妈妈教我的是

阿乔利优美的舞蹈。

我不懂白人的舞蹈。

我不会欺骗你，

我不会跳桑巴舞！

你曾经在奥克拉舞会上见到我

跳着青年的舞蹈

我们人民的舞蹈。

（李阳/译）

---

[1] Okot p'Bitek, *Song of Lawino*, Nairobi: East African Publishing House, 1966, pp. 31-32.

作品评析

《拉维诺之歌》中的文化争辩

引　言

　　1960 年，奥克特·普比泰克在牛津大学（University of Oxford）人类学研究所上第一堂课时，任课老师一直把非洲人或非西方民族称为野蛮人和原始人[①]，无论他怎样反对和抗议都无济于事。这一事件直接影响了普比泰克接下来的创作倾向和文化观念，批判白人对非洲的曲解以及非洲本土对于白人文化的"沉迷"成为他文学创作的核心要义。

　　普比泰克凭借《拉维诺之歌》成为乌干达文学缘起时期举足轻重的作家。无论是创作小说还是诗歌，普比泰克均善于将口头传统语言融入其中，一方面，他深刻批判了白人政权和所谓的"白人文明"对于非洲人民和非洲文化的迫害；另一方面也能正视非洲传统文化中的弊端，肯定欧洲殖民者给非洲大陆带来的积极效应。可以说，普比泰克站在辩证客观的视角下，揭示了殖民主义和种族主义交织下的种种社会矛盾问题，力争为非洲本土文化发声，书写非洲故事。

---

① See Okot p'Bitek, *Decolonizing African Religion: A Short History of African Religions in Western Scholarship*, New York: Diasporic Africa Press, 2011, p. 1.

一、借对比叙事，论文化冲突之思

在普比泰克短暂的一生中，论其文学成就，无法忽视诗歌的创作。若是在其出版的几部诗集中分出伯仲，当属那曲"非洲的哀歌"——《拉维诺之歌》。而作为《拉维诺之歌》的回声，《奥科尔之歌》（*Song of Ocol*，1970）常常与其放在一起进行解读和分析。《拉维诺之歌》与《奥科尔之歌》不仅展现了阿乔利传统语言风格和风土人情，也更加直接地传递了白人文化对于阿乔利文化的冲击和影响。普比泰克擅长以小见大，从个案出发揭示社会群体问题，《拉维诺之歌》便是如此。《拉维诺之歌》是普比泰克以其母亲名字和原型创作的长诗，篇幅达五千行，最初由阿乔利语创作完成，后由其自译成英语，英语版本的成就远远超越了阿乔利版。虽然是英语版本帮助普比泰克赢得了声誉，但是在《拉维诺之歌》的英文版中，依旧可见阿乔利语词句和俚语的出现。普比泰克在诗中对于东非社会现实进行了描绘和批判，表达出了"妻子的抱怨"。然而，没受过教育的拉维诺并不是一个合适的讲述者，需要增加奥科尔这个额外的对话维度，于是就有了"丈夫的回信"。《奥科尔之歌》也是普比泰克用阿乔利语和英语双语创作并出版的诗歌作品。虽然这两部诗歌的英文版更具知名度和影响力，但是作品中阿乔利本土的语言风格并没有被英语所湮没，阿乔利土著语依旧在文中以斜体出现，清晰可见。

《拉维诺之歌》内容简练、主旨明确，全诗基于一个真实的社会问题，在普比泰克当时所生活的东非农村地区非常普遍。许多阿乔利族的妇女看到她们的丈夫在通过旅行等方式离开了故土后，与曾经的教育和生活经验脱节。许多"Ocols"（奥科尔式的丈夫们）带着鄙视父母和妻子的态度回到家中。他们的相处模式发生了巨大变化，而这场变化背后的社会问题，即欧洲白人与非洲黑人文化之间的矛盾冲突，是普比泰克真正想要传递给读者思考的。《拉维诺之歌》借助大量口头媒介和阿乔利歌曲，使女主人公的声音更富诗意特征。从具体内容来看，根据拉维诺的性格特点，全诗可清晰地分为三个部分：在前五个章节中，拉维诺被刻画为一个饱受嘲笑的女性形象，她猛烈抨击曾经爱慕她的丈夫奥科尔和肆意篡夺她位置的被西化了的女性克莱门汀（Clementine），此时的她既是怨妇也是弃妇；在第六章至第十一章里，拉维诺似乎不太关心个人处境问题，而是通过对比欧洲文化和阿乔利文化来捍卫祖先的传统习俗，此时的拉维诺被塑造成了一个民族自信的捍卫者；最后两章则将前两个部分关注的重点联系在一起，拉维诺希望再次赢得奥科尔的尊重和爱慕，试图挽回丈夫的心，同时对整个阿乔利部族的传统习俗进行评判，在保护文化习俗的基础上追求创新和进步，这时的拉维诺是建设民族文化的女勇士。值得关注的是，主人公拉维诺与普比泰克的母亲同名，是一个没有多少文化的社会底层妇女，而作者借其视角为社会压迫下的底层阶级进行辩护，引起读者思考文化冲突背景下的阿乔利民族，甚至整个东非文化的出路问题。

从篇幅上来看，《奥科尔之歌》的诗行不足《拉维诺之歌》的三分之一，但是普比泰克却借奥科尔之口道出了许多社会现实问题以及背后渊源。作为拉维诺的丈夫，奥科尔首先对妻子的言行和非洲文化中的故步自封进行回击和批判，甚至发出"妈妈，妈妈，/ 为什么，/ 为什么我生来是 / 黑人？"[1]的愤慨。虽然奥科尔明确站在了白人的立场上，但并不是是非不分之人，他痛恨非洲落后习俗和自己黑人身份的同时也能看到白人对于家乡的迫害。透过奥科尔之口，普比泰克一方面批判了奥科尔在很多地方盲目崇拜白人文化的行为，另一方面也揭示了阿乔利本土传统中的封建落后和白人对乌干达本土的破坏。例如阿乔利应该和其他部落一起，统一起来拧成一股绳，并且奥科尔明确指出"白人必须回到自己的家里 / 因为正是他们带来了 / 我国（乌干达）的奴隶制度"[2]。可以说，作为归国的男性知识分子，奥科尔充分诠释了欧洲文化对于非洲传统习俗的冲击。作为一名乌干达人，在亲身接触到外来文化后，奥科尔内心实则是想在这场文化冲突中寻找良好的平衡状态，但仅凭其一人之力无法改写非洲在后殖民时代下的社会出路。

普比泰克创作《奥科尔之歌》，不仅在主题和结构上与《拉维诺之歌》形成对比，从艺术形象和语言特征的角度来看，也与《拉维诺之歌》形成强烈对照。

---

① Okot p'Bitek, *Song of Lawino& Song of Ocol*, London :Heinemann Educational Publishers, 1984, p. 126.

② Okot p'Bitek, *Song of Lawino*, Nairobi: East African Publishing Home, 1966, p. 181.

普比泰克借诗歌的对比叙事强调了文化冲突之下辩证视角的重要性，也在这一过程中传递了民族信念。此外，这位双语作家在诗歌创作中通过多重隐喻展现了阿乔利传统文化的魅力，对于树立乌干达的民族自信具有重要意义。

二、重本土文化，传形象与隐喻之感

《拉维诺之歌》和《奥科尔之歌》中的故事情节和人物形象具有明显的阿乔利本土性特征。普比泰克熟悉阿乔利文学的常用形象，故在创作时规避了英国文学的常规意象。这两部诗集的英文版给了每个读者以新鲜感，尤其是给非洲读者以非洲的感觉。值得一提的是，对比手法在这两部作品中多处可见，从夫妇二人对彼此的称呼上就可以看出，拉维诺对于丈夫的称呼有：我的丈夫、我的朋友、我的兄弟和奥科尔等等，而丈夫对待妻子的称呼只有冰冷的：女人和你。并且，由于情敌克莱门汀的出现，拉维诺的言语变得更加激烈，对于克莱门汀的描述极为负面，甚至趋于妖魔化。"野猫""巫师""珍珠鸡""鬣狗""猫头鹰"等词汇悉数用在了克莱门汀身上，引发读者的无限遐想。但是普比泰克利用直观的插画将这一人物形象展现了出来（如图1）①

图1

图2

①《拉维诺之歌》和《奥科尔之歌》中的插画均出自肯尼亚的弗兰克·霍利（Frank Horley，1941— ）之手。

面对妻子对自己情人如此的贬低和侮辱，奥科尔做出了回击，用"眼睛射出火箭""毒蛇的舌头""鳄鱼的尾巴"等来形容妻子（如图2）。在奥科尔的口中，妻子拉维诺俨然被描述成了一个比美杜莎还要可怕的形象。通过这些非人非兽般的形容词，我们不难发现，拉维诺在描述情敌时所用到的形象比奥科尔描绘妻子的形象更接近日常生活，野猫、鬣狗和猫头鹰都是东非常见的动物，对于人类基本不具备攻击性，而奥科尔提及的毒蛇和鳄鱼都是人类避而远之的动物，更是具有较强的攻击性。在这场"对话"中，作者通过形象的对比，凸显了奥科尔对于妻子及其所代表的阿乔利部族落后文明的鄙视。

再者，普比泰克使用了众多代表乌干达当地文化的意象，同样以强烈的对比和讽刺手法呈现出来，例如在《拉维诺之歌》中，长矛（spear）这一意象带着强烈的回声反复出现，直到诗歌的结尾，长矛代表着拉维诺敦促丈夫与本土传统的持续性力量（sustaining forces）实现和解。但丈夫奥科尔却始终与其背道而驰；另外，诗中反复出现的还有南瓜（pumpkin）意象，南瓜在乌干达是一种奢侈的食物，它们在阿乔利州野生生长。在乌干达当地，将南瓜连根拔起是禁忌之举，即使当地人已经搬到一个新的家园，拔南瓜的行为也是肆意破坏，有不祥之兆。在诗中，拉维诺并不要求奥科尔依附于他过去的一切，而是不要为了毁灭事物而毁灭事物。但奥科尔的看法却与之大相径庭，认为南瓜代表着"古老且毫无意义的传统"①。整体来看，奥科尔从根本上推崇欧洲文化，认为阿乔利的着装、舞蹈和宗教方式是"原始的"，必须予以取代。但是拉维诺披露了欧洲文化的肮脏、愚蠢和伪善，同时向人们证明传统的生活方式如何使其能够充分自由地表现出自己作为女人的身份。这正是夫妻二人的分歧所在，或者说是欧洲文化与非洲文化之间矛盾冲突的根本。

拉维诺和奥科尔虽然站在各自对立面进行唇枪舌剑，但双方有着一个最大的共同之处，就是都站在辩证的立场上来看待阿乔利部族和白人的文化以及二者之间的冲突交融。而这也正是普比泰克想要透过作品传达给读者的，即白人不仅给

---

① Okot p'Bitek, *Song of Lawino& Song of Ocol*, London :Heinemann Educational Publishers, 1984, p. 126.

阿乔利和整个乌干达带去了残忍的殖民暴行和奴隶制度，也带去了先进的文明思想和科学技术；同样，阿乔利部族在受到了白人无情的殖民掠夺，激发了反抗西方殖民者的民族情怀的同时，也应该看到西方侵略者给本地所带来的积极一面。除了隐喻的运用，普比泰克在作品中也借助英语、阿乔利语各自的语言特征和自译风格展现出其捍卫本土口头传统的精神信念。

三、扬口头传统，慎英译异化之风

在创作和自译时，普比泰克曾多次就英译阿乔利语的问题提出自己的看法，强调英语无法完全还原阿乔利语文本的语言风格，甚至严重时会导致曲解原文本的内涵意义。普比泰克秉持着这样的理念，在自己的众多英文作品中大量保留阿乔利语的词汇和语句以及叙述风格，并没有将其直接译成英文，而是让这些本土语言最大限度融入英语文本中，在用英语叙事的同时保留了原阿乔利语文本的语言特征。

普比泰克总是使读者在阅读他的诗歌时联想到阿乔利传统歌曲，而且其所有的诗歌都被冠以"……之歌"的标题，这直接暗示了二者之间的关联。作者在《拉维诺之歌》中所运用的文体特征来源于阿乔利传统歌曲，此举成功将口头媒介与书面文学结合起来。由于大多数非洲人对口头传统较为熟悉，普比泰克的创作不仅引起受过良好教育的社会精英们的关注，也成功地吸引了许多对书面文学几乎不感兴趣的人，《拉维诺之歌》因此成为最成功的非洲文学作品之一。

阿乔利传统歌谣具有明显欢快的重复节奏，普比泰克将这一特征运用到诗歌语言当中。无论是阿乔利版还是英语版，均使用重复的短语作为副词，成功强调了人物的诉求和重要想法。虽然《拉维诺之歌》的英文翻译未能完整捕捉阿乔利语原作的抒情之美，但普比泰克还是尽可能贴近了传统的语调和意象。譬如，拉维诺在描述奥科尔和克莱门汀之间的亲吻时，流露出了强烈的愤怒和不满，"你像白人一样亲吻她的脸颊 / 你像白人一样亲吻她张开的嘴唇 / 你们像白人一样从彼此的口中吮吸那黏糊糊的唾液。"[1]"像白人一样"被强调了三次，突出了拉维诺的愤恨，也揭示了白人文化对于非洲本土的入侵。但是同样的诗节，阿乔利语版本中白人（Munu）和"像白人一样"（calo Munu）共计出现了十次，强调效果更明显。由此可见，普比泰克在英译本中最大限度保留了原文本的叙事方式和语言风格。

在乌干达当地，口头文学的价值很难在印刷文本中得到实现，而且，口头文学传统的改造和利用之间的界线也并非泾渭分明，故普比泰克决心克服这一局限，重新将口头文学的价值展现出来。在他改造乌干达口头文学的过程中，传统的内容和形式都清晰可辨。最具代表性的是，在《拉维诺之歌》当中，歌曲常常穿插其中，改变了诗歌的节奏韵律，短音节和排比句的突然出现也打破了原有的叙事节奏，充分证明了普比泰克书写自由的创作特点。可以说，普比泰克的《拉维诺之歌》虽然以英文蔽体，但无论是语言风格还是情节内容，都具有浓郁的非洲特色。《拉维诺之歌》虽然是一部长达五千行的诗歌，但却不符合任何西方的长诗模式，既不是史诗，也不是叙事诗，而是沉浸在乌干达歌谣之中的普比泰克发出的声音，这种声音是其在面对本土阿乔利文化和西方文化的冲突时所做出的思考与抉择，是随性且自由的。从文体学的表层变异来看，《拉维诺之歌》中出现了大量的斜体字，但这些斜体字并不代表书名和报刊名等。"使用斜体可以打破常规，吸引读者的注意力。"[2]而诗中出现的斜体正是阿乔利本土元素，是普比泰克想要强调的、无法转换成英文的内容。值得关注的是，普比泰克故意在英译本中增加了原文中没有的奇怪之处，造成了词汇变异。例如在《拉维诺之歌》第八章中，当提到"福音"（gospel），"圣灵"(the Holy Spirit/ the Holy Ghost）和"上帝"（God）这些宗教名词时，普比泰克没有使用圣经的术语，而是以一种字面意义来翻译这些词，目的是贴合阿乔利语读者。普比泰克将这三个词分别译作："good word"[3]"Clean Ghost"[4]"the Hunchback"[5]。对于欧洲读者而言，第一次阅读到夹带

---

[1] Okot p'Bitek, *Song of Lawino*, Nairobi: East African Publishing House, 1966, p. 36.

[2] 王湘云：《英语诗歌文体学研究》，济南：山东大学出版社，2010 年，第 112 页。

[3] Okot p'Bitek, *Song of Lawino*, Nairobi: East African Publishing House, 1966, p. 111.

[4] Okot p'Bitek, *Song of Lawino*, Nairobi: East African Publishing House, 1966, p. 112.

[5] Okot p'Bitek, *Song of Lawino*, Nairobi: East African Publishing House, 1966, p. 116.

这些词汇的英文版本时所产生的陌生感非常强烈，而大多数阿乔利语读者熟悉这些术语的基督教意义，不会发现把上帝翻译为佝偻者形象的奇怪之处。

总之，在英文版的《拉维诺之歌》中，普比泰克不仅复兴了乌干达的口头文学，并且在保留阿乔利原版语言风格的同时，最大限度地用英语表达了一曲"非洲哀歌"，在两种语言中获得了最佳平衡，最终为读者奉献了一首用英文创作的充满乌干达阿乔利风格的诗歌。纵观整部长诗，无论是在叙事技巧，隐喻特征，还是语言风格方面，普比泰克都展现出了极具辩证色彩的思维理念和写作模式，表达了对于非洲文化出路问题的思考。

四、基于辩证立场，为非洲发声之心

拉维诺的抱怨是普比泰克对当代非洲社会的弊端所提出的抗议，无论对于所嘲笑的欧洲文明，还是所支持的传统习俗，这些抱怨都振聋发聩。讽刺的语调非常有效；普比泰克令人信服地证明了，阿乔利当地的语言表达方式完全能够从女主人公所选的视角来表达新的观点，再现新的习惯。虽然曾就读于布里斯托大学（University of Bristol）和牛津大学等英国著名的高等学府，但普比泰克依然坚定保持着与乌干达阿乔利族传统的联系，致力于对本土信仰体系的研究和口头文学的翻译。即使用英语翻译和创作诗歌，他也尽可能贴近阿乔利语的各种形式，为的是证明本土传统中有足够的语料资源，来处理任何题材。

除了诗歌，普比泰克还曾创作戏剧、寓言故事以及文论，在多种文学体裁形式上均有建树。他曾著有《西方学术中的非洲宗教》（*African Religions in Western Scholarship*，1971）、《非洲文化革命》和《作为统治者的艺术家：关于艺术、文化和价值观的论文》（*Artist, the Ruler: Essays on Art, Culture and Values*，1986），并且在著名期刊《过渡》（*Transition*）①上发表多篇论文和短篇故事，从多种文学

---

① 1961年创办于乌干达，直至今日，该杂志一直紧跟非洲侨民的移动和发展步伐，并且始终是知识分子辩论的主要论坛，目前属于哈佛大学哈钦斯非洲和非裔美国人研究中心的出版物。

体裁和文化的视角出发，讲述了非洲本土的传统故事及与欧洲文化碰撞后的种种问题，充分彰显了其创作的文学人类性。

普比泰克正式步入文坛之后，虽然没有公开发表过戏剧作品，但是他曾写过剧本，并且担任过乌干达文化中心主任，参与过民族歌舞剧目的组织工作。他深爱着乌干达本土歌舞和戏剧。在戏剧研究领域，针对乌干达的戏剧发展和学校教育的现状，普比泰克明确指出：

> 乌干达正在见证的文化复兴是一场席卷整个亚非大陆的强大运动的一部分：对国外强加文化的反应，对人类灵魂的深入探索。针对"我是谁？"的问题，乌干达正在通过文化革命以一种动态的方式得到回答。①

1968 年正值独立后、乌干达共和国建立之际，百废待兴，普比泰克在此时以戏剧发展为导向，提出了关于乌干达文化发展方向和走势的思考。乌干达是沿袭英国殖民者留下的基督教义，还是完全摒弃白人的"文化遗产"、回归并继续发扬本土传统，成为当时，甚至是整个后殖民时代下的重要文化问题。这个问题的本质恰恰是对"我是谁？"的思考，究竟是纯洁完整的乌干达？被殖民者践踏过后无法复原的乌干达？还是受到文化冲击之创伤后依旧回归本真的乌干达？抑或是在文化交织下寻求新出路的乌干达？很明显，通过普比泰克的作品和言论，他更倾向于最后一种乌干达。这位民族诗人没有否认白人殖民者对于当地的迫害和非洲本土传统文化的价值，只是像自己笔下的大多数人物一样，站在辩证的立场上，提倡非洲在保留和弘扬优秀传统文化的同时，也能够从西方文明中得到借鉴，寻找到真正适合自己的文化发展道路。而这恰是普比泰克想要借助《拉维诺之歌》所探讨的文化问题。

对于非洲，尤其是乌干达传统文化，从舞蹈歌谣到农活琐事，再到婚丧嫁娶等，均被普比泰克写入作品中去。基于"乌干达最精巧的舞蹈是在阿乔利族和巴吉苏族（Bagisu）等颇具盛名的社区中发现的。当地八种主要类型的舞蹈中均在

---

① Okot p'Bitek, "Theatre Education in Uganda", *Educational Theatre Journal*, Vol. 20, No. 2 (1968), p. 308.

阿乔利社区中"①的事实，普比泰克的作品中经常出现当地传统的奥拉克（orak）舞蹈，《拉维诺之歌》和小说《白牙》等众多作品中均有涉及。另外，普比泰克的视线也没有离开阿乔利传统歌谣，除了诗歌中歌谣的穿插和歌谣节奏的融入，他专门在《我爱的号角》里全面阐释和讨论了当地人民唱歌时的舞蹈和场合，包括了儿童嬉戏之歌、爱情之歌、丧葬仪式和舞蹈、教堂之歌、战争之歌和挽歌等，普比泰克对阿乔利当地的传统歌曲和舞蹈的多种类型进行了较为全面的介绍和解读，并将之置于世界文化语境下进行思考。普比泰克在《我爱的号角》中介绍阿乔利当地丧葬仪式的挽歌时，将非洲阿乔利的丧葬文化与西方进行了比较，"阿乔利哀悼者希望访问死神的家园并进行报复。他们不会求助于神明或其他力量来干预他们的悲伤"②，而"在基督教信仰中，死者希望去天堂。葬礼被视为亡灵的告别派对"③。显然，与西方基督教思想文化相比，阿乔利民族不相信自己亲人或族人的死亡是某个创造者的愿望或意志，在上帝或某个造世主面前，他们是无神论者，只接受死亡的物理意义。重要的是，普比泰克站在客观的视角，既看到了民族传统应该保留下来的元素，也看到了有损当地经济和社会发展的不利因素，具有明显的辩证色彩。

语言是文化的重要表现形式，"近现代西方的语言更具普适性，是否西方语言就是一种'神的语言'，这个也是一种自我的幻觉，因为还没有一种比西方逻辑语言更普适的语言出现。④"受到欧洲教育的普比泰克自然深刻意识到了这一点，欲使非洲文学走向世界，用英语创作并出版文学作品颇为关键。但其本人更倾向于站在一个中立者的场域中去审视非洲本土语言（特别是阿乔利语）和英语的文化价值。难能可贵的是，普比泰克并没有被英语的语言特征和文化形式所支配，肯尼亚学者格拉迪斯·奥加罗（Gladys Nyaiburi Ogaro）认为普比泰克在诗歌中虽然使用了作为帝国语言的英语，构成了对阿乔利文化和传统的一种权力冲击。但"具有讽刺意味的是，语言结构拒绝表达普比泰克的思想和认识；他实际上借

---

① Kefa M. Otiso, *Culture and Customs of Uganda*, New York: Greenwood Press, 2006, p. 147.

② Okot p'Bitek, "Horn of My Love", *African Arts*, Vol. 7, No. 1 (1973), p. 59.

③ Okot p'Bitek, "Horn of My Love", *African Arts*, Vol. 7, No. 1 (1973), p. 59.

④ 张典：《尼采和主体性哲学》，北京：中国社会出版社，2009 年，第 159 页。

用了阿乔利文化中的形象，这是一种反抗帝国语言——英语的权力方式"①。这再次证明了普比泰克的话语权利均衡性，既没有让英语掩盖传统阿乔利的语言风格特点，也没有一味追求本土话语特色而给英语读者造成困扰，充分展现了其在语言方面的天赋。

拥有作家和社会人类学家双重身份的普比泰克，在文学作品和论著中针对非洲的宗教文化、部族信仰等问题进行了有力诠释，以阿乔利文化为代表，强调了非洲文明的地缘性和独立性，并对白人文明的入侵和误解，以及本土的"盲目西化"进行强烈批判，捍卫了自己的非洲立场。普比泰克也因此成为乌干达文学的发声者。与此同时，他也擅长辩证地看待问题，对于一味地否定外来文化的本土思想进行了反思与批判，抨击非洲落后的文化习俗以及故步自封的思想观念。不管是面对非洲文化还是世界其他地区的文化，都"不该静止地看待人类文化的多样性"②。普比泰克在创作和研究时能够最大限度抽离本土话语身份，站在辩证客观的立场上看待非洲文学文化的发展和欧洲文化对非洲的影响，得益于他包容开放的多元文化观念。乌干达被誉为"非洲明珠"，普比泰克本人亦是乌干达文学的发声者，其《拉维诺之歌》是开创乌干达文学新纪元的重要作品。所以站在文学的视角下，《拉维诺之歌》是当之无愧的非洲明珠。

结　　语

凭借对非洲文学传统的透彻了解，普比泰克成功地将英语作为一种工具来传播给更多的读者。他以英语为外衣，讲述阿乔利传统文化的种种，既收获了读者，也传播了非洲文学文化。在《拉维诺之歌》中，普比泰克歌颂了阿乔利美好的传统，也揭示了本民族故步自封、封建落后的弊端；批判欧洲殖民者对乌干达的残

---

① Gladys Nyaiburi Ogaro, "Paradoxes of Sexual Power in *Song of Malaya*", *International Journal of Humanities and Social Science*, Vol. 3, No. 15 (2013), p. 159.

② 克洛德·列维-施特劳斯：《种族与历史·种族与文化》，于秀英译，北京：中国人民大学出版社，2006年，第9页。

酷侵略行径的同时，也从辩证思维出发肯定了白人文化给当地带来的积极效应。普比泰克的文学创作不是纯文本情节的叙述，其文化研究也不单单基于非洲文化本身，他始终能从多个方面捕捉文学的社会性和人类性。与其将普比泰克界定为作家、社会学家或者文化研究者，倒不如说他是文学人类学家更为贴切。在乌干达当代文学的发展过程中，普比泰克不仅以双语的形式成功复兴了阿乔利口头文学的传统，而且在英语文本的创作和翻译中最大限度地保留了阿乔利传统的民风习俗和叙述方式，充分展现了自身的文学修养和民族情怀，是乌干达当代文学名副其实的发声者。

（文 / 复旦大学 李阳）

第十篇

摩西·伊塞加瓦
小说《阿比西尼亚纪事》中叙述者的身份建构

摩西·伊塞加瓦

Moses Isegawa, 1963—

作家简介

　　摩西·伊塞加瓦，乌干达小说家，曾于乌干达的一所天主教神学院接受教育，在 1990 年移民荷兰前教授历史。其主要作品有《阿比西尼亚纪事》（*Abyssinian Chronicles*, 2000）、《蛇穴》（*Snakepit*, 2004）等。《阿比西尼亚纪事》是一部具有史诗般气势的小说，以早熟的主角穆格齐（Mugezi）的成长经历来描述独立后乌干达的腐败、混乱和屠杀，规模宏大，充斥着生命和死亡的气息。《纽约时报》评价其道："正如萨尔曼·拉什迪的《午夜之子》对现代印度的影响一样，《阿比西尼亚纪事》可能会被证明是乌干达的一本突破性著作。"伊塞加瓦的另一部小说《蛇穴》通过巴特·加丹加（Bat Katanga）的故事详细探讨了 20 世纪 70 年代乌干达的腐败和暴力。短篇小说《占星家》（*The Astrologer*, 2001）是《蛇穴》中一部章节的改编版，伊塞加瓦在作品中讽刺了挥霍国家资源的行为，并在伊迪·阿明和其他非洲独裁者之间建立了联系。短篇小说《耳朵的战争》（*The War of the Ears*, 2005）以一位教师比达（Beeda）的视角讲述了乌干达政府与一个宗教组织的抗衡，人民被恐怖的内战所笼罩。伊塞加瓦的创作努力反映最敏感和最全面的现代非洲社会，如实展现乌干达。虽然移民他乡，但对母国的热切关注在伊塞加瓦的作品中可见一斑，乌干达独立后的社会动荡和政治腐败是他书写最多的题材，通过混乱的社会生活引发反思，为饱受摧残的普通民众大声疾呼，暗含希望乌干达能够成长壮大的期许。伊塞加瓦擅长用纪实的语言讲述现实，穿插人物心理活动，有时引入极小一部分的超现实描写用以形成反差，发人深省。看似平淡的文字却能传达出许多深层内蕴，或是在环境描写中透露着政治背景、人物心理，或是以小见大，从家庭层面辐射到国家层面，拓宽了文本展示的视野。

作品节选

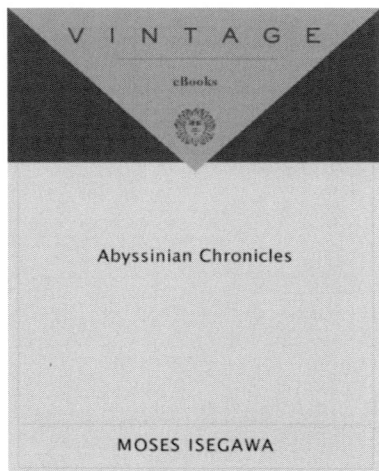

《阿比西尼亚纪事》
(*Abyssinian Chronicles*, 2001)

It was during the depth of his suffering that Serenity(Mpanama) came up with the only political statement he ever made. He said that Uganda was a land of false bottoms where under every abyss there was another one waiting to ensnare people, and that the historians had made a mistake: Abyssinia was not the ancient land of Ethiopia, but modern Uganda. Buoyed by intermittent abouts of optimism, he would go over his statement, looking for ways to improve it and make it attractive enough for ambitious politicians to pick up, for he believed that the time had come to change the name Uganda to Abyssinia.[1]

就在他深陷苦难的时候，姆帕纳马想出了他唯一的政治声明。他说，乌干达是一个充满虚假底层的土地，在每个深渊下都有另一个深渊等待着吞噬人们。而历史学家们犯了一个错误，阿比西尼亚不是古代埃塞俄比亚的土地，而是现代的乌干达。在断断续续的乐观情绪的鼓舞下，他将仔细研究他的声明，寻找改进的方法，使其对有野心的政治家有足够的吸引力，因为他相信将乌干达的名号改为阿比西尼亚的时机已经到来。

（黄铃雅 / 译）

---

[1] Moses Isegawa, *Abyssinian Chronicles*, New York: Vintage International, 2001, P. 503.

作品评析

《阿比西尼亚纪事》中叙述者的身份建构

引　言

　　《阿比西尼亚纪事》是乌干达作家摩西·伊塞加瓦的一部长篇小说，是一部典型的流散文学作品。小说主要以主人公穆格齐（Mugezi）的视角进行观察，将家族的兴衰浮沉、人物命运的跌宕起伏置于宏大的历史背景之中，实现了家族关系社会化和历史化的统一。通过穆格齐的眼睛，伊塞加瓦讲述了一段冗长的家族史，将目光聚焦在异邦和本土文化交互浸淫下，乌干达原住民个人成长的历程。着重表现殖民主义的种子沉淀发酵后的具体表现及其为殖民地原住民带来的生理和心理创伤。不同文化交流和冲突在文本中主要表现为宗教观念的分歧、各政党间的竞争交战等，面对宗教迫害和蔓延的战火，手无寸铁的底层人民只能默默承受。小说中的创伤后应激反应在作品中表现为叙述者的文化身份的重构，作为叙述者的"我"是国家不同发展时期不同身份内涵的表征，"我"不仅是见证历史的载体，也是后殖民时代乌干达原住民的代表，这种对身份构建的书写体现了作者对历史和人类主体复杂性的把握。

　　"那些唯有产生'地理位置的徙移'之后，才面临异质文化间的冲突与融合的个人或群体称为'异邦流散者'，……异邦流散者从一国到他国，从一种文化传统到另一种陌生的文化传统，从而产生一系列的流散症候。"① 伊塞加瓦正是一

---

① 朱振武、袁俊卿：《流散文学的时代表征及其世界意义——以非洲英语文学为例》，《中国社会科学》，2019 年第 7 期，第 140 页。

位异邦流散作家，他出生于乌干达，后来移民荷兰，于异国他乡书写对祖国的怀念，因此其作品字里行间中都弥漫着一股流散感。伊塞加瓦移民荷兰后，以"流动的和散居的状态正好赋予了他们从外部来观察本民族的文化，从局外人的角度来描写本民族/国家内无法看到的东西①，试图为乌干达独立后的发展和国民身份的找寻提供一些具有可操作性的思路。本文将探究叙述者文化身份流变的原因，分析该作品中叙述者多重身份构建过程中包含的后殖民主义因素及其作用形式，将人物的流散辐射到作者身上，解析殖民创伤与异邦流散作家的关系，揭示非洲原住民身份认同困境和逃离现象的普遍性，试图梳理作者写作意图以及带给读者的启示。

一、宗教身份：受难与反抗

天主教、新教、伊斯兰教等宗教信仰都不是乌干达的本土宗教，而是由殖民者敲开乌干达的大门带来的。欧洲人把自己认为是正确的价值观强加于非洲人身上，以已经建立起的宗教体系管理殖民地，更是从本国派遣主教、神父、传教士进行传教，使欧洲价值观潜移默化地深入人心。"殖民者凭借坚船利炮以及强大的文化攻势'反客为主'，非但没有成为非洲的'他者'，反而使非洲成为欧洲的'他者'。在长期的殖民统治下，殖民者在非洲大力推行殖民教育，推广殖民语言，播撒西方宗教和西式价值观。"②异国的宗教一方面丰富了乌干达人民宗教信仰的多样性，但另一方面，宗教成了政治力量的强劲手腕。因而宗教也逐渐带有压迫和阶级色彩。

可以说，"整个后殖民社会都处于流放状态，宗教和语言是最突出的两个领域"③。宗教作为社会意识形态的一个敏感领域，能够充分反映各方的话语冲突。

---

① 王宁：《流散文学与文化身份认同》，《社会科学》，2006 年第 11 期，第 174 页。
② 朱振武、袁俊卿：《流散文学的时代表征及其世界意义——以非洲英语文学为例》，《中国社会科学》，2019 年第 7 期，第 144 页。
③ 任一鸣：《后殖民时代的非洲宗教及其文学表现》，《社会科学》，2003 年第 12 期，第 104 页。

论及穆格齐的宗教身份，首先要解决的问题就是他对宗教信仰的态度。穆格齐在神学院学习期间多次违反学院规章制度，多次撒谎甚至恐吓神父，显然他并不信仰天主教。穆格齐小时候从大人们的口中听闻了姑父萨利（Ssali）为了一己私利背叛天主教，皈依伊斯兰教后遭受割礼折磨的言论，对此嗤之以鼻。至于新教，曾经使祖父被当地政府弹劾的竞争对手就是新教徒，穆格齐自然没有好感。读完作品能发现穆格齐其实并没有宗教信仰，反而一直在与宗教抗衡。穆格齐的抗衡一直从初入坎帕拉持续到逃脱神学院，整个过程可以分成两个支系，分别是对母亲和神学院神父的反抗。反抗有其成因、过程与结果，下文将逐个论述。

初到坎帕拉，混乱和疯狂感随之而来，裹挟着城中居民同流合污。反抗父母，究其原因，是父母错误的教育方式。父亲姆帕纳马（Mpanama）是在缺乏母爱、对高个女子怀有畸形迷恋的环境中长大的，母亲的不告而别给他造成的创伤不言而喻。母亲帕德洛克（Padlock）是一个出生于具有女性歧视观念的乡下家庭，且有暴力倾向的村妇，同时她又是一个虔诚的天主教徒，有自己的一套教育体系。帕德洛克曾是修道院的修女，她以宗教信仰为精神寄托，缓解家庭给自身造成的精神压力，但因对孩子的暴力行为被驱逐。被驱逐后，她前往弟弟的家里暂住，并在此期间不吃不喝，做了整整九天的弥撒。她的手指因刮擦木板血流不止，每日卧在冰冷的地上以示内心忏悔。帕德洛克从此变得沉默寡言、暴戾易怒，更加坚定地信仰圣父。在如此背景之下成长，父母双方难免都存在一些病态心理和暴力倾向，穆格齐身为家里最大的孩子，则成了最直接的受害者。

在家庭生活中，帕德洛克就是宗教教条的代名词，在整个家庭管理和子女教育过程中贯彻了天主教教条的方方面面。每日饭前，帕德洛克绝不会忘了祈祷、唱圣歌，她仍在以此为媒介，祈求圣父原谅自己早年间犯下的过错。讽刺的是，她一边忏悔暴力，一边又施加着暴力。穆格齐曾因触碰家中新获得的被印度人遗弃的床板而被虐打。此外，他被要求每天向母亲下跪问好直至对方满意，替母亲承担她不想承担的家务。有一回穆格齐悄悄拿走母亲缝纫机的线轴，埋在了院子里，希望以此来惩罚母亲。多次寻找未果后，帕德洛克先是呼唤上帝，请求上帝用他的神力把自己的线轴带回来，再后来便把矛头直指穆格齐，多次念叨《旧约》

中的各种神圣故事，甚至以撒狄俄斯（Thaddeus）①救赎世人的故事警示穆格齐，希望穆格齐认罪。帕德洛克似乎把自己想象成了维护上帝权威的主教，坎帕拉的家就是她的主管教区，维护教义，惩治异教徒。她不仅没有改正父母的错误，反而通过压迫自己的儿子来延续这种错误。在这个时间点，穆格齐已经沦为帕德洛克转移童年焦虑、执行教条的对象了，一种创伤由上一辈逐渐传递至下一辈。

伊塞加瓦实现叙述者身份流变的方法十分巧妙，他将家庭层面的独裁专制与国家层面伊迪·阿明（Idi Amin）的独裁专制平行起来，表现出一种内外呼应，突出大、小环境给人的压迫感。他的父母和政府分别对家庭和国家事务的管理采取的压制方式，帕德洛克和姆帕纳马的死亡被叙述者戏称为"暴君的灭亡"②，这也表明父母家中的专制是伊迪·阿明在国家层面上暴政的缩影。阿明的政权于1979年消亡，穆格齐父母也于1979年陆续去世，作者以此表明了家庭和国家机构是相辅相成的，当一个崩溃时，另一个也会崩溃。阿明政权兴起时，正值国家经济萧条时期，奥博特（Obote）向民众承诺的经济国有化迟迟未能兑现，伊迪·阿明便利用群众情绪发动政变，推翻了奥博特政权。穆格齐受阿明关于反抗的宣讲启发，意识到自己应该反抗、可以反抗。这种反抗不仅是对以帕德洛克为代表的宗教体系的反抗，更是一种追寻自我认同、实践理论的过程。伊塞加瓦以阿明的政变为隐喻，突出叙述者在个人生活中对专制秩序的反抗，并以这种方式阐明国家政变和家庭个人反抗之间的协调性在于强权压迫。家庭内部与整个国家层面的和谐、动荡状态切换的一致性以微观世界和宏观世界中的压迫与反抗得到强调。为了报复帕德洛克，穆格齐假冒一位男性顾客的口吻写了一封献给她的情书。信被姆帕纳马发现，也成功引起了两人之间的矛盾，但二人只是陷入无尽的争吵，并没有起到实质性作用。情书事件和偷走缝纫机线轴都是穆格齐以匿名身份完成的，父母无法找到确切证据惩罚他，但他的反抗仅仅局限于引起家庭风波，帕德洛克的独裁统治从未被推翻过。

在社会层面上，穆格齐的反抗发生在神学院就读期间，该阶段是穆格齐反复

---

① 圣－裘德撒狄俄斯(St. Jude Thaddeus)，据《圣经》所述，这位圣人是解决犯罪者之人、侦探、保护者和绝望灵魂的拯救者。

② Moses Isegawa, *Abyssinian Chronicles*, New York: Vintage International, 2001, p. 439.

实践并完善理论的过程，也是这个阶段，他认识到自己是一个善于观察、等待时机再主动出击的人。神父们在学生们连基本饮食都无法保障的情况下奢靡浪费，这让穆格齐发现专制独裁在不同个体身上竟表现得如此相似。显然，这个以明迪（Mindi）神父为代表的宗教机构已经成为镇压其人民的帮凶，而不是受苦之人寻求安慰的场所。叙述者被明迪神父关于物欲与自私的畸形理论所激怒，加之原生家庭的压迫，这使穆格齐对天主教更加厌恶。

创伤在受难者谈论它之前就能在个体身上得以显现，创伤的表现先于语言，因此成为一种无声的反抗。穆格齐曾一度把希望寄托在荷兰来的拉古（Lageau）神父身上，这或许是他对圣父的最后一丝期望。拉古神父到来之后，学生们的生活条件并未得到改善，学生们从原来的吃不饱变为吃发霉的米饭、长满虫子的玉米粉，但神父们总能享用修女们准备的佳肴。学生们幻想拉古神父会乘着新买的船去捕鱼，好让他们的餐食更营养，然而神父们吃不完的鱼只是被储存进了冷冻库。终于，穆格齐最后的期待也落空了，他明白神学院中的神父不论人种，不论他是否受教皇指派而来，都是虚伪自私的。因此穆格齐对宗教的反抗又带有反殖民主义的色彩。在神学院，他关掉了学校的电，这样，虐待学生的拉古神父就不得不与营养不良的学生分享其储存的冷冻食品。神职人员的虚伪和种族歧视问题在叙述者与发难者之间的一来一回中得到证明。穆格齐赶跑了明迪神父，使拉古神父害了偏头痛，没有任何人知道是谁在学院里制造一起起事故，这令他沾沾自喜。当掌权者对一个群体中的多数成员施加造成同样创伤的行为时，个人创伤将集体捆绑在一起。在这些情况下，个人的创伤可以"调动集体的谴责行为"①。虽然上述反抗和其他童年的抗议在本质上都是创伤的证据，但由于穆格齐的不成熟，它们之间充满了矛盾。穆格齐的抗议总是匿名的，他沉迷于学生们对他崇拜赞赏的传言之中，把自身想象为拯救学生们的英雄，但在与反对者的争论中又找不到证明自身的恶作剧是正义行为的理由。出于几次单独的秘密反抗行动，穆格齐错过了一个组织神学院学生共同奋起反抗殖民主义教育的宝贵机会后逃离了神学院，逃离了乌干达，但他无法逃离创伤所致的忧郁状态。

---

① Diana Taylor, Trauma and Performance: "Lessons from Latin America", PMLA 121.5, 2006, p. 1675.

叙述者作为"局内人"的矛盾描述，指的是他的边缘性，他被置于统治和等级秩序的边界上，不断地挑战和触碰他的底线，同时又被淹没在社会中，并被社会的意识形态思想所影响。本该对事物作出客观评价的"局外者"的叙述也因社会意识形态的影响产生了异化。穆格齐在忍受帕德洛克虐待时视阿明为教父，但在目睹尸横遍野的祖国大陆后明白阿明不过是和帕德洛克一样的独裁暴君，就是很好的例证。因此，叙述者既是内在的又是外在的，在这种情况下，他对个人和政治的关系进行重新审视，暗示独裁者就是暴力本身。伊塞加瓦如此描写，旨在重构统治者和被统治者、主仆之间简单二元对立的固化思维，为乌干达后殖民时代新秩序的重建提供一些具体思路，意在呼吁宗教、性别以及其他各种社会体系中对权力进行再分配或重新分配。

二、性别身份：探寻与异化

穆格齐虽是男孩，但身上却存在许多女性的性格特征，行为举止也被"女性化"了，这种独特的性别身份拜个人的成长环境和社会背景所赐。性别区分起源于男性和女性在生殖能力上的差异，从而导致个体在家庭和社会活动中扮演各不相同的角色。美国生理学教授安妮福斯特·斯特林在《区分身体的性》（*Sexing the Body*, 2000）中写道：

男性和女性的性别划分是一个社会决定。我们可以使用科学知识来帮助我们作出这个决定，但是其实只有我们对于性别的信念，而非科学，能界定我们的性别。更进一步讲，我们对于性别的信念从一开始影响了科学家们建构什么样的有关性的知识。[1]

---

[1] AnneFausto Sterling, *Sexing the Body: Gender Politics and the Construction of Sexuality*, New York: Basic Books, 2000, p. 3.

父权至上话语体系一直阻挠着女性的解放，女性被认为是男性的附庸。在文中，姆帕纳马的亲生母亲因无法忍受被当成生育机器一般的存在狠心抛弃了儿子；帕德洛克身为家中长女，承担了所有的体力活却仍然不受待见；卢文德卡（Lwendeka）姨母在军营中遭到非人般的待遇……除了原始的野蛮，殖民带来的文化冲击压榨了女性仅有的权利和尊严，叙述者就是在这种两性地位差别很大的畸形社会背景之中寻找自我性别身份的定义。起初，穆格齐是一张白纸，对两性差异没有明确认识，甚至一度偷窥母亲如厕。穆格齐最初对男性的遐想是以律师形象体现出来的，他渴望成为一名律师，能言善辩、巧舌如簧，有坚定的政治立场，争取为自己的家族恢复声誉。出于父母和现实的多方阻力，他的理想终归还是沦为遐想。朱迪斯·巴特勒（Judith Bulter）在《身体事关重大》中提出一个人的性别身份是通过"表演"和角色扮演而生产出来的，通过反复扮演某个角色，个体就可以获取一种清晰的、明确的身份。作品中性别身份的构建与宗教身份、种族身份都是息息相关的，三者相互影响，共同存在，将穆格齐变为复杂矛盾统一体的存在，逐渐消解了他身上的"男子气概"。

在社会实践中，个体的具体身份如何并不是个体能够主观决定的，这种身份的建构是一种社会现象，是由参与社会实践的所有人员共同创造的。这是一种完全的创新行为，其过程牵扯到所有参与者，从而赋予这一行为具体的物质性。穆格齐在性别表演和扮演中，受到各方话语体系和权力体系的影响，形成了独一无二的后殖民时代"去男性"化的社会性别。家长的教诲、学校教育的灌输和媒体的传播都是文化传播的主要手段，循序渐进地影响着个人文化身份的构建。

母亲帕德洛克对穆格齐性别身份探究的阻碍贯穿了他整个童年阶段。在幼年穆格齐第一次尝试探寻有关性的真理的时候，被帕德洛克毒打了一顿。在闭塞农村长大，甚至无人为他普及有关女性生理期的基本常识，以至于在母亲生理期时将看到的大摊血迹称为"红色墨水"。当帕德洛克发现她的儿子与邻居的妻子卢萨纳尼（Lusanani）有越界行为时，她只是用棍子狠狠地打了他，没有多加告诫就把他送到她的妹妹卢文德卡家里长住了。这一行为推卸了身为母亲进行性教育的责任，不仅没有正确引导，还让孩子学会了逃避责任。

小学同学凯恩（Cane）是穆格齐人生中第一位真正意义上的性启蒙者。通过凯恩的个人故事和其人物性格的描写，作者描绘了一个忽视青少年道德思想教育的社会和教育体系。凯恩的父亲是一名军官，在母亲生下他后便抛弃了母子俩。年轻同学以凯恩为榜样，讨论淫秽的话题，凯恩带穆格齐去森林中寻找牺牲者的尸体，向他展示女性人体解剖结构。凯恩吊儿郎当、目中无人、冷酷无情的性格在很大程度上受到了战乱、管教疏忽和社会崩坏的影响。凯恩和穆格齐畸形的性观念说明了社会对青年教育的忽视和道德的堕落。同时，凯恩对殖民者带来的价值观念深信不疑。他坚定地指出，不是英国人破坏了他们的国家，而是奸佞的非洲祖先、贪婪的酋长和国王。凯恩在很多方面都影响了叙述者，叙述者的恶作剧和为自己的空间而战的决心都发源于此。

另外一些次要参与者对穆格齐产生的影响也可见一斑。穆格齐从小被母亲抛弃，传统中本该履行性教育职责的姑母也远在他乡。因为缺乏引导，尚处于认知探索时期的穆格齐身边并不存在一个行为榜样，只能通过自主观察和探寻以习得区别社会性别的具体方法。这种无目的性的自我探寻使其获得社会性别的过程和结果出现了裂缝。穆格齐生命中的女人在殖民统治、宗教迫害和战争的影响下都遭受过性暴力或其他形式的暴力，生活在边缘地带。穆格齐曾参与祖母的接生事业，与祖母一同种植药草、开药方，被孕妇们视为吉祥物。在穆格齐尚未成熟的心中，充满了对异性的好奇。他不明白为什么生产之夜叫得如此凄惨的女人，在一周后就能重新拾起家务。稍稍长大后，这种好奇心就更强烈，更加需要得到解决。卡瓦伊达（Kawayida）叔叔给穆格齐带来的诸如一个男人同时娶了三姐妹这样怪诞离奇的城市故事，驱使着穆格齐去往城市探索，验证这些故事的真实性，甚至见一见这些有特殊癖好的人们。穆格齐见证了父权话语体系的发生方式和结果，多次探索仍然迷茫、懵懂。

穆格齐所处的权力/话语体系是以女性气质为特征的，手无寸铁的乌干达人民面对专制和暴政不作反抗，这种反复的扮演使公众逐渐麻木。其社会性别中的男性气质在此得以重置，穆格齐在对性别身份的自我探寻中，逐渐被"女性化"了。这里的"女性"是指社会权力和话语体系强加于自由个体身上的女性行为规范，即社会文化理想的"女性"，而不是指生理概念上的"女性"。在游击军与政府军的战争中，城市路障曾一度由女性军官管理，她们会在路障处要求出示身份证明以辨别路过的人中是否存在间谍或窃取机密的危险分子。穆格齐曾有一次被女军官们拦路，在他无法出示身份证明的情况下，被带至一偏僻的仓库遭受了性暴力。面对一系列的侮辱，穆格齐选择闭口不谈，不做任何反抗，这种"沉默"和"不反抗性"往往在社会体验中被视为女性气质。在常规认知中，军人往往由男性扮演，而在这里伊塞加瓦将其进行倒置叙述，让女性扮演作为强势群体的施暴方，男性则扮演了弱势群体。男性人物的声音被弱化，这种处理赋予穆格齐以"女性化"特征。

伊塞加瓦作为书写民族回忆和创伤的后殖民主义黑人男性，阐明了穆格齐形象中的特殊一面，即男性角色成为见证的载体，记录了殖民主义和国家建设，同时又反过来成为记录殖民创伤的媒介。在对穆格齐"去男性化"标准的男性特征的描述中，《阿比西尼亚纪事》重置了男性气质的概念。如果重构男性气质可以瓦解父权制，那么这些文本描述也暗示了后殖民主义社会中潜在的一种不受支配性男性权力话语体系束缚的女性气质。

三、种族身份：逃离与回归

穆格齐在保持自我独立性的战争中败下阵来，开始了逃离的旅途。在前往荷兰的飞机上，穆格齐在他信奉机会主义的过去和未知的未来之间徘徊，但这架飞机即将迫使他去寻找种族身份的自我认同，穆格齐的流散也随之展开。

"与异质文化冲突相伴而来的一个重要问题就是流散者的自我身份认同。流散者携带在母国习得的经验、习俗、语言、观念等文化因子来到一个历史传统、文化背景和社会发展进程迥然相异的国度，必然面临自我身份认同的困境。"[①]在阿姆斯特丹，首先对穆格齐造成冲击的是国际援助组织对黑人的刻板印象，无疑这种印象是丑化过的形象。思索再三，穆格齐搬入贫民窟以寻找认同感和归

---

① 朱振武、袁俊卿：《流散文学的时代表征及其世界意义——以非洲英语文学为例》，《中国社会科学》，2019 年第 7 期，第 140 页。

属感，并结识了白人女友马格德琳（Magdeleine）。穆格齐和女友在一起时，在公共场合多次受到的令人反感的注视和贬低的手势"使我疲惫不堪"[1]，以至于他一再与官方社会脱离关系。先是离开赞助方，接着离开中心车站，后又离开贫民窟，最后离开白人女友。穆格齐发现，在阿姆斯特丹，作为一对跨种族夫妇中的一员，他的家既不在荷兰也不在乌干达。"我讨厌马格德琳给予我的知名度"[2]，因为它带有因跨种族而获得的过分关注和附加的责任，他只想逃避。为了通过他的性别获得一定程度的种族"特权"，穆格齐必须表现出种族主义的刻板印象，即健壮的黑人男子和马格德琳社交圈中顺从的家仆。由于不愿意活成白人想象中的"穆格齐"，以出卖种族特征为代价取悦白人妻子及其社交圈，穆格齐再次选择逃离。

　　这一连串的离开看似顺理成章，但实际上是穆格齐对自身种族身份的回避和逃离。穆格齐作为见证历史的载体，目睹过无数他人的创伤，在自身也伤痕累累之后，他把自己从所有病态的附属关系和社会背景中剔除，不受约束，没有隶属关系。通过放弃乌干达和荷兰的社交圈，穆格齐使自己真正成为一个透明人。由于没有能力离开荷兰又无法取得官方护照，穆格齐购买了一本伪造的英国护照，同时成为国际公民和异邦流散者。他既放弃了乌干达的国籍，又不真正属于欧洲任何一个国家，这是对原先种族身份的一种主动逃离，穆格齐的种族特征被他本人主观地抹去。穆格齐在寻找自我认同和归属感的过程中无数次失败，逃离并没有从根源上改变流离失所的本质，这种逃离是白人殖民者给非洲大陆造成的不可磨灭的创伤。"流散者正是处在旧世界与新世界之间的夹缝中游离、挣扎、抵抗、融合、认同，他们在两种或两种以上的文化中依附与剥离。"[3]同样的经历也曾发生在作者本人身上，摩西·伊塞加瓦在近年发表在《过渡》杂志上的一篇采访反映了这种情况："当你第一次离开乌干达去欧洲时，你会想：'我终于可以自由地

---

[1] Moses Isegawa, *Abyssinian Chronicles*, New York: Vintage International, 2001, p. 491.

[2] Moses Isegawa, *Abyssinian Chronicles*, New York: Vintage International, 2001, p. 506.

[3] 朱振武、袁俊卿：《流散文学的时代表征及其世界意义——以非洲英语文学为例》，《中国社会科学》，2019年第7期，第139页。

做我想做的事了'。但当你到达那里时，你第一次成为一个非洲人。"①正当伊塞加瓦认为自身已经摆脱乌干达的种种束缚时，迎面而来的是被迫面对并承认身上的非洲标志。随即移民便被置于自我身份认同和边缘化的困境，这也是非洲移民所面临的生存危机的根源。然而后殖民时代各国原住民逃离非洲大陆的行为加深、固化了非洲的刻板印象。

逃离以后，穆格齐转而投向墓地管理工作，并变身掘墓人，与亡魂对话。穆格齐相信，他重现墓地亡魂的过去的消遣方式在某种程度上恢复了数百万未被铭记的乌干达人的历史，他们死于阿明和奥博特几十年的独裁统治和国内战争。穆格齐看到了躺在大街上的没有肢体的尸体，看到了被摧毁的村庄的烧焦的废墟。所有的伤口、伤痕累累的尸体和被摧毁的村庄都讲述了不同的创伤历史，但这些历史将所有受难者联系在一起。青年穆格齐作助产师时曾十分擅长占卜婴儿的未来，刚独立的乌干达也如同一个新生儿，如今的穆格齐不免预测起一个国家的未来。但预测一个经历了殖民和动荡的国家的未来发展需要亲历历史、与国家共同成长。为了进行这种预测，穆格齐学会了对过去进行观察。他以爷爷被虐待的尸体为起点开始深入思考，将这起政治谋杀案视为乌干达独立后独裁者专制暴政的象征。在小说最后几页，穆格齐坐在阿姆斯特丹巨大的中央车站前，摆脱了国际组织，摆脱了马格德琳。他最终接受了他作为社会创伤和转型的记录者的角色：一个格里特人、作家、见证人、社会批评家和历史学家。为了实现这一目标，穆格齐"像疯子一样专攻荷兰语，以同样的热情专攻新的工作"。②他在一家杂志社获得了一份工作，在那里，他将文字变成武器，把自身武装成武器，开始书写乌干达的历史。这也是上文提及的异邦流散者"以流动的和散居状态从外部来观察本民族的文化"的反思行为。只要乌干达仍然深陷后殖民政治动荡的泥潭，穆格齐就会继续对其本土人口不闻不问。正如穆格齐在战后乌干达和阿姆斯特丹的经历所表明的那样，后殖民时期的乌干达人既不属于祖国也不属于国外，穆格齐的流散带有一种普遍性意义。就像穆格齐记录乌干达的历史，作者也创作了多部作

① Moses Isegawa, Mahmood Mamdani and Michael C.Vazquez, *Hearts in Exile: A Conversation with Moses Isagewa and Mahmood Mamdani,* Transition: An International Review no.86, 2000, p. 143.

② Moses Isegawa, *Abyssinian Chronicles*, New York: Vintage International, 2001, p. 491.

品表现最真实的乌干达，作者与人物形象的异邦流散创作行为在这里得以交织。

结尾说道："我头晕目眩，人们似乎在倒立行走，死人从坟墓里爬出来，活人跳进新的坟墓。"[1] 坟墓的意象对穆格齐来说再熟悉不过的，他曾挖掘去世荷兰人的坟墓，感受死者们生前的经历。它创造了一个活人的与亡魂共存于现物质世界的领域，移除了现实与虚幻的界限。穆格齐感受到了这种启示，将叙事行动从现实转移到另一个虚构的境界，预示着打破父权制、后殖民主义藩篱的可能性。霍米·巴巴认为"文学掩盖了现实世界无法容纳的另类思想和生命内容"。具体来说，他认为"文学对晦涩的精神世界、崇高和潜意识的标志的反应可以书写世界"。精神世界和潜意识况且可以抒写，更不必说后殖民社会。这种反应体现在文章结尾，发生在现实和时间性之外，这表明，如果独立后的非洲国家最终要脱离残余的殖民现实，就需要挣脱束缚回归自我，重新配置后殖民时代的各种资源，并整理反思乌干达历史，书写属于乌干达人自己的历史。末段中在现实和时间之外行动的叙事特别引人注目，其超现实主义的结尾与小说先前的现实主义描写截然不同，突出了打破边界的力量。作者对祖先和未出生者进行并列叙事，虽然这些叙事设定在现在，但也穿越了现实和虚构领域之间的界限。叙述中现实主义与超现实主义的描写并列在一起，表明构思一个独立国家的可能性存在于凌驾于线性时间之上的非时间性的创造性潜力，这种非时间性使过去、现在和未来同时存在于一个瞬间。

小说结尾中穆格齐对颠倒的现实的顿悟，揭示了全球各国人民以及人类和灵魂共同存在的领域的相互联系，他对历史的自我知觉在小说结尾处以承诺书写乌干达的创伤性历史的形式再次出现。在《阿比西尼亚纪事》中，穆格齐在阅读和倾听其他受害者的声音中成长，不同的创伤形成了各种见证模式。在他的一生中，从初次反抗开始，直到承诺写下所有黑人的历史见证，其反思思维达到了高潮。小说在穆格齐大彻大悟，看到一个颠倒的现实景象之后戛然而止，在这个景象中，活人和亡魂共处，暴力和压迫不复存在，欢乐和正义占主导地位。文章结句"我已经进去了"[2]。表明穆格齐已对现实世界有了清晰认知，既然

---

[1] Moses Isegawa, *Abyssinian Chronicles*, New York: Vintage International, 2001, p. 493.

[2] Moses Isegawa, *Abyssinian Chronicles*, New York: Vintage International, 2001, p. 493.

他无力改变秩序，那就进入自己最舒适的领域。于是他的思维延伸至他所构想的"伊甸园"，一个由来自"世界各个角落的""平等的"人民组成的跨国社区，他的肉体也伸展开来，俯卧在"一个由来自全球各个角落的巨石组成的令人陶醉的山顶"，他的灵与肉共处于他精神世界之巅的栖息地。没有国家、性别或种族的束缚，穆格齐不属于任何地方，他对自身归属的顿悟抹去了具体的国家边界和意识形态的构建。中央车站前颠倒的现实世界在穆格齐看来是对改变未来可能性的一种展望，是对后殖民主义的哀悼。这也将他拉进了他所说的"阿比西尼亚"（深渊），颠倒了生与死的二元对立，将他与拥有共同书写乌干达历史的梦想但现已去世的父亲姆帕纳马联系起来，这个梦想在穆格齐的启示中不断重复且具体化了。

结　语

虽移民他乡，但对祖国的热切关注在伊塞加瓦的作品中可见一斑，乌干达独立后的社会动荡和政治腐败是他书写最多的题材，通过混乱的社会生活引发反思，为饱受摧残的普通民众大声疾呼，暗含希望乌干达能够成长壮大的期许。伊塞加瓦擅长用纪实的语言讲述现实，穿插人物心理活动，有时引入极小一部分的超现实描写用以形成反差，发人深省。看似平淡的文字却能传达出许多深层内蕴，或是在环境描写中透露着政治背景、人物心理，或是以小见大，从家庭层面辐射到国家层面，拓宽了文本展示的视野。

《阿比西尼亚纪事》作为一部典型的流散小说，成功讲述了乌干达人民在后殖民时代不同的身份表征以及身份重构问题。"小说以'深渊'一词作为标题的双关语，以表明后殖民时代民族国家的萎靡不振和失败。"① 虽然只写了穆格齐个人的成长史，这部历史却是底层民众众生相的集合体，其体现了伊塞加瓦出色的洞察力和他对祖国的关怀。以上三种身份的建构体现了人物与环境中不同声音的抗衡，对创

---

① Simon Gikandi and Evan Mwangi, *The Columbia Guides to Literature Since 1945*, New York: Columbia University Press, 2007, p. 75.

伤作出应激反应后形成具体的身份。"现在，非洲的语言、文化、宗教、经济、政治既无法完全复制西方，又无法回到殖民者入侵以前的样貌，只能在既非彼又非此的中间状态游荡，而这种中间状态正是流散现象的典型症候。"①面对多元文化的冲击，身份构建是被殖民者摆脱束缚的核心问题。虽然欧洲人带来了琳琅满目的商品，满足了非洲人的物质需要，但殖民者离开后，这种物质欲望只会把人推进无底的深渊。面对西方文化的解构，乌干达人只有重新思考自我的历史定位，维持自身独立性，对权力进行再分配，倾听大众诉求才能加快国家发展与转型。

因为殖民统治，当今时代非洲原住民逃离非洲大陆，流散于世界各地的现象十分普遍，流散文学也成为非洲文学的一大特色，这样的作家在非洲还有许多，问鼎诺贝尔文学奖的阿卜杜勒拉扎克·古尔纳同样是流散作家大军中的一员。他们都是成为异邦流散者后，把自身文学视野回归到母国，力求表现殖民创伤的真实面貌，从局外人的角度来描写本民族/国家内无法看到的东西。中国文学与非洲文学同属第三世界文学，对非洲流散文学进行解读分析，有助于中国学者了解非洲文化，增强文化自信，"实现新时代语境下的文明互鉴，构建中非文化关系新体系，更有助于构建'更加紧密的中非命运共同体'。"②提出世界文化多样性，目的是反哺我们自己国家的文学文化繁荣与发展。中国文学与非洲文学在过去文学的发展态势中一直是"非主流"的状态，我们要让中国文学成为世界文化多样性的一部分，同其他地区的文学一道，丰富世界文学。

（文/上海师范大学 黄铃雅）

---

① 朱振武、袁俊卿：《流散文学的时代表征及其世界意义——以非洲英语文学为例》，《中国社会科学》，2019 年第 7 期，第 146 页。
② 朱振武、袁俊卿：《流散文学的时代表征及其世界意义——以非洲英语文学为例》，《中国社会科学》，2019 年第 7 期，第 137 页。

埃塞俄比亚文学

埃塞俄比亚位于非洲东北部，东部毗邻吉布提和索马里，北接厄立特里亚，西部与苏丹及南苏丹接壤，南部与肯尼亚相连。在广袤的非洲大陆上，埃塞俄比亚是拥有三千年文明史的古国，它使用阿姆哈拉语作为国语，以埃塞俄比亚正教为宗教信奉主体，国家拥有独立且完整的文化体系。早期，埃塞俄比亚文学随着基督教的进入诞生并发展。传教士采用吉兹语进行书写，文本以宣传教义、记录教会历史为主要目的，作品拥有十分宝贵的历史价值及宗教价值。20世纪初，埃塞俄比亚在反殖民战争中取得了巨大成就，这不仅巩固了国民的民族自信和文化自信，也让埃塞俄比亚成为非洲自由的一面旗帜。随着国内局势的稳定和印刷方式的进步，阿姆哈拉语文学也得以机会发展。1908年，阿费沃克·格弗尔·杰西（Afevork Ghevre Jesus，1868—1947）发表了埃塞俄比亚第一部阿姆哈拉语小说《心灵的故事》（*Ləbb Wällӓd Tarik*，1908），打破了埃塞俄比亚的文学坚冰。其后，阿姆哈拉语小说、戏剧领域也逐渐繁荣。出现了伯哈努·泽里洪（Berhanu Zerihun，1933—1987）、门格希图·莱马（Mengistu Lemma，1924—1988）等阿姆哈拉语作家。

进入20世纪60年代，现代化建设促使青年知识分子关注到国家的众多腐朽。帝制统治在现代思想的威胁之下摇摇欲坠，国王成为自己的掘墓人。帝制终结时刻带来的风起云涌，使传统与现代的冲突，西方思想及语言的传播，破败不堪的统治阶级，固有的社会矛盾被放置在埃塞俄比亚学者的桌面上，成为创作的源泉。同时，因为国内阿姆哈拉语审查制度的严格，一部分作者开始选择以英语创作的途径发声。这个时期，埃塞俄比亚英语文学集中、快速地发展起来。1962 年，阿什纳菲·基德（Ashenafi Kebede，1937—1998）创作了埃塞俄比亚第一部英语小说《坦白》（*Confession*，1962），这部作品宣告着埃塞俄比亚英语文学的诞生。国内文坛呈现出阿姆哈拉语文学与英语文学并行发展的繁荣局面。特殊的时代背景诞生出一批以国家发展为己任的民族作家，如：特斯法耶·吉塞斯（Tesfaye Gessesse，1937—2020）、塞加耶·加布尔－马登（Tsegaye Gabre-Medhin，1936—2006）、萨勒·塞拉西（Sahle Sellassie，1936— ）、但尼阿楚·沃库（Daniachew Worku，1936—1994）、阿比·古贝纳（Abbe Gubennya ，1934—1980）等。他们的创作覆盖了小说、戏剧、诗歌和诗学等多个领域，极大地推动了埃塞俄比亚国家文学的进步。1974 年国内革命后，埃塞俄比亚政局长期处于动荡状态。与厄立特里亚的冲突，国内严苛的审查环境和狭小的文学市场，一定程度上迫使这段短期的英语创作高峰逐渐滑入低谷。进入 21 世纪后，年轻一代的作家逐渐崭露头角。如：本菲卡都·海陆 （Befekadu Hailu，1980— ）、克比尔·马拉（Kebere Mala，1985— ）和琳达·悠哈内（Linda Yohannes，1988— ）等。还出现了一部分流散作家如奈加·梅兹莱基亚（Nega Mezlekia，1958— ）、马萨·蒙吉斯特（Maaza Mengiste，1974— ）、迪诺·蒙格斯图（Dinaw Mengestu，1978— ）等。

目前，中国学界对于埃塞俄比亚文学的研究较少，这座奇异、独特的文学矿场还有待学者们开采。

第十一篇

萨勒·塞拉西
小说《阿菲沙塔》中的三重主体建构

萨勒·塞拉西

Sahle Sellassie，1936—

作家简介

　　萨勒·塞拉西是埃塞俄比亚本土著名作家和翻译家，他运用英语、阿姆哈拉语和查哈语三语进行创作。塞拉西出生于查哈（Chaha）舍瓦（Sherra），成长于十分传统的埃塞俄比亚家庭。幼时，他接受了英语和阿姆哈拉语双语教育，后考入亚的斯亚贝巴大学（Addis Ababa University）。在这段时间，塞拉西大量阅读英语文学，对泛非主义、共产主义、存在主义等哲学、政治议题产生了兴趣。获得学士学位后，塞拉西留学法美，分别研习了法律与政治。留美时期，塞拉西首次阅读了非洲作家的文学作品，并在莱斯劳（Leslau）的鼓励下进行创作。他用查哈语写作了自己的第一部作品《西纳加的乡村》（*Shinega's Village*，1964），并由莱斯劳译为英文出版。1963年，塞拉西回到埃塞俄比亚，他陆续用英文创作了三部作品：《阿菲沙塔》（*The Afersata*，1969）、《勇士之王》（*Warrior King*，1974）和《反叛者》（*Firebrands*，1979），三部作品如实呈现历史，展示人民生活，活跃了埃塞俄比亚英语文坛。同时，塞拉西着手从事翻译工作，他将英文作品翻译为阿姆哈拉语译介了如狄更斯的《双城记》、雨果的《悲惨世界》、赛珍珠的《母亲》等优秀文学作品，极大丰富了埃塞俄比亚国内的文学资源。萨勒·塞拉西作为埃塞俄比亚的近代知识分子，他的思想里浸润着埃塞俄比亚独特的民族主体性与文化自信，同样也受到了西方社会的民主思想的感召。塞拉西的作品于主题、于内容都深深贴近着埃塞俄比亚人民，他书写社会，填补历史。但面对社会黑暗，塞拉西又采用俯瞰的冷静态度，运用辛辣的语言将其解剖评论。塞拉西在作品中展示了对于现实的整体思考，彰显了作为知识分子的主体特点和人文情怀。他的创作不仅仅是埃塞俄比亚英语文坛上的巨大突破，更是非洲英语文学中十分独特的一笔。

作品节选

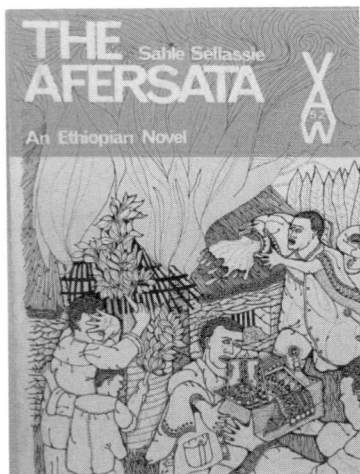

《阿菲沙塔》（*The Afersata*, 1969）

"I am somewhat ashamed of myself," he said finally, looking at Melesse.

"What do you find to make you feel ashamed of yourself?"

"My ignorance."

"About what?"

"About your folks and their way of life. I used to think that the Gurage were simply porters in Addis, shoe-shiners, and pedlars. Now I see a people with a distinct culture and a respectable way of life."

"You are not the only person who has a wrong image of my folks. Half of the town dwellers have the same ideas as you had before. And besides you still don't know much about my folks. You have so far seen only the insignificant symbols of their culture." ①

"我为自己感到有些羞愧。"他最后看着梅勒斯说道。

"你发现了什么让你羞愧？"

"我的无知。"

"关于什么？"

"关于你的家人和他们的生活方式。我以前以为古拉格人不过是亚的斯的搬运工、擦鞋匠或者小贩。但我现在看到的是一个有着独特文化的民族，他们的生活方式同样受人尊敬。"

"你不是唯一一个对我的族人有错误印象的人。镇上半数的居民都有和你一样的想法。而且你还是不太了解我的乡亲们。到目前为止，你看到的只是他们文化中微不足道的符号。"

（游铭悦 / 译）

---

① Sahle Selassie, *The Afersata*, London: Heinemann Educational, 1969, pp. 50-51.

《阿菲沙塔》中的三重主体建构

引　言

19 世纪末 20 世纪初，欧美殖民主义掀起了瓜分非洲的狂潮。外患与内乱使这方黑土地烽烟四起，狼藉一片。在这段跌宕的历史时期，文学不可避免与历史成为并驾马车，相互勾连支撑。浸润着血泪的非洲文学不仅拥有十分鲜明的时代特征，更呈现出了反抗与反思重建的整体倾向。几乎所有非洲作者都面临着国家与民族的主体身份问题，他们书写着这片沉寂大陆的伤痛，使一种全新的、带着伤痕的非洲文学得以吮吸着传统文学的汁液艰难生长。

而在同一时期，埃塞俄比亚却勾画出独特的历史轨迹，它拥有自己完整的文化体系，且被殖民时间极短。在殖民浪潮汹涌的近代非洲，它无疑成为非洲人民的自由乌托邦，被给予了丰富的精神象征。20 世纪后，埃塞俄比亚文学得到了飞速发展，小说、诗歌、戏剧等多题材文学从不同角度出发书写现实。同时，传统的文化底蕴和近代史自由荣光的加冕在这一批作家身上得以显现。萨勒·塞拉西作为埃塞俄比亚英语文学前期的代表性人物，他在创作中呈现出了独树一帜的民族性。在作品《阿菲沙塔》中，塞拉西抛开了个人对于存在与价值的重建描写，将目光转向部落人民生活，以文本紧贴于埃塞俄比亚的土地之上。他的创作彰显出知识分子的自我选择，在民族精神的引导下谱出国家颂曲。《阿菲沙塔》的书写素材选取自民族历史，反映了人民的命运，展示了民族最根本的精神内核，给读者以重览历史的实感。与此同时，塞拉西作为现代知识分子，他的个人经验同样嵌入文本深处。他用批判性的眼光审视民族与历史，用犀利的语言给予混乱现实沉重的一击，成为跌宕社会里的一柄利刃。"文学的确可以是一种虚构，但那种虚构往往有现实和现实经验作为基础，和我们的生活体验和记忆相关，也可以帮助我们记忆个人和集体的历史。"① 在创作中，塞拉西填补着社会图景，亦用辛辣而冷静的语言冲击着社会的暗礁。本文希望通过对塞拉西小说《阿菲沙塔》的赏析，为读者辟出一条了解埃塞俄比亚历史与文化的捷径，亦为非洲英语文学研究增添些许清新自然的点缀。

一、独立精神下的民族主题

20世纪的埃塞俄比亚作为非洲大陆独立之精神代表，它的英语文学内化了国家独立、自由精神的发展特点，呈现出十分独特的民族性。18世纪，欧洲的人民性理论传入俄国，并与俄国的国家民族主义相结合，拥有了"人民性/国家性"的双重含义。普希金认为，民族性的三大特点之一即"人民性应该表现民族独特的思想和感情的方式并为本民族所认同、赏识"②。在战乱不断的20世纪，塞拉西却大歌民族文化颂曲之因，究其本质，还需言及埃塞俄比亚的悠久文化与自由荣光。

借《埃塞俄比亚史》的引言作为其国家主体性考据的开始再合适不过："在21世纪，现代埃塞俄比亚的叙述史和古代非洲文明历史上所发生的主要事件都与全球社会密切关联，其强烈的文化、政治与宗教势力促成了一个非常重要而又能够自立于世界民族之林的民族国家的演进，但同样重要的问题又是与现代这个时代不可分割的。"③ 埃塞俄比亚光辉的历史及独立的核心文化，构成了其国民意识的基础，也影响了国家整体文化发展的倾向。

---

① 张隆溪：《记忆、历史、文学》，《外国文学》，2008年第1期，第69页。
② 李明彦、齐秀娟：《以民族性重建文学的人民性——对一个理论话题的学术史考察与反思》，《东北师大学报》（哲学社会科学版），2018年第4期，第38页。
③ 萨义德·A.阿德朱莫比：《埃塞俄比亚史》，董小川译，北京：商务印书馆，2009年，第1页。

位于"非洲之角"的埃塞俄比亚拥有着深厚的文化史。许多历史考古发现以及文化融合痕迹都能证明这一块大陆上文明的延续性和古老性："在埃塞俄比亚到处能找到石制工具和用具。"①而优越的地理位置为它早期的文化交流提供了充分的条件，在公元前的三千年至四千年中，示巴人（Sabaeans）渡过红海进入埃塞俄比亚北部②，将先进的农业技术引入这个古老的国度。除此之外，基督教、伊斯兰教等不同的信仰也如支流一般汇入埃塞俄比亚。来自西亚的优秀文化在历史的进程中与本土民族文化缓慢相融，成为搭建埃塞俄比亚文明史的基础。在早期历史中对于文化兼容并包的态度，促使埃塞俄比亚成为一块文化接纳与同化的地区，亦使其在非洲整体文化的发展上显得十分成熟与突出。

在宗教信仰上，公元3世纪初阿克苏姆皇帝厄扎纳统治时期，他将基督教设立为王国统治地区的官方宗教。"阿克苏姆王国最终走向衰弱，但基督教教堂却在它的废墟上幸存下来"③，得以不断发展，基督信仰开始泛化。14世纪早期到15世纪，阿姆哈拉民族力量再次强化，开始了一系列的对外扩张。"阿姆哈拉——基督教文化扩散到该国家的所有地区，这些被征服的地区被强行阿姆哈拉化了，那里原有的泛灵论信仰也被废除，并被强行皈依到科普特基督教当中"。④基督教的进入直接促使吉兹语（Ge'ez）文学的产生与发展。埃塞俄比亚的教会具有十分孤立的特性。在多个世纪中，教会与外部基督教的联系仅限于亚历山大科普特教会。因而，吉兹语文学的书写逐渐顺应埃塞俄比亚教会的需求，呈现出本土化特点。作者与译者大量翻译并改写了不同国家、宗教的作品，赞美诗、编年史及教会歌曲等多种形式的文学作品一定程度补充了文学的空白。

在语言上，19世纪特沃德罗皇帝对阿姆哈拉语使用的推动与鼓励，使其覆盖面积更加全面与广阔，成为埃塞俄比亚"统一总体规划的根基"⑤。直到今日，阿姆哈拉语依旧是埃塞俄比亚的第一官方语言，在政治、教育、出版等多个领域

---

① 理查德·格林菲尔德：《埃塞俄比亚新政治史》上册，钟槐译，北京：商务印书馆，1974年，第25页。
② 理查德·格林菲尔德：《埃塞俄比亚新政治史》上册，钟槐译，北京：商务印书馆，1974年，第31页。
③ 萨义德·A.阿德朱莫比：《埃塞俄比亚史》，董小川译，北京：商务印书馆，2009年，第17页。
④ 萨义德·A.阿德朱莫比：《埃塞俄比亚史》，董小川译，北京：商务印书馆，2009年，第18页。
⑤ 萨义德·A.阿德朱莫比：《埃塞俄比亚史》，董小川译，北京：商务印书馆，2009年，第22页。

占据着绝对的语言权威。塞拉西在幼时接受的即是阿姆哈拉语为主，英语为辅的学校教育，并使用过古拉格语①，英语和阿姆哈拉语进行创作。1908年，阿费沃克·格弗尔·杰西发表了埃塞俄比亚第一部阿姆哈拉语小说《心灵的故事》，打破了埃塞俄比亚文学的坚冰。

19世纪末，埃塞俄比亚反殖民战争的胜利，更为国内的文学书写蒙上了一层自由的荣光。国家的民族认同与民族主体自信在历史长河的流动中得到了不断地强化。大部分非洲国家在取得民族独立之后，会为民族胜利建造起巨大的石碑或纪念性建筑。这既是领导人的政治成就，也是国家独立的标志和新的民族象征。唯独埃塞俄比亚修建的是最能体现其民族文化特色和历史传统的方尖石碑和各类石雕建筑②，埃塞俄比亚民族将文化自豪刻进石碑和人民的血脉中。主体宗教与国家精神融合的历史纹理，以及人民追求自由与独立的民族特性，使埃塞俄比亚人带有与生俱来的民族自豪感。战役的胜利使他们似乎不需要像非洲其他国家的人民一样，重新确认国家文化的主体与人民精神的核心。同样也不需要在被摧毁、被否认的文化废墟上重建历史尊严与文化自信。

进入20世纪后，随着埃塞俄比亚国家教育政策的改变，国内的知识分子获得了出国学习深造的机会，英语逐渐进入了普通市民的生活。1962年，以阿什纳菲·基德（Ashenafi Kebede）写就第一部英语小说《坦白》（Confession）为分水岭，埃塞俄比亚涌现出一批运用英语创作的作家。他们对文字使用常规的打破，标志着国内的文学创作进入了新时代，埃塞俄比亚文学得以开始进入世界读者的视野。萨勒·塞拉西便成为这一英文创作浪潮的引导者。埃塞俄比亚早期的文化融合与积累，使他的创作带有十分鲜明的民族主体性。"过往的历史并没有中止它们的意义，它们的巨大投影沿着时间之维刺穿了今天，并且继续射入未来。"③在历史主导的书写下，塞拉西的创作关注点长期锁定于本国的具体历史与现实之间，

---

① 古拉格族是埃塞俄比亚民族中的一支，塞拉西曾用查哈语（古拉格方言的一种）创作了《西纳加的村庄》（Shinega's Village），后被译为英文。

② 谭惠娟、梅风：《非洲反殖民传统的灯塔：埃塞俄比亚文化诸相略论》，《浙江大学学报》（人文社会科学版），2020年第1期，第132页。

③ 南帆：《叙事话语的颠覆：历史和文学》，《当代作家评论》，1994年第4期，第29页。

呈现出埃塞俄比亚的社会、文化和多样的民族性格。

"作品想要具有'民族性',作家首先必须具有民族性,这是与生俱来的条件,因为他一定出生、成长在某一个民族。"[1]塞拉西出生于一个传统的埃塞俄比亚家庭,父亲耕种牧牛,母亲是家庭主妇。他幼时接受恩迪比尔(Emdibir)公办学校的教育,同时研修阿姆哈拉语及英语。后他被引荐到特菲里·梅科南学校(Teferi Mekonnin),也因此得以深入认识科普特教会的精神与信仰。年少时传统的生活方式与接受的本土教育在塞拉西心中埋下了深根。在结束了法美的留学生涯后,塞拉西返乡并尝试了多领域的工作。直到现在,塞拉西依旧生活在埃塞俄比亚。不可否认,长期相同的生活环境加固了塞拉西幼年构建起的国家主体认识,使他更加"埃塞俄比亚化"。

塞拉西的文学作品并不算多,但几乎所有的作品都带有浓厚的民族主体意识,《阿菲沙塔》是十分具有代表性的一部。在《阿菲沙塔》中,故事主要发生在鲜少受到殖民影响的部落里,写作从"阿菲沙塔"开始,逐渐深入。阿菲沙塔是埃塞俄比亚一项传统的司法制度:利益受损的人民向地方官请愿,获得官方同意办理的批准后,集合部落中所有的成年男性召开审判会议。村民会在现场选出七位长老承担盘问的职责,所有人都以自己的子嗣为赌咒,发誓发言的真实性。之后,所有的男性村民会逐个被七人团审问,他们真实地回答自己是否是犯人及是否有证据证明某人是犯人。作者将故事分为四章,分别是《乡村大火》《佃户之子》《十字纪念节》《阿菲沙塔的结束》。全文涉及社会范围广泛,作者也在其中借人物之口发出了自己的呼声。

在《阿菲沙塔》中,塞拉西只有一次提及殖民文化对于埃塞俄比亚社会的影响:"但是学生们已经如此习惯了外国的写作方式,以至于分区办公室的官员们几乎读不懂他们写的任何东西。"[2]而文章其他部分几乎看不出埃塞俄比亚曾经短暂遭受过意大利的殖民侵入。塞拉西并不描绘"非洲人与殖民者的碰撞中遭

---

[1] 刘垣菲:《别林斯基文学民族性理论研究》,吉林大学博士学位论文,2020年,第80页。

[2] Sahle Sellassie, *The Afersata*, London: Heinemann Educational, 1969, p. 10.(以下《阿菲沙塔》原文选段皆为笔者自译)

受的社会和心理伤痛"①，或是"非洲本土的极端事例，以探究人类的境况的不同维度"②。他认为定义埃塞俄比亚文学的重要标准并非写作语言，而是"作品中所描绘的生活"③（the life portayed in them）。即埃塞俄比亚文学必须呈现出"埃塞俄比亚人民的主题，他们的故事，描绘他们所扮演的角色，包括他们的心理"④。塞拉西一方面为境内外的读者呈现出最原始、生动的埃塞俄比亚生活，一方面对埃塞俄比亚创作缺失与经验空白做出填补，《反叛者》《勇士之王》等作品皆是如此。在《阿菲沙塔》中，塞拉西对于作品主题的选择和后期的创作书写，无不暗含着埃塞俄比亚独立与自由的民族精神。在非洲大陆的"后殖民"时代里，显得十分特殊、宝贵，这些独特历史环境生成的文本带有野生的、自由的、充满希望的民族气息，成为非洲文学的宝贵财富。

二、民族自豪中的家园呈现

普希金在阐释民族性时提出：作品要真实地反映本民族人民的生活与命运⑤，这种真实意指"生活的真实"。对于真实与民族精神呈现不仅需要避免对于自然的极端模仿，亦需避开浪漫主义提及的"艺术是新的现实"，使文学创作在机械模仿和完全超越间获得现实的平衡。在《阿菲沙塔》中，小说背景立足于埃塞俄比亚的部落生活，内容则以时间顺序展开，塞拉西巧妙地借三次阿菲沙塔作为文本框架，串联起所有的故事。在文章的开始，纳马加（Namaga）的小

---

① 泰居莫拉·奥拉尼央，阿托·奎森主编：《非洲文学批评史稿》上册，姚峰、孙晓萌、汪琳等译，上海：华东师范大学出版社，2020 年，第 29 页。

② 泰居莫拉·奥拉尼央，阿托·奎森主编：《非洲文学批评史稿》上册，姚峰、孙晓萌、汪琳等译，上海：华东师范大学出版社，2020 年，第 29 页。

③ J. Roger Kurtz, "Debating the language of African literature: Ethiopian contributions", *Journal of African Cultural Studies*, 2007, Vol. 19, p. 195.

④ J. Roger Kurtz, "Debating the language of African literature: Ethiopian contributions", *Journal of African Cultural Studies*, 2007, Vol. 19, p. 195.

⑤ 李明彦、齐秀娟：《以民族性重建文学的人民性 ——对一个理论话题的学术史考察与反思》，《东北师大学报》（哲学社会科学版），2018 年第 4 期，第 38 页。

屋被大火烧毁，埋藏在地下的财产遭到窃取。财物四散的纳马加求助最低级政府官员契卡申（Cheka Shum）代笔请愿书，向地方官申请举行阿菲沙塔以找出犯人。这种结构不仅扩大了作者之后的叙述空间，使读者对于埃塞俄比亚的社会和文化有了一个循序渐进的了解过程；同时也将文章关注点合理分散在多个方面，不断地延展着社会的画幅。行文在时间的线性发展里不断丰满埃塞俄比亚人民的生活图景。

同时，在作品空间上，塞拉西搭建了从乡村（部落）到城市（亚的斯亚贝巴）的双重空间。他使用第三人称的叙述方式，使读者的视野得以实现在乡村和城市间转移。青年的返乡行动使古老的部落村民和城市中受到高等教育的年轻人紧紧联系在一起。读者可以在阅读中直观感受到埃塞俄比亚的城乡差距。同样可以了解乡村人民对于城市知识青年的固有看法。

塞拉西对于《阿菲沙塔》文本的构建无不显示着作品鲜明的民族特性。回归文本，他主要从野生自然、社会生活、思想传统三个方面呈现，集中展示了20世纪埃塞俄比亚的横截面，为世界范围的读者提供了一个得以窥视埃塞俄比亚传统社会与文明的窗口，一定程度也映射出塞拉西对于"填补空白"使命的思考与尝试。从自然真实到社会真实再到书写思想真实，塞拉西对乡村生活的叙述张弛有度，十分具有层次性。在文章的开头，塞拉西先用寥寥几笔勾画出自然景观，为读者建构起一个真实、朴素的乡村背景。

这件事发生在夜里，当时公鸡还未啼鸣；野地里的蟑螂正在倒下的树枝下安静地休息；当时乡村的青蛙和蟾蜍躲进了死水之中；鬣狗还在村庄中游荡着寻找尸体，并嚎叫着分享猎物；当时河中的蛇还在以闪闪发光的星星为食，这是孩子的童话中说的。它们的尾巴紧贴着树篱而头伸向天空；当时村里的小偷还在泥屋下借着落叶活跃地挖掘地道；罪犯杀害自己的同类，并抢劫他们的财产。[1]

---

① Sahle Sellassie, *The Afersata*, London:Heinemann Educational, 1969, pp. 1-2.

　　塞拉西经常在文本中使用短句的拼接与排列，使读者获得重叠但利落的阅读感受。简单而带有埃塞俄比亚梦幻色彩的表述反映出吉兹语文学中寓言特点的影响，同样使表达与野生、奇妙的自然平行，令文本呈现出肆意的特点。在《阿菲沙塔》中，塞拉西描画了一幅人与自然和谐生存的桃源画卷。高大的树木给予人们荫蔽，茅草提供给人们建造屋顶的材料，雨季后的晴朗日子使人们心情舒畅，绑着红色布条的巨大橡树下则成为人们集会的宝地。塞拉西不加修饰地描绘直接还原出未遭到工业文明破坏的美好景色，像一位敬业的摄影者，用笔墨定格了埃塞俄比亚的蛮与力，原始与生机。

　　随着故事的推进，塞拉西将文本与社会传统结合。他大量选用生活中细枝末节的场景与材料，并敏锐地捕捉了部落人民的谈话、动作特点，使埃塞俄比亚部落人民的生活仿佛从书页中跃出，变得鲜活明亮。如在重建纳马加的小屋时，工头与纳马加的闲聊：

　　这些日子我们改变了小屋的风格。今年我监修的所有小屋都是高墙低顶的。高屋顶的搭建不必要地浪费了很多宝贵的杆和茅草。此外，矮墙高顶的小屋老化太快。从长远来看，沉重的屋顶扭曲的墙壁，破坏了整个结构。因此我的建议是挖掘一个很深的地基以防止小偷在房梁下挖洞进入。同时建几面高墙，更容易支撑起屋顶。①

　　塞拉西带有地方特性的叙述，极大地拉近了文本与现实的距离，并为作品打上了时代的烙印。读者可以十分直观地感受到埃塞俄比亚的文化。除此之外，塞拉西对于人民在十字纪念节（Meskel Festival）前的劳动场景同样刻画入微。

　　在节日前，家家户户需要把自己家中的刀具送到铁匠家中重新打磨，这是铁匠在一年中最为忙碌的时刻。村中的孩子们承担了跑腿的责任，他们拿上家中的刀具，纷纷聚集在铁匠的家中。

① Sahle Sellassie, *The Afersata*, London:Heinemann Educational, 1969, p. 26.

铁匠坐在一根圆木上，故意裸露着上身。汗水顺着他土褐色的脸颊流下。温热的汗珠也从他的短须上滴落下来，落在了地上。"我闻到了一种烧焦的气味，男孩，小心把手！"他对他的学徒说。然后他从火中抽出一把刀，握住它的角柄，将烧红的金属放在铁砧上。他将右手举过他宽厚的肩，并把铁锤重重地砸在金属边缘。铁匠反复敲击着金属，从尖端开始，朝刀片最宽的部分敲击。他转动刀刃，一次又一次地，直到金属的两端都变平成薄片。

铁匠又从火中取了一把刀，继续敲击着。一击接一击，他整个人都在颤抖。他的脸收缩了，咬紧了牙关，额头上的青筋像一条愤怒的蛇一样伸了出来。他的前臂肌肉像不安分的老鼠一样跳动着，汗水不断从他的短胡须末端滴落。[1]

在《阿菲沙塔》中，塞拉西对于人民生活的描写是生动且鲜活的。他的文本深深扎根于生活，又从中截取十分具有代表性的片段，通过引线串联一起。文本中角色具有群像性的特点，他们居住在不同的地域，拥有不同的工作，从不同阶层和角度感受着埃塞俄比亚的生活。读者在文本的字里行间中不仅能感受到异域的奇异与美妙，同样能体会一种描述的丰满感与真实感。

塞拉西笔触下的埃塞俄比亚社会深浅交替，文本不仅从生活细节之处生发，大量描写人民的生活场景，如进行阿菲沙塔前做的准备，或是节日前杀家畜，分肉的场景。他更以一种俯瞰的视角，关注在历史传统影响下的婚姻特点和关于子嗣的看法，将描写的民族性上升到社会意识的高度。如在讲述古拉格人民对于子嗣的看法时，塞拉西运用全知全能的视角，直接在文本里插入旁白与阐释："古拉格人有一个信仰，即拥有孩子的人永远不会死亡……逝者永远是没有后代的人。"[2]

当长者庇佑别人时，他们通常会说"愿上帝给予你一个孩子"，而在诅咒他人时，他们说"愿你失去孩子遭受苦难！"正如我们所看到的，孩子与严肃的誓言所结合在一起，孩子是永恒生命中的一种财产，而有生育能力的女性是永恒的源泉。[3]

① Sahle Sellassie, *The Afersata*, London:Heinemann Educational, 1969, pp.72-73.

② Sahle Sellassie, *The Afersata*, London:Heinemann Educational, 1969, p. 61.

③ Sahle Sellassie, *The Afersata*, London:Heinemann Educational, 1969, p. 61.

对于子嗣的重视深深地铭刻在古拉格人的心底，因而男性十分重视女性的生育价值，"正如读者所看到的那样，生育能力是古拉格女性的最高品质之一，丈夫可以仅仅因为妻子不孕不育而与她离婚。爱和美被认为是仅次于繁殖力的价值观。"① 对于埃塞俄比亚传统的宗教观念和社会意识，塞拉西往往采用中立的视角，抽离性地进行阐述。他将人们生活的习惯与细节摆上一个大型的舞台，然后便退居幕后，与读者交换创作的权利。这种描写与阐释使文本脱离了简单的叙述层面，真实地反映出人民的精神真实，同样使文本在更深入的意识层面中引起读者的反思，亦让埃塞俄比亚人民的生活更加立体。

塞拉西在书写《阿菲沙塔》时，不仅仅在书写三次阿菲沙塔的过程，更是借这段时期，集中、典型地描绘了埃塞俄比亚人与事，从自然至社会，从个体至群体，真实反映了在时代浪潮里人民的所思所想。但由于塞拉西对于中篇文本的掌控性并没有达到十分精湛的地步，他这种全景式、群像式的民族描写，导致了作品在最终呈现时出现了情节松散和人物性格刻画缺失的局限。塞拉西的作品中加入了除阿菲沙塔审判外的众多主题，且每个主题的情节讨论都篇幅不短，打断了故事整体的流畅性。而他想要广泛刻画不同阶层人物的野心导致了作品人物拥有了群像式特征，角色们无法给读者留下一个强烈、持久的印象，这种创作容易导致人物最终染上脆弱与乏味的色彩。

但在 20 世纪的埃塞俄比亚，塞拉西作为早期几位英语文学创作者之一，他在文学上的突出贡献往往可以掩盖一部分的作品局限。塞拉西始终以部落生活为书写重点，间接或直接地展示民族特色。"气候、统治方式、信仰，使每一个民族都具有特别的面貌，这或多或少也反映在诗歌这面镜子里。这就是思想和情感的方式，这就是大量的仅为某民族特有的信仰和风俗习惯"。② 塞拉西在作品中对于野生自然、社会生活、思想传统的三方真实呈现，充实了埃塞俄比亚英语小说中的民族性书写，也向世界读者伸出了带有民族色彩的橄榄枝。埃塞俄比亚的生活长卷在他的笔下缓缓铺陈，在阅读《阿菲沙塔》时，读者不仅在阅读故事，也在阅读埃塞俄比亚民族的历史，阅读埃塞俄比亚人民的生活。

---

① Sahle Sellassie, *The Afersata*, London:Heinemann Educational, 1969, p. 61.

② 普希金：《普希金全集 6：评论》，邓学禹、孙蕾译，杭州：浙江文艺出版社，2012 年，第 36 页。

三、个人反思后的现代选择

光荣的历史和追求独立的民族精神奠定了塞拉西创作时的意识基础；传统的家庭，民族性的教育和在埃塞俄比亚长久的居住史构造了塞拉西创作时的民族性框架；而塞拉西的留学经验和个人思考则为他的作品添加了更现实的社会色彩。作为相互重叠，相互阐释的人文学科，文学文本不可避免地与历史文本产生互文关系。对于塞拉西而言，文学文本的书写一定程度上成为对于此刻历史的讲述，对不合理社会的揭露。他遵循了"人民的历史是属于诗人的"[①]，以敏锐的知识分子姿态审视当代人民的苦难，在文本中展现出扎根在现实中的个人选择。塞拉西于颂曲之外打磨出针对黑暗社会的一柄利刃，直取不合理的制度中心。

在 20 世纪，非洲知识分子或多或少都面临着社会"新与旧"的冲突问题，他们获得的现代知识使他们无法与老旧的社会制度和腐朽的政治环境共存，如何表达，如何改变，成为他们急需思考的问题。正如乔纳森·卡里阿拉（Jonathan Kariara）所描写的非洲受教育者："那天夜里我躺在屋里，梦见我们都被涂上了釉彩，和一层外国教育的白色黏土，睡在里面的黑人学生，受着胸闷憋气之苦……这将成为牡蛎壳中的珍珠，还是仅仅一种腐烂的过程？"[②] 年轻的塞拉西同样思考着这个问题。他面对外国不同的社会体制、进步的文化和繁荣的经济时，不仅是一名旁观者，更成为一名参与者。塞拉西辗转在不同的文明洋流之间，获得了文化软性碰撞带来的知识红利，并得以站在一个更高的角度审视埃塞俄比亚的历史局限和社会黑暗。他以个人口吻寓言集体的语言发展走向，挖掘集体面对的尖锐矛盾，书写集体情感，并在《阿菲沙塔》中以三种形式十分典型地呈现出来：其一为写作语言的特殊性，二为文本内容的批判性，三则是对于民族

① 普希金：《普希金论文学》，张铁夫、黄弗同译，桂林：漓江出版社，1983 年，第 52 页。
② A.A. 马兹鲁伊（主编）、C.旺济（助理主编）：《非洲通史·第八卷：一九三五年以后的非洲》，北京：中国对外翻译出版公司，2003 年，第 413 页。

文化的个人情感抒发。三者从文本内部深发，展示出塞拉西创作的鲜明民族性。

埃塞俄比亚作为拥有官方主体语言的国家，早期的文学书写几乎是用传统的吉兹语或阿姆哈拉语展现。进入 20 世纪，国内的英语文学才缓慢进入到发展时期，而英语写作的文学作品在国内的市场并不可观。埃塞俄比亚作家迪贝巴（Debebe）认为国内的英语文学历史很短，数量稀少，且出版断续。站在出版和读者的角度而言，塞拉西选择用英语写作《阿菲沙塔》是一个十分冒险的决定。

站在作者角度而言，英语写作同样困难。埃塞俄比亚作者在 20 世纪围绕着民族文学的语言展开了长久的争论，主要的争论战火正来自塞拉西和文学评论家阿斯法·达姆特（Asfaw Damte）。阿斯法认为："文学作品的语言是作品的血肉，赋予作品生命，用英语写作会对原生非洲的现实产生一定的扭曲，无法表达非洲经验。"[①] 塞拉西对此却持有完全相反的观点。他在《民族文学的定义》（Identification of National Literature）中论述道："国家文学不应该单纯只用作品采用的语言来定义，我们被单语社会的例子所愚弄，认为语言与国家同构。"[②] 而在埃塞俄比亚这样的多语言社会中，必须放弃文学的语言定义。

塞拉西对于语言的认知是具有创见性的，在《阿菲沙塔》中，他突破了埃塞俄比亚的传统文学语言，用朴素、明了的英语展示了社会的整体风貌。面对文中出现的一些埃塞俄比亚文化的专有名词，塞拉西会将其用最贴近的英语直译，并在其后直接进行说明和评论。例如文中出现的 "dedje tenat"，他将其阐释为 "求助机构"，"一个使人民的创造精神麻木的机构"；"irbo" 则是 "地主私人税收"，"私人的恶习"，小说随着民族词汇加入更加异域和饱满。塞拉西认为用英语写作并非简单的 "心理殖民化"，外国语言的引入可以在一定程度上解放本土语言，作家可以了解超越母语外的语言形式和内容，书写变得更加具有多样性。而从整体非洲的视角而言，塞拉西提出英语写作一定程度上是多语言国家中最好的一种方

---

① J. Roger Kurtz, "Debating the language of African literature: Ethiopian contributions", *Journal of African Cultural Studies*, 2007, Vol. 19, p. 200.

② J. Roger Kurtz, "Debating the language of African literature: Ethiopian contributions", *Journal of African Cultural Studies*, 2007, Vol. 19, p. 195.

式，展现出民族文化共融与共发展的心理，同样也符合了泛非主义中"为所有非洲人写作"的思想。

用英文创作的《阿菲沙塔》是塞拉西一次成功的尝试与反叛。这种语言上的延伸，为埃塞俄比亚英语文学作品市场照下了一道曙光，鼓舞着之后的青年作者进行更为优秀的英文创作。

对于20世纪中后期埃塞俄比亚的黑暗现实，塞拉西的民族性书写不仅仅局限于形式，文本内部的批判精神则更加透露出作者的创作主体性在《阿菲沙塔》中，塞拉西的批判矛头直指埃塞俄比亚两个典型的方面：不合理的求情和司法制度及不公平的土地、税收制度。

在埃塞俄比亚的帝制期间，司法体系几乎无效，大量的人民有苦难言，导致了"求情"行为屡屡产生。传记《皇帝》中描写道：

> 每天上午九点钟，人们陆续来到旧宫。他们聚集在旧宫大门前，等待着向皇帝递交请愿书。按理说，这是在皇城中寻求公正和施舍的最简单的一条渠道……尽管这样，也只能接过少部分人递上来的信封，因为人们伸出的手密如林。[1]

塞拉西在文中借纳马加的请愿，详细描写了这一制度的运行方式并在文中直接表达了个人的反对："这种古老的制度被称为'dedje tenat'，它麻痹了人们的创造性精神，但它在上层和下层社会都一直很普遍。dedje tenat制度要求求助者的忠诚和给予者的仁慈。因此，一个人的成就，以及他的主动性和创造性精神都被粉碎了。"[2]沉默或是根本就不存在的司法机构使纳马加直到最后也无法得知放火者和偷盗者的真实面目。而部落司法处理的结局则是村子内的所有男性需要一起赔偿纳马加的经济损失，这种反常理的连坐制度也展示出底层司法浓厚的不公平色彩。

---

① 雷沙德·卡普钦斯基：《皇帝》，乌兰译，北京：新星出版社，2011年，第17—18页。
② Sahle Sellassie, *The Afersata*, London:Heinemann Educational, 1969, p. 11.

除此之外，塞拉西极力反对不公平的土地分配和税收制度。作品中大量出现关于税收和土地的讨论。

伍德玛三十个村庄的农民只向国库缴纳地税和什一税，而像巴希尔（bashir）和纳马加这样耕种他人土地的人，除了缴纳什一税和地税之外，还必须向不在的地主缴纳一种特殊的税"irbo"。税的数额完全由地主自己决定。因此，根据每年的收成和地主的心血来潮，每次的"irbo"数额都不同。

地主与佃户没有书面合同。他们甚至没有一个正式的口头合同。在过去一百年左右的时间里，现在的佃户和他们的祖先都世世代代住在村子里。而土地在不同的时期已经被出售和转售多次，但佃户们并不知情，他们对真正的地主一无所知，他们只认识住在那里收集"irbo"的代理人。[①]

在第二章《佃户的儿子》中，他引入特科尔（tekle）和梅勒斯（melesse）两名公务员角色，让他们对于埃塞俄比亚的土地制度展开了大篇幅的争论，借公务员之口表达自己对于土地问题的思考——"土地应该属于耕种它的人"[②]：

埃塞俄比亚的土地属于每一个埃塞俄比亚人。在战争时期，农民应该像在外的地主一样拿起武器。在和平时期，他们以税收的方式把一部分农产品交给政府，就像那些缺席的地主一样。因此，他们必须拥有属于自己的土地。事实上，如果不进行适当的土地改革，这个国家永远不会富裕。[③]

建立在不合理土地分配和税收制度上的部落生活，即使有传统的、平静的生活的掩盖，其混乱与贫穷的本质还是会在特殊时期凸显出来。塞拉西抓住了大部分底层人民生活的核心问题，将它合理放大，在作品中理性地讨论与批判。

---

① Sahle Sellassie, *The Afersata*, London:Heinemann Educational, 1969, p.30.

② Sahle Sellassie, *The Afersata*, London:Heinemann Educational, 1969, p. 55.

③ Sahle Sellassie, *The Afersata*, London:Heinemann Educational, 1969, p. 53.

　　同时，他还在作品里展示埃塞俄比亚的贫富差距，批判社会经济发展与基层人民完全脱离，批判腐朽的官员体制以及种种社会现象和矛盾。塞拉西的作品根植于埃塞俄比亚的传统社会，他描摹国民的生活现实，并将辛辣的讽刺杂糅在角色的言行之中，在作品中呈现出了对于国家的整体认知以及超越历史的思想进步，亦彰显了他作为人文学者的民族性。

　　除却这种犀利的批判，塞拉西在《阿菲沙塔》中，无时无刻不书写着对民族的一腔热爱，他将国家的政治体制、文化传统、自然景色和居民生活融入其中，在埃塞俄比亚本土文学的空白画布上肆意且自由地填上热烈的色块。他直接借外地公务员的对话表达了自己对于家乡文化的深厚感情与自豪心理。在文中的第二章，初次来到部落旅游的特科尔对梅勒斯说：

　　"我为自己感到有点羞愧。"

　　"你发现了什么让你感到羞愧？"

　　"我的无知。"

　　"关于什么？"

　　"关于你的家人和他们的生活方式。我以前以为古拉格人不过是亚的斯亚贝巴的搬运工、擦鞋匠或者小贩。但我现在看到的是一个有着独特文化的民族，他们的生活方式同样受人尊敬。"

　　"你不是唯一一个对我的家人有错误印象的人。半数的居民都有和你一样的想法。而且你还是不太了解我的家人。到目前为止，你看到的只是他们文化中微不足道的象征。"①

　　面对埃塞俄比亚古老的文化和社会传统，塞拉西展现出了作为现代知识分子的选择，他冷静得像一位遥远的旁观者，以鄙夷的态度书写社会之恶，同样以火热的感情歌颂家园的千年文化。在《阿菲沙塔》中，塞拉西的书写反映出埃塞俄比亚历史与民族精神影响下的文学主体书写，同样也展示着社会濒临转型时期，

————————

① Sahle Sellassie, *The Afersata*, London:Heinemann Educational, 1969, p. 50.

人民生活的普遍性经验。如别林斯基所提：民族性的文学不仅仅是关于民族经验简单的书写，亦是世界文学的缩影。《阿菲沙塔》从民族主题到民族呈现再到民族反思的层层建构，构成了文本内部十分鲜明的民族性框架，《阿菲沙塔》不仅镌刻着埃塞俄比亚的民族精神，更展示着人类社会发展的相同进程。将国家与历史相连，民族与人类相系，以小见大的民族特性使塞拉西的作品在非洲整体文学史上带有十分独特的埃塞俄比亚特点，也使他的创作在埃塞俄比亚文学史上脱颖而出。

结　语

正如社会活动家 W.E.B. 杜波伊斯所言："与殖民地非洲的其他国家不同，埃塞俄比亚……思想比较自由，保持着政治自治，开始重新实行自己的古代政策，在很多方面成为那些现代开发和种族歧视可能发生的地方的人们的榜样。"① 在反思与重建的后殖民时代，塞拉西的作品或可以给很多需要继承或重建本土文化的非洲民族做出参考与启示。

（文／北京外国语大学 游铭悦）

---

① 萨义德·A.阿德朱莫比：《埃塞俄比亚史》，董小川译，北京：商务印书馆，2009 年，第 2—3 页。

第十二篇

奈加·梅兹莱基亚
小说《鬣狗的腹部笔记》中的自我书写

奈加·梅兹莱基亚

Nega Mezlekia, 1958—

作家简介

奈加·梅兹莱基亚，埃塞俄比亚裔加拿大籍作家、工程师。梅兹莱基亚出生于埃塞俄比亚的吉吉加（Jijiga），家庭条件优渥，后因父亲陷入政治斗争被叛军暗杀，家道中落，母亲也于战乱中不幸身亡。

梅兹莱基亚学习成绩优异，接受了良好的文化教育。1979年他顺利考入国内的亚的斯亚贝巴大学，并在该校阿莱马亚农学院（Alemaya College of Agriculture）担任讲师。1983年梅兹莱基亚离开埃塞俄比亚，前往荷兰瓦赫宁根大学（Wageningen University）和加拿大滑铁卢大学（University of Waterloo）求学。1991年因国内局势恶化，梅兹莱基亚无法回国，只能以难民身份申请移民加拿大，翌年他再次投入学业，获得加拿大麦吉尔大学（McGill University）博士学位，成为一名专业工程师。

工作之余，梅兹莱基亚开始尝试用英语写作，将自己对社会现实的思考融入文字中，从2000年起先后创作了四部作品：《鬣狗的腹部笔记：我的埃塞俄比亚童年回忆》（Notes from the Hyena's Belly: Memories of My Ethiopian Boyhood，2000）、《上帝生了豺》（The God Who Begat a Jackal，2002）、《阿泽布·伊塔兹的不幸婚姻》（The Unfortunate Marriage of Azeb Yitades，2006）和《媒体闪电战：为个人而战》（Media Blitz: A Personal Battle，2009）。其中，他的处女作《鬣狗的腹部笔记》斩获加拿大最高文学奖总督奖（the Governor General's Award），《阿泽布·伊塔兹的不幸婚姻》则入围2007年度英联邦作家奖最佳作品，广受读者好评。然而，随着《鬣狗的腹部笔记》的影响力扩大，梅兹莱基亚的编辑安妮·斯通（Anne Stone）却质疑其并非真实作者，使梅兹莱基亚饱受争议。2009年出版的《媒体闪电战：为个人而战》，则是他向安妮·斯通发起的强力回击以及对法律制度阴暗面的勇敢揭露，再次向大众证明了他的文学才能。

奈加·梅兹莱基亚创作的文学作品数量不多，但内容题材丰富多元，他始终以埃塞俄比亚的民族文化为基点，深挖本土文化的精神价值和时代内涵。从创作时间来看，梅兹莱基亚属于埃塞俄比亚第二代流散作家群体。较之本土作家，他的文学实践关注面更广，写作技法也更加现代化，在一定程度上揭示了埃塞俄比亚的社会现状，是对埃塞俄比亚英语文学的延伸和突破。

作品节选

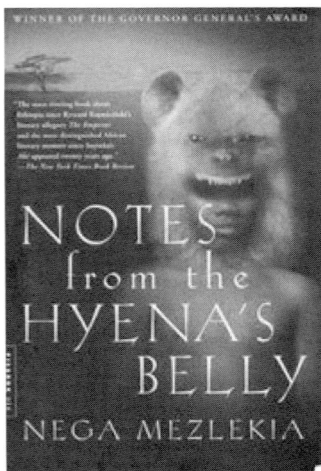

《鬣狗的腹部笔记》

(*Notes from the Hyena's Belly: Memories of My Ethiopian Boyhood*, 2000)

By day we children chased wind devils, poking holes in their bellies with knives. By night we huddled in bed, remembering our mothers' warning to tell all strangers that our ears were pierced so that we would not be snatched up and sacrificed for the ever-dying Queen. We could hear the wild howls of hyenas from the desolate mountains and knew that any cow or donkey left outside the gates of the compounds would spend its night in the hyena's belly.[1]

昼间，我们这些孩子追逐风魔，手中的刀划破风腹。夜晚，我们彼此偎依，谨记母亲的嘱托：让那些陌生人知晓我们的耳朵已被穿刺，无法被抓捕，为垂死的女王献祭。我们听见荒凉的山上传来鬣狗狂暴的嚎叫，深悉院门外的牛驴将在鬣狗的腹中过夜。

（程雅乐 / 译）

---

[1] Nega Mezlekia, *Notes from the Hyena's Belly: Memories of My Ethiopian Boyhood*, Toronto: Penguin, 2000, pp.5-6.

作品评析

《鬣狗的腹部笔记》中的自我书写

引　言

　　奈加·梅兹莱基亚，出生于战火纷飞的埃塞俄比亚，现已转入加拿大籍，旅居多伦多。在目睹了海尔·塞拉西（Haile Selassie）专制君王统治、门格斯图·海尔·马里亚姆（Mengistu Haile Meriam）军政府独裁等一系列政治变革和非洲大饥荒酿造的人间炼狱后，他发生了巨大的心态转变，逐渐对当权者的统治丧失信心，希冀能寻求其他外部力量推动埃塞俄比亚的社会发展。此后，梅兹莱基亚在国外求学，甚至一度与家人失联，漂泊之苦、思乡之痛倍增。人生的重大变故激发了他的创作欲望，在国外安定之后，梅兹莱基亚重拾往昔的记忆碎片，反观此前经历的种种，于 2000 年创作了第一部作品——自传体回忆录《鬣狗的腹部笔记：我的埃塞俄比亚童年回忆》。

　　《鬣狗的腹部笔记》回溯了梅兹莱基亚本人自 1958 年出生于埃塞俄比亚至 1991 年移民加拿大的 33 年时光，以散文式的笔触将自我成长故事娓娓道来，轻松幽默又不乏思想深度，描绘个人的故事的同时也勾勒了民族、国家与时代的宏大图景，彰显出其强烈的悲悯情怀和人道主义精神。《纽约时报》对梅兹莱基亚的创作评价颇高，认为该书是"自雷沙德·卡普钦斯基《皇帝》（The Emperor）以来最引人入胜的关于埃塞俄比亚的书，也是 20 年来继索因卡《阿凯》（Ake）出版之后最优秀的非洲文学回忆录。"① 梅兹莱基亚在书中共设置"日出"（Sunrise）、"云翳"（Clouds）、"风暴"（Storm）和后记四个部分，运用隐喻、象征、反讽等现代文学技法，穿插寓言故事、民间传说、部落仪式等诸多富有埃塞俄比亚民族特色的文化样式，尽力为读者呈现真实完整的人物形象，还原凝铸在人物背后的深重历史。梅兹莱基亚通过回忆录的形式书写自我、体察世界，以非凡的勇气剖析自身，使文本中的艺术自我与现实生活中的真实自我互相生发，形成新的自我异质，极大增强了小说的思想价值和艺术内涵。

一、诠释与表征：自我成长

法国学者勒热讷（Philippe Lejeune）在《自传契约》（*Le Pacte Autobiographique*）中写道，"当某个人主要强调他的个人生活，尤其是他的个性的历史时，我们把这个人用散文体写成的回顾性叙事称作自传，"② 据此将"自传"与"回忆录"两种文学体裁加以明确划分。然而在实际的文学活动中，"自传"和"回忆录"存在共通之处，难以进行如此棱角分明的边界廓清。只诉说"个性的历史"，不可避免地窄化了自传的写作范围。基于此，《鬣狗的腹部笔记》可视为一部具有自传性质的文学回忆录，深深地镌刻着埃塞俄比亚社会的时代烙印，借助"回忆"这一主观性经验活动，实现了作者和被论述主体的统一。梅兹莱基亚书写自己的故事，就是在诠释解读自身，从而展现出自我的多重表征。

回忆录的四个章节分别是日出、云翳、风暴和后记，恰好对应了梅兹莱基亚成长的各个阶段，动态诠释了梅兹莱基亚的真实自我。第一部分"日出"，简要介绍了梅兹莱基亚的出生环境和吉吉加城（Jijiga）居民的宗教信仰，集中描绘了梅兹莱基亚小学阶段的奇妙经历。年幼的梅兹莱基亚性格顽劣，是个经常制造麻烦的问题少年。他蹲守在墓地戏弄他人，差点导致了小伙伴的死亡；他在课上

---

① Rob Nixon, "Fear and Famine", The New York Times, January 21, 2001. https://archive.nytimes.com/www.nytimes.com/books/01/01/21/reviews/010121.21nixont.html.

② 勒热讷：《自传契约》，杨国政译，北京：生活·读书·新知三联书店，2001年，第3页。

无心听讲，试图用橡皮擦弹去附着在阿卢拉（Alula）老师脑袋上的"恶魔"。在被老师发现并惩治后，梅兹莱基亚非但没有意识到自身的错误，反而执意报复老师，坚信"这是一场不会以我的失败而告终的战斗"[①]。之后，他与好友旺德沃森（Wondwossen）一同潜入阿卢拉老师的农场，偷偷给公牛注射辣椒水，使牛发狂，大闹农场。在大人（尤其是梅兹莱基亚父亲）眼里，梅兹莱基亚的"离经叛道"是被邪灵附体的征兆，需要尽快送往巫师处治疗。在了解了梅兹莱基亚的个人情况后，巫师建议他母亲采用"火烧法"，即借助大火制出的浓烟驱除恶魔。梅兹莱基亚被火焰和烟雾包围，仿佛置身地狱，无法呼吸，甚至就要"像蜡烛一样融化，变成了火"[②]。长时间地吸入浓烟，梅兹莱基亚陷入昏迷状态，不省人事。

梅兹莱基亚接受访谈时曾提及，"加西亚·马尔克斯一直是我最喜欢的作家之一，我还喜欢伊莎贝尔·阿连德、陀思妥耶夫斯基和托尔斯泰，……我们经常读这些作家的书。"[③]梅兹莱基亚或多或少地受到了拉美魔幻现实主义和俄国批判现实主义文学风格的影响，在描写自己昏迷所见的幻景时，他将现实元素与虚构想象融为一体，把作品的叙述焦点推向更深层的潜意识，为读者呈现出一种私人的、隐秘的超现实景观。弥漫的浓雾使梅兹莱基亚所见一片眩目的白。这里是 -10000℃的极寒之境，生活于此处的居民"没有眼睛，也没有嘴，但他们有像蝴蝶一样的触角，来指导他们在此领域的旅行"[④]。梅兹莱基亚的突然到访，使居民们保持高度戒备，在使用触角进行身份确认并发觉其并非同类后，他们决定掐死这位入侵者。可见，母亲制造的浓烟使梅兹莱基亚产生了巨大的心理阴影，母亲、父亲、巫师以及前来帮忙的两个士兵，就是梅兹莱基亚幻想王国中外星居民的现实映射，他们判定"我"（梅兹莱基亚本人）是一个不合时宜的闯入者，试图对"我"施加暴行。居民的戒备状态和处置行为，实际上隐含着梅兹莱基亚同外界对抗的紧张情绪，是他斗争意识的自然流露。

① Nega Mezlekia, *Notes from the Hyena's Belly: Memories of My Ethiopian Boyhood*, Toronto: Penguin, 2000, p. 54.

② Nega Mezlekia, *Notes from the Hyena's Belly: Memories of My Ethiopian Boyhood*, Toronto: Penguin, 2000, p. 69.

③ Therese Eiben, "Out of Ethiopia: An Interview With Nega Mezlekia", Poets & Writers Magazine, January/February, 2002. https://www.pw.org/content/out_ethiopia.

④ Nega Mezlekia, *Notes from the Hyena's Belly: Memories of My Ethiopian Boyhood*, Toronto: Penguin, 2000, p. 70.

　　除了这次烟熏，大人们又将梅兹莱基亚塞入一个充满血液、尿液、粪便的羊皮囊中，试图更彻底地"帮助"梅兹莱基亚走上正轨。梅兹莱基亚的意识游走在现实与虚幻的边缘，"一边喘着气，一边吞咽着绿红色的液体"①，眼前所见的是一个异于现实人类社会、秩序颠倒的奇幻王国。山羊是这个世界的权力中心，支配着一切生物。它们驯养人类，训练青蛙观测气象，教授老鼠语言，还命令马匹使用前腿走路、后腿飞翔，甚至偷走了鸟类的飞行技能，在空中盘旋。然而羊群错误地估计了形势，草率地发动与狮群、豹群间的战争，使高度的"山羊文明"面临崩溃，将整个星球引向毁灭。沉睡的梅兹莱基亚也因此被唤醒，回归现实。

　　梅兹莱基亚以一种沉浸式的儿童视角，诉说自我，书写梦境，颇具乔治·奥威尔《动物农场》的政治隐喻意味。在现实生活中，年幼的"我"（梅兹莱基亚）居于弱势地位，如同一只虚弱的羊，被动地接受成人世界的话语统治，只要表现出一丝不得体，就会受到规训与惩戒。而在"我"的梦境中，权力倒置，世界形态受制于"我"的话语和想象构建，"我"的自我意识正逐渐觉醒。无论是云之境抑或羊之域，均象征着梅兹莱基亚与成人世界的交汇碰撞，蕴涵其对外界的敏锐观察和深入思考，是其对现实社会传统正典的解构与重塑。

　　梅兹莱基亚酷爱在作品中融入埃塞俄比亚的相关历史，譬如他的另一小说《上帝生了豺》将故事背景设置在 17 世纪的阿比西尼亚（Abyssinia，埃塞俄比亚前身），而《阿泽布·伊塔兹的不幸婚姻》则与《鬣狗的腹部笔记》的故事发生时间大致相仿，均聚焦埃塞俄比亚 20 世纪 60 至 90 年代，从不同角度反映出那段风云变幻的历史。自故事的第二部分"云翳"起，《鬣狗的腹部笔记》讲述了埃塞俄比亚政权更迭、与索马里的欧加登之争、大饥荒等众多历史事件。在这个过程中，梅兹莱基亚也逐渐从幼稚儿童成长为热血青年，完成了重要的人生转变。梅兹莱基亚的朋友费卡杜（Fekadu）是农奴之子，所有的劳动收成都要上交地主，苦不堪言。在听闻费卡杜一家的不幸遭遇后，梅兹莱基亚才惊觉 20 世纪的埃塞俄比亚社会还存有黑暗的农奴制，在严格的社会等级分化下，农民面临极其恶劣的生存处境，遭受层层奴役盘剥。除了难以解决的土地问题，司法腐败更使民主制度名

---

① Nega Mezlekia, *Notes from the Hyena's Belly: Memories of My Ethiopian Boyhood*, Toronto: Penguin, 2000, p. 85.

存实亡，权力此时仍集中在封建领主海尔·塞拉西一人身上，国家发展举步维艰。在此背景下，年轻的梅兹莱基亚感受到了时代和人民的召唤，参加学生运动，高喊"把土地归还农民"（Land to the Tiller）的口号，呼吁土地改革，反对农奴制，为农民争取应有的权益。但塞拉西政府迅速采取行动，以武力镇压学生运动，将参与游行示威的梅兹莱基亚两次投入监狱。初次政治探索虽以失败告终，但梅兹莱基亚以一腔热血对抗恐怖政权和黑暗势力，捍卫了心中正义。学生运动和入狱经历并未使梅兹莱基亚放弃，他越挫越勇，思想臻于成熟，对埃塞俄比亚社会现状和民众生活有了更为深入的了解。

第三部分"风暴"接续前文，在阴云密布的天空下，风暴已然酿成。这一阶段，埃塞俄比亚局势持续恶化，梅兹莱基亚的父母和好友均在战争中丧命，梅兹莱基亚本人四处流亡，艰难求生。梅兹莱基亚于书中写道："20世纪60年代，我对埃塞俄比亚政治生活的兴趣稳步变得更浓厚。"[1]在见证塞拉西政权覆灭、门格斯图·海尔·马里亚姆军政府上台以及随后出现的埃塞俄比亚人民革命党（EPRP）和全埃塞俄比亚社会主义运动党（Meison）的党派之辩后，梅兹莱基亚逐渐对社会主义、共产主义等相关思想产生兴趣，高二时开始接触马克思主义理论，自发参加马克思主义学习小组，思考埃塞俄比亚社会的未来发展道路，积极发挥自身力量。18岁时，为反对马里亚姆军政府的专制统治，他毅然决然地离开家乡，与好友旺德沃森奔赴战争前线欧加登（Ogaden）[2]参加"西索马里解放运动"（Western Somali/Ogaden Liberation Movement），投入叛军阵营（欧加登的索马里族），成为一名游击队队员。埃塞俄比亚与索马里两国矛盾不断激化，加之美苏势力的介入，欧加登地区的战争形势变得更加复杂，人员伤亡惨重。梅兹莱基亚清醒地意识到，这场革命正在"以惊人的速度吞噬埃塞俄比亚的孩童"[3]。挚友旺德沃森的意外去世、无力改变的战争局势，让梅兹莱基亚深感战争残酷，而埃塞俄比

---

[1] Nega Mezlekia, *Notes from the Hyena's Belly: Memories of My Ethiopian Boyhood*, Toronto: Penguin, 2000, p. 101.

[2] 欧加登（Ogaden），位于埃塞俄比亚东部。由于当地居民多为索马里族且据传该地区拥有丰富石油、天然气资源，1977年索马里前总统穆罕默德·西亚德·巴雷（Mohamed Siad Barre）向埃塞俄比亚正式宣战，试图收复欧加登，构建"大索马里"版图。1978年，索马里撤军欧加登，战争以埃塞俄比亚的胜利告终。

[3] Nega Mezlekia, *Notes from the Hyena's Belly: Memories of My Ethiopian Boyhood*, Toronto: Penguin, 2000, p. 162.

亚人的身份又使他在索马里族群中备受排挤和质疑，所以他想尽办法出逃，最终成功逃回吉吉加，从纯粹的革命理想主义者逐渐沉淀为冷静务实的现实主义者。

为了对抗埃塞俄比亚人民革命党的白色恐怖，军政府发动了红色恐怖的清洗运动，国内政治持续恶化。梅兹莱基亚因为移民的身份问题以及之前的政治经历，不能久留国内，只能借助留学机会出国避难，再次从家庭出走。母亲因战争丧命，令梅兹莱基亚陷入无尽的悲痛中。身处异域的梅兹莱基亚度过了相对稳定的一段时期，对埃塞俄比亚社会有了更深入的思考，回忆录中的故事也逐渐接近尾声。母亲去世后，他与姐姐一同赡养年幼的弟弟妹妹，填补空缺的父亲角色，从男孩转身成为真正意义上的男人，实现惊人的自我蜕变，谱写人生崭新的篇章。

二、反思与拆解：自我分裂

梅兹莱基亚在《鬣狗的腹部笔记》中融入了许多生活、时间、空间的具体经验，回忆的同时对这些经验进行了艺术加工，增强了故事的趣味性和文学性。作家的自我书写始终遵循一条成长主线，随着时间推移呈现出各个阶段复杂多样的具体表征。人物穿梭于不同的地理时空，发生身份转化，在主线之外也产生了自我的异质成分，从原先的旧我中分裂、拆解，重塑出新我。

作者在故事开篇便介绍了吉吉加城。这是一个"多元文化大熔炉"①，同时又是一个分裂的城市，宗教、种族复杂，北部主要分布着阿姆哈拉族（Amhara），大多是基督徒；南部则聚居着索马里族，穆斯林较多。生活在吉吉加城的居民认为，阿姆哈拉族赋有神性，阿姆哈拉语是上帝使用的语言。不同种族间界限分明，甚至为保持血统纯正，一个阿姆哈拉人不能和拥有恶魔之眼的布达人（Buda）或携带麻风病基因的拉利贝利人（Lalibela）通婚。梅兹莱基亚身为阿姆哈拉人，加上父亲曾是埃塞俄比亚政府的中层官员，自然而然地占据种族优势，享有地位特权。种族沙文主义的客观存在，使梅兹莱基亚自降生起就处于这种身份分化中，与周围的人有着天然的隔阂。

---

① Nega Mezlekia, *Notes from the Hyena's Belly: Memories of My Ethiopian Boyhood*, Toronto: Penguin, 2000, p. 17.

多民族交融的文化背景，落后的传统农业文明，使得埃塞俄比亚社会矛盾尖锐，战争频仍。当国内战争爆发时，梅兹莱基亚的父亲因政治身份被处死，一家人的生存境况急转直下，形势逆转，梅兹莱基亚失去了所谓的特权，开始不断地出走、回归，辗转于埃塞俄比亚的各个城市，艰难求生。当梅兹莱基亚投入游击队参与西索马里解放运动时，他属于叛军分子，处于军政府的对立面。但当索马里夺取欧加登无望时，作为埃塞俄比亚人，梅兹莱基亚又受到游击队中索马里人的排挤针对，遭受不公平对待。他孤立无援，无法归属任何一方阵营，满腔革命热情逐渐被质疑之声浇灭，革命理想幻灭。

在不稳定的外部环境以及内在心理的双重驱动下，"流散"成为梅兹莱基亚生命的主旋律，促使其成为一位漂泊的异邦流散者。所谓"异邦流散者"：

> 主要指移居到第一世界的第三世界人民，或迁移到发达地区的欠发达地区居民，也指具有同等发展水平的国家或地区之间的流动人员。这里的流散是跨越国界（或具有国界性质且具有不同文化的地区）的流散。异邦流散者从一国到他国，从一种文化传统到另一种陌生的文化传统，从而产生一系列的流散症候。①

梅兹莱基亚从欠发达的埃塞俄比亚移居到加拿大，虽然并非自愿，但他完成了地理空间上的位移，被迫迎接一种新的文化习俗，试着开启一种新生活。从出生至出国，他始终陷于自我身份认同的尴尬困境，进退两难。正如阿兰·德波顿（Alain de Botton）所言，"身份的焦虑是一种担忧……这种担忧的破坏力足以摧毁我们生活的松紧度；以及担忧我们当下所处的社会等级过于平庸，或者会堕至更低的等级"②。难以纾解的身份焦虑、长期的自我怀疑进而导致了梅兹莱基亚自我的分裂，使他难以走出身份迷宫。

内部和外部的分裂使文本叙事成为可能，除了外部环境的作用，梅兹莱基亚母亲和挚友旺德沃森的去世更是从内部影响了梅兹莱基亚的自我分裂。回忆录的

---

① 朱振武、袁俊卿：《流散文学的时代表征及其世界意义——以非洲英语文学为例》，《中国社会科学》，2019 年第 7 期，第 140 页。
② 阿兰·德波顿：《身份的焦虑》，陈广兴、南治国译，上海：上海译文出版社，2009 年，第 5 页。

扉页写道"献给母亲和旺德沃森",足见他们二人对梅兹莱基亚的生命历程的重要推动作用。

在《鬣狗的腹部笔记》中,梅兹莱基亚将自身作为叙事主视角,叙写"我"(梅兹莱基亚)眼中的一切,但在实际的叙事进程中,他往往宕开一笔,插入那些由其母亲讲述的蕴含深刻人生哲理的寓言故事,使作品出现多声部的叙述声音。作家本人曾经提到,"在非洲,我们是在寓言和轶事中长大的。在那里,它们大多是传递智慧的一种手段,而不是睡前娱乐的方式。"[1]梅兹莱基亚的母亲酷爱为梅兹莱基亚讲述寓言故事,她以浅显的语言和生动的比喻道出深奥的道理,揭露现实世界的生存法则,将其从无知懵懂的状态中拽离出来,以便更好地融入社会。譬如,母亲通过农夫与国王的谷物故事告诫梅兹莱基亚读书需日积月累,以猎豹与狐狸的争论启示他每个人都需要接受偶尔的失败,强调集体合力的重要性。依托寓言这一古老的艺术表现形式,梅兹莱基亚完成了最初的文学启蒙和审美教育,想象力得以增强,逻辑思维能力得到提升。

对年幼的梅兹莱基亚而言,母亲象征着圣洁和宁静,是其艰难人生的精神支柱。美国女权主义理论家勒纳(Gerda Lerner)曾经说过,"社会造了一道墙,将女性封闭在家庭生活的圈子中"[2]。由于父亲被调去外地担任执行长官且因战争过早离世,梅兹莱基亚一家被身边的朋友和亲戚疏远,甚至还被当地政府加入黑名单,生活举步维艰。连梅兹莱基亚自己都承认,"对很多人来说,我们注定要成为死神的俘虏,"[3]似乎只能静待死神的降临。但是梅兹莱基亚的母亲并未向生活屈服,反而勇敢地从封闭的家庭生活圈子中走出来,担起全家的生活重任,积极地应对危机。她通过贩卖罐装黄油和走私的瓶装香水获得经济来源,关心呵护每个孩子的成长,尽力弥补父亲角色的缺失,为孩子们营造美好的童年氛围。作品中,母亲的年龄被模糊且与埃塞俄比亚的历史大事件相联,这与梅兹莱基亚清晰的成长时间线索形成鲜明对比。梅兹莱基亚以对自己母亲的刻画观照整个女性群体,

---

① "About African Author and Scholar Nega Mezlekia," 2015. http://www.negamezlekia.com/about.

② Gerda Lerner, *The Female Experience: An American Documentary*, Indianapolis: Bobbs-Merril, 1977, p. xxxv.

③ Nega Mezlekia, *Notes from the Hyena's Belly: Memories of My Ethiopian Boyhood*, Toronto: Penguin, 2000, p. 135.

揭露了非洲女性的生存现状和社会地位。作为梅兹莱基亚生命的给予者和保护者，母亲温柔坚韧、乐观积极等女性气质在梅兹莱基亚身上得以继承，深刻影响着梅兹莱基亚男性自我的分裂显现。

此外，朋友旺德沃森也是梅兹莱基亚成长中极为重要的人物，可看作是梅兹莱基亚分裂出的另一个内在自我。旺德沃森家庭条件优渥，父亲是一名军官，母亲也出身名门望族，他是家中唯一的男孩，被寄予厚望。梅兹莱基亚在书中动情地写道：

> 在我认识的男孩中他住得离我家最远，但他却是那个经常与我为伴的人。我所有关于冒险和野性的童年记忆都不可避免地与旺德沃森联系在一起。无论我是向品德老师阿卢拉先生开战，还是为推动土地改革与封建皇帝专制陷入无休止的斗争，旺德沃森总是站在我一边。①

旺德沃森是梅兹莱基亚的童年玩伴也是他最好的朋友，是梅兹莱基亚无条件的支持者。他们志同道合，并肩作战，见证了彼此的成长。相比梅兹莱基亚，旺德沃森的革命实践更加坚定彻底。他的父亲是被军政府赦免的少数高官之一，旺德沃森本可以不问世事，无忧无虑地过完一生，但他没有选择如此轻松的生活方式，而是在马克思主义相关思想的影响感召下，果断抛弃了原先优渥的物质生活，深入学生运动决心为农民发声，还参加游击队，甚至不惜为此献出生命。旺德沃森怀揣强烈的信念感和使命感，希望能凭借自己的努力使整个世界向善向美。拉康认为，"自我是被建立在整体性与主人性的虚幻形象的基础之上的"②，通过想象的方式建立并完善自我形象，从而达到"整体性"与"主人性"的统一。在这个意义上，文本中的旺德沃森与梅兹莱基亚可视作同一主体，旺德沃森就是梅兹莱基亚分裂的自我，是其心目中理想的自我形象，梅兹莱基亚通过自我想象，实现自我体认，进而寻得生命的价值所在。当梅兹莱基亚听闻好友的死讯深感绝望丧

---

① Nega Mezlekia, *Notes from the Hyena's Belly: Memories of My Ethiopian Boyhood*, Toronto: Penguin, 2000, p. 158.

② 肖恩·霍默：《导读拉康》，李新雨译，重庆：重庆大学出版社，2014年，第37页。

失斗志时，他突然间听见了已故好友旺德沃森的声音，也听见了源于自我内心的呼喊。正是沙漠中那缕缥缈不定、若有若无的声音，支撑着梅兹莱基亚逃离欧加登战场，重燃生之希望。

母亲和好友旺德沃森的相继离世，加速了梅兹莱基亚的自我分裂，宣布其旧我的部分死亡。同时也使梅兹莱基亚跳脱出原本的生活框架，反思自身存在的缺陷与不足，真正从孩童迈向成人。他在苦痛挣扎中生成新我，发出了异于真实生活的"文本的声音"。

三、突围与重塑：自我超越

身为埃塞俄比亚裔加拿大作家，奈加·梅兹莱基亚身上具有强烈的撕裂性和流散感。而这种流散并非特例，受制于国内政治环境、经济发展、文化教育等诸多因素，埃塞俄比亚许多作家都移民国外，成为异邦流散群体中的一员，譬如塞加耶·加布尔－马登为治病晚年移居曼哈顿，迪诺·蒙格斯图和女作家马萨·蒙吉斯特均定居美国，甚至还出现了基弗·班塔耶胡（Kifle Bantayehu，1980—　　）这类埃塞俄比亚移民后代的年轻作家，本土性逐渐冲淡。"流散者携带在母国习得的经验、习俗、语言、观念等文化因子来到一个历史传统、文化背景和社会发展进程迥然相异的国度，必然面临自我身份认同的困境。"①从阿姆哈拉基督徒定居者的后裔，到反对军政府的索马里游击队员，再转变为加拿大移民，尽管梅兹莱基亚角色多变，但他始终无法忽视横亘其中的身份困境，难以真正融入每段社会关系中。幸运的是，在经历自我分裂的激变后，梅兹莱基亚并未沉浸于痛苦中，而是在海外流散的日子里不断思考自身出路，借由文字表达自我。他以埃塞俄比亚的民族文化为生命养料，将自我意识由个体自我上升至群体自我的高度，使其在精神层面的自我超越更具现实意义和普世价值。

---

① 朱振武、袁俊卿：《流散文学的时代表征及其世界意义——以非洲英语文学为例》，《中国社会科学》，2019 年第 7 期，第 140 页。

　　詹姆逊曾谈及第三世界文学，认为第三世界文学是一种民族寓言①。梅兹莱基亚个人的成长，实质上也象征着埃塞俄比亚社会的整体发展，寄托着作者的政治隐喻。作品标题"鬣狗的腹部笔记"，最主要的是指作家奈加·梅兹莱基亚身处鬣狗腹中所写的回忆录，凝聚着埃塞俄比亚人民斗争的血泪史。其中的"鬣狗"是小说至关重要的动物意象，隐含了作家深厚的创作意旨。鬣狗是广泛分布在非洲大陆的陆生肉食性动物，生性凶残，昼伏夜出。非洲陆地气候干旱炎热，鬣狗们白天会躲在仙人掌里获取必要的水分，积蓄力量，待到晚上气温骤降，就会游走出没在街道上，四处捕食，甚至吞食人的尸体。所以梅兹莱基亚认为，埃塞俄比亚社会乃至整个非洲大陆的普通民众，就像弱小的驴子和羔羊，处于食物链最底端。而掌握政权的统治者，诸如塞拉西国王和军政府，象征着残忍的鬣狗，肆意荼毒生灵。文中以寓言形式讲述了狮子、豹子、鬣狗和驴子的故事，在强者的多面夹击下，驴子只是吃了一点草就被判罪，沦落为强权者的腹中餐，叙述者梅兹莱基亚悲哀地意识到，"我们孩子活得就像故事中的驴子，如履薄冰地行动，总归要进入鬣狗腹中。"②居于弱势地位的民众就是拥有原罪的驴子，无法摆脱死亡的宿命。那些不顾被捕和死亡的威胁，示威反对政府的年轻学生，就像是切开仙人掌、用石头攻击鬣狗的孩子们，为埃塞俄比亚的光明而斗争。而当专制独裁统治充斥吉吉加时，黑夜降临，他们发动战争和恐怖行动对公民发起反击。"鬣狗从仙人掌的肚子里出来了，太阳本身拒绝升起。"③永恒的黑暗吞噬笼罩大地，埃塞俄比亚化为了一个没有边界的巨大的牢笼。为了逃脱，梅兹莱基亚直言，"我希望我出生在另一个宇宙"④。但另一个宇宙究竟在哪，呈现出何种模样，无人得知。

　　埃塞俄比亚是个"矛盾共同体"，原始与现实交织错杂，传统的部落文明与西方的工业文明碰撞，干旱、洪水、疾病、巫术诸多元素汇集在这片大地上，千疮百孔却又蕴含着野蛮原始的强大生命力。"在回忆录中，其主体（即回忆录的

---

① 詹明信：《晚期资本主义的文化逻辑》，陈清侨译，北京：生活·读书·新知三联书店，1997年，第522—523页。

② Nega Mezlekia, *Notes from the Hyena's Belly: Memories of My Ethiopian Boyhood*, Toronto: Penguin, 2000, p. 7.

③ Nega Mezlekia, *Notes from the Hyena's Belly: Memories of My Ethiopian Boyhood*, Toronto: Penguin, 2000, p. 148.

④ Nega Mezlekia, *Notes from the Hyena's Belly: Memories of My Ethiopian Boyhood*, Toronto: Penguin, 2000, p. 288.

作者）的私人生活与更普遍的公共叙事或历史状况是不可分割的。"①梅兹莱基亚离开非洲大陆前往荷兰和加拿大，颠沛流离，漂泊无依。留学经历给予他合适的观察距离，使他能够更清晰冷静地观察世界，从鬣狗的腹部跳脱出来，转向更为广阔的外部世界，实现内视角向外视角的切换。在这个过程中，虽有过游离失散，但他最终仍未抛弃民族文化之根，而是秉持着审视态度凝视外部，反思自我、反思战争，努力实现身份突围，追求自我超越。他也从更高层面启示读者，真正的鬣狗是人类自身，正是人与人之间的不信任与利益争夺导致不同种族之间的自相残杀，悲剧循环上演，底层民众永远被置于鬣狗的腹中。

　　资本与权力的合力倾轧，使作者发出了绝望慨叹，而海外的留学经历则为他提供了逃离的机会，他放眼海外，环顾四周，试图寻找"另一个宇宙"，寻找灵魂的栖息地。起先他将目光聚焦在荷兰，认为荷兰人是世界上最有文化的人，对荷兰人展现出的友好态度印象深刻。但是梅兹莱基亚也清醒意识到，身为难民的他，一旦逾期不归，必然会受到完全不同的待遇，难民在欧洲的发展前景非常有限。另一方面，他也在留意观察加拿大。加拿大自他留学时起就为他提供政治庇护，给予他温暖和希望，似乎成了他心中的政治乌托邦，"我只希望加拿大人像西方世界的大部分人一样，能够更多地考虑到那些生活在遥远地方的人的福利。"②内忧外患的埃塞俄比亚社会还面临漫长的发展道路。梅兹莱基亚表达了他对本国社会发展的迫切渴望，并未忘记自己的黑人身份，而是希冀能借助外部力量拯救埃塞俄比亚社会，停息战乱动荡，期盼可见的光明未来。但是，国家的持续发展需要依靠自身力量，将希望寄托在外部国家，这样的想法显得有些幼稚可笑，也暴露出了梅兹莱基亚自身存在的思想局限性。与其"寻找一个宇宙"，不如开创一个宇宙，梅兹莱基亚的灵魂深处充满了对埃塞俄比亚社会的向往与渴望，他最终还是会回归非洲，立足非洲本土寻求解决方案。

　　《鬣狗的腹部笔记》是一部英语回忆录，身为阿姆哈拉人的梅兹莱基亚，在写作时却选用英语，而非本民族语言（阿姆哈拉语），背后自有其深意。他"找到

① Sabine Milz, "Inside and Outside the Hyena's Belly: Nega Mezlekia and the Politics of Time and Authorship", *Journal of Canadian Studies*, 2008, Vol. 42, No 3, p. 157.
② Nega Mezlekia, *Notes from the Hyena's Belly: Memories of My Ethiopian Boyhood*, Toronto: Penguin, 2000, p. 350.

了用英语表达自己的自由和雄心，英语不是他自己的语言，……它让他有机会接触国际观众，并承诺提供一种手段来判断他成年后所处世界的残酷和荒谬。"① 相比阿姆哈拉语，英语面向更广的受众，传播范围广，易于梅兹莱基亚向世界诉说埃塞俄比亚的故事，为读者打开了一扇了解埃塞俄比亚社会的大门。"而事实上，各国和各地区的本土文化以及特定的文化传统、地理环境和政治气候也浸润着各自的英语文学，这就赋予了它们一种独具特色的地方风味。"② 借助英语的语言优势，融汇埃塞俄比亚文学的民族特色，梅兹莱基亚以一种强烈的民族自豪感和自信心，实现了对本土作家写作的创新与突破，从而扩大了作品的影响力。

梅兹莱基亚从非洲特有的自然环境和文化习俗中获取灵感，寻找创作主题，以自己的生活经历为参照，描绘埃塞俄比亚黑人社会的风土人情和处世哲学。在阿姆哈拉文学口述风格中，他加入了很多宗教信仰相关的内容，譬如寻找巫师驱邪、赤身裸体进入森林采药等奇幻情节和部落仪式，同时也运用了诸多现代性元素，运用寓言、蒙太奇、象征、隐喻等手法，挖掘日常生活的深层意蕴，达到历史与现代的混合与平衡。他选用英语写作，或许是一种妥协，但他始终依据埃塞俄比亚特殊的文化背景，讲述具有非洲性、埃塞俄比亚性的独特的成长故事，个人风格强烈。正因如此，当他的编辑安妮·斯通质疑其并非《鬣狗的腹部笔记》的真实作者时，才会出现许多支持梅兹莱基亚的声音。

一个人的生活之所以可以作为一个国家的寓言，是因为个人的困境是时代困境的缩影，个人的悲剧源于时代的悲剧。正如伯纳德·贝尔（Bernard W. Bell）所言："我们血缘谱系上的非洲祖先的经验告诉我们，个体之我源自整体之我们，也正因有了整体之我们，才有了个体之我。"③ 当梅兹莱基亚自我分裂，通过反思酝酿内在生命力实现个人的自我超越时，与之对应的国家概念、民族整体也在推动着现代化建设，虽然进程缓慢，但实现群体的自我超越指日可待。

---

① Neil ten Kortenaar, "Nega Mezlekia Outside the Hyena's Belly", *Canadian Literature*, 2002, Iss. 172, p. 50.

② 朱振武：《非洲英语文学研究》，上海：华东理工大学出版社，2019 年，第 6 页。

③ 转引自谭惠娟、梅风：《非洲反殖民传统的灯塔：埃塞俄比亚文化诸相略论》，《浙江大学学报》（人文社会科学版），2020 年第 50 卷 1 期，第 138 页。

结　语

　　奈加·梅兹莱基亚的《鬣狗的腹部笔记》是作家对自己在埃塞俄比亚三十多年生活经历的回顾总结，凝聚着其独特的生命体验和审美旨趣。作品以轻松诙谐的散文式笔调描绘了梅兹莱基亚的童年、少年和青年，时间跨度较大，涵盖事件较多，将埃塞俄比亚残酷血腥的现实与淳朴真挚的人情呈现在读者面前，于纪实的日常细节里见证历史的变迁，从而书写了与真实的奈加·梅兹莱基亚有所区别的多重人物自我。梅兹莱基亚是置身时代洪流的普通非洲黑人，埃塞俄比亚社会的孩子，漂泊在外的流浪者。他的自我不断发展变化，彰显不同形态表征，既呈现了自我的分裂与融合，又实现了对身份困境的突围与个体自我的超越。但同时他又不仅仅是一个人，更是一个文化符号，承载着埃塞俄比亚人的民族记忆，是群体自我超越与发展的缩影。梅兹莱基亚试图解构非洲人与其他种族间的二元对立，破解人与鬣狗的恶性循环关系，在时间、空间永恒的共生结构中，避免非洲悲剧的循环上演。奈加·梅兹莱基亚通过书写自我，以自身的文学实践，思考埃塞俄比亚社会的现代化之路，弘扬非洲黑人的共同价值，是一次较成功的文学探索。

（文／上海师范大学　程雅乐）

第十三篇

马萨·蒙吉斯特
小说《狮子的注视下》中的创伤叙事

马萨·蒙吉斯特

Maaza Mengiste，1974—

作家简介

马萨·蒙吉斯特是著名的美籍埃塞俄比亚裔流散作家，出生在埃塞俄比亚首都亚的斯亚贝巴，因逃离埃塞俄比亚革命，四岁时与家人一同离开母国，后来以富布赖特学者^①的身份在意大利学习，并在纽约大学获得了创意写作硕士学位。她的处女作《狮子的注视下》（*Beneath the Lion's Gaze*，2010）已被翻译成多种语言，被《卫报》评选为当代 10 部最佳非洲书籍之一，并被《基督教科学箴言报》《波士顿环球报》和其他出版物评为 2010 年最佳书籍之一。她的第二部小说《影子国王》（*The Shadow King*，2019）以墨索里尼 1935 年入侵埃塞俄比亚的历史为背景，展现了非洲历史上通常不被提及的女兵的生活经历。蒙吉斯特凭借《影子国王》入围 2020 年布克奖短名单。

蒙吉斯特在文学创作方面最突出的成就是出版了关于埃塞俄比亚革命和抵达欧洲的撒哈拉以南移民的困境的小说和非小说类作品。蒙吉斯特在自己的创作中强调了结束君主制队伍的重要性，提出正是这支队伍和这段历史塑造了她这个人、塑造了她的创作。同时她也联系了法西斯主义，认为许多人没有意识到埃塞俄比亚发生的一切都有助于决定当希特勒开始控制欧洲时，英国和法国与墨索里尼和意大利之间的关系。蒙吉斯特致力于用文学还原历史真相，揭露战争的残酷和人性的扭曲。

---

① 美国—意大利富布赖特委员会是一个双边非营利组织，通过竞争性、择优赠款来促进意大利和美国的学习、研究和教学机会。

作品节选

《狮子的注视下》
(*Beneath the Lion's Gaze*, 2010)

Addis Ababa was buried in dark clouds of gun smoke. Waves of arrests swept swiftly through the city. Bullets fell like rain. Blood flowed in currents. Winds blew the rotten stench of the dead through deserted streets. Dotting the surrounding highlands and marching steadily into frightened neighborhoods, the Derg's urban militia gathered more members, hefted Soviet rifles on their shoulders, and swarmed the city.

Snipers and firing squads worked relentlessly. A pulsing, steady rhythm bore down on the stunned city while on a narrow patch of barren land, moonlight closed around a pregnant woman pleading at the foot of a man with stones for eyes and a plunging bayoneted rifle in his hand.[1]

亚的斯亚贝巴被掩埋在浓烟滚滚的乌云中。逮捕的浪潮迅速席卷了这座城市。子弹如雨点般落下。血液在电流中流动。风将死者的恶臭吹过荒凉的街道。德格的城市民兵散布在周围的高地上，稳步行进到受到惊吓的群众社区，他们聚集了更多肩上扛着苏联步枪的成员，蜂拥而至。

狙击手和行刑队毫无感情地执行着任务。一种脉动而稳定的节奏在震惊的城市上空响起，而在一片贫瘠的土地上，月光笼罩着一名孕妇，她在一个手拿刺刀、冷血无情的男人脚下苦苦哀求着。

（李阳 / 译）

---

[1] Maaza Mengiste, *Beneath the Lion's Gaze*, New York: W.W. Norton& Company, Inc., 2010, p. 226.

《狮子的注视下》中的创伤叙事

引　言

马萨·蒙吉斯特是一位埃塞俄比亚裔美国女作家，曾凭借长篇小说《影子国王》入围 2020 年布克奖短名单。为逃避埃塞俄比亚革命，年仅四岁的蒙吉斯特便随家人离开故土，远赴他乡，在尼日利亚、肯尼亚和美国等地度过余下的童年时光，这种"跨越国界（或具有国界性质且具有不同文化的地区）的流散"①使其日后成为非洲典型的异邦流散作家。蒙吉斯特的作品关注埃塞俄比亚革命和撒哈拉以南的移民流散到欧洲所遭遇的困境等问题。这位非洲异邦流散作家心系母国，强调埃塞俄比亚被意大利侵略的那段历史不常被人们提及的事实，担心会被世人所遗忘。蒙吉斯特在处女作《狮子的注视下》中设置了多重创伤意象，揭示了这些创伤对人类生存的迫害。无论是革命政变导致的社会动乱、自然灾祸带来的饥荒和疾病、还是家庭环境的重重枷锁，都对人物造成了难以磨灭的创伤。在作品中，蒙吉斯特凭借着独特的异邦流散经历，依托创伤叙事，还原了 20 世纪 70 年代埃塞俄比亚的真实历史，借助不同人物的创伤来展现埃塞俄比亚人对于自由和平等的追求，强调了正视历史、疗愈创伤、珍爱和平的重要性。

《狮子的注视下》以 20 世纪 70 年代的埃塞俄比亚为背景，重温了埃塞俄比亚君主制的最后几天以及取而代之的社会主义军政府（Derg，也称临时军政府，

---

① 朱振武、袁俊卿：《流散文学的时代表征及其世界意义——以非洲英语文学为例》，《中国社会科学》，2019 年第 7 期，第 140 页。

以下简称"德格")的残酷开端。故事讲述了医生海鲁（Hailu）一家所经历的自然灾祸和政治动荡。蒙吉斯特的创作特征是"狄更斯式"的，即在故事中涉及许多次要人物，这些次要人物共同构成了引人入胜的副情节。故事中多次提到了人物肉体上的疤痕和精神世界的创伤，从多个角度展现了革命政变、自然灾害和家庭环境对于人性和人类生存的影响。作为文学创伤理论的重要议题之一，创伤叙事"不仅是对创伤的再现，也具有间接性和反思性等特点"[1]。具体来看，在《狮子的注视下》中，一方面，"创伤叙事可能只与事件本身有间接关联"[2]，即作者透过海鲁一家的命运走向来间接展现德格政府取代塞拉西后对于埃塞俄比亚的统治；另一方面，蒙吉斯特通过反思笔下人物创伤的来源以及造成的影响，引发读者思考疗愈创伤的解决方案。蒙吉斯特主要从革命政变、自然灾害和家庭束缚等方面出发，揭露人物和国家的创伤表征和内在渊源，展现出创伤叙事背后的历史真相。蒙吉斯特的创伤叙事在非常清晰的同时，也允许自己偶尔进行超现实主义的遐想，令人信服地展开了对于埃塞俄比亚历史上这一可怕的篇章的描述。

一、革命政变的施暴

在《狮子的注视下》中，蒙吉斯特大量描绘内战和饥荒的场景，展现底层人物的生活现状，致力于将埃塞俄比亚的过去变为畅销书。故事聚焦于 1974 年的埃塞俄比亚，以德格发动政变推翻海尔·塞拉西（Haile Selassie）皇帝的真实历史事件为背景，讲述了以海鲁一家为中心的当地人民的生存情况。皇帝塞拉西将自己的统治喻为笼中之狮，强调自己的时代并没有过去。

在 1974 年皇帝塞拉西下台之前，埃塞俄比亚被称作阿比西尼亚（Abyssinia），是独立后的埃塞俄比亚联邦民主共和国和厄立特里亚的前身。埃塞俄比亚的历史

---

① 赵雪梅：《文学创伤理论：研究对象、范式与方法》，《文化研究》，2021 年第 1 期，第 10 页。
② J. Roger Kurtz (ed.), *Trauma and Literature*, Cambridge&New York: Cambridge University Press, 2018, p. 102.

较为特殊，是非洲唯一一个未受过殖民统治的国家，就连曾经短暂尝试攻占埃塞俄比亚的意大利也"被迫承认阿比西尼亚是非洲仅存的两个独立国家之一（另一个是利比亚）"①。从埃塞俄比亚独特的历史来看，君主专制的强大与被殖民史的空白密切相关，塞拉西早在 1941 年率领埃塞俄比亚游击队取得抗意战争的胜利后，就开始在国内采取一系列政策巩固和加强自己的独裁统治，致使全国政治、经济和民生每况愈下。在此情况下，学生罢课、农民罢工、农民起义的事件在当地屡见不鲜，但遭到皇帝塞拉西的强烈镇压和打击。"由于海尔·塞拉西坚持和维护封建制度，坚持和维护封建阶级的根本利益，他就与埃塞俄比亚人民处于对立状态。"②塞拉西皇帝的一意孤行使得埃塞俄比亚举国上下民不聊生，引发德格政府的反叛，直接导致了革命政变的爆发，给国家和人民造成了巨大的创伤。

故事的第一部分发生在 1974 年，当时皇帝海尔·塞拉西一世被免职。对于海鲁、尤纳斯（Yonas）和达维特（Dawit）来说，这场国家剧变反映在海鲁的妻子、男孩们的母亲——塞拉姆（Selam）的衰落中：塞拉姆因充血性心力衰竭在医院里生命垂危，此时的帝国也正处于垂死挣扎的状态。讽刺的是，作为母亲的宠儿，达维特几乎不能去看望她；海鲁向塞拉姆许诺让她安然死去，却又迫使自己想尽一切办法去救她；作为母亲缓慢自杀的长期同谋的尤纳斯为自己的沉默以及他父亲和兄弟的痛苦而饱受折磨。小说的第二部分发生在几年后。政变带来了社会主义军事专政，处决异见者、征用和软禁民众成为司空见惯的事。最后两部分讲述了海鲁被捕之后的故事。

故事一开始，海鲁刚给一个男孩做完背部枪伤的手术，看到病人当即想到了自己参加学生策反活动的小儿子达维特，担心儿子的安危。在这样的时局之下，当地人备受革命政变的残忍迫害，"他们一遍又一遍地问埃塞俄比亚倒退到中世纪的进程到底什么时候能遏制住。"③在政变发生后，作为家庭的支柱，海鲁

---

① 谭惠娟、梅风：《非洲反殖民传统的灯塔：埃塞俄比亚文化诸相略论》，《浙江大学学报》（人文社会科学版），2020 年第 1 期，第 131 页。

② 秦晓鹰：《评海尔·塞拉西的社会改革》，《世界历史》，1980 年第 2 期，第 18 页。

③ Mazza Mengiste, *Beneath the Lion's Gaze*, New York: W. W. Norton & Company, Inc., 2010, p. 6.

的精神思想产生严重起伏，受到心灵上的创伤。从家到梅康宁王子医院（Prince Mekonnen Hospital）的路程是海鲁每天的必经之路，熟悉且安逸。但是在当地开始发生政变之后，海鲁走在这条路上的心情发生了变化，

他越来越害怕开车，害怕停车，害怕起步失误，害怕车内传来的巨大噪音会打乱自己当下的想法，扰乱注意力。这些日子里一切都太吵了：废气和发动机，倔强的驴子的叫声，乞丐和小贩的叫声和络绎不绝的行人。①

从前每日要经历的事情、要途经的街道如今使海鲁感到恐惧。这与政变对当地人民的迫害有关，也离不开妻子身患重病和达维特执意参加学生运动两件事情的影响。

家中长子尤纳斯在小说开始时已经32岁，与敏感、传统的萨拉（Sara）结婚，是蒂齐塔（Tizita）的父亲，他善于反思，信仰虔诚。在国家发生政变后，尤纳斯跪在母亲的祈祷室里，祈求上帝结束这场破坏家庭和国家的暴力行为。当海鲁一家透过电视镜头看到埃塞俄比亚民生的惨状时，达维特愤怒地发出"在埃塞俄比亚苏醒之前还要死多少人"②的疑问，另外，作为达维特的童年伙伴，倒霉的胆小鬼米奇（Mickey）从军阶中晋升，并要接受上级，也就是所谓的社会主义军政府的官员要求实施他从未想象过的暴行，这直接冲击和打破了他对于新政府的美好愿景。米奇一夜之间变换了身份角色，既是敌人也是受害者。

战争和革命不仅造成了人物的创伤，更使整个城市陷入了无尽的昏暗之中，"亚的斯亚贝巴被掩埋在浓烟滚滚的乌云中。逮捕的浪潮迅速席卷了这座城市。子弹如雨点般落下。血液在电流中流动。风将死者的恶臭吹过荒凉的街道。"③当德格政府成功使皇帝退位后，并没有改善民生，反而用监禁、拷问和暗杀等方式残忍地对待无辜的人民。在埃塞俄比亚，很少有作家试图描述或者还原过这段历史，幸存下来的人受到审查制度和大量线人的束缚，剩下的人由于流放的紧急情况和

---

① Mazza Mengiste, *Beneath the Lion's Gaze*, New York: W. W. Norton & Company, Inc., 2010, p. 15.

② Mazza Mengiste, *Beneath the Lion's Gaze*, New York: W. W. Norton & Company, Inc., 2010, p. 50.

③ Mazza Mengiste, *Beneath the Lion's Gaze*, New York: W. W. Norton & Company, Inc., 2010, p. 226.

对当地军队的恐惧而选择离开，蒙吉斯特就是其中一员。所以可以理解的是，这位异邦流散作家的视角最终成为特定派系的密码，以及革命前四年发生的一切的缩影。她利用自己的亲身经历和埃塞俄比亚的历史事件，以海鲁一家在革命政变时局下遭遇的创伤为中心，揭露了内战对于埃塞俄比亚人民的残忍迫害。同样作为埃塞俄比亚异邦流散作家的迪诺·蒙格斯图，其处女作《天堂承载的美丽事物》（*The Beautiful Things That Heaven Bears*，2008）常与蒙吉斯特的这部小说放在一起进行分析探讨。两部作品都揭示了埃塞俄比亚极具创伤性的历史事件，成为"散居在美国的埃塞俄比亚人的一个重要里程碑"①。除了革命政变的侵害之外，自然灾害和身体疾病同样给故事中的人物造成了多重创伤，直接影响了海鲁一家的人生命运。

二、自然灾害和疾病的迫害

不仅是革命政变所带来的战乱，饥荒和疾病同样折磨着埃塞俄比亚人民，使得除亚的斯亚贝巴之外的众多城市和乡镇民不聊生。印度著名经济学家阿马蒂亚·森（Amartya Sen）在《贫困与饥荒》（*Poverty and Famines*）一书中明确指出，"饥饿肯定意味着贫困，这是因为，无论相对贫困观怎样辩解，饥饿所表现出的一无所有的特征都完全可以定义为贫困。"②据此说法，在一个国家的发展过程中，饥荒必将导致贫困，贫困必会牵制着经济的发展，致使政治和综合国力等方面受到严重影响。蒙吉斯特在作品中极力还原了那个年代下的社会生活现实，埃塞俄比亚人民既要面临革命的血腥暴力，也要忍受自然灾害和身体疾病的侵害。

在故事中，作为达维特的好朋友，米奇一家饱受饥荒的折磨，在自然灾难的影响下遭受创伤。饥荒来临后，对于米奇而言，家乡沃洛（Wello）已不再是从前的样子。

---

① Bénédicte Ledent, "Reconfiguring the African Diaspora in Dinaw Mengestu's *The Beautiful Things That Heaven Bears*", *Research in African Literatures*, 2015, Vol. 46, No. 4, p. 110.

② 阿马蒂亚·森：《贫困与饥荒》，王宇、王文玉译，北京：商务印书馆，2001年，第53页。

他童年时连绵起伏的山丘是一片郁郁葱葱的绿色和棕色，肥沃的土壤覆盖了平缓的山坡，他从姑妈的小木屋望去可以看到茅草屋，这些茅草屋围成了一圈，像硬币一样圆润完美。在这片农田中，体格健壮的男人和孩子们用力推着顺从的牛进行耕种，曾经长出高高的茶叶、像小麦一样的谷物在阳光下生长成淡金色。地面曾是深褐色的。太阳曾是闪闪发光的黄色。天空的蔚蓝被雨云和麻雀的轻歌打破。他跑过高高的草丛，藏在宽大的灌木丛中……这片土地曾有过色彩，现在在他面前的是死一般的苍白。这片土地曾经有牛的叫声，有鸟的叫声，有牧民赶着牲畜前进的刺耳的口哨声。这里曾有过生命的喧嚣和阴暗。而他现在看到的是什么呢？①

饥荒对当地的自然环境和人民生活所造成的迫害是巨大的，给米奇带去了难以言喻的阴影和创伤。米奇的上司得知米奇的姑妈曾经居住并死在沃洛后，笃定她是因霍乱丧生的，殊不知在当地包括米奇姑妈在内的众多农民都因饥荒而生活得痛苦不堪，并不是死于霍乱。米奇迫于无奈并没有反驳上司的想法，将故乡的伤痛深埋于心中。米奇被派往沃洛进行调查，并将报告带回亚的斯亚贝巴。在重返家乡的途中，看到眼前满目疮痍的景象，米奇的内心受到强烈冲击。

一片片满是褐色裂痕的土地沉睡于平坦干燥的荒野之中。它们像麻点一样点缀着这片荒芜的大地，用绝望的双手挖出凹坑，寻找枯萎的树根、昆虫或者任何可能落在它们嘴里的石头，为的是提醒自己的舌头不要忘记面包的味道。②

米奇在写给达维特的信中提到了沃洛的饥荒景象，相比沃洛当地人民食不果腹的惨状，在亚的斯亚贝巴的生活要幸福许多。米奇借助故乡的饥荒展现出了塞拉西当局的残暴，"我们的皇帝将这片土地的神话建立在那些因疲惫而无法说出真相的人的鲜血之上。"③在历史上，皇帝海尔·塞拉西一世对于国内饥荒问题的处

① Mazza Mengiste, *Beneath the Lion's Gaze*, New York: W. W. Norton & Company, Inc., 2010, p. 25.
② Maaza Mengiste, *Beneath the Lion's Gaze*, New York: W.W. Norton & Company, Inc., 2010, p. 27.
③ Mazza Mengiste, *Beneath the Lion's Gaze*, New York: W. W. Norton & Company, Inc., 2010, p. 29.

理，只是借助国外捐助者的帮助，但是在帝国接受外界的援助之后，当地饱受饥荒和干旱折磨的民众并没有看到物资和粮食的去向。虽然塞拉西当时目睹了沃洛几个村庄的饥荒情况，他的政府也积极组织了救援行动，"但在 1974 年，政府并没有试图正面解决沃洛的危机，而是花费了太多时间来掩盖问题的严重性，成千上万的人因此而丧生。"[1] 对于米奇而言，在亲眼见证故乡的饥荒灾情和父亲因此去世后，更加愤恨封建君主的独裁政策。其实，关于父亲离世对米奇造成的创伤包含两层内容，一方面，封建制度间接导致了父亲的死亡，使得米奇痛恨当局的塞拉西皇帝；另一方面，在父亲离世后，米奇在七岁那年同母亲一同来到达维特家生活的社区居住，与达维特相识后发出 "你的爸爸也能做我爸爸吗？"[2] 这一令人心酸的疑问。可以说，关于米奇父亲的离世，无论从原因还是结果来看，都对米奇造成了创伤，直接改变了他的人生轨迹。

除了饥荒，蒙吉斯特也在作品中提到了疾病的肆虐对埃塞俄比亚的迫害。聚焦到具体的人物形象来看，塞拉姆和孙女蒂齐塔的病并不是霍乱，前者是心脏疾病，后者的病情并未在文中明确交代，只解释为在跌倒后死于一种罕见且可能致命的疾病。在疾病来临后，塞拉姆和蒂齐塔遭受的创伤直接体现在身体上，而因二人生病牵制的家人们受到的创伤直击内心深处。身为母亲的萨拉在看到女儿蒂齐塔饱受病痛的折磨后，选择通过惩罚自己的身体来祈求上帝的怜悯，换来女儿的健康。萨拉在教堂祷告时趴在地上进行移动，让自己的腿部受伤，这样的做法同美国小说家丹·布朗（Dan Brown，1964— ）的代表作《达·芬奇密码》（*The Da Vinci Code*，2003）中塞拉斯带苦修带的行为相类似，都是期望依靠宗教信仰的力量来 "解救自己"。尤纳斯看到母亲、妻子和女儿饱受身体创伤的折磨后，终日愁容满面，郁郁不乐。萨拉无法理解丈夫对于自己母亲和女儿病情的态度，二人之间的矛盾越来越多，甚至在一次争吵过后，尤纳斯冲动之下动手打了妻子，在妻子的下巴上留下一道红色的伤痕。这道伤痕明显地刻在萨拉脸上，也深深印在尤纳斯惭愧和绝望的内心中。在无情的疾病面前，作为丈夫和祖父的

---

① Getnet Bekele, "Food Matters: The Place of Development in Building the Postwar Ethiopian State, 1941-1974", *The International Journal of African Historical Studies*, 2009, Vol. 42, No. 1, p. 52.

② Mazza Mengiste, *Beneath the Lion's Gaze*, New York: W. W. Norton & Company, Inc., 2010, p. 40.

海鲁更是绝望至极，但依旧顽强度日，祈祷有奇迹的发生。令人唏嘘的是，塞拉姆的生命还是走到了尽头。当塞拉姆离开人世的那一瞬间，看着长得十分像母亲的达维特，海鲁"无法接受儿子身上还留有妻子的痕迹。这让他想起了他永远怀念的东西"①。对于海鲁一家而言，疾病所带来的创伤体现在多个方面，不仅带走了塞拉姆和蒂齐塔的生命，打破了全家人的希望，也掩盖了人内心深处最美好的记忆。

无论是塞拉西皇帝在位时，还是德格政府掌权后，埃塞俄比亚国内的饥荒并没有得到改善，导致大量民众死亡。蒙吉斯特借故事中的几位人物的经历讲述了整个埃塞俄比亚饱受自然灾害的创伤。值得关注的是，除了革命政变、疾病和自然灾害之外，家庭结构和权力的束缚也对海鲁一家的几位成员造成了身体上和精神层面的创伤。

三、家庭环境的束缚

蒙吉斯特在创作中擅长以小见大，在《狮子的注视下》的故事中虚构出的海鲁一家成为埃塞俄比亚动荡年代的缩影。在这个由六位成员所组成的普通家庭中，我们可以看到革命政变对于达维特的影响，疾病对于塞拉姆和海鲁的折磨，以及在参与学生示威活动的决定遭到家人反对后达维特的情绪和举动。事实上，"事件在成为创伤之前需要一个后续的触发因素。然而，事件和触发因素之所以能够获得创伤的可能性，只是因为在过去更深的地方有一种事先的倾向性。"②造成海鲁一家创伤的事先倾向性与家庭成员的性格以及相处方式密切相关。蒙吉斯特在作品中围绕着海鲁一家展开叙事，揭露家庭中各成员的创伤和痛苦，以家庭磨难折射整个埃塞俄比亚社会的动荡现实，最终展现了革命政变和自然灾害对人类生存

---

① Mazza Mengiste, *Beneath the Lion's Gaze*, New York: W. W. Norton & Company, Inc., 2010, p. 106.

② Colin Davis, "Traumatic Hermeneutics: Reading and Overreading the Pain of Others", *Storyworlds: A Journal of Narrative Studies*, 2016, Vol. 8, No. 1, p. 39.

的迫害。除此之外，家庭环境的束缚也给人物带去了痛苦和磨难，围绕着塞拉姆生病所生发的一系列事件是最具代表性的例证。

作为家庭的女主人，塞拉姆在自己 17 岁时嫁给了时年 28 岁的海鲁，被其身上的骑士风度所吸引。在大儿子尤纳斯降生前夕，这对新婚夫妇及各自的家人共同相聚在海鲁的祖父家中庆祝喜事，其时双方定下盟约，如果有一天塞拉姆想要离开家庭，海鲁不能执意挽留、必须放手，海鲁承诺不会勉强妻子，会遵守诺言。这样的约定在当时看来是海鲁对妻子忠诚度的判断，但后来却成为了绑架自己的枷锁。当塞拉姆病重住院后，海鲁就笃定他无法遵守曾经的承诺，必须违背妻子的意愿下定决心为其治病直至痊愈。塞拉姆躺在医院的重症监护室中与充血性心力衰竭作斗争，海鲁的心始终被妻子的病情牵动着。在不知道塞拉姆私自停药的情况下，海鲁看着妻子的病每况愈下，自己也陷入了焦灼和绝望之中。在这场多年的夫妻关系里，海鲁的创伤直接源自妻子的疾病和曾经对妻子的承诺。

大儿子尤纳斯与小儿子达维特的性格大相径庭，前者成熟稳重，不惜一切代价避免家人处于危险和死亡的威胁之下。在塞拉姆生病后，尤纳斯能做的只有尊重，因为"他在无数个下午独自目睹了母亲一人在祈祷室中哭泣"[1]，并且是全家唯一一个知道母亲已经停止服用药物的人，那些药是海鲁为塞拉姆开的心脏药。塞拉姆深知尤纳斯是个极度讨厌撒谎的孩子，所以要求他保持沉默即可。而尤纳斯出于懂事和对母亲的尊重，在保持沉默的状态下逐渐产生负罪感，越来越难以忍受。一方面，他要眼看着母亲受着疾病的折磨而无能为力，另一方面，他看到父亲海鲁为了妻子的病一步步陷入绝望的情绪当中。就连每一次去医院看望母亲，尤纳斯都会带着愁容亲吻母亲。逐渐加深的负罪感压得尤纳斯喘不过气，使其在身体和精神上备受折磨。另外，尤纳斯与萨拉的小家庭也磨难不断，在接连失去两个未出生的孩子后，他试图保护妻子免受任何进一步的创伤，并且依靠自己的努力从女儿蒂齐塔的死亡恐慌中逐渐恢复过来。同时，尤纳斯忠于妻子和基督教，不参与政治，在信仰和行为上都很保守。母亲的意愿和妻子的心情成为束缚尤纳斯的枷锁，使其苦不堪言。更为重要的是，尤纳斯也同弟弟一样，曾在 1960 年

---

① Mazza Mengiste, *Beneath the Lion's Gaze*, New York: W. W. Norton & Company, Inc., 2010, p. 18.

政变刚到达高潮时，产生想要推翻君主制的勇敢的学生们的梦想，但同样遭到父亲的反对。在海鲁的心中，三千年的封建帝制是不可能被一群年纪轻轻的毛头小子所推翻的，所以才始终反对两个儿子对政变的热情和斗志，一方面是不相信封建帝制会有所动摇，另一方面是怕自己的孩子在反叛活动中受到伤害。海鲁的态度直接打压了两个儿子的信心，试图从家庭层面束缚尤纳斯和达维特参与政变的步伐。但达维特凭借偏执和叛逆挣脱了父亲的"枷锁"，始终保持着赤诚的革命之心。

达维特与哥哥尤纳斯相差八岁，性情大不相同。虽然他是家中年纪最小的孩子，但是革命情怀最为明显，直接参与到推翻君主制的组织中去，是一个激进、冲动、充满理想主义的学生。在故事的一开始，作者就交代了海鲁试图阻止达维特参加学生们策划的反对皇宫的示威活动集会，导致近日父子关系变得紧张。在家庭成员，尤其是哥哥尤纳斯的眼中，达维特一心想要成为革命者的决心是自私的。达维特和自己的父亲、哥哥的关系均存在不和，在其决定参与学生示威活动后更加恶劣。达维特与父亲的关系一直都不太乐观，最为直接的表现是，达维特曾经为女佣（Mulu）打抱不平而打伤了纨绔子弟费瑟哈（Fisseha），最后由父亲海鲁为其收拾残局。母亲病重后达维特请求自己去看望母亲，和母亲单独待在一起，却因理由不够充分遭到父亲的拒绝。在达维特的心里，父亲始终没有接受和承认塞拉姆与达维特既是母子又是朋友的事实。再到后面因政变导致的父子关系恶化，都体现出达维特在与父亲的相处中所受到的精神创伤。相比之下，达维特和母亲更亲昵，母亲也更偏爱这个小儿子。这对于二人的结局来说都是家庭束缚所导致的创伤。也正是由于母亲的病重，让达维特坚定了参加学生示威活动的决心，不顾一切反对也要改变亚的斯亚贝巴，甚至整个埃塞俄比亚的现状。从参加活动开始，达维特就遭到全家人的强烈反对，相应地，他也开始对全家人保持冷漠的态度。参与学生运动带给了达维特愤怒和兴奋，使其沉浸其中，用追求革命胜利的热情来暂时掩盖自己内心的痛苦和创伤。

在海鲁这个家庭中，几位成员都受到无形枷锁的束缚，经历着多重创伤。整部小说从这个家庭开始，也以这个家庭结束，并未明确交代海鲁一家所有成员的最终结局，引起读者无限遐想。海鲁被捕入狱后亲眼看见并体验了受虐者的痛苦；达维特在十年的动荡中成长为一名民族战士；蒂齐塔最终没能战胜未知的病魔……虽然结局既模糊也不完整，但有充分的理由可以证明，即使在1991年德格垮台和海鲁一家所面临的恐怖结束之后，这个家庭的斗争也并未停息，是永无止境的。蒙吉斯特以海鲁一家折射埃塞俄比亚的社会现状，借助这个家庭永无休止的斗争和家庭成员各自的创伤经历来讽喻塞拉西下台后直至今日依旧存在的埃塞俄比亚内乱，以小见大，呼吁人们追求自由、珍爱和平。

结　语

蒙吉斯特的《狮子的注视下》是一部关于人类为追求自由和民族革命胜利所付出的人力代价的故事。她带领读者一起见证了海尔·塞拉西统治的最后时光和埃塞俄比亚革命的开始。作品不仅展现了海鲁一家的创伤，也描述了革命政变和饥荒肆虐下埃塞俄比亚人民的创伤，最终揭示出整个国家的创伤。蒙吉斯特的创伤叙事使令人毛骨悚然、血腥的酷刑场景与对富有同情心的人物进行美丽、诗意的描述之间形成鲜明对比，通过不同人物的创伤来展现人民对于自由、和平和解放的强烈愿望。蒙吉斯特在作品中借创伤叙事想要传递的是创伤现象背后的社会问题，即创伤已成事实，重要的是通过努力来疗愈伤口，使得包括埃塞俄比亚在内的众多非洲人民免遭政治战乱和自然灾害的折磨，真正为人类追求自由、和平和解放的愿望贡献力量。

（文 / 复旦大学 李阳）

卢旺达文学

卢旺达地处非洲中东部，西面与刚果（金）交界，东邻坦桑尼亚，北与乌干达接壤，南连布隆迪。境内多山，被誉为"千丘之国"。与自然环境获得的赞誉声不相称的是，卢旺达人文艺术的成就鲜为外界所知。长久以来，卢旺达民族文学不仅在世界文坛上处于"失语"地位，而且在文学批评界也杳无声息。

事实上，卢旺达有着悠久丰盈的口头文学传统。现代文学虽然萌芽较晚，但也涉及多种体裁。2009 年，由卢旺达本土作家吉恩·恩克甲巴齐（Jean-chrysostome Nkejabahzi）结集出版的《卢旺达现代文学选集》（*Anthology of Modern Rwandan Literature*），就选取了包括诗歌、戏剧、小说、证言文学（Testimony）在内的多类文学文本，充分表现了卢旺达文学的多样性。

卢旺达目前的官方语言是卢旺达语、英语、法语和斯瓦希里语。因此"卢旺达文学"涵盖了"卢旺达语文学""卢旺达法语文学""卢旺达英语文学"以及"卢旺达斯瓦希里语文学"四个部分。由于卢旺达曾长期被比利时殖民，并且卢旺达语与斯瓦希里语在当地不常做书面使用，导致法语文学在卢旺达长期占据着优势地位。然而，除法语文学重要作家作品外，卢旺达英语文学的潜能也不容忽视。2008 年，在申请成为英联邦第 54 个成员国的同时，卢旺达政府规定英语取代法语作为学校的主要教学语言，法语只作为选修课程供学生们学习。2009 年 11 月，卢旺达正式加入英联邦，英语也正式成为其官方语言之一。从语言变迁的角度来看，卢旺达民族文学的丰富性仍值得探索与期待。

第十四篇

约翰·鲁辛比
小说《当她归来时》的身份叙事研究

约翰·鲁辛比

John Rusimbi，生卒年不详

作家简介

　　卢旺达英语小说作家约翰·鲁辛比在流亡中出生，自幼于乌干达的难民营长大。坎坷的经历没有遏制鲁辛比的求学热情。相反，他钟情英语文学，立志献身教育事业。1988 年，鲁辛比取得了马凯雷雷大学的教育和英语专业的学士学位，此后便辗转于乌干达的多所中学任职。直到 1994 年，才作为卢旺达爱国阵线（Front Patriotique Rwandais）的成员返回了故乡。当和平重新降临在卢旺达，他也当上了尼亚玛塔高中（Nyamta High School）的校长，得以留在祖国继续从事教育工作。两年之后，鲁辛比成为卢旺达青年与文化部（Ministry of Youth and Culture）的一员，继续在自己的岗位上推动着当地基础教育和民族文化的发展。

　　鲁辛比不仅在社会活动方面十分活跃，还尝试通过写作为卢旺达人民发声。他的小说关注难民命运和社会现实，具有强烈的自传色彩，给卢旺达当代民族文学的发展提供了很好的范例。卢旺达文学研究专家弗兰克（Frank Tanganika）称作为卢旺达英语小说的先驱者之一，鲁辛比将会激励其他作家[①]。1999 年，鲁辛比出版了小说《当她归来时》（*By the Time She Returned*），这也是 1994 年卢旺达大屠杀后出现的第二部英语小说。步入新世纪后，他又于 2007 年写作了《鬣狗的婚礼》（*The Hyena's Wedding*）。这两部著作因强烈的民族特点和教育价值入选卢旺达课本，为当地文学课的教学大纲提供了基础。

---

① Frank Tanganika,"John Rusimbi's Novels: A Contribution to Rwanda Education." *Rwanda Journal of Education*, 2014, Vol. 2, p. 48.

作品节选

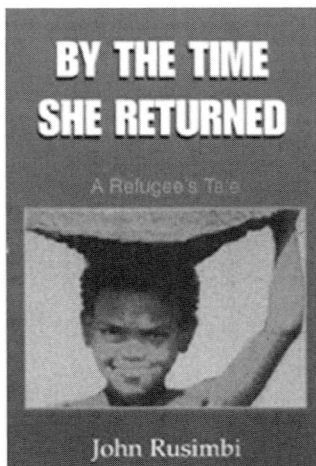

《当她归来时》
（*By the Time She Returned*，1999）

Seba laughed at me: "You claim to know science yet a distinction between black and white is still new. The black colour is very weak. It doesn't resist the effect of heat. It is like the black Africa. It has been beaten by much heat maybe, for the equator passes through it. Whites have reflected the heat to us and we have failed to resist the pressure. We put on skirts, shirts, trousers and blouses instead of the traditional hides. We put on suits and neckties. Take hot food with forks and knives. We bum up consciously. We shave the eye-brows, paint cheeks and lips red, white and yellow. Then walk like limping elephants on high heeled shoes. We walk with arms spread like a bird that is eager to fly. Many of our people have flown in that way. When the church gives one a scholarship. It is like releasing one from prison. When they surprise you and come, it is hard for them to spend two nights here. They despise everything African. They speak and lick white. And they look so thin and dried up. I hope you will not be like the black skirt." [1]

塞巴笑我："你口口声声说自己懂科学，却没弄清黑与白的区别。黑色太弱了，无法抵御热量的影响，就像黑非洲。因为赤道穿过，非洲可能会被热量打败。白人能反射热量。我们却没法儿抵御他们带来的压力。我们身着衬衫短袖，穿着裙子长裤，将传统的皮衣束之高阁。我们系好领带，西装革履。我们用刀叉，吃

---

[1]John Rusimbi, *By the Time She Returned: A Refugee's Tale*, London :Janus Publishing Company, 1999, p.81.

热食。我们小心翼翼，强打精神。我们剃掉眉毛，把脸颊和嘴唇涂成红色、白色和黄色。然后穿着高跟鞋，像跛脚的大象那样走路。我们张开双臂行走，像只渴望飞翔的鸟。我们中的许多人都是以这种方式飞翔的。当教堂给一个人奖学金，就像把他从监狱里释放出来。他们会出现，给你带来惊喜，却难以在这里待上两晚。他们崇拜白人，鄙视非洲的一切。而且他们看起来很瘦，很干瘪。我希望你不要像这条黑裙子一样。"

（贡建初／译）

作品评析

《当她归来时》的身份叙事研究

引　言

　　《当她归来时》是卢旺达作家约翰·鲁辛比的处女作。小说以短短百来页的篇幅，涉及了性别、革命与种族三大主题。鲁辛比集中精力塑造了处于成长中的叙述者兼主角凯特丝（Kaitesi），并围绕着她和家人的身份危机展开叙事，以此还原流散生活的真实面貌。不仅如此，鲁辛比还引入了历史的视阈，通过书写凯特丝建立文化身份认同及其社会身份转变的过程，揭示出社会变革、种族矛盾和性别冲突带来的多重影响，赋予了小说更加深刻的现实意义。

一、文史互鉴与难民身份危机

　　互文性理论认为，文本存在于一个潜力无限的开放性网络中。任何文本都是一种对周围文化文本和先时文化文本的重新组织，都存在着互文现象。在鲁辛比笔下，文本与历史事件的互文特征尤为突出。《当她归来时》中，鲁辛比有意识地将个体家庭的命运纳入广阔的历史语境中进行考察，尤其强调角色经历的身份危机与历史事件间的互文关系。

　　在小说的前言部分，鲁辛比提出了三个对流散到乌干达的卢旺达难民极为重要的时间节点，分别是1959年、1982年、1986年。紧接着，他结合故事情节为读者分析了这些历史事件对人物命运的决定性意义。首先，故事起源于1959年的胡图革命①。随着胡图共和国的建立，图西皇室长达数世纪的统治被迫宣告结束。皇权覆灭，图西人一直以来的优势地位也随之陨落。排挤迫害自不必言，针对他们的屠杀更是时有发生。为求生计，许多人只能选择离开祖国，匆匆逃往异国他乡避难。主角凯特丝一家正是其中最为普通也最为典型的难民家庭。凯特丝一家祖上是图西贵族。革命彻底改变了他们的人生。她的父亲死于屠杀中，母亲姆卡基加利（Mukakigeri）独自带着三个孩子逃往扎伊尔（Zaire），又在 1964 年的扎伊尔动乱之际躲去了乌干达，从此在难民营扎下了根。

逃离卢旺达时，凯特丝尚在襁褓中。等到故事伊始，她已成了高中生。对她这样在乌干达长大的年轻难民来说，卢旺达早已经是前朝往事。相较陌生而遥远的祖国，身边的环境似乎更加亲切。凯特丝身为难民，生活虽然窘迫，但提升社会地位的通道似乎还没有彻底关闭。极少数幸运儿仍可以通过受教育的方式改变命运，成为受人尊敬的医生或教师。因此凯特丝离开了难民营，投奔哥哥去往首都上学。她的学习成绩优异，对未来充满希望。然而，动荡的社会环境下没有真正的幸运者。1982 年，一场针对卢旺达难民的暴力袭击事件降临了。积累了一定财富的卢旺达难民瞬间成为众矢之的。他们的房子被烧毁，家畜在眼皮子底下被屠宰。贫穷的族人则从城市被赶回了难民营，有些人甚至直接被军人杀害了。

这场袭击彻底击碎了卢旺达难民们的美好幻想。他们发现，原来平静只是假象，被掩蔽的恶意其实无处不在。作为学生，凯特丝所处的环境尤其单纯。天真的她不明白为什么熟悉的世界忽然会天翻地覆。变故发生之后，学校同学们将她视为眼中钉，甚至会直接嘲讽道："凯特丝，你还在这里做什么？其他卢旺达人不再上学。他们已被驱逐出境。他们应该回家。"②她装病离开了学校，却在回家路上遇到了哥哥塞巴（Seba）。塞巴问她为何在这个时间离校。凯特丝强打精神，开玩笑说自己是在模仿生物老师奎西加先生（Mr. Kwesiga）。谁知塞巴告诉她，奎西加的父亲正在领导一个屠杀团体，专门对付"来自卢旺达的人"（Banyarwanda）。这也正是他呆坐在家门前的原因："你以为我今天为什么回玛巴

---

① 1959 年 11 月爆发的胡图人起义，标志着"胡图农民革命"或"社会革命"的开始。

② John Rusimbi, *By the Time She Returned: A Refugee's Tale*, London: Janus Publishing Company, 1999, p. 98.

啦啦（Mbarara）？他的手下正在放火烧我们的房子，还当着主人的面屠宰他们的牛羊。那些人杀害了我们的同胞，还把尸体扔进了姆维兹河（River Mwizi）"①。凯特丝连忙问起母亲的情况，塞巴却说，他只见到了在火焰中燃烧的茅屋。最令人气愤的是，尽管凯特丝只是这一系列动乱的受害者，却还是被学校强制劝退。理由仅仅是"卢旺达人 (Munyarwanda) 会带来安全隐患"②。

对凯特丝来说，这些突发状况犹如晴天霹雳。然而风暴其实早在酝酿之中。早在数月之前，学校就成立了学生联盟（NUSU）来监督学生，防止他们加入武装组织。这些武装组织影射的就是现实中乌干达出现的反政府组织。1980年，米尔顿·奥博特（Apollo Obote，1924—2005）当选乌干达总统，将当地政治进程推到了死胡同。乌干达数个地方，包括布干达（Buganda）都出现了游击队。而在布干达的三支游击队中，有一支显得尤为特殊，那就是约韦里·穆塞韦尼（Yoweri Museveni，1994— ）领导的人民抵抗运动。次年二月，穆塞韦尼率领 26 名队友袭击了卡班巴军事学校（Kabamba Military）。在这些队友中，还有两名是卢旺达难民，后来在卢旺达流亡政治运动中也有巨大影响。其中一位是弗雷德·鲁维基耶马（Fred Rwigyema，1957—1990），另一位就是日后的卢旺达总统保罗·卡加梅（Paul Kagame，1957— ）。随着游击战争日益激烈，卢旺达难民遇到了一个严肃的问题，那就是穆塞韦尼在奥博特总统的政治宣传中被斥为外国人，认为乌干达内部政治不该受卢旺达人的干涉。事实上，穆塞韦尼压根不是卢旺达人，只不过是出生于常与图西族人通婚的族群罢了。这种政治宣传对卢旺达难民来说却是一个非常危险的信号。在奥博特总统的默许下，安科勒自治区（Ankole）的乌干达人民大会党（The Uganda People's Congress）的青年派最终袭击了难民营。这正是书中凯特丝等人遭遇的袭击事件。自 1959 年的胡图革命以来，凯特丝的命运再次遭遇剧变。她终于意识到，依靠学习改变人生的想法无疑过于理想了，乌干达不是她的家园，在这里没有属于她的出路。

---

① John Rusimbi, *By the Time She Returned: A Refugee's Tale*, London: Janus Publishing Company, 1999, p. 100.

② John Rusimbi, *By the Time She Returned: A Refugee's Tale*, London: Janus Publishing Company, 1999, p. 107.

所谓山重水复疑无路，柳暗花明又一村。凯特丝的人生看似陷入了绝境，但命运又给她投下了一束光芒。如同鲁辛比所说，"1986年的民族抵抗运动为难民打开了眼界"①。1986年1月26日，穆塞韦尼领导的全国抵抗军发起猛攻，并成功夺取了坎帕拉（Kampala）。这大大鼓舞了在乌干达的卢旺达难民们。小说的最后一章，就有革命者动员难民们返乡的激动人心的演讲：

兄弟姐妹们，我们并不安全。我们必须回到故乡。这并不容易。甚至会流很多血。我们将失去生命和财产。我们将失去友谊。他们会像野猪一样猎杀我们。但这只会发生一段时间，此后趋势将逆转。失去的一切都将一劳永逸地重新找回……每个人都应该知道没有退路。你要么成功，要么死。在斗争中死去会更有意义。在流放中死去是一种耻辱！举起你的手臂，我们前进。②

随着卢旺达革命团体在乌干达的再度活跃，凯特丝得以接触并加入了卢旺达难民基金会（Rwanda Rufugee Walfare Foundation）。在成员们的影响下，她成为了一名革命者，为回归家园付出努力。在鲁辛比的小说中，历史事件对人物命运发展的重要影响可见一斑。

尽管鲁辛比强调作品与历史的互文，但其叙事的焦点却始终集中在凯特丝和家人身上，围绕着他们的身份危机铺陈情节。身为图西难民，凯特丝及其家人始终集两种身份矛盾于一身：在卢旺达，他们因种族身份被迫出逃；好不容易到了乌干达，又因为难民身份经历着寄人篱下的尴尬与痛苦。母亲姆卡基加利曾经生活富足。但逃亡带给她的是贫穷和饥饿。来到乌干达以后，她奋力供养儿子塞巴读书，把他送去了城市。女儿凯特丝到了上中学的年龄后，也投奔哥哥而去，只留下姆卡基加利和最小的儿子凯特尔（Kaitare）在难民营相依为命。塞巴的孩子出生后，带着妹妹和妻子回家去探望母亲，却惊讶地发现家里的田地颗粒无收。弟弟凯特尔整日为别人干活，也只能为自己和母亲换一顿晚餐而已。他们在难民营的住所也不过

---

① John Rusimbi, *By the Time She Returned: A Refugee's Tale*, London: Janus Publishing Company, 1999, p. ix.

② John Rusimbi, *By the Time She Returned: A Refugee's Tale*, London: Janus Publishing Company, 1999, p. 162.

239

是没有门的茅房，比幕天席地好不到哪儿去。晚上睡觉时，只能将茅草盖在身上御寒。塞巴在城市的生活同样不好过。当他走在路上，会有人喊"卢旺达人，滚回卢旺达去"。[1]由于迟迟没有受洗，他还失去了在工作中晋升的机会。

最为残酷的身份危机则发生在妹妹凯特丝的身上。相对于母亲和哥哥，凯特丝只是一个十几岁的懵懂少女。然而小说在极短的时间内爆发了多次冲突，迫使她迅速成长了起来。在被学校退学后，受教育的大门向凯特丝关闭了，她便选择靠工作来养活自己。此时的凯特丝还抱有对西方人的美好幻想。然而，在白人家庭中做女佣的日子里，她发现自己的待遇连宠物狗都不如。白人女主人能对宠物施予无限的同情和宠爱，却不会为同为人类的凯特丝掉一滴眼泪。当凯特丝被上门送水的熟人穆西西（Musisi）强奸后，女主人的第一反应居然是凯特丝瞒着她与人通奸，立刻将其辞退。被辞退后的这一时期也是凯特丝最为迷茫的时刻。按照传统的眼光来看，她最好的选择就是嫁给那个强奸犯。起初她万念俱灰，准备接受这样的现实，甚至试图说服自己，穆西西对她们母子还是很好的。所幸作者不忍心让凯特丝这样自我蒙蔽，便安排穆西西的老婆找上门来，斥责凯特丝破坏家庭。与此同时，凯特丝结识了难民基金会的一些进步成员。她经常邀请这些人来家里做客。穆西西却始终把她当作自己的所有物，阻挠凯特丝与成员们见面。在多重冲突下，凯特丝认识到了强奸的本质，认清了穆西西的本来面目。她终于开始明白，谁都不能依靠，只有扎根自己的种族文化，回归真正的家园才能博得一线生机。

鲁辛比对小说与历史互文的成功运用离不开对身份危机的书写。正因他聚焦凯特丝一家的个体命运，才没有让小说沦为历史的注解。相反，真实的历史为理解文本提供了参考系，更好地解释了危机发生的原因，也让小说更加立体了。

---

[1] John Rusimbi, *By the Time She Returned: A Refugee's Tale*, London: Janus Publishing Company, 1999, p. 19.

二、家国教育与文化身份认同

在身份危机的不断冲击下，凯特丝的自我意识逐渐觉醒。在此过程中，母亲和哥哥的家庭教育，以及革命团体对卢旺达传统文化的传播，则对成功建立其文化身份认同起了很大的推动作用。

首先是家庭教育的纠偏作用。姆卡基加利是非常典型的女族长形象，她不仅将三个孩子拉扯大，也一直在精神上引领着儿女们。姆卡基加利非常警惕西方对儿女的同化影响。在发现儿子把他的卢旺达语名"塞巴嘎博"（Sebagabo）缩短为"塞巴"（Seba）后，姆卡基加利长叹一口气，劝诫道：

我的孩子，你不能指望靠逃离一种身份来寻找所谓的认同感……在我们逃来这之前，你爸爸去世那时候，就有一场针对图西人的血腥屠杀。当时，许多人不承认他们的种族，却没能逃脱魔爪。你不要浪费时间，要为你身上流的血自豪！这是皇族的血液！你叔叔是卢旺达最后的国王。他虽然逃走了，却从未否认过自己的身份。①

凯特丝在流亡中长大，对卢旺达的过去完全不了解。母亲对此感到十分担忧："我可怜你，我的孩子，尤其是那些在流亡中出生的孩子们。你们对自己一无所知，这是十分危险的。你觉得他们为什么叫我们难民，我们为什么因此遭罪？那是因为这不是我们的国家。"②和母亲一样，哥哥塞巴早已意识到乌干达不是他们的家园。从难民营回坎帕拉的路上，塞巴和凯特丝遭遇了层层盘问，甚至目击了流血事件。经历了一天的疲惫后，他们终于回到了家中。塞巴感叹道："我的

---

① John Rusimbi, *By the Time She Returned: A Refugee's Tale*, London: Janus Publishing Company, 1999, p. 19.

② John Rusimbi, *By the Time She Returned: A Refugee's Tale*, London: Janus Publishing Company, 1999, p. 25.

家不在基塞尼（Kisenyi），而是在吉塞尼（Gisenyi）。"① 凯特丝却没能理解他的意思。她笑言："这是同一个地方，只是发音不同。"② 塞巴则严肃地纠正她："绝不一样，基塞尼是坎帕拉的，吉塞尼是卢旺达的，很相似，但绝不一样。这就是问题所在。"③

凯特丝最初无比信赖学校的教育。在她看来，老师教授的都是真理，教科书上都是准则。在母亲姆卡基加利向凯特丝讲述了图西人和胡图人之间的血腥过去，描述了胡图人是如何颠覆图西政权，比利时人是如何站在胡图人那边，默许他们对图西人的屠杀时，凯特丝的第一反应是合理化胡图人的所作所为。认为图西人在卢旺达是统治阶级。前者遭遇了长期的不公正对待，反抗是必然的结果。她甚至天真地认为，与胡图人共享权力可以解决种族间的纷争。然而母亲指出了这种观点的片面性。她向凯特丝解释道，不是所有图西人都属于统治阶层。除了王室以外，胡图人和图西人的差别并不大。种族战争的起因也并不像凯特丝想象得那么简单。比利时殖民者的加入，打破了种族间的平衡，让双方无法和平共处。母亲有关卢旺达的回忆也丰富了凯特丝的故国想象，为她后续的身份认同埋下了种子。出身贵族的姆卡基加利常会感叹故国的荣耀和祖辈的英勇。她曾在酿酒时对凯特丝说："那些在火灾中幸存下来的男人，喝酒和谈论他们的过去。祖先国王和酋长拒绝将我们的人民卖给奴隶贩子的英勇过去。我们的王国强大而美丽。像鲁瓦布吉里这样的国王都是超人。他把我们的王国扩大到非洲那么大。"④ 像姆卡基加利这样怀念过去的难民父母不知凡几，他们大多终身没有回到故乡，而那些吉光片羽般的回忆，却给下一代埋下了"归来"的心愿。

由于长期受到西式教育的影响，凯特丝潜意识里崇拜西方，幻想自己能融入"文明世界"。哥哥塞巴看出了这一点，多次提醒凯特丝要认清自己的文化身份，不能被殖民话语洗脑。书中有一段颇具美感的段落就与此有关——凯特丝在

① John Rusimbi, *By the Time She Returned: A Refugee's Tale*, London: Janus Publishing Company, 1999, p. 45.

② John Rusimbi, *By the Time She Returned: A Refugee's Tale*, London: Janus Publishing Company, 1999, p. 45.

③ John Rusimbi, *By the Time She Returned: A Refugee's Tale*, London: Janus Publishing Company, 1999, p. 45.

④ John Rusimbi, *By the Time She Returned: A Refugee's Tale*, London: Janus Publishing Company, 1999, p. 52.

受洗之前，洗好了三件衣服等待晾干。正当她纠结该穿哪件衣服去教堂时，塞巴与之进行了一段充满象征隐喻的对话：

> ……我说白上衣和黄裙子都还湿着，黑裙子早干了。
>
> 塞巴笑我："你口口声声说自己懂科学，却没弄清黑与白的区别。黑色太弱了，无法抵御热量的影响，就像黑非洲。因为赤道穿过，非洲可能会被热量打败。白人能反射热量。我们却没法儿抵御他们带来的压力。我们身着衬衫短袖，穿着裙子长裤，将传统的皮衣束之高阁。我们系好领带，西装革履。我们用刀叉，吃热食。我们小心翼翼，强打精神。我们剃掉眉毛，把脸颊和嘴唇涂成红色、白色和黄色。然后穿着高跟鞋，像跛脚的大象那样走路。我们张开双臂行走，像只渴望飞翔的鸟。我们中的许多人都是以这种方式飞翔的。当教堂给一个人奖学金，就像把他从监狱里释放出来。他们会出现，给你带来惊喜，却难以在这里待上两晚。他们崇拜白人，鄙视非洲的一切。而且他们看起来很瘦，很干瘪。我希望你不要像这条黑裙子一样。"[1]

不难看出，三种颜色的衣服象征着黑、白、黄三色人种。塞巴是在借衣服的颜色和款式教育凯特丝，白人改变了黑人的生存方式。但如果黑人想要通过模仿白人的方式融入后者，只会让自身变得更加可笑。

卢旺达难民基金会等革命团体对传统文化的宣传也极大地促进了凯特丝的文化身份认同。基金会购买传统服饰，为成员付房租，给他们提供食物，帮助建立成员的联系。凯特丝就收到过基金会举办的文化秀邀请函，每个在流亡中的卢旺达难民都有一张。这场文化秀坚定了凯特丝追求新生活的想法。当她看到同胞们穿着民族服饰在舞台上载歌载舞时，被卢旺达传统文化蕴含的热情和活力深深打动了。她终于开始接纳自己的文化身份，并为此感到自豪。不仅如此，由于捐给卢旺达难民基金会的善款来自世界各地，凯特丝深刻认识到，跨越地域的人们会因为出身同源而互相帮助。而现在，凯特丝也是他们中的一员。相同的文化身份

---

[1] John Rusimbi, *By the Time She Returned: A Refugee's Tale*, London: Janus Publishing Company, 1999, p. 81.

是将这些人召集起来的强力纽带。在这些人中间，凯特丝第一次感受到了自己力量的强大，叙事的口吻也从"我"改成了"我们"。在强烈的文化身份认同影响下，凯特丝的社会身份也会进一步转变。

三、价值追寻与社会身份转变

在社会身份建构方面，凯特丝经历了从学生到女佣，从佣人到革命者的转变。从本质上来说，她每次转向的原动力都是追寻个人价值的体现。但个人价值的定义却始终处于变化之中。这既符合凯特丝青少年的心理，也与动乱的社会历史背景脱不了干系。

凯特丝并非一开始就明白受教育的重要性。在难民营时，她经常受到老师的责罚，因此十分讨厌上学。看到她如此厌学，母亲着急了。姆卡基加利清楚地知道，一个自甘平庸的人在绝境中是不会有出路的。她从自身的经验出发，教育女儿学习知识的重要。"我的女儿，如果我上过学，就不会沦落至此。在卢旺达，我们瞧不起教育……直到我们来到这个国家，我才明白了教育的价值。"[1] 她举了身边人学习致富的例子，试图激励凯特丝刻苦求学。"有一个叫加泰拉（Gatera）的男人，带着学位证书逃离了祖国。他和我们一样在难民营待了几个月，然后去了坎帕拉，靠他的文凭在白人公司找到了工作，发了大财。"[2] 凯特丝听从了母亲的劝告，立志要当一名教授，过上体面的生活。从此她奋发努力，成绩一路飙升。然而随着卡加梅等说卢旺达语的士兵在乌干达"叛军"队伍里的表现日渐活跃，政府开始警惕难民们对乌干达政治的影响。图西学生在学校的处境也日益艰难起来。即使凯特丝成绩优异，生活单纯，却仍然因为种族身份被校长强制劝退，彻底阻绝了成为教授的梦想。

---

[1] John Rusimbi, *By the Time She Returned: A Refugee's Tale*, London: Janus Publishing Company, 1999, p. 53.

[2] John Rusimbi, *By the Time She Returned: A Refugee's Tale*, London: Janus Publishing Company, 1999, p. 53.

尽管失去了接近梦想的机会，凯特丝依然没有放弃对幸福的追求。从小受到西方教育影响的她，一直对西方人抱有幻想。在失学以后，凯特丝觉得自己应该承担起养活自己的责任，于是与哥哥塞巴商量，希望能通过他的介绍找到一份工作糊口，最好是去做女佣。塞巴转而拜托朋友穆西西。"神通广大"的他果然给凯特丝找到了一份白人家庭的女佣工作。凯特丝起初十分欣喜，觉得"白人能更好地理解我的困境"①，甚至梦想自己马上就可以得到白人的欣赏，"如果能发现他们是如何致富的，也许她会带我回到她在欧洲的家，我将身处天堂。所有事物都会又干净又美丽。没有煤炉，没有争吵，没有屠杀，甚至不用再用双脚走路。"②凯特丝满怀憧憬地开启了自己的新工作。然而她的工作内容却是照顾家里的宠物小狗。这种落差感让凯特丝大跌眼镜："穆西西这个坏人，我是来做女佣的，现在却要伺候一只狗！"③一次偶然的聊天中，女主人奎尔怀特女士（Miss Queerwhite）问起了凯特丝的种族。她在对凯特丝的生活表达了短暂的遗憾后，转而诉说起了自己失去丈夫的悲伤故事。凯特丝对此展现出了极强的共情能力。经历这次情感的共鸣，凯特丝误以为自己与奎尔怀特之间超越了主仆关系，成为平等的朋友："奎尔怀特女士向我展开了心扉。我感到像在家里一样安心，很信任她。"④她在这所房子里度过了一段安静和谐的时光，每天出去采购，回家就照顾小狗鲍比——是的，怀特小姐还给它取了一个人名。但平静的时光很快被撕裂了。某天，穆西西上门送鸡蛋，趁主人不在的空档强奸了凯特丝。奎尔怀特女士的伪善也在这件事上暴露得淋漓尽致。她完全不听解释，斥责凯特丝为妓女，说自己的家不是她用来性交易的场所。这种误解让凯特丝心碎，却也让她认识到自己永远得不到西方人真正的认可与信任。奎尔怀特是看在她乖巧听话的份上，利用她的同情心剥削其劳动价值而已。一旦凯特丝"惹上了麻烦"，就会被毫不留情地抛弃。

如果说前两次的身份建构，都是争取大众认可的社会地位的尝试，那么革命者这一社会身份，则完全脱离了所谓的成功范畴，进入了相对危险的轨道。经历

---

① John Rusimbi, *By the Time She Returned: A Refugee's Tale*, London: Janus Publishing Company, 1999, p. 111.

② John Rusimbi, *By the Time She Returned: A Refugee's Tale*, London: Janus Publishing Company, 1999, p. 111.

③ John Rusimbi, *By the Time She Returned: A Refugee's Tale*, London: Janus Publishing Company, 1999, p. 111.

④ John Rusimbi, *By the Time She Returned: A Refugee's Tale*, London: Janus Publishing Company, 1999, p. 114.

了多重危机后，凯特丝深知既定的答案已经应对不了极端的考题了。这看似超出常规的选择，反而为她追寻个人价值的困境打开了一道突破口。

　　成为革命者其实并不容易。哥哥塞巴的处境侧面反映了这一选择的困难。塞巴的朋友加入了反叛军，时不时会来到他们家中，为塞巴和凯特丝普及目前的形势。每每听到消息，塞巴都感到十分激动，认为回归家园的可能又增加了。但面对朋友发来的加入反叛军的邀请，塞巴却以要照顾家人的理由拒绝了。不能说塞巴的抉择就是错误的，保护自己的生命与家人当然重要。只是相形之下，凯特丝年龄尚小，性别又处于弱势。如此还能舍弃小家，坚定地继续革命事业，就显得更加难能可贵了。这也体现出凯特丝永不言弃的精神品质。即使是被强奸并生下孩子，她也能很快从颓废中振作起来，主动和身边的人建立新的联系。她能在超市结识革命战友约翰·拿穆西西（John Namusisi），也会在穆西西企图阻止她参与革命活动时，果断拒绝听从其命令。哪怕代价是失去资助，独自抚养孩子，凯特丝也会坚持自己的价值判断，不为金钱或者安逸生活的许诺动摇。

　　信仰坚定如凯特丝，也有革命意识觉醒的过程。随着周围革命氛围日益浓郁，一系列事件让她最终下定决心加入了革命队伍。自从袭击事件发生，凯特丝再也没听到过母亲和弟弟凯特尔的消息。直到塞巴的朋友带来了新的消息：凯特尔加入了乌干达叛军，已经成了小有名气的领袖。凯特丝大为震惊，这也影响到了她对革命的看法。某天深夜，凯特尔找机会上门来访，他们随即聊起了当前的形势。弟弟说，当务之急是把流亡在外的卢旺达难民团结起来，通过加强民族文化运动，增强他们的归属感和认同感："是的，人们知道自己的来处。我们已经知道了方法，但还需要做动员。"[1]这之后，她在拿穆西西的举荐下加入了卢旺达难民基金会。基金会的神父为凯特丝举行了洗礼。对着《圣经》，凯特丝颤抖着许下了庄重的誓言："我，凯特丝，在此郑重许诺，我将会终身为革命事业奋斗，并且为我们的努力保密。我会不带半分犹豫地听从指挥。用我的生命担保，不会背叛我的信仰。"[2]至此，凯特丝的革命者身份终于构建完成。

---

① John Rusimbi, *By the Time She Returned: A Refugee's Tale*, London: Janus Publishing Company, 1999, p. 126.
② John Rusimbi, *By the Time She Returned: A Refugee's Tale*, London: Janus Publishing Company, 1999, p. 142.

凯特丝寻找社会身份的道路困难重重，满是荆棘。鲁辛比似乎在通过她的尝试告诉读者，通往幸福的道路永远没有固定的答案，在时代的浪潮中，个人只有保持独立的思考，坚持自我，做出顺应社会发展的选择，才有可能真正实现人生的价值和理想。也许前方还有未知的苦难，但鲁辛比给我们留下了一个充满希望和力量的结尾："我们有信心在战斗中占上风。我们将一步步地赶走敌人。任务虽然艰巨，但吉塞尼的光芒已在不远处闪耀。我们穿越灌木，抗击寒风，坚定地结合。我的肚子一天比一天大了。我很快就会生下孩子。我将给我的孩子取什么名字？卢旺达！非洲！是的，我将冠之以'人类'的名字。现在看来，这是最适合的名字。"①

结　语

小说结尾，凯特丝给自己取了一个革命代号"Garuka"。这也是鲁辛比本人的中间名，意为"归来"，与书名《当她归来时》形成了完美的呼应。"归来"不仅意味着回归故土的美好愿景，也是在呼吁人性的回归。不难看出，鲁辛比想要依托复杂的身份叙事强调民族团结的重要性。危机之下，人们唯有回归本源，追溯过往，才能从自己的国家和民族的记忆中汲取渡过难关的能量。他真诚地希望各种族能够携起手来，消弭人为树立的种族边界，共同营造彼此接纳、互相认同的和谐社会。正如小说前言中写的那样："一个人寻找合适身份的旅途似乎永无止境，但一个没有边界的世界将会带人们回归伊甸园。"②

（文／上海师范大学 贡建初）

---

① John Rusimbi, *By the Time She Returned: A Refugee's Tale*, London: Janus Publishing Company, 1999, p. 163.

② John Rusimbi, *By the Time She Returned: A Refugee's Tale*, London: Janus Publishing Company, 1999, p. ix.

第十五篇

斯科拉斯蒂克·姆卡松加
小说《尼罗河圣母》中受害者形象研究

斯科拉斯蒂克·姆卡松加

Scholastique Mukasonga，1956—

作家简介

斯科拉斯蒂克·姆卡松加，1956年出生于卢旺达的吉孔戈罗省（Gikongoro），是当今世界最负盛名的卢旺达法语作家之一。姆卡松加自幼便命途多舛，饱受颠沛流离之苦。1960年，胡图民族主义政府将数万图西人驱逐出境。年仅四岁的她被迫流离失所，跟随族人逃至布格塞拉地区（Bugesera）的尼亚马塔小镇（Nyamata）附近。这段童年时期的逃难经历在其自传体小说《蟑螂》（*Inyenzi ou les cafards*，2006）中亦有所体现。1973年，姆卡松加前往布隆迪避难，之后又移居吉布提，直至1992年定居法国，结束了漂泊无定的生活。1994年，卢旺达爆发了一场震惊世界的大屠杀。这场惨绝人寰的种族屠杀持续了三个月之久，夺走了近百万人的生命，其中也包括姆卡松加的二十七位亲人。屠杀发生的十年后，姆卡松加选择重返故土，开始以写作的方式为受害者发声，并陆续出版了《蟑螂》、《光脚的女人》（*La Femme aux pieds nus*，2008）、《饥饿》（*L'Iguifou*，2010）以及《尼罗河圣母》（*Notre Dame du Nil*，2012）等著作。命运对姆卡松加而言无疑是残忍的，但她从未屈服于苦难磨砺。这股不屈的精神亦反映在其创作当中。她希望用文字唤醒卢旺达人民，让他们直面历史，从民族创伤的阴霾中重新振作起来，为孩子们创造一个美好的未来。

作品节选

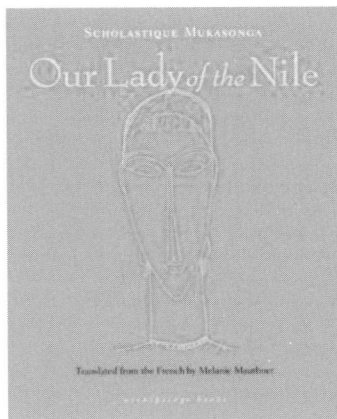

《尼罗河圣母》
(*Our Lady of the Nile*, 2014)

Once the week of mourning was over, Frida's name was tacitly banned by everyone at the lycee of Our Lady of the Nile. Yet it still tormented the seniors, like one of those shameful words you know without recalling where you got it from nor who taught you it, but which you hear yourself saying without having wanted to. If one of the girls made a slip of the tongue and said the forbidden name, all the other girls turned away, pretended they hadn't heard anything, and begun to talk really loudly to cover up, to erase with their pointless chatter, the interminable echo of those two syllables inside their heads. For there was now a shameful secrect lying coiled deep within the lycee, and deep within each of the girls, too: remorse in search of a calprit; a sin that could never be purged since it would never be owned. The image must be rejected al all costs Frida. Iike that black mirror in which each girl could read her own Life. [1]

哀悼周一结束，弗里达的名字就被尼罗河圣母高中的每个人默默地咽下了。然而，它仍然折磨着高年级的学生们，就像那些可耻的词，你不记得从哪里听到过，也不记得是谁教你的，但你听到自己不假思索地脱口而出。如果一个女孩口误，说出了这个被禁止的名字，所有其他女孩都会转过身去，假装什么都没听见，并开始大声说话，用无意义的唠叨来消除这两个音节在头脑中无休止的回声。因为现在有一个可耻的秘密盘踞在学校深处，也藏在每个女孩的内心深处：寻找罪魁祸首的悔恨；本就无罪，何谈洗清。必须不惜一切代价拒绝这种形象：弗里达。就像那面黑色的镜子，每个女孩都能从镜中认出自己的人生。

（贡建初 / 译）

---

[1] Scholastique Mukasonga, *Our Lady of the Nile*, Melanie Mauthier Trans, New York: Archipelago, 2014, pp.131-132.

作品评析

《尼罗河圣母》中受害者形象研究

引　言

　　《尼罗河圣母》是卢旺达流散作家斯科拉斯蒂克·姆卡松加的代表作之一。2012年，她凭借这部著作获得了法国五大文学奖之一的勒诺多文学奖（Prix Renaudot）。小说的时间背景设定在胡图共和国晚期，主要讲述了一所教会女校里发生的故事。这所学校叫作尼罗河圣母高中（Our Lady of the Nile Lycée），靠近尼罗河的发源地，又因该地有一尊圣母像而得名。尼罗河圣母高中专门培养优秀的卢旺达女性精英，学生们多出身胡图权贵之家，也有少量优秀的图西女学生能够入学。学校耸立在高山之巅，环境优美，与世隔绝，本该是象牙塔一般的存在。但这一时期卢旺达种族对立情绪愈演愈烈，加上政要商贾家庭的孩子们在为人处世方面也受到父辈的影响，因此不同种族的学生间多有龃龉。随着情节的深入，这些冲突矛盾也逐渐累积升级，最终酿成了无可挽回的悲剧。

　　尽管小说集中书写的是尼罗河圣母高中内部发生的故事，但也有学者认为这部作品映射了1994年发生的卢旺达种族屠杀。卢旺达文学研究专家奥利弗·尼鲁布加拉（Oliver Nyirubugara）指出，"尽管故事发生在屠杀前二十年，《尼罗河圣母》仍然可以被归类为种族屠杀小说。"[①] 而在这类小说中，受害者的定义问题是比较核心的讨论对象。冲突中难免会出现受害者。对受害群体形象的塑造往往又

[①] Oliver Nyirubugara, *Novels of Genocide: Remembering and Forgetting the Ethnic Other in Fictional Rwanda*, Leiden: Sidestone Press, 2017, p. 21.

影响着观者对矛盾性质的判断。为尽可能客观地作答，姆卡松加在这部著作中创造了三类受害者。通过对受害者形象的探析，读者亦可以窥见姆卡松加对种族冲突悲剧的沉痛思考，对种族和谐的真诚呼吁产生共鸣。

一、命运裹挟下的典型受害者

在典型受害者形象的塑造方面，《尼罗河圣母》采用的叙事策略主要是将人物放在极端的命运中，考察角色们的自主选择，从而凸显出她们的美德或者懦弱之处。与现实中的大多数卢旺达受害者相对应的是，书中的典型受害者主要是图西族人。奥利弗曾这样介绍这部著作："尽管《尼罗河圣母》的背景设定在屠杀前二十年，但它有关图西族角色形象的建构却与其他图西作者的小说相似，是往受害者的形象来塑造的。"① 在他看来，这些小说都"将图西族角色设定为被动的受害者"②，以这些人物频频遭受来自部分胡图族的言语和精神暴力为开端，直至遭遇身体暴力为结尾。为证明其观点，奥利弗也举了两位图西族女孩的例子。其中一位是学校最美的女孩维罗妮卡（Veronica Tumurinde），另一位是学校最聪明的女孩弗吉尼亚（Vriginia Mutamuriza）。她们不曾挑起争斗，却被迫卷入了命运的漩涡。学业优秀的弗吉尼亚为了逃命放弃了继续深造，维罗妮卡更是死于同班同学格罗瑞丝（Glorisa Nyiramasuri）的陷害之下。她们天赋异禀，行事谨慎，却屡屡遭到排挤和针对。学校的职工也对这些图西族女孩们冷眼相待，表现得不甚友好。神父埃梅内吉尔多（Father Herménégilde）甚至常以奖励为由骚扰她们。他会要求女孩们在他面前脱光衣服，再换上那些私吞得来的慈善衣物。以检查衣服合身为由，行性骚扰之实，行为可谓令人发指。维罗妮卡和弗吉尼亚为代表的典型受害者如同真善美的化身，与恶劣的环境形成了鲜明的对比。她们各自的命运

---

① Oliver Nyirubugara, *Novels of Genocide: Remembering and Forgetting the Ethnic Other in Fictional Rwanda*, Leiden: Sidestone Press, 2017, p. 36.

② Oliver Nyirubugara, *Novels of Genocide: Remembering and Forgetting the Ethnic Other in Fictional Rwanda*, Leiden: Sidestone Press, 2017, p. 36.

在家族姓名上就有所暗示。例如"Mutamuriza"意为"别让她哭泣"（Don't make her cry）。讽刺的是，她们的名字凝聚了家人最美好的期盼，各自的命运却与这份期盼背道而驰。可见个体的愿望在时代的洪流卷挟下多么无力。不过，这并不意味着人力完全无法改变命运或者应该就此放弃挣扎，至少姆卡松加想要传达给读者的精神并非如此。这就必须提到角色们自主的选择与她们最终的结局。

乍看之下，奥利弗关于图西角色是"被动"受害者的观点有一定的道理，实际上却经不起推敲。姆卡松加在描绘维罗妮卡和弗吉尼亚时，并没有一味强调她们身为受害者的被动性，而是把叙事重心放在了刻画女孩们面对困境时的选择差异上。这些选择反映了角色们各自的性格，决定了人物不同的结局，既有助于塑造多维立体的典型受害者形象，也为作品增添了一份真实感和厚重感。弗吉尼亚的学习成绩优异，这不仅是个人努力的结果，也与其家庭教育有关。她家境贫寒，靠奖学金过日子。在学校吃早餐时，桌上会放糖罐供人取用。许多学生并不珍惜，玩闹争抢间就浪费了许多。弗吉尼亚看在眼里，十分心疼那些白糖。对于她这样的平民而言，糖是难得一见的奢侈品。于是她会趁着早餐藏起几撮糖粉，准备带回家给妹妹们尝尝。在学校里，她接触的是西式教育，身边的同学都是社会名流的女儿。这让她看到了更多改善生活的机会。弗吉尼亚梦想成为一名教师，这是最符合实际的梦想。此时她的选择虽然是积极的，但也没有深入去思考其中的困难之处，更没有察觉到时局的动乱。她以为循规蹈矩就能顺利毕业并且找到工作。可见弗吉尼亚这时的思维仍然停留在比较单纯的阶段。她的家人也表现出十分天真的一面，认为弗吉尼亚是学生，这意味着她不再受种族身份的困扰，而是进入了比利时人的价值体系，迈向了成为精英的旅程。不过，从整体上看，此时的弗吉尼亚仍是充满上进心和独立意识的。她坚信能够通过个人的努力为家庭的发展作出贡献，也认为自己的付出不会白费。

通过其他细节，也可以看出弗吉尼亚在改变命运方面的主动性。比如她趁拜访姑姑的机会，独自一人深入到森林中探访女巫，寻求对方的帮助。女巫说弗吉尼亚前世是侍奉在图西女王身侧的侍女，有着重要的使命。弗吉尼亚就将此事记在了心里。等到格罗瑞斯诬告图西族人一事爆发后，弗吉尼亚也第一时间意识到了情况的危险，迅速联系上了这位女巫，并在她的小屋里躲避了一段时间，这才保住了性命。弗吉尼亚的选择永远与其家人以及种族保持一致。正因为她积极地与自身民族建立联系，同时又保有自己的独立思考，善于抓住时机、付诸行动，才在诬告下捡回了一条命。

　　与之形成鲜明对照的是维罗妮卡的结局。后者的选择也始终隐含着导向悲剧的线索。维罗妮卡天生貌美，机缘巧合之下结识了在学校附近做生意的外国商人。商人对卢旺达文化有着超乎寻常的痴迷，并且认为图西人才是更加高贵的种族。在他的幻想中，圣母就长着维罗妮卡的脸。维罗妮卡也很乐意陪他玩这种过家家游戏，甚至会邀请弗吉尼亚也参与进来。商人对维罗妮卡许诺，说要把她推向欧洲，推向世界。维罗妮卡很是高兴，对成为模特也是满心憧憬。然而，她并没有考虑过接受任何专业的训练，而是满足于商人的吹捧，耽于把她奉为女王的现实享受。维罗妮卡以为自己把商人玩弄于股掌之间，殊不知自己才是对方没有灵魂的玩偶。当危机真正来临时，维罗妮卡向商人寻求庇护，却和对方一起死于士兵之手。维罗妮卡这一角色实际上也影射了一些对欧洲人抱有幻想的卢旺达人。他们希望欧洲人来主持正义，将他们救出苦海，却没有意识到满口仁义道德的殖民者们并不会在乎卢旺达人的死活，只是需要容易操纵的傀儡。尽管维罗妮卡也有改变命运的梦想，却没有付出实质性的努力。因此，她的悲剧结局也是意料之中。

　　姆卡松加对典型受害者形象的刻画是相当厚重写实的。正因为有对人物选择细致入微的描摹，作品想要表现的宿命感才得以成立，读者的悲悯心和同情心也会随之被激发出来。姆卡松加并没有将图西族就是受害者的观点强加给读者，却能够让人相信图西人确实在一段时间内遭遇过不公的待遇。她也没有忽视处于图西与胡图种族中间地带的受害者，例如半胡图—半图西血统的角色莫德斯塔（Modesta）。不仅如此，姆卡松加向来强调，卢旺达并非只有"卢旺达饭店"（Rwandan Hotel）。也就是说，她希望人们不要只把目光放在大屠杀之上。她的作品也展露出很强的女性主义思想，尤其体现在对胡图族女孩弗里达（Frida）的书写上。通过弗里达的遭遇，姆卡松加揭露出尼罗河圣母高中，乃至整个卢旺达社会的男权本质，呼吁年轻女性走向觉醒。通过分析上述两个角色为代表的特殊受害者形象，可以进一步探究《尼罗河圣母》的深层意蕴和现实意义。

二、双重压迫下的特殊受害者

半胡图—半图西血统的莫德斯塔是特殊受害者之一。她一直被夹在两股力量之间，内心想和弗吉尼亚做朋友，却又不得不听从格罗瑞丝的命令，监视弗吉尼亚等人。最终章里，弗吉尼亚在其他人的帮助下逃出生天。格罗瑞丝却因为弗吉尼亚的逃离开始怀疑莫德斯塔，并指派军方人员强奸了后者。尽管遭遇了这样非人的待遇，但莫德斯塔始终没有吐露弗吉尼亚的行踪。

事实上，莫德斯塔的这种两边不讨好的艰难处境，在第六章"羞耻的血液"（"The Blood of Shame"）就已经体现得淋漓尽致。这章首先从莫德斯塔的梦境切入。她梦到自己在课堂上不停地流血，所有人都为此责骂自己。这个噩梦搅得莫德斯塔寝食难安。姆卡松加首先是花了很多笔墨，让读者对教会女校关于月经方面的态度达成了基本的认识。书中写道：经血被认为是洗不掉的污点，是女人的原罪，是不能被谈论和提及的耻辱。这样的环境将月经与私密，与性联系起来，致使每个女性都不可避免地受到男权目光的鞭笞。她们只能选择对月经闭口不谈，像做贼一样到小黑屋子里搓洗自己的污点。

谈论月经羞耻的故事在女性题材作品中并不罕见，但姆卡松加的独到之处在于把月经羞耻与劣势种族对血统的耻辱感联系起来了。在种族对立的压抑的环境下，女孩们迫切需要一种认同和出路。莫德斯塔作为半胡图—半图西人，本来需要和胡图人打好关系，以证明她立场的清白。她的父亲也让她讨好格罗瑞丝。但莫德斯塔总是觉得，弗吉尼亚才是她最好的朋友。因为她愿意与后者谈论经期。首先从侧面反映出莫德斯塔心中，血液与私密性的联系甚密。这便要溯源到莫德斯塔的家族秘密了。她的父亲是胡图人。在图西族当政时，父亲想要攀附关系，证明自己的忠心，于是娶了图西族的妻子。等到时局改变，妻子就成了家庭的耻辱，只能被隐藏起来。种族之争和男权制度的荒谬与可悲之处，在她父母这段畸形的利益关系中尽数体现。莫德斯塔的母亲被物化成追名逐利的工具，父亲则是

257

种族之间墙头草一般的小丑角色。如章节名《羞耻的血液》暗示的那样，"血液"既代表令女孩们羞耻的经血，又象征着耻辱的血统。

其次，将谈论经期等同于朋友的准入门槛，体现出共享秘密是莫德斯塔衡量友谊的重要标准。血液羞耻带来的痛苦，让女孩们相互理解，也让她们明白，强加给血液定义是十分荒谬的。经血成为两个女孩间隐秘的友谊桥梁，将她们紧紧捆绑在一起，天然地消弭了种族与血统带来的隔阂。女孩们以一种懵懂的状态彼此贴近，这是男权社会和种族主义的双重压迫使然。在这样沉重的压迫下，女性间的情谊其实自有一股力量。这股力量尽管柔弱，却无法被轻易斩断。通过这种力量，她们能够彼此安慰，互相鼓励着生存下去。月经还意味着女性具有了生育的能力，从女孩变成了女人。从男权社会的角度来看，"成为女人"往往意味着被性化，被凝视以及接受贞洁的审判。但从女性主体的角度出发，月经赋予了她们成为母亲的资格和传承生命的力量。这又牵扯到了生育与母性的话题。在这些预备役母亲眼里，种族之分何其可笑。在母子的眼中，彼此的本质是不会因为种族而改变的。正因看清了这一点，这些女孩才会祈愿："也许有一天，没有图西和胡图之分，我们都是卢旺达人。"[1] 这也是姆卡松加借角色之口发出的女性之声。

胡图族女孩弗里达在书中更早遭受灭顶之灾。她的死亡也真正揭开尼罗河圣母高中所谓"培养精英女性"教育的假面。在书中，弗里达是第八章"圣女的衣袖之上"（"Up the Virgin's Sleeve"）的中心人物。前文曾提到神父的骚扰一事。针对此事，奥利弗认为，弗里达尚能"享受"神父的"邀请"，但维罗妮卡等图西学生却只将此事视为一种折磨。此种说法似乎值得商榷。维罗妮卡等人确实对神父的骚扰深恶痛绝，但对弗里达的指责，无疑是陷入了洛丽塔式的道德困境，忽视了神父与女孩地位的不平等。弗里达同样遭受了神父的诱骗，并非"享受邀请"那么简单。本章阐述的依旧是男权社会对女性的物化与压迫。老师们口口声声说，这所学校旨在培养卢旺达女性精英，她们是卢旺达的未来，却放任未成年的弗里达和其比利时高官未婚夫厮混，最终导致弗里达难产而死。这揭露了这些所谓的精英女生的商品本质。这种悲哀是共通的。经历此事后，"所有女孩都一致为自己

① Scholastique Mukasonga, *Our Lady of the Nile*, Melanie Mauther trans, New York: Archipelago, 2014, p. 99.

身为女性而感到绝望"①。弗里达之死激起了女孩们的激烈讨论。关于她难产的原因，女孩们提出了诸多猜测，一说是从学校到首都的路况不佳，导致弗里达流产。也有人认为白人的食物伤到了弗里达和她的孩子。格罗瑞丝想要平息事态，阻止大家继续讨论。但伊玛库莱（Immaculée）一针见血地指出，所谓的"女性的进步"都是骗人的场面话，学生们来到这所高中，是为了"家族的进步"，甚至不是为她们个人的未来，而是为了族裔的未来。她们的父辈不过是把她们看成待价而沽的商品，企图通过一纸文凭将女孩们卖出更好的价格。伊玛库莱表示，她再也不想做这市场的一部分了。值得一提的是，伊玛库莱虽然是胡图人，却一直没有表现出对图西族人的歧视。她很喜欢大猩猩，曾经在第七章《大猩猩》（"The Gorillas"）里，和朋友格蕾蒂（Goretti）结伴去跟踪过大猩猩的踪迹，并且在它们身上看到了真正的和谐。当她向全班同学回忆这段探险经历时说道，"格蕾蒂的妈妈说，大猩猩曾经也是人。好吧，我想提出一个不同的故事：大猩猩们拒绝成为人类。它们差不多就是人类了，却选择在山野森林当猴子。它们拒绝成为人类，因为看见那些变成人的猴子们变得刻薄又残忍，还会相互屠杀。也许这才是神父所说的猴子变成人时的原罪！"②当格罗瑞斯嘲弄伊玛库莱的想法，让她回到大猩猩那里去时。伊玛库莱并不觉得被羞辱了，反而坚定地回答，"也许我会的！"③最终章里，她对落难的弗吉尼亚伸出了援手，并表示自己将要追随大猩猩而去，成为它们中的一员。弗吉尼亚也欣然与她约定好要再次相见。在伊玛库莱身上，我们能看到姆卡松加对抛却种族偏见，实现融合共生的期许。同时也反映出作者十分明确的女性主义立场。在她笔下，这些年轻女性为实现民族融合的目标增添了一份坚韧的力量。

从典型受害者到特殊受害者，姆卡松加对受害者形象的刻画已经十分详尽了。但真正让这部作品从大屠杀小说中脱颖而出的，还是对"伪"受害者格罗瑞斯复杂变态心理的书写。在本当单纯的花样年华，格罗瑞斯展现出的狠毒心思令人胆寒。但对这一人物的深度挖掘，恰恰体现出姆卡松加对人性之恶复杂立体的

① Scholastique Mukasonga, *Our Lady of the Nile*, Melanie Mauther trans, New York: Archipelago, 2014, p. 129.

② Scholastique Mukasonga, *Our Lady of the Nile*, Melanie Mauther trans, New York: Archipelago, 2014, p. 108.

③ Scholastique Mukasonga, *Our Lady of the Nile*, Melanie Mauther trans, New York: Archipelago, 2014, p. 131.

思考，让小说成为兼具艺术性与思想性的作品。由此看来，格罗瑞斯这一形象也值得读者们深入探究。

三、谎言庇护下的"伪"受害者

巴尔—塔尔（Daniel Bar-Tal）等学者指出，受害意识的形成有三重基础。首先，这一意识植根于对直接或间接伤害的认识。其次，受害者也是一个社会标签，是社会承认某一行为违法性的结果；第三，一旦个人认为自己是受害者，他们往往会试图保持这种状态。[1]在姆卡松加的小说中，可以透过格罗瑞丝为代表的"伪"受害者见到对后两个环节的强调。相对于"典型受害者"和"特殊受害者"，她将自己塑造成受害者的过程，很好地展现了"受害者"的形成过程。

在"圣母的鼻子"（"The Virgin's Nose"）这一章中，格罗瑞丝想出了一个疯狂的计划：她想要换掉圣母像的鼻子。格罗瑞丝觉得圣母像的鼻子过于小巧，一定是属于图西族的，卢旺达的圣母需要真正的胡图鼻子。因此她叫上莫德斯塔陪她偷溜出学校，企图乘着夜色改造圣母像。然而她低估了改造的难度，失手将圣母像的鼻子凿烂。惊慌之下，格罗瑞丝胁迫莫德斯塔和她统一口径，将整件事都推到了图西族的反动武装力量——"蟑螂"（Inyenzi）的身上。一时间，学校周边风声四起，人心惶惶。

读罢此章，读者一定会对格罗瑞丝老辣的陷害手段和狠毒的心肠留下深刻印象。这也得益于姆卡松加对格罗瑞丝形象的深入挖掘和细致塑造。有关她的形象塑造涉及两个叙事层次，第一层是作者对格罗瑞丝的刻画，第二层是身为角色的格罗瑞丝对自身受害者形象的营造。其中第二个层次的书写又能反过来丰富第一层次的书写，可见作者在人物形象设计方面的用心和精巧之处。

姆卡松加首先将格罗瑞丝设定为出身胡图官宦人家。家庭背景的优势赋予了她敏锐的政治嗅觉，也使她拜高踩低的秉性不断恶化。格罗瑞丝对自己的出身十

---

① Daniel Bar-Tal, Lily Chernyak-Hai, Noa Schori and Ayelet Gundar, "A Sense of Self-perceived Collective Victimhood in Intractable Conflicts". *International Review of the Red Cross*, 2009. Vol. 91, p. 233.

分自信。然而客观来看，无论是外貌还是成绩方面，格罗瑞丝都矮了同班的弗吉尼亚和维罗妮卡一头。对此她不仅没有反思，想着如何充实提升自己，反而一直希望从源头上铲除这两个竞争对象，把她们彻底踢出竞争的队列。她的嫉妒心与自负心不断膨胀。起初只是时不时地刻薄二人几句，嘲讽她们的出身和血统。比如在维罗妮卡看地图册时，她会说："维罗妮卡，你是在找回家的路吗？别担心，我以尼罗河圣母的名义担保，这些蟑螂准会把你驮在背上背回去的，要么就是放肚子上。"①随着情节的发展，这些言语上的针对逐渐演变为对图西女孩们的诬告和控诉，最终导致维罗妮卡丢了性命。其实，从小说的细节中可以看出，格罗瑞丝是一个没有自我的人。她发表的不是自己的意见，而是在重复响亮的口号，打着正义的名义去行使审判权。在前述的改造圣母像一事中就能看出，她没有考虑过计划可行与否，就贸然趁着夜色去砸塑像，显然是十分无知的。然而，她却能在毁掉圣母像的第一时刻就想到后果的严重性，并且毫无负罪感地编织了一个有利于她的谎言。这都仰赖于她对时局动向的了解。在她与莫德斯塔商量换掉圣母像的鼻子时，后者对此感到十分不安。格罗瑞斯立马搬出她的父亲来证明自身行为的合理性，"我当然会告诉我父亲……事实上，他说他们打算在学校和政府里展开清除图西计划。他们已经在基加利大学和布塔雷大学这样做了"②。

格罗瑞斯空洞的自我恰恰能反映出她周围大多数人的想法，也解释了她能够成功塑造自身受害者形象的原因。尽管她的谎言漏洞百出，但只需要推到种族矛盾一事上，就可以激发出人们的恐惧和愤怒，从而掩盖真相并埋没思考问题的能力。这正如她本人洋洋得意脱口而出的宣言一般令人毛骨悚然："这不是谎言，这是政治！"③当莫德斯塔从周围没有图西士兵的角度去质疑她的谎言是否成立时，格罗瑞斯就拿父亲的话做挡箭牌："我父亲说，我们必须一遍遍地重复强调蟑螂还在这，他们随时准备回来。他们中的一部分尚未被排除出去，仍然留在我们中间……我父亲说必须随时准备好恐吓民众。"④于是她撒谎说自己和莫德斯塔遭到

① Scholastique Mukasonga, *Our Lady of the Nile*, Melanie Mauther trans, New York: Archipelago, 2014, p. 18.

② Scholastique Mukasonga, *Our Lady of the Nile*, Melanie Mauther trans, New York: Archipelago, 2014, p. 197.

③ Scholastique Mukasonga, *Our Lady of the Nile*, Melanie Mauther trans, New York: Archipelago, 2014, p. 210.

④ Scholastique Mukasonga, *Our Lady of the Nile*, Melanie Mauther trans, New York: Archipelago, 2014, p. 202.

了图西恐怖分子的袭击，险些被强奸，奋力反抗才逃了出来。把自己塑造成了一个完美的受害者和反抗英雄的形象。甚至发展出了虚伪的"受害者身份利己主义"（"egoism of victimhood"）。这指的是受害者群体无法从他人的角度看问题，无法理解他人的痛苦或为自己造成的伤害承担责任。①姆卡松加之所以创造格罗瑞斯这一颠倒黑白、极其利己的角色，就是要提醒读者们要保持对冲突的理性思考，不能偏听偏信，而是要根据具体的时代与政治背景去分析某些宣传立场背后的目的。一味地盲从只会带来更大的混乱，也会掩盖加害者的罪行，让真正的受害者蒙受冤屈。前文中曾经提到姆卡松加曾经多次强调卢旺达不等于《卢旺达饭店》。实际上，著名影片《卢旺达饭店》就有比较明显的偏向，隐瞒了图西族人的努力。强调胡图主角的个人英雄作用。电影中也充斥着许多与现实有出入的细节。原型人物鲁塞萨·巴吉纳（Paul Rusesabagina）甚至在 2018 年被指控涉嫌支持恐怖分子而锒铛入狱。对不熟悉卢旺达的读者而言，姆卡松加的提醒无疑是及时且必要的。

结　　语

从以上三类受害者的形象分析我们可以看出，姆卡松加始终站在反对种族对立的高度进行书写。其实，姆卡松加本人就是屠杀的受害者。她在 1994 年的屠杀中失去了 27 位亲人，其中包括父母兄妹在内的至亲。姆卡松加曾说："如果我不是生活在大屠杀中死伤最多的尼亚马塔，我就不会有仇恨，我就会考虑孩子们，给他们构建一个所有人在一起和平生活的未来。我拥有的不是一种天真的乐观主义，我希望用我的文字来唤醒人们，让他们致力于为孩子们创造一个美好的未来。"②在这段谈话中，她没有把自己标榜得多么客观，也承认仇恨的存在，但读者依然能从其作品里感受到真诚的思考。身为图西族作家，姆卡松加选择书写单

---

① Daniel Bar-Tal, Lily Chernyak-Hai, Noa Schori and Ayelet Gundar, "A Sense of Self-perceived Collective Victimhood in Intractable Conflicts", *International Review of the Red Cross*, 2009, Vol. 91, p. 252.

② 转引自斯戈拉斯蒂科·姆卡松加：《斯戈拉斯蒂科·姆卡松加小说选》，黄凌霞译，《世界文学》，2019 年第 6 期，第 5—6 页。

一的图西族受害者倒也无可厚非。但她没有盲目地塑造完美受害者的形象。这是因为姆卡松加清晰地认识到，屠杀的受害者不仅限于某一种族。相反，只要存在屠杀，无论哪一种族都必然被卷入其中。卢旺达种族屠杀定性的复杂之处也正在于此。《尼罗河圣母》获奖之后，姆卡松加在采访中提到，随着这部小说的出版，她逐渐接受了自己和卢旺达的历史。亦有学者认为，"姆卡松加的作品，尤其是她的小说，为思考卢旺达文化的恢复提供了一个有用的空间，并在此过程中展示了文化生产力的作用，以及在挑战卢旺达作为一个种族灭绝受害者国家的神秘化方面的作用"[①]。是的，幸好还有像姆卡松加这样富有正义感和责任感的作家在继续坚持写作。他们正用自己的记忆去填补历史，努力还原真相、达成和解。珠玉在前，相信未来的卢旺达也会涌现出更多优秀的作家作品，给读者带来心灵的涤荡与新的震撼。

（文／上海师范大学 贡建初）

---

① Nickie Hitchcott, "'More than just a genocide country': recuperating Rwanda in the writings of Scholastique Mukasonga", *Journal of Romance Studies*, 2017, Vol. 17, No. 2, p. 131.

索马里文学

　　索马里位于"非洲之角"，即非洲大陆东北部的索马里半岛，北临亚丁湾，东瞰印度洋，在它的西部，自北向南分别与吉布提、埃塞俄比亚和肯尼亚接壤。索马里的官方语言是索马里语和阿拉伯语，英语作为外来语，一直以来在索马里的使用率并不高，因此比起本土语言文学，索马里英语文学的历史较短，发展较为缓慢。索马里人属于游牧民族，他们有着悠久的诗歌传统，因此索马里也被誉为"游吟诗人之国"，但在 1972 年索马里语的官方文字体系确定之前，索马里文学多以口头形式为主，许多索马里民族的谚语格言和寓言传说便以这种形式保存了下来。

　　作为世界最不发达的国家之一，索马里由于内战连绵，政府专制，社会发展较不稳定，大量索马里人被迫背井离乡、出走他国，流散也成为他们的一种常态。索马里不少作家都是流散者，战争带来的创伤、对专制政府的批判、妇女经历的苦难和对于流散身份的困惑是他们作品中极为常见的主题。此外，一些生活在异邦的索马里人虽然从事不同的职业，但仍有领域类的卓越者将他们的经历书写成传记，以此来发出自己的声音，鼓舞走出国门的同胞。因此在索马里文学尤其是英语文学中，传记文学也成为一种典型体裁，比如为中国人所知的索马里名模华利斯·迪里（Waris Dirie, 1965— ）的自传《沙漠之花》（*Desert Flower*, 1998），它后来被拍成了电影而闻名世界。

　　若论起小说创作，我们不得不提到索马里英语文学的杰出代表——纽拉丁·法拉赫，这位用英语创作了十几部小说的作家以一己之力繁荣了索马里文学的半壁江山，是当代索马里英语文学的最高成就者。

第十六篇

纽拉丁·法拉赫
小说《地图》中的反思、解构与隐喻

纽拉丁·法拉赫

Nuruddin Farah, 1945—

作家简介

纽拉丁·法拉赫是索马里第一位用英语进行创作的作家，是索马里当代英语文学的杰出代表。"流散"可以说是伴随了他的一生：自少年始，法拉赫便因战乱流徙至索马里各地，后来曾在印度和英国求学。1976 年，他发表触怒索马里当局的小说《裸针》（*A Naked Needle*, 1976）后，开始了长达二十二年的海外流亡。从创作上来看，法拉赫的长篇小说成就较高，以三部曲见长，如"非洲独裁主题变奏"（Variations on the Theme of an African Dictatorship）系列——《酸甜牛奶》（*Sweet and Sour Milk*, 1979）、《沙丁鱼》（*Sardines*, 1981）和《芝麻关门》（*Close Sesame*, 1983）；"日中之血"（Blood in the Sun）系列——《地图》（*Maps*, 1986）、《礼物》（*Gifts*, 1993）和《秘密》（*Secrets*, 1998）；以及"不完美的过去"（Past Imperfect）系列——《连接》（*Links*, 2003）、《绳结》（*Knots*, 2007）和《叉骨》（*Crossbones*, 2011）。此外，法拉赫还是一位剧作家和纪实作家，他曾发表过多部剧作和一部关于索马里裔流散者的非虚构著作：《昨日，明天：索马里流散者的声音》（*Yesterday, Tomorrow: Voices from the Somali Diaspora*, 2000）。

尽管长年客居异乡，法拉赫却几乎只写故国。他常以 20 世纪下半叶的索马里为背景，展现独立后索马里社会的现实情况和当代索马里人的生活处境，从个体到群体再到国家，他在作品中处处透露出对索马里民族生存境遇的深切关怀。阅读法拉赫的小说，对于我们了解索马里这个国家有所助益。

作品节选

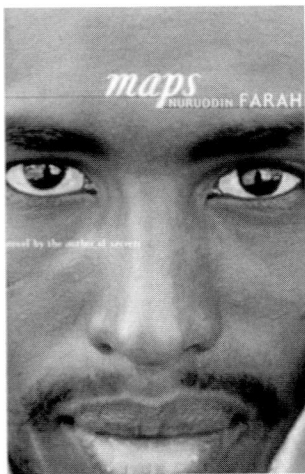

《地图》（*Maps*, 1986）

Yes. You are a question to yourself. It is true. You've become a question to all those who meet you, those who know you, those who have any dealings with you. You doubt, at times, if you exist outside your own thoughts, outside your own head, or Misra's. It appears as though you were a creature given birth to by notions formulated in heads, a creature brought into being by ideas; as though you were not a child born with the fortune or misfortune of its stars, a child bearing a name, breathing just like anybody else, a child whose activities were justifiably part of a people's past and present experience. You exist, you think, the way the heavenly bodies exist, for although one does extend one's finger and point at the heavens, one knows, yes that's the word, one knows that that is not the heavens. Unless… unless there are, in a sense, as many heavens as there are thinking beings; unless there are as many heavens as there are pointing fingers.[①]

是的。你是你自己的问题。这是真的。你已经成为所有遇见你的人、认识你的人、和你打过任何交道的人的问题。你有时会怀疑，你是否存在于你自己的思想之外，存在于你自己或米斯拉的头脑之外。仿佛你就是一个由脑中概念所孕育的生物，一个由思想产生的生物；仿佛你不是一个出生时星盘或幸运或不幸的孩子，一个有名字的孩子，一个和其他人一样呼吸的孩子，一个其行迹理所当然成为一个民族过去和现在经历一部分的孩子。你存在，你思考，以天体的方式存在，因为尽管一个人伸出手指指向天堂，但他知道，是的，就是这个词，他知道那不是天堂。除非……除非，在某种意义上，天堂和有思想的人一样多；除非天堂和伸出去的手指一样多。

（刘雨轩 / 译）

---

① Nuruddin Farah, *Maps*, New York: Pantheon Books, 1986, p. 3.

作品评析

《地图》中的反思、解构与隐喻

引　言

法拉赫以撰写三部曲闻名。"三部曲"最初是指情节连贯的三部悲剧，后来通常泛指三部内容各自独立又或互相联系的文学作品。通常情况下，三部作品之所以能够被作家放在一起并置，必然是有相类共通之处，它们大多内容上偶有交叉、情节上互为承接、人物上有穿梭重叠，再或者叙事发生的时空具有一致性。但值得一提的是，法拉赫的三部曲大多只是享有共通的主题，内容上却不一定按照传统根据时间或其他线索进行有序推进，情节上的承连性也不是非常紧密。也正是如此，他的小说每部都可以进行相对单独的阅读与挖掘。

一、以家庭故事反思宗族主义

《地图》是法拉赫的第二个三部曲"日中之血"系列中的第一部，该系列初稿约成型于 1983 年至 1992 年之间。这段时间介于索马里反对派武装抵抗西亚德·巴雷[①]的早期阶段和他被推翻后开始的无政府状态之间，也正值法拉赫在非

---

① 西亚德·巴雷（Muhammad Siyad Baree, 1919 – 1995），索马里军人、政治家，1969 年 10 月通过政变上台出任索马里总统，后长期实行独裁统治。1991 年，巴雷政府被反对派推翻，索马里自此陷入长期无政府统治状态。

洲大陆上四处流散的时期，是他创作历程中的成熟阶段。三部曲延续了法拉赫在大的历史背景下刻画小人物的特色，分别编织了三个家庭故事。

其中，《地图》以索马里西部欧加登地区的卡拉佛镇（Kallafo）和首都摩加迪沙为地点，以20世纪70年代到90年代之间发生的三次欧加登战争为背景，讲述了少年阿斯卡尔（Askar）充满回忆性质的成长故事。阿斯卡尔是欧加登的一名索马里男孩，父亲在战场上牺牲，母亲因生他而去世。7岁之前，阿斯卡尔由养母和伯父照看，之后因欧加登爆发战争而被送至摩加迪沙的希拉尔（Hilaal）舅舅家里抚养，从而在那里受教、长大。

在成长过程中，阿斯卡尔与养母米斯拉（Misra）的关系不断发生着变化。米斯拉来自埃塞俄比亚的奥罗莫（Oromo），因逃难流亡至位于两国边界的欧加登，成为阿斯卡尔伯父库拉克（Qorrax）的女仆，继而又被主人强占后抛弃。所幸当她在后院发现了刚出生不久的阿斯卡尔，并在主人的默许下收养了他后，精神从此便有了寄托。她给予了幼年的阿斯卡尔无限的爱，阿斯卡尔同样对她既信任又依赖，两人感情一度十分亲密，甚至有超越伦理之嫌。在阿斯卡尔17岁时，米斯拉被怀疑在埃塞俄比亚占领欧加登时背叛了索马里而投向了她的祖国，最后被阿斯卡尔当时所属的西索马里解放阵线（Western Somali Liberation Front）杀害。事实上，在小说的最后一章，阿斯卡尔被摩加迪沙警方逮捕，就是因为涉嫌参与了她的被杀。小说正是以阿斯卡尔在警局回溯往事的方式娓娓道来。

法拉赫将对索马里人的宗族主义身份问题的思考融入了这部小说。我们知道，人类社会长期处于父权制的统治之下，因此一旦提及血缘，如非特殊情况，所指涉的皆是父系血缘。父系血缘是家庭组织结构的决定因素，家族姓氏、社会性别秩序等自然也由其主导。"在自成一体的部族社会，或天人合一的封建宗法社会，姓氏、血缘、性别等共同构成了牢固不变的身份认同机制"①，它们对社会中个体身份意识的形成和发展起到了不可忽视的作用。在索马里，这种情况更为甚之。不同于非洲的其他地区的社会群体是依附于部落首领而相互凝聚，索马里

① 陶家俊：《身份认同导论》，《外国文学》，2004年第2期，第38页。

的社会治理原则直接取决于"父系亲属具有约束性的联系"[1]，一个索马里人的父系血统所代表的家族关系决定了此人在社会中基本的政治、法律和社会地位，甚至不同氏族之间的政治联盟和分裂，亦即所谓的政治效忠。"孩子们从小就牢记家谱，家谱让一个人拥有了大批亲属，并让他从中根据自己的利益考虑来选择敌友。"为此，作为好战的游牧民族，索马里人还发展出一种调动个人效忠关系的"血亲复仇集团"[2]，集团中的所有成员都有连带关系，牵一发而动全身。这种宗族主义的社会治理原则在整个索马里民族的血脉中根深蒂固，上到国家机器、下至个体家庭皆无所遁形，可以说除了受到边界纷争的影响和国际社会的干预，索马里局势的长年不稳定也与此有着莫大的关系。

法拉赫向来旗帜鲜明地对这种贻害无穷的宗族主义表达谴责，在他看来，父系的威权是从家庭蔓延到整个社会的，而要撼动控制索马里宗族社会的父系血缘，便要从根源做起"以子之矛攻子之盾"，因此他在小说中格外关注血缘伦理。在《地图》中，法拉赫一方面通过展现主人公在一个血缘束缚下的社会里失去血缘联系后的个体身份迷失来表明宗族主义的荼毒之深，另一方面又企图通过对主人公新型家庭身份联系的重建来打破血缘的羁绊，表明父系血缘并非牢不可破，并借此完成了对传统索马里社会中父系血缘身份的解构和其"破而后立"的身份建构尝试。最后，他还通过塑造被压迫的女性人物，表达了在男权社会下对女性主体身份的关切。

---

[1] I. M. 刘易斯：《索马里史》，赵俊译，上海：东方出版中心，2012 年，第 9 页。

[2] 血亲复仇集团（diya-paying group）：索马里人的这种集团战斗成员有数百到数千人不等，由近亲组成，通过一种特定的契约联盟而团结在一起，契约条款规定他们集体承担与讨取血案赔偿（阿拉伯语称之为 diya）。集团中任何一个成员受到别人伤害或伤害了别人，集团中所有成员根据契约都有连带关系。由于国家大部分地区缺乏足够的警力，个体游牧者的人身、财产安全最终还是依靠其从属的血亲复仇集团来维护。具体见 I. M. 刘易斯：《索马里史》，赵俊译，上海：东方出版中心，2012 年，第 10 页。

二、以新型人物关系解构父系权威

阿斯卡尔是《地图》中的核心人物，他的父亲是欧加登人，西索马里解放阵线的战士，在摩加迪沙接受训练后回到家乡参加战争，不幸牺牲；他的母亲离别家人随丈夫前往战地，后因产后力竭虚弱而去世。阿斯卡尔诞生于伯父库拉克家的后院，按照索马里的父系氏族社会治理原则，伯父应当对其负责，但如果不是米斯拉误打误撞进来，他可能已经因寒冷而冻毙，可见伯父根本不愿管他的死活。身为孤儿，这种和父系血缘的断裂使得阿斯卡尔注定成为一个身份丧失的人，从他的叙述中可以得知他对自己的个体身份十分迷茫。比如，他明白自己出生时的时间、地点、星座（zodiac）读数、星象[①]等将永远无从知晓；"他最难过的是，没有一个人能让他对自己的身份提出疑问；没有人回答他的唠叨：'我是谁？'或者'我在哪里？'"[②]

从他姓名的模糊性上也可以看出这点。"姓名可看作是个人身份的一种象征，它赋予个体的身份以一种确定性和固定性的内涵，是个人存在的外在标签和证明符号。而姓名作为个人所属的专有代称，它使得个体变得独一无二，进一步明确了身份和自我。"[③]姓名最初用于和他者的区分，但随着人类文明的进步发展，姓名也会被寄托特定的含义。尤其是由父母所给予的姓名，常常蕴含了某种良好的寓意和祝福，甚至可能代表了家族精神的承袭。然而，对于一个双亲尽无的孤儿来说，名字就只成为一个代号，而无法带来精神上的内驱和传承。"Askar"这个名字是米斯拉取的，可她只是一个没有地位的女仆，能被默许收养他已是幸运，因此为了保持低调，这个名字便成了"无人会公开说出来的两个音节"的组成：

---

① Nuruddin Farah, *Maps*, New York: Pantheon Books, 1986, p. 24.

② Nuruddin Farah, *Maps*, New York: Pantheon Books, 1986, p. 44. 本文中所引用的法拉赫小说原文句段皆系笔者自译，不再一一注明。

③ 李敏：《聚斯金德小说中的身份研究》，兰州大学硕士学位论文，2020 年，第 23 页。

这不仅意味着你耳朵里听不到欢迎降世的古兰经祝福，而且你出现在这个宇宙，一点也不值得庆祝。对许多人来说，你并不存在；你没有这个国家官僚机构所要求的任何身份。阿斯卡尔！你名字中的字母"s"被轻轻地说出，以免引起怀疑；而"k"则被舒适地留在那蜷缩于秘而不宣之声的舌头上。阿斯－卡尔！"r"可真像一头吃了半天草的牛在炎热的沙地上翻滚。①

瑞士的语言学家索绪尔认为，语言符号连结了音响形象及其所指涉的概念，即能指和所指。②阿斯卡尔没有父母照看，没有伯父庇护，随之而来的是连姓名所能带来的能量也被削弱，能指的不被重视预示了它代表的所指的可有可无。

在强调血缘的宗族主义社会，一个人一旦丧失了和父辈的血脉联系，便几乎无法在社会上立足，这显然是与现代文明社会的发展相背离的，但在20世纪的索马里却司空见惯。这在"日中之血"三部曲中有显著的暗示，即每一部小说里都有一个"孤儿"，《地图》中的阿斯卡尔，《礼物》中的无名弃婴，《秘密》中的女孩肖珑果（Sholoongo），皆如此。在这三部以家庭故事为中心的小说中，父位的缺席成为一个普遍的现象，主人公普遍生活在"无父"的环境中，本应该陪伴他们成长的父位身份在不同程度上被家庭中的其他人物身份所替代。

孤儿如何成长？在普通人的生命中，父亲是一个重要的角色。在法国学者拉康看来，父亲这一形象所代表的象征功能是不可估量的，"从远古开始，这个功能就将父亲本身与法律等同"③。作为法律和家庭秩序的代表的"父亲之名"（le Nom-du-Père）对处于俄狄浦斯阶段的幼年孩子会产生重要的影响和强大的制衡作用。而对于幼年个体来说，如果在成长阶段没有了父亲的参与，那么其身份意识的形成过程一定是具有缺陷的。美国心理学家安东尼·罗通多（E. Anthony Rotundo）认为父位缺席主要分为两类形式：身体上的缺席（physical absence）和心理上的

① Nuruddin Farah, *Maps*, New York: Pantheon Books, 1986, p. 8.
② 费尔迪南·德·索绪尔：《普通语言学教程》，高名凯译，北京：商务印书馆，1980年，第101—102页。
③ 拉康：《拉康选集》，褚孝泉译，上海：上海三联书店，2001年，第289页。

缺席（sychological absence）①。前者通常表现为离婚、亡逝或外出工作等，后者一般是指父亲没有参与到子女的成长教育中，没有承担父亲的责任。总之，父亲在这样的家庭中成为一种被削弱的角色，借助这个角度可以观察小说对于两位主要男性角色——库拉克与希拉尔的塑造。

作为阿斯卡尔的伯父，库拉克是最应当对他负责的人。但他却是一个荒淫无道的人，不为阿斯卡尔所喜。库拉克数次离娶，对妻儿施行家暴，连他的子女也聒噪不休、爱偷东西，令人生厌。相比之下，舅舅希拉尔和妻子萨拉阿多（Salaado）"善良、开明、受过高等教育"②，他们俩没有子女，视阿斯卡尔如亲子。尤其是希拉尔，他是作为"智者和人道主义者"③出现的存在，是外甥人生道路的指引者。在阿斯卡尔迫切地想回到欧加登参军时，希拉尔努力劝阻他，让他慎重考虑，应该先接受更高的教育。伯父和舅舅之间形成的巨大反差，从血缘角度来看，却是在索马里并不受到重视的母系血缘对于父系血缘的一种挑战和颠覆。

但这种颠覆对于作者来说还远远不够，真正取代了阿斯卡尔父母位置的，其实是养母米斯拉。阿斯卡尔没有对于父母的印象，自他记事起，就是米斯拉将他抚养长大。在阿斯卡尔7岁以前，米斯拉就像是他的全世界。对阿斯卡尔来说，是米斯拉赋予了他"新生"，在她发现他之前，他只是一个"脏兮兮"的"无名氏"，在她将他洗拭干净后，阿斯卡尔便对她产生了极度的依赖之心。米斯拉不像库拉克的妻子们依心情行事，对小孩先溺爱后冷酷，同时暴力相加。她对阿斯卡尔循循善诱，用心教导，倾注了无限的爱。幼年时阿斯卡尔与米斯拉的关系十分亲密，以至于在后来两人分开后，阿斯卡尔依然惦念她，给她写下一封封并不能寄出去的信，信中记录着自己的生活日常。

米斯拉温柔的外表下，却是"凄惨"的一生，而造成此等不堪命运的祸首便是她生命中所遇到的形形色色的男人。她本是埃塞俄比亚的奥罗莫人，从出生起便和母亲一同被父亲抛弃。七岁的时候，她在某次战争中被胜利一方的士兵

---

① E. Anthony Rotundo, "American Fatherhood: A Historical Perspective". *American Behaviorial Scientist*, 1985, Vol. 29, No. 1, p. 14.

② Nuruddin Farah, *Maps*, New York: Pantheon Books, 1986, p. 18.

③ 颜治强：《东方英语小说引论（南亚、西非、东非卷）》，北京：人民出版社，2012年，第293页。

当作战利品掳走，但士兵害怕敌人追来于是将她带到了东埃塞俄比亚的吉格加（Jigjiga）地区。在那里，穆斯林阿卜杜拉（Abdullah）名义上将她收养，实际上却把她当作童养媳来对待，在她 17 岁时强娶了她。因为意外，米斯拉失手杀掉了这个男人，为逃避惩罚她辗转到欧加登，在富有的库拉克家当女仆，库拉克见色起意将她娶为妻子，不久却抛弃她。在米斯拉成为阿斯卡尔的养母之后，伊斯兰教经师奥－阿丹（Aw-Adan）常常找她发生性关系，但又和库拉克一起给她堕胎。可见，几乎她生命中所遇到的每个男人都对她有所图，即便是对于养子阿斯卡尔，也是她的无私付出更多。米斯拉在男权社会中所经历的种种不公，她至死也没有得到正义的伸张。阿斯卡尔从米斯拉的口中听到她的过往，又在后来见证了她的痛苦遭遇。从阿斯卡尔的思考中，能够看出作者抒发了对男权社会的强烈谴责和对以米斯拉为缩影的广大索马里妇女的无限同情："在所有这些事情中，男人都是'索取者'，女人都是受害者。"[1]"米斯拉，莎拉韦洛，甚至还有卡琳。女人的灵魂——被迫害、被冒犯、被虐待。"[2]

从人类社会历史的发展进程来看，"父亲"对于子辈的意义已经远超血缘上的自然联系，更成为一种文化意义上的符码，被赋予了复杂的象征意义。在诸多包含父亲原型的文学作品中，"父"一方面作为文明与秩序的象征，代表着道德、理性与权威，另一方面又是暴力与压迫的象征，体现出专横、傲慢与冷酷[3]。与此相契合的便是自古希腊文学中的奥德修斯和俄狄浦斯以降，以家庭为背景描写亲子关系的文学中那层出不穷的"寻父"与"弑父"等主题，但无论是进行补位的其他男性尊长，抑或精神上崇高不朽的父，强大的菲勒斯中心主义都会成为该类作品中挥之不去的叙事潜流。因此，憎恨以父权为基的宗族主义的法拉赫在他的家庭小说中避开了这两种常见情结，以一种煞费苦心的方式颠覆了父系身份的重要性，父与子的血缘生理联系或许无法抹杀，但是仅此而已。在对父亲身份的解构和对新型家庭身份联系的重构中，法拉赫打破了对传统父亲身份的固有认知，其建构主义的身份观得到具体体现。

---

① Nuruddin Farah, *Maps*, New York: Pantheon Books, 1986, p. 52.

② Nuruddin Farah, *Maps*, New York: Pantheon Books, 1986, p. 53.

③ 张艳玲：《新时期小说的"寻父"主题》，陕西师范大学硕士学位论文，2007 年，第 2 页。

三、以个体遭遇隐喻群体身份

作为一名忧国忧民的知识分子，法拉赫对身份的关注并不局限于只有小我的个体个人，深受泛索马里主义①思想影响的他还常在作品中影射作为民族国家的索马里在历史中的变革和在国际上的处境。在时代与社会的大背景之下，个体从来都不是独立的，许多个体组成了群体，体现在"日中之血"三部曲中，就是个体的身份遭遇隐喻了广义上的民族与国家层面的群体身份。从小说的标题即能看出，英文中的"Maps"为复数，讨论的并非仅仅一张地图。《地图》中的人物皆对应着主题，法拉赫多次利用"肢解""破碎""残缺"等意象，以及层出不穷的民族寓言体现了对索马里国土四分五裂的书写和对于统一的强烈渴望。

了解《地图》的创作意图，首先要对索马里的国家历史有所了解。在欧洲人到来之前的"非洲之角"地区，索马里人与其他民族交错杂居，当时也并无现代地理意义上的"边界"，即便是"氏族间的土地划分，也只是服务于经济和社会生活的目的，并没有政治涵义"②。在殖民主义的入侵下，索马里的部分地区相继被英国、法国和意大利占领，随后西南部邻国埃塞俄比亚在击败意大利入侵后又趁势向索马里扩张，一举兼并了豪德与欧加登的索马里人游牧地。当1960年索马里独立，也仅仅是被英国和意大利殖民的地区独立，法属吉布提地区、肯尼亚的东北省和埃塞俄比亚控制的欧加登地区却一直没有归属索马里。因此在索马里人的民族意识中，国家领土的完整与民族的复兴紧密相连，他们形成了一种被称为"大索马里"（the Great Somalia）的迷思，即"建立一个国家，能够将索马里人居

---

① 泛索马里主义：核心是追求建立统一的大索马里国家，其内涵和外延可见王涛、赵跃晨：《泛索马里主义的历史渊源与流变——兼论泛索马里主义与恐怖主义的关系》，载《世界民族》，2018年第4期，第40—52页。

② 转引自王涛、赵跃晨：《泛索马里主义的历史渊源与流变——兼论泛索马里主义与恐怖主义的关系》，载《世界民族》，2018年第4期，第42页。

住的所有地区，包括属于邻国的领土重新组合进来。"①索马里人对于统一的渴望，甚至直接外化在其国家国旗图案的设计上——一个白色的五角星，正对应着索马里国家最初的五块领土。而民族认同与领土之间的关系，哈罗德·伊罗生指出："在维持族群的区隔上，'领域'扮演关键性的角色；没有领域，'民族意识'不足以成为一个'民族'，一个'民族'也无法成为一个'国家'。"②《地图》背景中所描绘的20世纪70年代欧加登战争的爆发正是由此种大一统的民族主义观念所驱动。

这部小说的英文原名为"Maps"，使用的是复数，字面意义来看指的是多张地图。但对于一个主权和领土完整的国家来说，以地图来标志它，一张当足矣——理应是一张得到世界公认的、表明了国家统一的完整地图。因此，这复数地图实际上暗示的是索马里国土的破碎，这样一个线索在小说中反复出现，反映的是索马里人对于统一的期望。除此之外，地图的隐喻也在主人公阿斯卡尔身上有所体现。阿斯卡尔是欧加登人，父母皆在出生当日死去（这代表了某种遗志的继承），由来自埃塞俄比亚的米斯拉养大，他的身份与被埃塞俄比亚管辖的欧加登地区何其相似。伯父在阿斯卡尔施行割礼，即进行索马里传统习俗中的成人礼之后，赠其以地图，也是为了重申其国籍身份，并暗示他走向成熟后所应当背负的责任。阿斯卡尔离开欧加登前往首都摩加迪沙，在广义上表明了归属：欧加登应当回归到索马里的怀抱。因此，阿斯卡尔可以看作是一种民族沙文主义的索马里人的欧加登之人格化象征。

但这种民族身份的认同过程一如现实中领土的争议一样并不顺利。在阿斯卡尔的一场梦里，他梦见了黎明时分的金星变成了一个长得像米斯拉的女人：

他假装要启齿，开始说道"我是……"，但又将话咽了下去。米斯拉主动提出做他的向导。她答应会回答他的问题，他所有的问题。事实也的确如此。他们

---

① Rossella Marangio. "The Somali Crisis: Failed State and International Interventions". *Istituto Affari Internazionali*, May 2012. p. 3.

② 哈罗德·伊罗生：《群氓之族：群体认同与政治变迁》，刘伯宸译，桂林：广西师范大学出版社，2015年，第102页。

一路上遇到的大多数人都在身上文了自己的身份：姓名、国籍和住址。有些人皮肤上刻着他们的生前境地及何以沦落至此的原因，有些人则在额头或后背上印了他们的国旗或徽章。有一个男人胸口文着索马里国旗，上面的星星缺失了三个角，米斯拉向阿斯卡尔解释了原因。他们还遇到一名男子，他拿着一块牌子，上面写着"欧加登的烈士"。阿斯卡尔觉得他以前见过此人。于是他转过身来对着她，这样他可以问她是否也认识他。唉！她已不在那儿了，不仅不在了，而且也不在他的记忆里了。她已经完全消失了，他现在问自己，他对米斯拉所说的那句"我是……"是否终究，不是不完整的呢？他就是米斯拉吗？他在心里去掉了那些表示不完整的省略号，又说了一遍。他听到自己说"我是"，那传回来的一声回声他觉得意味深长。①

这个梦里，阿斯卡尔所见到的亡灵过客皆有着自己的身份，他们都是有历史、有经历、有过去的人，这些过往就是他们曾经存在的证明、他们身份的证明。但阿斯卡尔身上什么都没有，一句欲言又止的"我是……"本来为他的身份画下了一个问号，但他开始自我怀疑了之后，"我是"之后再也没有可以补充的内容，因为它本身就暗示了他身份的虚无。为什么呢，因为他所代表的欧加登也是不确定的，正如梦中索马里国旗上的五角星缺失的那三个角，代表了至今主权不明的三个地区。而阿斯卡尔似曾相识的欧加登烈士或许指向的就是他那从未谋面却早已战死沙场的生身父亲。

不仅仅是阿斯卡尔，小说中的其他人物身上也体现了种种分裂性，无处不在的"损坏""破碎""残缺"等意象萦绕其中。正如赖特所指出的，五位可以看作是少年阿斯卡尔"监护人"的长辈皆具有生理缺陷：舅舅希拉尔和舅母萨拉阿多一个结扎，一个切除了卵巢，没有子嗣的夫妇俩象征着领土丢失的现代索马里共和国；《古兰经》经师奥－阿丹长老象征着伊斯兰教的统一力量，但一条腿被截肢；残暴的伯父库拉克代表了索马里人的父权政治传统，他被放了血。

最重要的分割特性集中于养母米斯拉身上，她的身份与破碎的国土有着千丝

---

① Nuruddin Farah, *Maps*, New York: Pantheon Books, 1986, pp. 42-43.

万缕的联系。小说中有一个寓言，将索马里这个国家描绘为一个美丽的女人，自由地接受了五个追求者的求婚，接着，她为每个求婚者都怀了一个孩子，然而其中有三个流产了。显然，寓言中的女人的五次怀孕代表的就是大一统的索马里的完整国土的五个部分，而那三个流产掉的则是有争议的三块领土。而米斯拉也和故事中的五个地方的男人相纠缠，她在还是孩子的时候被说阿姆哈拉语的士兵从埃塞俄比亚高地绑架出来；后来穆斯林阿卜杜拉对她先收养后强娶；长老奥－阿丹和她发生性关系但最后又将她出卖给西索马里解放阵线；以及不为阿斯卡尔所喜的伯父库拉克也对她始乱终弃；还有在欧加登战争中与之产生联系的埃塞俄比亚上尉。在米斯拉的经历里，国家寓言中的流产变成了库拉克和奥－阿丹对她的堕胎。将个人的经历与寓言中的原型对比可以发现，米斯拉与寓言的象征对应关系显而易见。米斯拉明明是埃塞俄比亚人，但是她的经历使她更像一个索马里人：她养育了一个索马里孩子，同时给他讲述索马里的民族故事和民间传说；她在欧加登做女仆，还遭到了索马里男人的种种性虐待；最后，她被指控在欧加登战争犯有叛国罪而被杀害。因此从广义的角度来看，米斯拉事实上代表了现实中多民族混居的欧加登。

四、以现代性手法丰满小说叙事

法拉赫的写作受到西方影响，常常加入了很多现代主义艺术手法，其中最引人注意的是其小说中的多重叙事声音。"以我的出发点，我通常会提出一个话题，一个主题，然后我追随其他任何人可能想到的想法。任何单一的声音都不是我要的，所以这就是为什么我的小说是多声音的，充满希望的，多层次的。"[1]这种对多声音的承诺构成了一种意识形态立场："在讲故事的时候，我喜欢做的是研究一个故事的许多方面，允许人们听到许多不同的观点，这在某种意义上表明了我写作中的民主和宽容。"[2]《地图》最大的艺术特色便是无处不在的错位叙事。

---

[1] Pajalich, Armando, "Nuruddin Farah Interviewed by Armando Pajalich", *Kunapipi*, 1993, Vol. 15, No. 1, p. 64.

[2] Pajalich, Armando, "Nuruddin Farah Interviewed by Armando Pajalich", *Kunapipi*, 1993, Vol. 15, No. 1, p. 63.

　　错位叙事是作者针对真实世界、表象世界以及心理世界的差异时，围绕事实和故事对于小说在叙事上所进行的一些使其偏离正常轨道的技巧设置，成功的错位叙事小说，通常会展现出叙述行为和叙述主体的种种分裂特征。诚如前述，"破碎"的个体和国家身份是《地图》一大主题，阿斯卡尔作为小说的主人公同时也是叙事者，同样是一个"身份破碎"的个体，国家的分裂状态也具象化地体现到作为国家化身的他本人身上。这种分裂性在小说的内容和形式上取得统一，即体现在小说的叙事上。《地图》以阿斯卡尔对往事的回忆和自述贯穿全文，在其中通过三种叙述人称的使用和时间的非连续性、空间的不断转换，造成了人物主体的内在自我辩论，使得小说的分裂特征向纵深发展。

　　首先是小说人称的错位。在叙事时，小说以章节为单位，每章使用不同的人称，但叙事者始终是主人公阿斯卡尔。例如开篇①即以第二人称开始叙述，这样叙述十分容易对读者造成困扰，比如"你"是谁？叙述者又是谁？他（她）在和谁对话？等等。带着这样的疑问，可以发现第二人称的使用并非为了与读者建立连接，文中的"你"具有特殊的指向，它作为受叙者，和主人公阿斯卡尔合体。而真正的隐含叙述者与阿斯卡尔之间是有距离的，他化身为作者的代言人，将人物之间的经历和关系细细拆解，讨论、分析着人物的行为和心理，发表评论。但是，当读者好不容易适应了这种少见的第二人称，进入到小说的第二章，却不料小说又弃二从一，切换为第一人称，试举一例：

　　米斯拉一遍又一遍地告诉我，她发现我的那一天、那一时刻的细节。就这样我知道了那天她穿的是什么，和谁在一起。她走进我所在的房间，看起来很优雅，而我则一团糟，差点死掉。她一看到我，我就成了她关注的焦点。她把我抱起来——她的手对我来说就是生命。从她举起并抱住我（由此弄脏了她穿的棕色裙子）的那刻起，我便是一个活生生的人，我便开始存在了。我脏兮兮的，是的；我没有名字，是的；但她一碰到我，我就存在了。我有盯着她看吗？我也不知道。

① 参见前文的节选。

不过，我的眼神也许类似于盲人的凝视，一个眼睛里除了倒映以外什么也看不见的盲人。我能简单地说是她造就了我吗？[1]

在第一人称叙述视角下，叙述者与被叙者之一、主人公阿斯卡尔合体，恢复了经典的回顾式叙述，并夹杂了大量的心理活动描写。但接着进入第三章时，"我"不见了，小说又转变为第三人称、以"他"为主导的叙述：

他醒了，洗了澡，刮了胡子，十七岁，很英俊，此时站在摩加迪沙的一所房子——希拉尔叔叔家的窗户后面。在他的右边，是一张写字台，上面放着一张尚未填写的索马里国立大学招生委员会的表，这是一张他还没有静下心来察看的表，因为他不知道是否会选择上大学，尽管他已经以优异的成绩通过了学校的认证考试，而且他有自主选课或选系的权利。[2]

在这里，叙述者再度隐身，受叙者变成了读者。这种第三人称的叙述下，除非小说情节的上下文特别提及别的男性角色，"他"基本上指称的都是阿斯卡尔。于是，三种人称的使用在整本书中循环推进，在后续的章节中，第四、七、十章使用第二人称，在第五、八、十一章使用第一人称，在第六、九、十二章使用第三人称。整个小说的叙事主位游移于"你""我""他"之间，呈现出一种极为混乱的矛盾与分裂之感，同时也"凸显了法拉赫对人物身份的关注和阿斯卡尔对身份的敏感度"。[3]

其次，与小说的非固定叙事人称相对应的，是小说在时间和空间上的错乱无序。小说总体上的视角是十七岁的阿斯卡尔对自己成长往事的诸般回忆的一个投射，涵盖的时间跨度始于其出生后为米斯拉所发现，止于警察因调查米斯拉的

---

[1] Nuruddin Farah, *Maps*, New York: Pantheon Books, 1986, p. 24.

[2] Nuruddin Farah, *Maps*, New York: Pantheon Books, 1986, p. 47.

[3] 杨建玫、常雪梅：《努鲁丁·法拉赫〈地图〉中的身份认同危机》，《广东外语外贸大学学报》，2020 年第 6 期，第 35 页。

死因找上门来将他带至警局进行问话，因此逻辑上全书皆可看作他的供词。也即是说，叙事行为发生的时间可能局限于一天甚至几个小时之内，但内容却包含了十七年内发生在他及相关人等身上的过往。阿斯卡尔作为一个回忆者，没有按时间的发展推进叙事，反而是运用了大量意识流手法，同时充斥了梦境幻觉、自问自答、自我辩论、往来书信等内容，人物思维流动的无所定向、杂乱无章的特点被呈现出来。现实与虚构、梦境与清醒之间相互交织缠绕，情节内容在不同的时间点上来回反复横跳，体现出高度的非连续性与断片特征。比如，前一个故事可能发生在欧加登，故事主体是还是婴儿嗷嗷待哺的阿斯卡尔，他瞪着眼睛张望世界还不会说话，甚至还没有达到拉康所说的"镜像阶段"，主体意识尚不完善，但这里的回忆却可能是成年后的阿斯卡尔根据残存的记忆和站在米斯拉视角下推断和臆想出来的。而下一段叙述就会转向17岁时的阿斯卡尔，正在是去读大学继续接受教育还是参军加入西索解收复失地之间踌躇不定之时，而这一纠结过程却是借由其阅读舅舅希拉尔的一封信中透露出来的。

除却小说情节和形式上的分裂性，在小说人物身上，同样体现了尖锐鲜明的个体内部辩论，阿斯卡尔内心的矛盾交错借由第二人称叙述者点明：

　　你开始与你那被混杂了的自我进行辩论，当把它从其他自我中分离出来时，在你面前，却矗立着一个像影子一样实在的根本不同意你这种做法的（内在）自我 [……] 在很长一段时间里，你的自我们都在彼此争论，互相反驳着对方提出的建议。①

阿斯卡尔的内心声音始终充满了论争、审问和挑战，甚至互相对立，体现出一种对自我的怀疑、否定和不信任。小说的最后一段使这场争论达到激烈的顶点，点出它更像是一场发生在内部的司法调查：

---

① Nuruddin Farah, *Maps*, New York: Pantheon Books, 1986, p. 58.

这就是它的开始——（米斯拉还有）阿斯卡尔的故事。首先，他回答了警官的问题，轻描淡写不加修饰地讲述了这件事；然后，他把它告诉了穿长袍的人［……］。当他再一次讲述这个故事，时间在阿斯卡尔的脸上生长，时间像一棵树生长，比月球表面的树长出更多的树枝，落下更多的叶。在这个过程中，他成了被告。他同时是原告和陪审员。最后，考虑到他作为法官、听众和证人的不同角色，阿斯卡尔向自己道出此事。①

在这里，非线性的叙事结构在几乎同一时刻开始和结束，并且在阿斯卡尔人生中的各个点来回移动，这使得叙述声音变得更加纷杂。也无外乎有学者对这部小说发出如下感慨："法拉赫小说的迷宫特征清晰可见，而出口却永远无法找到，《地图》为我们添上了整个马赛克中的又一块，无数进出口交错缠绕，从而形成了一个纷繁复杂的叙事回旋。"②

（文 / 江苏大学 刘雨轩）

---

① Nuruddin Farah, *Maps*, New York: Pantheon Books, 1986, p. 246.

② Rossana Ruggiero, "Nuruddin Farah's Maps: The Faint Borderland of a Warrior of Words". in Derek Wright ed. *Emerging Perspective on Nuruddin Farah*, Eritrea: Africa World Press, 2002, pp. 560-561.

参考文献

一、著作类

英文著作

1. Bhabha, Homi Kharshedji. *The Location of Culture*. London: Routledge, 1994.

2. Farah, Nuruddin. *Maps*. New York: Pantheon Books, 1986.

3. Gérard Albert S (ed.), *European-language writing in sub-Saharan Africa*, Amsterdam/Philadelphia: John Benjamins Publishing Company, 1986.

4. Gikandi, Simon. *Encyclopedia of African Literature*. London and New York: Routledge, 2003.

5. Gikandi, Simon and Mwangi, Evan. *The Columbia guide to East African literature in English since 1945*. New York: Columbia University Press 2007.

6. Gugelberger, Georg M. *Marxism and African Literature*. Trenton: Africa World Press, 1986.

7. Irele, F. Abiola and Gikandi, Simon. *The Cambridge History of African and Caribbean Literature*. Cambridge: Cambridge University Press, 2004.

8. Isegawa, Moses. *Abyssinian Chronicles*. New York: Vintage International, 2001.

9. Kenyatta, Jomo. *Facing Mount Kenya*: *The Tribal Life of the Gikuyu*. London: Secker and Warburg, 1938.

10. Killam, G.D. *The Writing of East and Central Africa*. Nairobi: Heinemann Educational Books (East Africa) Ltd., 1984.

11. Kurtz, J. Roger, ed.. *Trauma and Literature*. Cambridge & New York: Cambridge University Press, 2018.

12. Mangua, Charles. *Son of Woman*. Nairobi: East African Publishing House, 1971.

287

13. Mengiste, Mazza. *Beneath the Lion's Gaze*. New York: W. W. Norton & Company, Inc., 2010.

14. Mezlekia, Nega. *Notes from the Hyena's Belly: Memories of My Ethiopian Boyhood*. Toronto: Penguin, 2000.

15. Mukasonga, Scholastique. *Our Lady of the Nile*. Trans. Melanie Mauther, New York: Archipelago, 2014.

16. Nyirubugara, Oliver. *Novels of Genocide: Remembering and Forgetting the Ethnic Other in Fictional Rwanda*. Leiden: Sidestone Press, 2017.

17. Ogot, Grace. *Land Without Thunder*. Nairobi: East African Publishing House, 1968.

18. Ogot, Grace. *The Other Woman*. Nairobi: East African Educational Publishers Ltd., 1976.

19. Okolo, MSC. *African Literature as Political Philosophy*. London and New York: Zed Books Ltd., 2007.

20. Otiso, Kefa M.. *Culture and Customs of Uganda*. New York: Greenwood Press, 2006.

21. Owomoyela, Oyekan. *A History of Twentieth Century African Literatures*. Lincoln: University of Nebraska Press, 1993.

22. Owuor, Yvonne Adhiambo. *Dust*. New York: Random House LLC, 2014.

23. p'Bitek, Okot. *Decolonizing African Religion: A Short History of African Religions in Western Scholarship*. New York: Diasporic Africa Press, 2011.

24. p'Bitek, Okot. *Song of Lawino*. Nairobi: East African Publishing House, 1966.

25. p'Bitek, Okot. *Song of Lawino& Song of Ocol*. London: Heinemann Educational Publishers, 1984.

26. Rusimbi, John. *By the Time She Returned: A Refugee's Tale*. London: Janus Publishing Company, 1999.

27. Sellassie, Sahle. *The Afersata*. London: Hernemann Educational, 1969.

28. Sterling, AnneFausto. *Sexing the Body: Gender Politics and the Construction of Sexuality*, New York: Basic Books, 2000.

29. Stratton, Florence. *Contemporary African Literature and the Politics of Gender*. London: Routledge, 1994.

30. Wainaina, Binyavanga. *One Day I Will Write About This Place*. Minneapolis, Minnesota: Graywolf Press, 2011.

31. Wright, Derek (ed.). *Emerging Perspective on Nuruddin Farah*. Eritrea: Africa World Press, 2002.

中文著作

1. A. A. 马兹鲁伊（主编）、C. 旺济（助理主编）：《非洲通史·第八卷：一九三五年以后的非洲》，北京：中国对外翻译出版公司，2003年。

2. A. 阿杜·博亨（主编）：《非洲通史·第七卷：殖民统治下的非洲（1880—1935）》，北京：中国对外翻译出版公司出版，1991年。

3. 阿兰·德波顿：《身份的焦虑》，陈广兴、南治国译，上海：上海译文出版社，2009年。

4. 阿马蒂亚·森：《贫困与饥荒》，王宇、王文玉译，北京：商务印书馆，2001年。

5. 钦努阿·阿契贝：《再也不得安宁》，马群英译，海口：南海出版公司，2014年。

6. 巴特·穆尔－吉尔伯特：《后殖民批评》，杨乃乔等译，北京大学出版社，2001年。

7. 陈令霞、张静芬：《东非三国：缔造民族国家的里程》，成都：四川人民出版社，2002年。

8. 丹尼·卡瓦拉罗：《文化理论关键词》，张卫东、张生、赵顺宏译，南京：江苏人民出版社，2013年。

9. 段吉方：《意识形态与审美话语——伊格尔顿文学批评理论研究》，北京：人民文学出版社，2010年。

10. 恩古吉·瓦·提安哥：《血色花瓣》，吴文忠译，北京：人民文学出版社，2021年。

11. 恩古吉·瓦·提安哥：《一粒麦种》，朱庆译，北京：人民文学出版社，2012年。

12. 恩古吉·瓦·提安哥：《战时梦》，金琳译，北京：人民文学出版社，2021年。

13. 费尔迪南·德·索绪尔：《普通语言学教程》，高名凯译，北京：商务印书馆，1980年。

14. 高文惠：《依附与剥离：后殖民文化语境中的黑非洲英语写作》，北京：中国社会科学出版社，2015年。

15. 哈罗德·伊罗生：《群氓之族：群体认同与政治变迁》，刘伯宸译，桂林：广西师范大学出版社，2015年。

16. I. M. 刘易斯：《索马里史》，赵俊译，上海：东方出版中心，2012年。

17. 姜智芹：《美国的中国形象》，北京：人民出版社，2010年。

18. 杰里米·默里－布朗：《肯雅塔》，史宙译，上海：上海人民出版社，1976年。

19.克洛德·列维-施特劳斯：《种族与历史·种族与文化》，于秀英译，北京：中国人民大学出版社，2006年。

20.拉康：《拉康选集》，褚孝泉译，上海：上海三联书店，2001年。

21.勒热讷：《自传契约》，杨国政译，北京：生活·读书·新知三联书店，2001年。

22.雷·韦勒克、奥斯汀·沃伦：《文学理论》，刘象愚等译，北京：三联书店，1984年。

23.雷沙德·卡普钦斯基：《皇帝》，乌兰译，北京：新星出版社，2011年。

24.李桂荣：《创伤叙事：安东尼·伯吉斯创伤文学作品研究》，北京：知识产权出版社，2010年。

25.梁鸿：《灵光的消逝——当代文学叙事美学的嬗变》，北京：文化艺术出版社，2009年。

26.罗斯玛丽·帕特南·童：《女性主义思潮导论》，艾晓明等译，武汉：华中师范大学出版社，2002年。

27.伦纳德·S·克莱因（主编）：《20世纪非洲文学》，李永彩译，北京：北京语言学院出版社，1991年。

28.马林诺夫斯基：《西太平洋上的航海者》，弓秀英译，北京：商务印书馆，2019年。

29.乔莫·肯雅塔：《面向肯尼亚山》，陈芳蓉译，杭州：浙江工商大学出版社，2018年。

30.芮渝萍：《美国成长小说研究》，北京：中国社会科学出版社，2004年。

31.芮渝萍、范谊：《成长的风景—当代美国成长小说研究》，北京：商务印书馆，2012年。

32.萨义德·A.阿德朱莫比：《埃塞俄比亚史》，董小川译，北京：商务印书馆，2009年。

33.泰居莫拉·奥拉尼央、阿托·奎森（主编）：《非洲文学批评史稿》（上、下册），姚峰、孙晓萌、汪琳等译，上海：华中师范大学出版社，2020年。

34.田亚曼：《母爱与成长：托尼·莫里森小说研究》，北京：中国社会科学出版社，2009年。

35.王湘云：《英语诗歌文体学研究》，济南：山东大学出版社，2010年。

36.王岳川：《后殖民主义与新历史主义文论》，济南：山东教育出版社，2001年。

37.肖恩·霍默：《导读拉康》，李新雨译，重庆：重庆大学出版社，2014年。

38.颜治强：《东方英语小说引论》（南亚、西非、东非卷），北京：人民出版社，
2012年。

39.詹明信：《晚期资本主义的文化逻辑》，陈清侨译，北京：生活·读书·新知
三联书店，1997年。

40.张典：《尼采和主体性哲学》，北京：中国社会出版社，2009年。

41.张宏明：《近代非洲思想经纬：18、19世纪非洲知识分子思想研究》，北京：
社会科学文献出版社，2008年。

42.张京媛（主编）：《后殖民理论与文化批评》，北京：北京大学出版社，
1999年。

43.张其学：《文化殖民的主体性反思》，北京：北京师范大学出版社，2017年。

44.周倩：《当代肯尼亚国家发展进程》，北京：世界知识出版社，2012年。

45.朱立元：《当代西方文艺理论》，上海：华东师范大学出版社，2005年。

46.朱振武：《非洲英语文学的源与流》，上海：学林出版社，2019年。

47.朱振武：《非洲英语文学研究》，上海：华东理工大学出版社，2019年。

二、期刊类

英文期刊

1.Barlow, A. R. "Review of *Facing Mount Kenya*, the Tribal Life of the Gikuyu, by J. Kenyatta". *Africa: Journal of the International African Institute*, 1939，12（1）p. 114.

2.Bar-Tal, Daniel, Chernyak-Hai, Lily , Schori Noa and Gundar, Ayelet. "A Sense of Self-perceived Collective Victimhood in Intractable Conflicts". *International Review of Red Cross*，2009，91，pp. 229–258.

3.Bekele, Getnet. "Food Matters: The Place of Development in Building the Postwar Ethiopian State,

1941-1974". *The International Journal of African Historical Studies*，2009，42(1)，pp. 29–54.

4.Berman, Bruce. "Ethnography as Politics, Politics as Ethnography: Kenyatta, Malinowski, and the Making of Facing Mount Kenya". *Canadian Journal of African Studies*, 1996，30(3)，pp. 313–344.

5.Berman, Bruce J. and John M. Lonsdale. "The Labors of 'Muigwithania:' Jomo Kenyatta as Author, 1928-45". *Research in African Literatures*，1998，29(1)，pp. 16–42.

6.Celarent, Barbara. "*Reviewed Work: Facing Mount Kenya* by Jomo Kenyatta", *American Journal of Sociology*, 2010, 116(2), pp. 722–728.

7.Davis, Colin. "Traumatic Hermeneutics: Reading and Overreading the Pain of Others". *Storyworlds: A Journal of Narrative Studies*，2016，8 (1)，pp. 31–49.

8.Cantalupo, Charles (ed.). *The World of Ngugi wa Thiong'o,*. Trenton: Africa World Press, 1995.

9.Greenfield, Kathleen. "Self and Nation in Kenya: Charles Mangua's 'Son of Woman'". *The Journal of Modern African Studies*, 1995，33 (4)，pp. 685-698.

10.Hitchcott, Nicki. "'More than Just a Genocide Country': Recuperating Rwanda in the Writings of Scholastique Mukasonga" . *Journal of Romance Studies*，2017，17（2），pp. 127–149.

11.Kortenaar, Neil ten. "Nega Mezlekia Outside the Hyena's Belly". *Canadian Literature*，2002，172，pp. 41–68.

12.Kurtz, J. Roger. "Debating the Language of African Literature: Ethiopian Contributions". *Journal of African Cultural Studies*，2007，19（2），pp. 187–205.

13.Ledent, Bénédicte. "Reconfiguring the African Diaspora in Dinaw Mengestu's *The Beautiful Things That Heaven Bears*". *Research in African Literatures*，2015，46(4)，pp. 107-118.

14.Lindfors, Bernth. "Interview with Grace Ogot". *World Literature Written in English*,1979,18(1)，pp. 56-68.

15.Marangio, Rossella. "The Somali Crisis: Failed State and International Interventions". *Istituto Affari Internazionali*, May 2012, pp. 1-20.

16.Milz, Sabine. "Inside and Outside the Hyena's Belly: Nega Mezlekia and the Politics of Time and Authorship". *Journal of Canadian Studies*，2008，42（3），pp. 150-171.

17.Ogaro, Gladys Nyaiburi. "Paradoxes of Sexual Power in *Song of Malaya*". *International Journal of Humanities and Social Science*，2013，3(15)，pp. 158-176.

18.p'Bitek, Okot. "Horn of My Love". *African Arts*，1973，7（1），pp. 56-61+92.

19.p'Bitek, Okot. "Theatre Education in Uganda". *Educational Theatre Journal*,1968,20（2），p. 308.

20.Rotundo, E. Anthony. "American Fatherhood: A Historical Perspective". *American Behaviorial Scientist*, 1985, 29 (1), pp. 7-25.

21.Tanganika, Frank. "John Rusimbi's Novels: A Contribution to Rwanda Education". *Rwanda Journal of Education*, 2013, 2, pp. 48-55.

22.Taylor, Diana. "Trauma and Performance: Lessons from Latin America". *PMLA* 2006, 121(5), pp. 1651-1673.

23.Vasquez, Michael Colin. "Hearts in Exile: A Conversation with Moses Isagewa and Mahmood Mamdani". *Transition*, no.86(2000):126-150.

24.Wallis, Kate. "East African Maritime Imagination with Yvonne Adhiambo Owuor". *Wasafiri*, 2021, 36 (2), pp.63-67.

中文期刊

1.蒋晖：《从"民族问题"到"后民族问题"——对西方非洲文学研究两个"时代"的分析与批评》，《文艺理论与批评》，2019 年第 6 期，第 118 页—157 页。

2.金莉、秦亚青：《压抑、觉醒、反叛——凯特·肖邦笔下的女性形象》，《外国文学》，1995 年第 4 期，第 58-63 页。

3.金楠、万秀兰：《肯尼亚女子基础教育的历史与现状》，《外国教育研究》，2009 年第 3 期，第 5-10 页。

4.马弦：《论哈代小说中的新女性形象》，《外国文学研究》，2004 年第 1 期，第 76-80 页。

5.李明彦、齐秀娟：《以民族性重建文学的人民性——对一个理论话题的学术史考察与反思》，《东北师大学报》(哲学社会科学版),2018 年第 4 期，第 37-46 页。

6.秦晓鹰：《评海尔·塞拉西的社会改革》，《世界历史》，1980 年第 2 期，第 10-19 页。

7.任一鸣：《后殖民时代的非洲宗教及其文学表现》，《社会科学》,2003 年第 12 期，第 98-103 页。

8.芮渝萍：《文化冲突视野中的成长与困惑—评波·马歇尔的＜棕色姑娘，棕色砖房＞》，《当代外国文学》，2003 年第 2 期，第 102-108 页。

9.石平萍：《重要的是讲述更多的非洲故事》，《文艺报》,2018 年 4 月 11 日第 005 版。

10. 斯戈拉斯蒂科·姆卡松加：《斯戈拉斯蒂科·姆卡松加小说选》，黄凌霞译，《世界文学》，2019 年第 6 期，第 5-6 页。

11. 孙燕：《女性形象的文化阐释》，《中州学刊》，2004 年第 5 期，第 78-82 页。

12. 谭惠娟、梅风：《非洲反殖民传统的灯塔：埃塞俄比亚文化诸相略论》，《浙江大学学报》（人文社会科学版），2020 年第 1 期，第 130-140 页。

13. 陶家俊：《身份认同导论》，《外国文学》，2004 年第 2 期，第 37-44 页。

14. 万秀兰、余小玲：《肯尼亚女子高等教育发展：问题与对策》，《比较教育研究》，2019 年第 5 期，第 30-34 页。

15. 王宁：《流散文学与文化身份认同》，《社会科学》，2006 年第 11 期，第 171-177 页。

16. 王涛、赵跃晨：《泛索马里主义的历史渊源与流变——兼论泛索马里主义与恐怖主义的关系》，《世界民族》，2018 年第 4 期，第 40-52 页。

17. 杨建玫、汪琳：《20 世纪 60-90 年代东非英语文学的历史嬗变》，《苏州科技大学学报》（社会科学版），2019 年第 2 期，第 75-80 页。

18. 杨建玫、常雪梅：《努鲁丁·法拉赫〈地图〉中的身份认同危机》，《广东外语外贸大学学报》，2020 年第 6 期，第 31-40 页。

19. 杨中举：《流散文学的内涵、流变及"流散性"主题表现——以犹太流散文学为中心》，《江苏社会科学》，2020 年第 3 期，第 167-176 页。

20. 姚峰、孙晓萌：《文学与政治之辨：非洲文学批评的转身》，《上海师范大学学报》（哲学社会科学版），2019 年第 5 期，第 47-57 页。

21. 张隆溪：《记忆、历史、文学》，《外国文学》，2008 年第 1 期，第 65-69 页。

22. 赵雪梅：《文学创伤理论：研究对象、范式与方法》，《文化研究》，2021 年第 1 期，第 5-24 页。

23. 朱振武、刘略昌：《"非主流"英语文学的历史嬗变及其在中国的译介与影响》，《东吴学术》，2015 年第 2 期，第 140-154 页。

24. 朱振武、陆纯艺：《"非洲之心"的崛起——肯尼亚英语文学的斗争之路》，《外国语文》，2019 年第 6 期，第 39-41 页。

25. 朱振武、袁俊卿：《流散文学的时代表征及其世界意义——以非洲英语文学为例》，《中国社会科学》，2019 年第 7 期，第 135-158 页。

三、学位论文类

中文学位论文

1. 李敏 :《聚斯金德小说中的身份研究》, 兰州大学硕士学位论文, 2020 年。

2. 张艳玲 :《新时期小说的"寻父"主题》, 陕西师范大学硕士学位论文, 2007 年。

四、电子、网上文献

1. Biles, Peter. "Dignity Sought in Mau Mau Ruling". *BBC News*, 5 October, 2012. https://www.bbc.com/news/uk-19842441.

2. Eiben, Therese. "Out of Ethiopia: An Interview With Nega Mezlekia". https://www.pw.org/content/out_ethiopia, 2002-1/2021-1-27.

3. Jenkins, Orville Boyd and Sam Turner. "The Kikuyu People of Kenya". Last edited March 13, 2010. http://orvillejenkins.com/profiles/kikuyu.html.

4. Nixon, Rob. "Fear and Famine".Books, January 21, 2001. https://archive.nytimes.com/www.nytimes.com/books/01/01/21/reviews/010121.21nixont.html.

5. Polier, Alexandra. "What's up, Kenya?". *Kwani?*,Fall 4, 2006 https://foreignpolicy.com/2009/10/14/whats-up-kenya/.

6. Tina, Steiner. "Let's Talk About Craft! A Conversation with Yvonne Adhiambo Owuor".*Eastern African Literary and Cultural Studies*，January 10，2011. https://doi.org/10.1080/23277408.2021.1928829.

7. Wainaina, Binyavanga. "How to Write About Africa", in Granta, 92(Winter 2005). https://granta.com/how-to-write-about-africa/.

8. Warah, Rasna. "Binyavanga Wainaina: The Writer Who Democratised Kenya's Literar Space" . May 31, 2019.https://www.theelephant.info/culture/2019/05/31/binyavanga-wainaina-the-writer-who-democratised-kenyas-literary-space/.

9. "Kenyatta, Jomo 1891(?)–1978". Jun 8, 2018, Encyclopedia.com. https://www.encyclopedia.com/people/history/african-history-biographies/jomo-kenyatta#D.

10. "Mwangi, Meja 1948–". *Encyclopedia.com*，https://www.encyclopedia.com/education/news-

wires-white-papers-and-books/mwangi-meja-1948.

11. "The Mau Mau Uprising, South African History Online". Produced 24 November 2016, Last Updated May 18, 2018. https://www.sahistory.org.za/article/mau-mau-uprising.

12. "Yvonne Adhiambo Owuor". *Wikipedia*. Feburary 7, 2022. https://en.wikipedia.org/wiki/Yonne_Adhiambo_Owuor.

附 录

本书作家主要作品列表

（一）乔莫·肯雅塔（Jomo Kenyatta，1893—1978）

1938 年，民族志《面向肯尼亚山》（*Facing Mount Kenya*）

1942 年，民族志《我的吉库尤人民和旺贡比酋长的生活》（*My People of Kikuyu and the Life of Chief Wangombe*）

1971 年，演讲集《乌胡鲁的挑战：肯尼亚的进步》（*The Challenge of Uhuru：The Progress of Kenya*，1968 to 1970）

（二）恩古吉·瓦·提安哥（Ngugi wa Thiong'o，1938—　）

1963 年，戏剧《黑隐士》（*The Black Hermit*）

1964 年，小说《孩子，你别哭》（*Weep Not, Child*）

1965 年，小说《大河两岸》（*The River Between*）

1967 年，小说《一粒麦种》（*A Grain of Wheat*）

1976 年，戏剧《德丹·基马蒂的审讯》（*The Trial of Dedan Kimathi*）

1977 年，小说《血色花瓣》（*Petals of Blood*）

1980 年，小说《十字架上的魔鬼》（*Devil on the Cross*）

1981 年，散文《政治漩涡中的作家们》（*Writers in Politics*）

1981 年，回忆录《扣押：一个作家的狱中杂记》（*Detained: A Writer's Prison Diary*）

1993 年，散文《置换中心：为文化自由而斗争》（*Moving the Centre: The Struggle for Cultural Freedom*）

1998 年，散文《笔尖、枪尖、与梦想》（*Penpoints, Gunpoints and Dreams: The Performance of Literature and Power in Post-Colonial Africa*）

2004 年，小说《乌鸦魔法师》（*Wizard of the Crow*）

2010 年，回忆录《战时梦》（*Dreams in a Time of War: A Childhood Memoir*）

2012 年，回忆录《中学史》（*In the House of the Interpreter:A Memoir*）

2016 年，回忆录《织梦人》（*Birth of a Dream Weaver: A Memoir of a Writer's Awakening*）

2020 年，小说《完美的九》（*The Perfect Nine: The Epic of Gĩkũyũ and Mũmbi*）

（三）格雷斯·奥戈特（Grace Ogot, 1930—2015）

1966 年，小说《应许之地》（*The Promised Land*）

1968 年，短篇小说集《失去雷声的土地》（*Land Without Thunder*）

1976 年，短篇小说集《另一个女人》（*The Other Woman*）

1980 年，短篇小说集《毕业生》（*The Graduate*）

1980 年，小说《泪之岛》（*Islands of Tears*）

1989 年，小说《奇怪的新娘》（*The Strange Bride*）

2012 年，自传《我生命中的日子》（*Days of My life*）

2018 年，小说《纽拉克王子》（*Princess Nyulaak*）

2018 年，小说《皇家珠》（*The Royal Bead*）

2019 年，小说《午夜的电话》（*A Call at Midnight*）

（四）查尔斯·曼谷亚（Charles Mangua，1939—2021）

1971 年，小说《妓女之子》（*Son of Woman*）

1972 年，小说《嘴里的尾巴》（*A Tail in the Mouth*）

1986 年，小说《妓女之子在蒙巴萨》（*Son of Woman in Mombasa*）

1994 年，小说《卡尼那和我》（*Kanina and I*）

（五）大卫·麦鲁（David G. Maillu，1939— ）

1973 年，小说《亲爱的酒瓶》（*My Dear Bottle*）

1974 年，小说《四点半之后》(*After 4:30*)

1975 年，小说《普通人》(*The Kommon Man*)

1976 年，小说《不！》(*No!*)

1980 年，小说《献给姆巴塔和拉贝卡》(*For Mbatha And Rabeka*)

1982 年，小说《赤道任务》(*Equatorial Assignment*)

1986 年，小说《女仆》(*The Ayah*)

1991 年，小说《破鼓》(*The Broken Drum*)

1992 年，儿童文学《狮子和野兔》(*The Lion and the Hare*)

1996 年，小说《政府的女儿》(*The Government's Daughter*)

（六）伊冯·阿蒂安波·欧沃尔（Yvonne Adhiambo Owuor，1968— ）

2003 年，短篇小说集《耳语的重量》(*Weight of Whispers*)

2005 年，短篇小说集《磨刀匠的故事》(*The Knife Grinder's Tale*)

2014 年，小说《尘埃》(*Dust*)

2019 年，小说《蜻蜓海》(*The Dragonfly Sea*)

（七）宾亚凡加·瓦奈纳（ Binyavanga Wainaina, 1971—2019 ）

2004 年，散文集《耶伊河那边》(Beyond the River Yei)

2006 年，散文集《如何书写非洲》(How to Write About Africa)

2007 年，散文集《发现家园》(Discovering Home)

2011 年，回忆录《有一天我要书写这个地方》(One Day I Will Write About This Place)

（八）奥克特·普比泰克（Okot p'Bitek，1931—1982）

1966 年，诗集《拉诺维之歌》(*Song of Lawino*)

1969 年，诗集《拉诺维的辩护》(*The Defence of Lawino*)，塔班·洛·利雍
(*Taban Lo Liyong*，1939— ）译

1970 年，诗集《奥科尔之歌》(*Song of Ocol*)

1971 年，诗集《双歌集：囚犯之歌和妓女之歌》(*Two Songs：Song of a Prisoner*，

Song of a Malaya）

1971年，文论集《西方学术中的非洲宗教》（*African Religions in Western Scholarship*）

1973年，文论集《非洲文化革命》（*African Cultural Revolution*）

1974年，诗集《我爱的号角》（*The Horn of My Love*）

1978年，民间故事集《野兔和犀鸟》（*Hare and Hornbill*）

1986年，文论集《作为统治者的艺术家：关于艺术、文化和价值观的论文》（*Artist, the Ruler: Essays on Art, Culture and Values*）

1989年，小说《白牙》（*White Teeth*）

（九）摩西·伊塞加瓦（Moses Isegawa, 1963— ）

2000年，小说《阿比西尼亚纪事》（*Abyssinian Chronicles*）

2004年，小说《蛇穴》（*Snakepit*）

（十）萨勒·塞拉西（Sahle Sellassie, 1936— ）

1964年，小说《西纳加的乡村》（*Shinega's Village*）

1969年，小说《阿菲沙塔》（*The Afersata*）

1974年，小说《勇士之王》（*Warrior King*）

1979年，小说《反叛者》（*Firebrands*）

（十一）奈加·梅兹莱基亚（Nega Mezlekia，1958— ）

2000年，回忆录《鬣狗的腹部笔记：我的埃塞俄比亚童年回忆》（*Notes from the Hyena's Belly: Memories of My Ethiopian Boyhood*）

2002年，小说《上帝生了豺》（*The God Who Begat a Jackal*）

2006年，小说《阿泽布·伊塔兹的不幸婚姻》（*The Unfortunate Marriage of Azeb Yitades*）

2009年，纪实文学《媒体闪电战：为个人而战》（*Media Blitz: A Personal Battle*）

（十二）马萨·蒙吉斯特（Maaza Mengiste，1974— ）

2010 年，小说《狮子的注视下》（*Beneath the Lion's Gaze*）

2019 年，小说《影子国王》（*The Shadow King*）

（十三）约翰·鲁辛比（John Rusimbi，生卒年不详）

1999 年，小说《当她归来时》（*By the Time She Returned*）

2007 年，小说《鬣狗的婚礼》（*The Hyena's Wedding*）

（十四）斯科拉斯蒂克·姆卡松加（Scholastique Mukasonga，1956— ）

2006 年，回忆录《蟑螂》（*Inyenzi ou les Cafards*）

2008 年，回忆录《光脚的女人》（*La Femme aux pieds nus*）

2010 年，回忆录《饥饿》（*L'Iguifou*）

2012 年，小说《尼罗河圣母》（*Notre-Dame du Nil*）

2014 年，短篇小说集《山丘的呢喃》（*Ce que murmurent les collines*）

2016 年，小说《心鼓》（*Cœur tambour*）

2020 年，小说《基博古已经上了天堂》（*Kibogo est monté au ciel*）

（十五）纽拉丁·法拉赫（Nuruddin Farah, 1945— ）

1965 年，短篇小说《何故离世匆匆？》（*Why Die So Soon？*）

1970 年，小说《来自弯曲的肋骨》（*From a Crooked Rib*）

1970 年，剧本《真空中的匕首》（*A Dagger in a Vacuum*）

1975 年，剧本《子孙》（*The Offering*）

1976 年，小说《裸针》（*A Naked Needle*）

1980 年，剧本《快乐鞑靼人》（*Tartar Delight*）

1982 年，剧本《尤瑟夫和他的兄弟们》（*Yussuf and His Brothers*）

1979—1983 年，"非洲独裁变奏"三部曲（Variations on the Theme of an African Dictatorship trilogy）

1979 年，小说《酸甜牛奶》（*Sweet and Sour Milk*）

1981 年，小说《沙丁鱼》（*Sardines*）

1983 年，小说《芝麻关门》（*Close Sesame*）

1986—1993 年，"日中之血"三部曲（Blood in the Sun trilogy）

1986 年，小说《地图》（*Maps*）

1993 年，小说《礼物》（*Gifts*）

1998 年，小说《秘密》（*Secrets*）

2000 年，纪实文学《昨日，明天：索马里流散者的声音》（*Yesterday, Tomorrow: Voices from the Somali Diaspora*）

2003—2011 年，"不完美的过去"三部曲（Past Imperfect trilogy）

2003 年，小说《连接》（*Links*）

2007 年，小说《绳结》（*Knots*）

2011 年，小说《叉骨》（*Crossbones*）

2014 年，小说《昭然若揭》（*Hiding in Plain Sight*）

2018 年，小说《黎明以北》（*North of Dawn*）